赌神

DUSHEN

刘慧敏◎著

中国华侨出版社

图书在版编目(CIP)数据

赌神/刘慧敏著. —北京:中国华侨出版社,2013.4
ISBN 978-7-5113-3517-3

Ⅰ.①赌⋯　Ⅱ.①刘⋯　Ⅲ.①长篇小说—中国—当代
Ⅳ.①I247.5

中国版本图书馆 CIP 数据核字(2013)第 077085 号

●赌神

著　　者	刘慧敏
策　　划	周耿茜
责任编辑	尹　影
责任校对	王京燕
装帧设计	玩瞳装帧
经　　销	全国新华书店
开　　本	710×1000　1/16　印张 17　字数 240 千字
印　　刷	北京中印联印务有限公司
版　　次	2013 年 6 月第 1 版　2020 年 5 月第 2 次印刷
书　　号	ISBN 978-7-5113-3517-3
定　　价	51.00 元

中国华侨出版社　北京市朝阳区静安里 26 号通成达大厦 3 层　邮编:100028
法律顾问:陈鹰律师事务所
编辑部:(010)64443056　64443979
发行部:(010)64443051　传真:(010)64439708
网　址:www.oveaschin.com
E-mail:oveaschin@sina.com

目录 **赌神**

一、一赌成名

在卫皇大赌场里，年仅 20 岁的丁方用 10 块大洋的赌资卷走了两千块大洋，就像用石头变出了黄金似的，顿时引起天津卫的轰动。大家都在议论纷纷，这个丁方都比上抢银行了，抢银行怎么也得准备点工具吧，这成本也不只 10 块大洋啊。

《现世报》的记者千方百计找到丁方，对他进行了采访。

"丁先生，您是怎么看待赌博的?"

丁方白皙的脸庞上罩着墨镜，镜片上映出记者变形的胖脸儿。他伸出修好的手指，顶顶金色镜框，平静地说:"我个人认为，赌博，是最容易产生悲剧与喜剧的游戏;赌博，是贫富转换最快的方式;赌博，是人世间最丑恶的神话。"

"听您这么说，好像对赌博颇有成见，那您为嘛还赌?"

丁方笑了笑:"何谓赌，赌是对未知的结果下注的一种做法，是种盲目的行为，可是我在去卫皇之前就已经确定，我能拿走两千块大洋，所以，我并没有赌。"

"那么，丁先生您认为，您与赌王周大年相比，谁的胜算更大?"

"周大年是谁? 这人是在菜市场卖菜的那个老头?"

记者惊异地眨巴着眼睛:"您，您不会连他都不知道吧，他可是天津卫的赌王啊，曾经打败过全国无数前来挑战的人。说起他来，大街上的小孩都知道。噢，我知道了，丁先生是刚到天津卫，还不了解天津赌坛的事情。"

"不好意思，我来天津半年之久了。"

"您敢不敢找周大年赌一把?"

"你这话问得有问题，你应该去问他，敢不敢跟我赌?"

"丁先生，您可真自信，您的言论不介意我们登出来吧?"

"当然不介意，就照我的原话登。"

采访内容见报后，各家报纸纷纷转载，顿时引起了一场议论的风暴。听丁方这口气，是明目张胆地跟赌王周大年叫板啊！有人开始关注这位年轻、英俊、赌术高明的丁方到底来自何方，师从何门，后台又是谁？于是各种版本的故事就冒出来了。

有人说他是澳门的赌王，有人说是香港的赌圣，有人说是日本的赌徒，有人说是来自广州的赌神。有个人狠着脸说，我知道，他是来自印度的魔术大师……

据知情人回忆，那天丁方头戴礼帽，脸上戴着两个黑洞似的眼镜，穿青灰色的长衫，嘴上叼着雪茄，是倒背着手走进卫皇大赌场的。他在三十六门转盘、金钱摊、牌九等赌局中不停地加宝，最后把赌场的老板都给赢毛了。

什么叫加宝？

加宝就是把赢的钱连本带利再押下去赌，这样可以加二宝、三宝、四宝……赌场的周经理被他人赢毛了，把丁方请到办公室，跟他商量说："兄弟技艺厉害，到我们赌场任职吧，薪水方面好商量。"丁方伸出食指，轻轻地摇摇。周经理又说，"这样吧，今天除了你赢的筹码，我再给你二百块大洋，你到对门的赌场去折腾，要是能让他们关门，我还有重赏。"

丁方笑道："你们堂堂卫皇大赌场，不会输不起吧。"

经理牙痛般龇了龇牙花子："贤弟啊，说实话吧，我只是这家赌场的代理经理，赌场真正的后台你惹不起，如果赌场有什么损失，不只在下保不住小命，也会给贤弟带来麻烦不是。"

丁方说："那我告诉你个生财之道吧。"

经理点头："贤弟请讲，在下洗耳恭听。"他抹抹光脑门上的汗水。

丁方说："何不邀周赌王与我对局，这样你可抽水，稳赚不赔。"

对啊对啊，周经理想，为何不请周赌王出面跟这小子赌呢？再说了，他周赌王是我们聘请的顾问，我们每年还得给他大洋呢，拿人钱财就得替人家消灾。周经理想到这里，脸上泛出不易觉察的笑容。送走丁方后，他带着几条精品"老刀牌香烟"，坐黄包车奔往英租界的周府。来到租界门口，周经理让车夫停下了。华人进入租界坐黄包车，很容易碰洋瓷，也就是说，会有洋鬼子突然撞到你的车上，然后跟你索要天价赔偿。

租界里的街道上到处是黄毛碧眼的老外，还夹杂着些穿旗袍的中国女人、穿中山服或西服的中国男子。那些黄毛拄着文明棍，脖子上就像插了标尺，昂首挺胸，走得旁若无人。

周经理腋下夹着公文包，溜着墙根，低着头往前走。他心里在想，等见到赌王周大年后，我就对他说，姓丁的那小子说了，你是菜市场卖菜的老头，你的赌技连三流都不如，给他提鞋都不赶趟。他还说，如果你跟他赌，他把你的四姨太赢了当丫鬟用。周经理知道，凭着周大年的性格与气势，听了这句话，肯定会当即跳个高，都怕把顶棚给整个大窟窿，然后跟姓丁的小子决战。

想象挺丰满，现实却骨感，让周经理没想到的是，他让周公馆看门的痞子传了几次话，说卫皇大赌场的周经理拜见，周大年回话说，不见。又传话，是带着东西来的。人家还说，不见，不见！

周经理感到气愤：你他妈的是我们赌场的顾问啊，我们每年都给你喂钱呢，我们用这些钱养条狗，也得汪汪两声吧。你不见最少也得编个理由吧，就算你周大年说正在生孩子，也算理由，可是你连个虚假的台面都不给我，娘的，嘛玩意儿！

周经理把烟送给看门的，对他说："兄弟，麻烦您跟周顾问说，有个姓丁的小子来我们赌场捣乱，扬言要跟他决战，还说要把他的四姨太赢了当丫鬟用呢。还说要把周顾问给赢得倾家荡产，沿街乞讨。还说要把他的女儿给赢了当小老婆呢……"

等周经理走了，看门的把烟拆开点上，深吸了一口，自言自语道，你他妈以为我傻啊，我去说了，他不先抽我的耳光……

天津卫突然冒出了一个大头鹰，在报纸上公开向他周大年叫阵，他周大年身为赌王，难道就真如此低调，心宽如海，心态好到吃屎还说打饿？当然不是，卖鞋的照量脚，卖帽子的看头，赌徒自然关注赌事。其实，就在丁方赢钱后没两个小时，周大年的下属三秃子就向他汇报了："老板，听说有个小屁孩用 10 块大洋从卫皇大赌场卷走了两千块大洋。"

周大年把叼在嘴上的雪茄摘下来，平静地说："有嘛大惊小怪的，赌场本来就是创造神话的地方，当年我一局赢了 30 万大洋，不是现在两脚还站在地上嘛。"

当《现世报》刊登了对丁方的采访记录后，周大年看完报道之后沉默了许久，再去嘬烟时才知道烟已经灭透。候在旁边的三秃子马上给他点上烟，低头问："老板，做掉？"周大年用力嘬烟，脸前罩着一团浓白的烟，他轻轻地咳了几响："不要大惊小怪，在当今这种世界，什么事都可能发生。"

三秃子吃惊道："您，难道就让他这么抢您的风头？"

在三秃子的印象中，他周大年可是不吃亏的主儿，如果谁敢公开跟他对抗，他最常规的做法是先对下属们咆哮：你他娘的是干啥吃的。然后狠着脸说，你们给我听着，我再也不想见着这个人了。去年有个赌徒喝醉了酒，在赌场里大喊大叫："别以为我不知道他周大年的底细，他就是个流氓，他放火烧死过千把口子人，跑到天津卫给洋鬼子当哈巴狗……"后来，是自来水公司修理下水道时把赌徒捞上来的，人已经泡烂，捞上来臭了整条街。

三秃子见周大年死死地嘬烟，盯着茶几上那些玉麻将牌发呆，知道他在下决心，是不是让姓丁的那小子消失。周大年的这套和田玉的麻将牌是当初赢得赌王时的奖品，其中的两枚骰子是他常年把玩的物件，两枚骰子变得异常光滑，泛着油润的光泽，在手指上滚来滚去，花样百出。突然，一枚骰子掉到茶几下，嗒嗒嗒几声滚到地上。三秃子把骰子捡起来放到茶几上："老板，您吩咐。"

周大年说："你先出去吧，我想静一静。"

三秃子听到周大年嘴里发出软兮兮的语气不由感到吃惊，自他跟随周大年以来，周大年的嗓音始终是浑厚的，就像在桥洞下共鸣出来的，瓮声瓮气，现在竟然说得这么有气无力，这太让人意外与不适应了……三秃子刚要退出去，却听到周大年说："回来。"

三秃子转回身来："老板您吩咐。"

周大年吸了口气，轻轻地吐出来，皱着眉头说："你马上去调查这小子的来历，如实向我汇报。"

天津卫的人都盼着周大年能跳出来跟姓丁的人较量一番，可他赌王始终不冒个泡，这到底怎么了？他还是赌王吗？想当初，山西赌王前来挑战，周大年几局就赢了几十万大洋，最后还把人家的手赢了砍下来喂狗，那狗啃手的咯吱咯吱声还鲜活在耳边呢；广东有位赌王前来找他挑战，输光所有的赌资后要求赌命，最终输得从英皇大赌场 3 楼跳下去，趴在街面上变得那么难看。现在，面对年轻毛嫩的丁方，他周大年竟然聋了、哑了。

那么，为什么大家盼着周大年出来跟丁方应战？由于周大年过于强大，近几年都没有人敢跟他挑战了，天津卫赌坛太平静了，平静得让大家感到无聊，都想有点新鲜事发生。

由于周大年当了缩头乌龟，大家再也沉不住气了，都在背后议论纷纷，说他看来不只人老了，胆儿也萎缩了。记者们都拥到周大年在租界的公馆门前，要求采访他，想掏点他的真实想法。守门的痞子哼狠着脸吼道："滚，滚，马上滚。"

记者们依旧赖在门前不肯离去，扒脸露脸的。突然大门洞开，十多个穿黑衣黑裤的打手蹿出来，举着两尺长的棍子对着记者乱抡。一位记者手里的闪光灯被砸破了，发出的声音比它闪光时还响亮。记者们呼隆呼隆逃到巷子里，他们商量着怎样对付周大年。

一时间，多家报纸以不同的角度来分析周大年的现状，说得好听点的是："长江后浪推前浪。"说得难听的是："他周大年沽名钓誉，其实没有什么真本事，以前所以赢是因为他出老千。"有家报纸还专门揭露了周大年当年纵火烧死千把口子人后逃到天津，抱着洋人的大腿像条狗那样活着，还评论说，他犯下弥天大罪，应该吃枪子，还有什么资格当赌王……

提到纵火的事情，周大年终于坐不住了，气得把茶几给踢翻了。这件事情是周大年最忌讳的事情，谁要是敢提出来，周大年会毫不留情地让这人消失。当他看到这段评论后，他把手里的报纸撕碎，扔得像天女散花，还没等落到地上，他回身对三秃子吼道："把这家报馆给我砸了，我不想再看到写这文章记者的名字出现了。"

三秃子说："老板，小的现在就去。"

周大年恨道："妈的，气死我了。"

三秃子带人来到报社门口，发现门口有 20 多个小刀会的成员守着，他带着人又回去了。周大年听说小刀会的人给报社看门，突然平静下来，大眼睛骨碌骨碌转着，心想，我怎么忽视了赵敬武呢？这丁方极有可能是他请来对付我的，他向报社披露当年的纵火案，目的就是要激怒我，接受丁方的挑战的啊……

说起周大年的纵火案，这要追溯到周大年童年时代。

周大年8岁时，爱赌的父亲把老婆输了，那天夜里，8岁的周大年猫在院里的大槐树下，听着母亲在房里没命地叫唤，直到早晨，3个男人才迈着打晃的步子离开屋子。周大年与父亲跑进房里，见母亲已经上吊死了。没过多久，父亲因为在赌场出老千，被人家活活打死，从此周大年变成了孤儿，每天在街上要饭度日。

街上有个卖艺的老头名叫赵三手，原在吴桥杂技团待过，不只会些把式，还善于摆番摊。他用3个碗、两个棉球、一根筷子，能让棉球任意从碗里出没，没有人能够猜刘。一次，有个痞了见他把棉球全部扣进碗里，耍痞说，我押3个碗里3个棉球！

赵三手把碗揭开，3个碗里没有一个棉球……

由于都在街上混生活，赵三手常见周大年穿着脏兮兮的衣裳站在巷口，端着个粗糙的白边黑釉大碗乞讨。一天，周大年追着位穿着团花马褂的富人要钱，人家不给，他扯着人家的衣裳不让走，那富人恼羞成怒，挥拳打在周大年头上，周大年就昏了，赵三手把周大年背回家，精心治疗，并将其收留。

赵三手有个儿子名叫赵敬武，与周大年是同岁，从此两个孩子就像亲兄弟似的，跟随赵三手到街上卖艺糊口。赵敬武爱好把式，而周大年却爱摆番摊。到了两人18岁那年，赵三手给儿子赵敬武娶了媳妇，并生了一对女儿。这件事让周大年心里非常不平衡，一天，周大年去街上摆番摊，路上见有个院门口站着一个漂亮的小媳妇，就装着跟人家讨水喝，见家里没人，把小媳妇强暴了……

小媳妇带着家人找到周大年，把他扒光捆在街口的大槐树上，并在他身上插了个牌子，上面写着"流氓劫匪，人人可打"，路上来往的人都向他吐口水，把他的全身吐得像挂了糨糊，小媳女的丈夫有空就过来用柳条抽他，把他给抽得像个斑马，眼看他的小命就没有了，赵三手把多年的积蓄拿出来，赔给媳妇家，还给人家磕了头，总算把周大年给救了出来。

当周大年换了衣裳，吃了饭，赵三手老泪纵横道："大年啊，你已成人，再说在这个镇子里是待不下去了，出去寻条活路吧。"

谁都没有想到，就在当天夜里，周大年把小媳妇家的房子点着了。正值深秋，空气干燥，又刮大风，这场火几乎把整个小镇给卷了，烧死了老少五十四口人，大家逮不住周大年，便把赵三手全家五口人捆了，要杀掉他们给死者抵命。赵敬武说："就算把我们全家杀了也没用，不如放过我们，从今天起，我去找周大年报仇，不把他的人头带回来，我赵敬武客死他乡，永远不踏进家乡半步。"

当天夜里，妻子抱着一双女儿，把赵敬武送出家门……

赵敬武追着周大年来到天津，从此周大年音信皆无。赵敬武凭着自己会把式，加入黑帮团伙后当了小头目，他无时无刻不在寻找周大年，想带着他的头回去给乡亲们一个交代，好早日跟家人团聚，但周大年就像在人间蒸发了似的，了无音讯。后来，英租界举办赌王大赛，周大年突然出现并获得赌王的称号，从此受到了租界与军政界的宠爱，把他作为赚钱的机器保护起来。

周大年借着军政与租界的势力发展得很快，同时，赵敬武也凭着自己的武艺统一了天津黑社会的零散势力，成立了小刀会，变成了真正的黑帮头子。由于租界与军政界对周大年的保护，赵敬武始终没办法动他。可以说，这么多年来，两人每天都想置对方于死地，但都找不到好的机会，那股劲儿就绷着，憋得难受。

如今，丁方横空出世，在天津卫引起轩然大波，周大年认为，除了赵敬武的人没有敢这么张扬的。为了确定丁方的来历，周大年让三秃子加大调查力度，三秃子查到的结果是，丁方住在市区一个老三合院里，院子原来的主人举家搬到法国，把房产托人代卖，丁方于 3 个月前购置了院子，至于别的事情不清楚。这样的答案令周大年非常不满意。

"老三，还有别的吗？"

"姓丁的每天都窝在家里，从没见过他出门。我扒着墙上看过了，见他跟老婆坐在院子里的大芙蓉树下喝茶聊天。啧，那小娘们长得可真让人上火。"

"跟他接触的都是些什么人？"

"没见过他跟别人联系，门外守着些报社记者，还有些想跟他拜师学艺的年轻人，还有报童、卖烟的、卖花的，还有为青楼拉皮条的人，对了，还有个摆番摊的……"

"他跟赵敬武有过联系吗？"

"没看到过他们有任何接触。"

周大年那张黑脸儿顿时变了形，挥手抽在三秃子脸上，骂道："废物，这些事用得着你们查吗？我想知道的是他丁方来自何方，是不是赵敬武派来的，还是另有后台？你们给老子查的什么？就是他老婆长得俊巴，妈的，妓院里的婊子长得也俊，这有个鸟用。"三秃子的光头上布满细汗，下巴都勾得够得着胸脯了：

"老板，小的马上再去查。"

"妈的，查不到真相，你别想在天津混了！"

"老板，小的一定把他查个水落石出。"

随后，周大年坐车来到英国领事馆，要求拜见领事莫德，结果人家说有外事活动，领事出去了。他又去见法国领事卡菲尔，人家说身体不便，现在不会客。他去美国租界，拜见领事奥查理，人家回话说，有什么事不用你亲自来，让四姨太捎个话就行了……

由于几家领事都这种表现，让周大年感到不对劲了。以前，他到哪个租界里做客，都会受到热情的招待，现在怎么了？现在丁方冒出来，他们怎么都变化这么大？周大年隐隐感到不好，他跑到督军袁诚印那里，想跟他谈谈有关丁方的事情，督军倒是肯见他了，没等周大年说完，就板着脸说："大年啊，我现在的军费紧张，你想办法给筹点款，也不要多了，10万大洋吧。"

周大年感到自己的心被划了一下，他苦着脸说："督军大人，现在世道太乱，我名下的生意都没赢利，拿不出钱来。"

"你身为赌王，不在赌上下点工夫能有钱赚吗？大年，也不是我说你，一个毛头小子出来跟你叫阵，都把你给吓得不敢喘大气了，我与租界的领事们对你感到很失望。"

周大年明白了，由于这几年没有人来向他挑战，也没有大的赌事，他没有给督军与领事们赚多少钱，他们对自己不满意了。周大年感到不能再退缩了，否则，他将失去督军与租界的保护，如果失去了他们的保护，赵敬武肯定会疯狂地报复他，那么自己就有性命之忧了。回到府上，周大年让三秃子发布消息，要召开记者会，回应最近报纸上的那些负面的宣传，表明对于丁方的态度……

由于丁方成了天津卫最热的人物，记者们都想采访他，提高报纸的销售量，好赢得更多的报酬，但是，自丁方赢钱之后，一直关门闭户，过得低调而又神秘，任凭记者们用手去砸那两扇古铜色的大门，大门始终是紧紧地咬着，从未松开过。期间，前来拜访丁方的还有天津卫大中型赌场的老板、富商，以及租界的洋人，他们都想重金聘丁方到门下，帮他们从赌场捞钱，但由于丁方始终不肯露面，大家只得失意而归。

好奇的人实在按捺不住，想进院里看看情况，没想到刚跳进墙，两条黑背狼狗就疯狂地追他，在攀墙而返的时候，被狗撕掉裤子，跳下墙来用手捂着"鸟"，蹲在地上。有个趁热闹拉客的妓女嗤笑他说，大哥你今年几岁？那人听完这句话差点就哭了，把褂子脱下来挡住下身，匆匆地钻进了巷子里。

从此之后，再也没有人敢越墙而入了，他们只是扒着墙头看院里的动静。院子里铺着大块的青砖，院中有棵楼抱粗的芙蓉树举着巨大的伞，下面安有石桌石凳。正房的窗前有个小花园，里面的月季花与鸡冠花正在怒放。有时候，会有个扎长辫的姑娘出来进去，她穿着蓝色印染的褂子，青灰色的裤子，每当看到墙头上有人扒望，就扬起双手，像轰鸡似地喊。

一天，墙头客们终于看到丁方夫妻出来，俩人手挽着手走到芙蓉树下，坐在石凳上，就像他们并不知道墙头上闪烁的眼睛。丁方依旧穿着长衫，戴墨镜，他的妻子脸儿白皙，有俊美的五官，穿石榴红镶金边的旗袍，优美地坐在那里，显得媚而不妖。

有个痞子喊道："瞧那娘们多俊，都比上怡红楼的头牌了。"话刚说完，见丁方那两只墨镜片子对他一照面，那俊美的小娘子挥了挥袖，痞子感到嘴里被东西射进去了，嗓子疼得就像用火烧。他跳到墙下猛咳几下，咳出滩血来，见里面有个圆圆的东西，用指头捏起来抹抹，发现竟然是枚骰子。大家看到这枚骰子不由惊呆了，从此很少有人敢爬墙头了，要是这骰子射在眼睛上，那眼睛就变会成个黑洞，以后就变成独眼龙了。

一天，丁方与夫人水萍来到院里，他们看了看墙头，墙头上的两颗头顿时消失了。他们坐在芙蓉树下的石桌前，丫鬟小凤把茶放到茶几下，又从门内的洞里掏出报纸来，过来放到了石桌上。丁方端起报纸看看，发现报纸头版头条上赫然登着周大年召开记者会的启事，便对夫人点点头，两人站起来向正房走去。

正房里对门挂着松鹤的中堂画，下面是明式的紫檀八仙桌，两侧是雕花的太师椅。丁方与水萍坐下，丫鬟小凤把茶水端进来，放到桌上。丁方盯着报纸，用鼻子哼了声说："他周大年老了，反应太迟钝了。"说完把报纸扔到桌上，独自踱到窗前，右手撑着那款红木案子，望着窗外盛开的月季与蝴蝶花发呆。

宽大的案上铺着红绒布，上面撒着几十枚骰子，当中还扣着个古铜色的摇筒。这个筒是用竹根雕成的，上面刻着八仙过海的图案，由于打磨得非常光滑，筒上映着抹油润的窗光。突然，丁方伸手把摇筒抓起，在桌上面来回晃动了几下，散落的骰子就像被吸进筒里，他闭上眼睛，把手中的骰筒摇得像影子那么虚晃，猛地扣到桌上，再把骰筒提起来，骰子沓成3柱，每个骰子都是六点……

水萍把报纸放下，回头说："相公，你认为周大年会在记者会上决定接受你的挑战吗?"

丁方摇头说："这个老狐狸，他在不知道我的真实身份之前，是不会轻易作决定的，不过我容不得他打太极，我要提前召开记者招待会，让他没有回旋的余地。"

水萍点头说："对，就这么办。"

为了加大记者会的影响力，丁方联系位于滨江道上的光明影院，租用他们半天场地，用来召开记者会，并借机请大家看场卓别林的电影。这家电影院名为光明社，成立于1919年，是法国式建筑风格，在当时是天津最有名的影院。

丁方随后又联系《现世报》的记者，让那位叫韩明的记者来家里。自从《现世报》的记者韩明采访丁方之后，报纸的销量大增，老板对他进行了奖励，并让他负责跟踪报道丁方的所有事迹。对于丁方来说，他为了便

长篇小说

赌神

于跟天津卫的人民沟通，因此一直与韩明有来往。这样，韩明似乎成了他的专职宣传员了。

韩明来到家里，丁方告诉他具体召开记者会的时间，并让他针对这两次记者会进行大量的分析，争取尽快促成他与周大年的赌战，好分出谁是赌王来。韩明当然求之不得，他回去后，在丁方的启事下面写了几千字的评论，详细分析了两位赌坛传奇人物的方方面面，并预测了丁方与赌王周大年分别召开记者会后的事态与动向，因此，这版的《现世报》又成了抢购版。

大家感到，周大年决定5月6日召开记者会，而丁方在5月5日召开记者会，这说明两位赌坛人物已经拉开决斗的帷幕，好戏马上就要开始，他们为此而感到兴奋与期待……

当周大年看到丁方在《现世报》的启事后，心里很不是滋味，因为他能够想象得到丁方召开这次记者会的目的，他扭头问站在身边的三秃子："你怎么看待丁方的这次记者会？"

"老板，在下认为他丁方也就是侥幸赢了几块大洋，并没有报纸上吹的那么神乎，如今见您跟他动真招，害怕了，想提前召开记者会表明，比如说父母病了，回老家探望，或者说跟老婆去旅游，随便找个理由离开天津，避开您老人家。"

两枚玉骰子在手指上滚动得活泼，就在骰子翻到了掌心时，周大年用力把骰子握住，摇头说："你的想法是错误的，通过之前的种种迹象来看，他丁方来天津就是针对我的，极有可能是赵敬武请来的人，是有备而来，在没有达到目的之前是不会脚下抹油的。"

三秃子点头："老板，您说得也对。"

周大年叹口气说："我倒不是怕丁方，现在的问题是，由于他的到来，督军与租界的领事们都对我改变了态度，这才是我担忧的事情。这几天我想过了，这几年确实没为他们赚多少钱，也许他们想利用丁方代替我的位置，毕竟新人出现，会有很多人不服气，会带着钱来挑战，这样他们就可以利用老千机获得利益。"

"老板，您吩咐。"三秃子说。

"我们没必要为个名不见经传的毛孩子冒险。"

"在下明白。"三秃子脸上泛出杀气。

"无论嘛办法，都不能让别人怀疑到我的头上。"

"放心吧老板，在下知道。"三秃子握紧拳头。

"这个，最好的结果让他们怀疑是赵敬武做的。"

三秃子早就想把丁方给做了，因为他们查不到丁方的真实背景，曾挨过周大年多少耳光，听过多少对不起祖宗的骂声啊。他马上召集手下，商量让丁方消失的方案。大家七嘴八舌，有人说，直接冲进家里砍了。有人说，晚上放把火把他烧死。还有人说，我们就在门口候着，反正他们得出门，到时候直接用枪打了。三秃子摇头说："老板的意思不只让我们杀人，还要让别人怀疑是小刀会干的。"

他们商量的结果是，趁着夜深人静，摸到丁方家院外，把用"三步倒"毒药浸泡的羊肉扔进院里，先把两条黑背狼狗药死，然后跳墙进去把人杀掉，把家里的金银财宝搜出来，给兄弟们分了。最后，留下小刀会的印记，让大家知道是小刀会做的事情。三秃子嘲嘲牙花子说："妈的，那小娘们太俊了，杀了还真有些可惜。"

"三哥，你要是喜欢给你弄来。"

"让老板知道，肯定跟我急，不过，杀了又太可惜。"

"三哥，你跟我们一块儿去，先把她收拾了再杀。"

"妈的，说的也是，那老子晚上就跟你们去。"

事情谈妥后，他们开始准备晚上用的工具。为了让大家知道是赵敬武的小刀会做的事，他们还到街上买了两把铜制小汉刀，准备到时候故意遗落在丁方家。小汉刀是小刀会的信物，一般用紫铜打制，有手指般长短，每个会员都有这样的小刀，挂在脖子上，证明自己是会员。刀上刻有横纹，据说横纹越多的说明地位越高，赵敬武手下的四大坨主佩带的是黄金小汉刀。更邪乎的是，据说赵敬武的小汉刀上镶着 7 颗钻石，价值连城。去年，曾有记者问过赵敬武是否有这样的小汉刀，赵敬武笑道："现在的社会岂是用小刀能解决的，本人只有大刀，没那种中看不中用的小刀……"

记者问："那你为什么不叫大刀会，却叫小刀会？"

赵敬武说："小刀多了一样能顶大刀用！"

由于小刀会在天津卫的势力大，街上到处都有卖赝品小汉刀的，据说小刀会的头目很容易能鉴别汉刀的真假，其中的门道，外人是不知道的……

夜半子时，三秃子脑子里装着丁方千媚百娇的夫人，带兄弟们出发了。半路上三秃子还呷了几口"三鞭酒"，心里痒痒地在想，如果玩得开心，就把这小娘子包养了。这么俊巴的女人，天下难找，杀掉真是太可惜了。

天上阴沉沉的，没有风，空气潮得能攥出水来。天空上像刷了墨，只有几家青楼的门面还闪着灯光，昏暗的光晕里站着几个妓女，搔首弄姿，唱着小曲儿，吸引着经过门前的男子。

三秃子带大家拐进小胡同，拐弯摸到丁方家的三合院前，故意弄了点动静，院里便传来了狗的吠叫声，那声音前半声像狗叫，后半声像狼叫，音质浑厚，震得小巷嗡嗡响。他们把药羊肉抛进院里，等着两条狗吃，可是等了好大会儿，里面的狗还是汪汪叫，大家便感到有些奇怪。有个兄弟说："三哥，那药不管用，咋办？"

三秃子低声说："妈的，不就两条狗吗，怕什么？上。"

他们小心地爬上墙头，这才发现狗被关在笼子里，根本就没吃上羊肉。他们跳进院里，快速跑到正房门前躲在两侧。三秃子伸手敲门，那门竟然应手而开，吱呀吱呀地摇曳，吓得他们打了个激灵。大家感到不好了，种种迹象都表明人家好像知道今天晚上要出事，是事先做好准备的。可事情到了这种地步，他们没有退路，三秃子伸手把帽子抓下来扔进房里，没有任何动静。

他喝道："兄弟们，冲进去。"

大家都往回缩，没有人敢进去，要是有人避在门内侧，手里举着大刀片，这么进去，说不定头掉到地上，会把自己给绊倒的。

三秃子见大家龟缩着脖子往后缩，恶狠狠地抓住个兄弟，硬把他往房里推，还在屁股上补了一脚，那兄弟惨叫着滚进了房里，趴在地上叫了半天，见没动静，慢慢地抬起头来，见房里黑黢黢的，结巴着喊道："三……三哥，房，房里，没人。"

三秃子带人冲进房，他们搜遍了几个房间也没有发现丁方夫妇的影儿。

别说丁方夫妇，就那个扎长辫的丫鬟也不见了。三秃子骂道："妈的，难道这孙子会算，知道我们要来？"有个小兄弟说："三哥，听说丁方有神灵附体，能够未卜先知，所以他每次下注都能赢。"

"少他妈的废话，把值钱的东西找出来，我们不能白来。"

他们发现卧室的床头有个古铜色的木柜，柜子的四角都包有铜片。三秃子来到柜前，勾起指头敲敲，传出闷闷的声音，一听这动静就知道是好木料。他让下属把柜子打开，里面竟然是几十封用油纸包裹的银元，不由惊喜万分。三秃子伸手拾起银封来，用手去掰，噗地一声，顿时散发出一股粉末，他大叫一声不好，捂着鼻子往后退，随后感到头晕恶心……当三秃子醒来时，发现自己泡在浴缸的水里，周大年就站在身边，便哭道："老板，小的没用。"

"不管你用什么办法，不能让他开成记者会，懂吗？"

三秃子用力点头："小的知道，小的现在就去准备。"

周大年突然大声叫道："记住，只许成功，不许失败。"

三秃子打个激灵："小的记住了，记住了。"

他硬撑着从浴缸里爬起来，也顾不得晕乎，顾不得换身干净的衣裳，把十多个手下招呼来，商量下面的谋杀行动。他们商量的结果是，一路人马到光明社前的街道上候着，见到丁方就地解决。一路人马到光明社后台候着，以防路上失手，要把丁方堵杀在记者会前。如果这两个方案都不成功，那就在记者会上用枪同时对着主席台上的丁方射击，把他变成马蜂窝……

二、黑帮介入

在光明社影院后面的休息室里，丁方正与夫人水萍坐在桌前喝茶。丁方穿灰色长衫，戴着礼帽，脸上罩着墨镜，一副诡异的模样。他端起碗茶水来慢慢地浇在地上，等水萍重新倒满，他端起来慢慢地喝着。水萍穿着石榴红的旗袍，稍施粉脂，明艳而不失庄重。两人谁都没有说话，略显得沉默。

休息室外立着两位高大威武的服务生，他们穿着印有光明社字样的职业装，盯着长长如洞的走廊。这时，有两个男子拖着点心盒子，顺着走廊向休息室走来。

这两个男子就是三秃子安排的杀手筒子与条子。由于周大年是赌王，除了三秃子之外，他把所有手下根据体型与性格，都给他们按麻将的花色起了名。比如筒子长得胖圆，条子是个瘦高个。他们为了能够正面接触丁方，直截了当地把他干掉，那是煞费苦心。他们在外面定制了早点，并在托着盒子的手上握有手枪，这样见着丁方后可以直接射击。

筒子与条子来到休息室门前，弯腰说："这是丁先生叫的点心。"两个服务生闪开，筒子与条子站到门前刚要敲门，服务生突然掏出枪来顶到筒子与条子的后脑壳上，低声说："把枪扔下，转身走人，如果你敢回头，就给你穿个眼。"

筒子与条子知道事败，他们把手里的枪与点心扔掉，转过身去，就像踩着薄冰似地慢慢地向前挪，到了走廊的拐角，两个人跑得就像猎枪顶着屁股的兔子。他们来到光明社侧面的小花园里，对正在那里候着的三秃子说："三哥，他们早有防备，没办法靠近。"

三秃子点头说："你们马上进入影院，找合适的位子坐下。记住，我已经跟其他兄弟说好了，当丁方落座的那个瞬间，一起开枪，把他给打成马蜂窝，看他还能怎样。"

筒子与条子回头走了几步，又折回来，挠着头皮说："三哥，我们的枪被人家给收了。"

"什么什么？真是废物。"三秃子低声怒吼。

三秃子从怀里掏出枪来递给筒子，对条子说："你不用去了，回去叫几个兄弟在去往小刀会的那条道上候上，看赵敬武有什么动向，马上回府报告。如果丁方真是赵敬武的人，我们杀掉丁方之后，他们肯定会有所行动的。"

筒子进了影院，见里面已经坐了很多人，正在那里吵吵嚷嚷。筒子找到合适的位子坐下，把手伸进怀里，抠开扳机预备着。这时，有位身材高大的男子来到他身边坐下，手里托着个礼帽，伸着脖子看看台上。筒子不太愿意挨着这个男士，因为他太威猛了，怕开枪后被他给见义勇为了。抬头见不远处有个空位，正好在两位女士之间，便想去那里坐着。他刚要站起来，那位男士把帽子举到他的脸前说："先生，您的帽子。"

"不是我的帽子。"筒子说完就傻了，因为帽子下面有把刀抵在他下巴上冰冰的，他只得又老老实实坐下，"朋友，你这是为什么？"

"筒子，把枪掏出来，马上滚出场子。"

"枪？什么枪？我没这玩意儿。"

"那你肯定藏肚子里了，我划开自己找。"

筒子明白自己被人盯梢了，只得把枪掏出来放到那人手里，爬起来往外走。走出影院，筒子不知道怎么向三秃子交代，正在犯愁，抬头见四姨太与丫鬟走来，便跑上去堵在她面前，低声问："太太，太太，您带枪没有？我有急用。"

"你谁啊？咱们认识吗？"四姨太翻翻白眼。

"太太，我是府上的筒子啊。"

"什么筒子与条子的，我不认识你。"

"太太，3月份您去寺里上香，还是我给您保驾护航的。"

四姨太小声道："别给我添麻烦，滚开！"说完与丫鬟昂首挺胸走进影院，找个位置坐下，静静地盯着台上铺着绒布的台子发呆。这段时间，她通过周大年的情绪预感到，这个丁方对她构成了极大的威胁，她想来看看这个丁方到底何许人，是否长有三头六臂，能把虎狼之心的周大年给吓成这样。正在这时，有人坐在她身边："四姨太，您还有此雅兴啊？"

长篇小说

赌神

四姨太回头见是独锤，不由皱起眉头："哟，你还活着呢？"

独锤笑道："托您四姨太的福，在下活得挺带劲。"

独锤原是山西的赌王，在本地再也遇不到对手了，听说天津出现了赌王，便带着 30 万大洋前来找周大年挑战。结果，没几局就输光了，周大年笑道："你还有什么赌注吗？家里有老婆女儿也可以下注，我家里正好缺下人。"独锤把自己的左手猛地拍到桌上："我赌这只手。"结果他又输了，被周大年把手砍掉后，把他扔到大街上。独锤身无分文，举目无亲，又饿又急，最后晕倒在大街上，是小刀会把他给救了。从此，独锤跟随赵敬武干，由于他的忠诚与能干，最后成为赵敬武的亲信。

四姨太跟独锤挨坐着感到别扭，领着丫鬟另找位子坐了，谁想到独锤又跟着来到她们后面，她回头怒道："你老跟着我干吗？我可告诉你，你要是敢动我，你吃不了兜着走。"

独锤小声说："四姨太，我知道你跟督军、跟租界领事都有关系，我哪敢动你啊，我动了你，他们不把我吃了。"

四姨太翻白眼道："知道就行，滚开。"

正在吵闹间，有个戴眼镜的人跑到台上，叫道："各位女士，各位先生，大家好，请大家静一静，我们天津卫赌坛新秀丁先生的记者会开始了，请大家鼓掌。"

在掌声中，丁方与太太水萍从幕后走出来，前排记者们赶忙拍照，那闪光灯啪啪作响，就像放了阵鞭炮，弄得狼烟四起。丁方伸手顶顶镜框，坐下后，对大家挥挥手说："各位女士，各位先生，大家好，大家辛苦了。"等大家静下来，丁方接着说，"在下得知周大年周赌王明天要开记者会，想必他老人家肯定是向大家宣布接受我这个新人的挑战，这让我感到非常激动，所以我提前开个记者会，表达一下我的激动之情。我想告诉大家的是，我与周赌王的这次对决将是非常精彩的，请大家不要错过了这个千载难逢的好机会，因为届时将诞生新的赌王……"正说着，有人喊道："废话少说，你就说有什么绝招赢周赌王吧。"

"我用赌博的最高境界。"

"请问赌博的最高境界是什么样的？"

"不只有出神入化的技术，还要会读心术、预测、意念力。"

"那你算算我有几个老婆？"那人抱着膀子得意地笑。

就在这时，突然爆响了枪声，大家惊叫过后，顿时变得鸦雀无声，随后慢慢地扭头去看声源，却发现是赵敬武的亲信独锤手里举着枪，向台上走去。大家顿时龟缩了脖子，想离开又怕脑后中枪。独锤提着枪来到台上，歪着头盯着丁方：

"丁先生，我代表小刀会向你提议，由我们小刀会给你提供安全保障，你只要拿出赢利的 20% 作为我们的回报，我们会保护你人身财产的安全，让你在天津卫如鱼得水，心想事成，财源滚滚，否则，你将死无葬身之地。"

丁方拍案而起，怒道："你们小刀会是干什么的？在别人的记者会上开枪，这是什么行为？就你们这种素质，我跟你们走得近了，会更没有安全感，你给我滚出去。"

记者们没想到会有这突变，对着丁方与独锤啪啪地拍照。独锤哈哈大笑道："丁先生，如果没有我们小刀会的保护，你的好日子不会长久的。你想过没有，你多次在报纸上跟周大年叫阵，也许你比他的赌技好，但你在没有人保护的情况下只有两个结果，一是他周大年因为怕输，会提前把你给做掉，或者他周大年比你的技术高，把你赢得身无分文，最后把你老婆也给赢去做第五房太太，实际上是第七房，因为其中还有两房姨太太不明不白地就消失了。丁先生，你太年轻，还不知道天津卫的水有多深，所以你离不了我们小刀会。"

丁方喝道："生死由命，富贵由天。我丁方如果在别人的保护下才能生存，这种生存还不如死的好。我来天津卫那天就问过自己，丁方你怕吗？我对自己说，不怕。我再次声明，就算要人保护，我也不会找你们小刀会，你们小刀会是什么组织，每天打打杀杀的，搞得天津卫鸡犬不宁，简直就是土匪团伙。"

"胡说，我们小刀会惩强扶弱，从不欺负老百姓。"

"租界的人常常欺诈中国百姓，你们为何视而不见？"

独锤把枪抵到了丁方的头上："你是不是不想活了？"

丁方把脖子挺了挺说："如果你有胆量，马上开枪。"

大家开始起哄，噢噢地喊叫起来，独锤脸色红赤，收起枪来灰溜溜地走了，大家顿时爆发出欢呼声。丁方举起双手来，说："请大家静一静，我还有话要说……"等大家静下来，丁方又说道，"我刚到天津不久，真没有想到事情会是这样的，赌王不赌，黑帮动武，租界猖狂，百姓受苦……"

大家又爆出热烈的掌声……

周大年的四姨太见丁方这种气魄，似乎理解了丈夫那种不安的情绪。同时，她不由对丁方感到敬佩，在天津卫，谁敢对小刀会的小鱼小虾大声说话？何况是对赵敬武的亲信独锤。她隐隐地感到，这个年轻人必将成为周大年的克星，在将来的赌决中，能否赢得了丁方，还真的没法预测。

四姨太与丫鬟回到府上，见三秃子他们正跪在院里，便知道周大年又惩罚他们了。周大年对下属极为严格，绝不容许他们出差错的。以前，有位下属办事不利，周大年正在怒头上，掏出枪来就把他给干掉了。四姨太来到二楼的书房，进门见周大年正像踩着烧红的地板那样，在房里来回地走动。他的脸色黑红，眼睛布满血丝，一副想吃人的模样。

周大年吼道："滚出去！"

四姨太冷笑道："吃枪药啦，发这么大火。"

周大年指着她说："我没工夫听你胡说，滚出去。"

四姨太点点头说："周大年，我本来想跟你谈谈丁方的问题，没想到你这样，那我也没必要跟你费口舌了。"

周大年坐到沙发上："丁方？那你说说。"

四姨太来到窗前，双手扶着窗台，轻声说："丁方这次记者招待会主要是针对你明天的招待会去的，目的就是让你在明天的记者会上再无法推辞。"

"这个还用你说，我早就知道。"周大年瞪眼道。

"可你不知道的是，赵敬武的走狗独锤也去了，他当众鸣枪示威，要求丁方用他们小刀会当保镖，然后抽取利益。"

"那么，他丁方同意了吗？"

"丁方不但不同意，还当场与独锤对峙，把小刀会骂得狗血喷头。依我看，他丁方决不是赵敬武派来的，如果他是赵敬武派来的，何必向丁方要求去保护他？依我看，要么丁方有更硬的后台，要么就是初生牛犊不怕虎。"

周大年听到这里感到茫然无措，既然丁方不是赵敬武的人，态度还这么强硬，那么他是谁？想想之前督军袁诚印与各领事的态度，难道丁方是他们找来的人？如果这样，那自己就很危险了。失去了他们的保护，赵敬武肯定会第一时间来取他的小命。

在天津卫，各行各业的人前来这里混，都会登门拜访小刀会，献上重礼，主动要求保护。让独锤气愤的是，他丁方不但不懂这个规矩，还当着那么多记者的面骂小刀会，这口气实在难以下咽。他回到府上跟赵敬武商量：

"会长，我派人把丁方给干掉吧。"

"什么事啊，让你发这么大的火？"

"他姓丁的敢在记者会上骂咱们小刀会。"

赵敬武身穿青灰色的长衫、圆口布鞋、雪白的袜子，浑身一尘不染。他稳稳地坐在藤椅上，两腿与肩同宽，手里握着硕大的烟斗，像名伶般托着润嗓子用的小泥壶。他长有一双细长的眼睛，尾部微微上翘，在两道剑眉的强调下越发显得炯炯有神。蒜头鼻，嘴唇宽厚，长长的下巴，整个人看上去气质硬朗，不怒自威。他伸手摁摁烟锅里泛白的灰，平静地说：

"我们当初成立小刀会的目的是什么？就是想把穷人凝聚起来形成一股力量，从强者手里争取点工作机会，从富豪们嘴里争点粮食用以养家糊口。我们遵循的原则是遇强则强、遇恶则恶、不欺弱者，把穷苦人当做我们的兄弟。你在记者会上当众开枪，彰显咱们小刀会的霸道，这本来就是你的不对，怨不得丁方说那些气话。再说了，他丁方并不只骂咱们小刀会了，听说在你走后还编了个顺口溜，说什么'赌王不赌，黑帮动武，租界猖狂，百姓受苦'，我感到说得还是挺有道理的嘛。"

独锤叹口气说："会长，我知道这么做不对，可是周大年和租界军政勾结，他的势力越来越大，步步紧逼，在我们的旺铺对面开店，不惜赔钱来拆咱们的台，再这样下去，咱们小刀会的兄弟就得喝西北风了。我之所以在记者会上鸣枪，是想借着这个机会对大家说，我们小刀会不是软柿子，谁敢惹咱们，咱们就跟他们玩命。"

赵敬武笑笑："八斤啊，这个嘛，需要就事论事嘛。在丁方的问题上，我们要做的是保护，而不是伤害，这个问题你是应该明白的啊。"

独锤的原名叫钱八斤，名字的来历是因为他出生时8斤，父亲就给他起了这个名字。由于姓钱，叫钱八斤，这个名字还是挺响亮的。后来，八斤失去左手来到小刀会，兄弟们都喊他独锤，他就认同了这个名字，但是，赵敬武从来都不叫他的绰号，始终称他八斤。这么称呼是有深意的，一是承认他八斤在小刀会的地位，再是说明他对下属是尊重的、是严肃的。一个成功人士，是成功在细节上，而不是那些大事。大事是经过若干个小事的积累才得以成功的。正因为这样，赵敬武在天津卫才赢得了各界的尊重。

赵敬武嘬了几口烟，烟袋里就像有小鸟在吱吱地叫，他见独锤眨巴着眼睛，好像并没有明白他刚才说的问题，于是问："八斤你想过没有？他丁方自来到天津，并以赌出名，是对周大年构成了威胁，所以周大年才想置他于死地。这么算来，我们跟他应该算作同路人，而不是敌人。虽然他在记者会上公开表明不与我们合作，这也是年轻人一时气盛。我相信，随着他的名声越来越大，与周大年的竞争越来越激烈，他会寻求我们帮助的。"

独锤点头说："会长，还是您想得长远，在下明白了。"

赵敬武说："你跟下面说说，明天报上肯定有关于丁方骂小刀会的报道，对于这件事情不要大惊小怪，他们搞报纸的就是吃这碗饭的，没影的事都在编，何况还是有过这样的事。再有，跟兄弟们交代下去，任何人不能以任何方式去对付他，不但不对付，还要尽心尽意地在暗中帮助他。唉，有些事情的利弊不在当时，而在以后，这个，相信你会慢慢明白的。"

独锤说："会长，我这就吩咐下去。"

果然，就像赵敬武预想的那样，第二天的报纸上铺天盖地都是有关丁方的报道，卖报的满大街叫唤："快来看啦，丁方不只与赌王周大年叫板，还在记者会上大骂小刀会的二把手独锤。快来看啦，据可靠消息说，丁方是代总统的小舅子啦……"

当赵敬武看到这份报纸后，拖着大烟斗，抿嘴笑了，问独锤："八斤啊，你认为丁方真是代总统的小舅子吗？这样吧，以你对他的了解，认为他丁方是什么来历？"

独锤摇摇头："会长，在下派人对他调查过，至于他从哪儿来，后台又是谁，没有任何线索。现在街上的传言倒是不少，有说他是从香港来的，新加坡来的，澳门来的，日本什么的，但这些都不足以为信。不过以在下看，丁方来天津肯定是有目的的，他的背景极其复杂，否则，他不会公开跟周大年叫板，也不会不把咱们小刀会放在眼里。说不定，他还真是某个军政要员的亲戚，或者就是总统的小舅子。"

赵敬武满脸笑容，轻轻地拍拍饱满的脑门，笑了几声。

独锤接着说："反正我感到他敢这么张扬，肯定有原因。"

赵敬武收住笑，脸上立马变得严肃起来："有关丁方的身世问题，我们没必要深究。今天不是周大年召开记者会吗，去听听吧。记住，不要再在记者会上闹事了，只是听听他有什么动向就行了。"

周大年同样选择在光明影院召开了记者会。

在会上，他非但没有决定接受丁方的挑战，还对丁方大加赞美："长江后浪推前浪嘛，这是不争的事实。我相信，他丁方的发展潜力比我要大。再者，丁方是值得我们大家尊重的，他刚到天津，还没有被这个复杂的环境感染，还保持着人性的光辉，并富有正直感，敢于义正词严地对黑帮进行谴责。请问我们在座的，有几个人能做得到……"

有个记者问："周赌王，外面传说你怕输给丁方，所以推托。"

周大年笑道："输赢乃赌坛常事，身在赌坛，谁没有输过。就算赢者，也是经过若干输的经验积累之后从而知道了不输的道理。放心吧，抽时间我会跟丁先生友好地协商，约定进行一场友谊赛，主要为了切磋棋牌的玩法，但不是奔着赌钱赌命去的。毕竟，棋牌发明的初始目的是为了丰富我们的生活的，不是为了赌博的。"

记者会结束后，周大年请记者们去饭庄用餐了。独锤回到会所，把周大年的原话学了，赵敬武感到有些意外：

"八斤啊，我感到问题有些严重了。"

"是的会长，在下也感到很严重。"

"他周大年看来是想把丁方拉到他旗下。"

"会长，我们决不能让丁方成为周大年的棋子。说不定，他丁方还真的有比较硬气的后台，否则以周大年的报复心理，是不会有这样的发言的。他周大年不只抱着袁诚印的大腿，还拍着洋人的马屁，在他们的保护下，实力越来越强，如果丁方是代总统的小舅子，再让他给拉拢过去，那对咱们太不利了。"

赵敬武轻轻地摇摇头，眯着眼睛望着窗子。从窗外可以看到杨树的头，正在风中轻轻地摇晃。他平静地说："放心吧，丁方注定会成为周大年的死对头，他们合不起来的。"

独锤担心地说："会长，不怕一万就怕万一啊。"

赵敬武说："八斤，在分析问题的时候要结合各种因素。之前，我听说周大年面对丁方的挑战感到惊慌失措，曾去拜访督军袁诚印、租界的各领事，想跟他们商量解决的办法，结果呢，却吃了闭门羹。那么八斤你分析分析，这是为什么？"

"这不可能啊。是不是他们有什么阴谋？"

"原因很简单，近几年，督军袁诚印与租界利用周大年赚了很多钱，为什么能赚这么多钱？因为全国各地的赌王都来找周大年挑战。问题是，他周大年的赌技真的出神入化，达到了不可战胜的地步吗？非也，非也！他们每次进行赌赛都在英租界的英皇大赌场，里面肯定有机关的。正因为周大年逢赌必赢，再没有人敢去找他挑战了，督军袁诚印与领事们没钱赚，而丁方的出现，他们……"话没说完，门嗵地被撞开，赵敬武扭头看去，见是自己的儿子赵信，不由皱起眉头来，吼道：

"我跟你说过多少次，进门前要敲门，你没长耳朵是吗？"

"父亲，"赵信梗着脖子叫道，"您看报纸了吗？"

"什么报纸？"赵敬武瞪眼道，"出去！"

"现在报纸上到处都登着丁方骂咱们小刀会的事，您为什么不让兄弟们动手把他给废了？这样下去，谁还把咱们小刀会当个鸟。"

"你懂什么，这件事不用你插手。"

"父亲您这是什么态度，这不像您啊？"

"滚出去！你想想你做过几件让我放心的事情？就你那点能力，我能不知道吗？丁方怎么了？你跟他年龄相仿，你有本事也给我弄出点动静来让我瞧瞧。没用的东西，滚出去。"

赵信气乎乎地走了，他回到自己的房里越想越生气，最后再也忍不住了，带着自己手下的十多个人前去找丁方算账去了。

赵信是赵敬武的养子。

当年赵敬武在天津立住脚后，娶了卫里大户人家的小姐兰芝雅为妻，可谓春风得意，谁想到老家的结发妻带着两个女儿找来，兰芝雅要死要活，岳父岳母也给他压力，实在没有办法，他只得把结发妻休掉，给她一笔钱让她走了。最具有讽刺意味的是，赵敬武随后娶了几房姨太太，始终都没有生育，他多次打发人去老家寻找妻子与女儿，但回来的人都说她们被山上的土匪抢走之后，就再也没有消息了。没办法，兰芝雅只得抱养了妹妹家的孩子作为自己的孩子，这个孩子就是赵信。有关赵敬武休妻抱子的事情，天津的人几乎都知道，都说这是赵敬武负心的报应，他辛苦打拼的天下将来必会落到别人家……

赵信带着十多个人来到丁方家，见几个记者在门口候着，还有些卖东西的在那里叫嚷。赵信对他们喝道："滚开滚开。"大家呼隆散了。赵信对着大门踹几脚，对手下喊道："来人，把门给我砸开，我倒要看看这兔崽子有几个脑袋，敢跟咱们小刀会作对。今天要是他不跪在地上喊我爷爷，我就开他的膛。"

几个小兄弟上去敲门，赵信急了："妈的，我让你们砸开。"

他们撞开门后，蹿进了家里，并没有发现丁方与他的妻子，只有丫鬟在家。赵信带人把家里砸了个稀八烂，最后还不解气，把丫鬟的大辫子给剪去，赵信握在手里甩得就像条黑蛇，扬长而去。记者们正愁没有线索呢，他们把赵信的行为全部拍下来了，等赵信的人走后，又跑进家里，对家里被砸后的现场进行了拍照。

这件事情见报后，赵敬武暴怒，首先抽了赵信一巴掌，然后让他在院里跪着抽自己的脸。太太兰芝雅心疼赵信，领着几个姨太太前来求情，赵敬武吼道："你知道他给我惹了多大的麻烦吗？现在小刀会的日子本来就不好过，丁方又是个敏感人物，他还当着记者的面去砸人家，还把人家丫鬟的辫子给剪掉，这件事的影响非常不好。刚才督军袁诚印给我打电话，说现在的治安越来越差，已经有很多人提出惩办小刀会了。"

"他还是个孩子，哪知道那么多啊。"兰芝雅抹眼泪道。

"什么什么，他还是个孩子？人家丁方比他大不了几岁，你瞧瞧人家，能够独自出来混天下了，你再瞧瞧他。算啦算啦，我看他是死狗扶不上墙了，你以后把他当闺女养着吧。"

就在这时，独锤匆匆进来，对赵敬武说："会长，有重要的事。"

赵敬武对几个姨太太说："滚出去。"

几个姨太太走后，独锤说："会长，刚才听小道消息说，督军袁诚印设宴宴请丁方，听说前去参加宴会的还有租界的人，意外的是没听说有周大年。通过这件事来看，他丁方说不定就是督军与领事们找来帮他们赚钱的工具。"

赵敬武说："事情的发展跟我预想的差不多，看来这个丁方是督军与租界的人，目的就是让他提出跟周大年挑战，利用赌博圈钱。"

独锤说："那不正好吗，让他们斗去，咱们坐收渔人之利。"

赵敬武摇头说："我们需要的是丁方跟周大年动真格的，如果丁方被督军袁诚印利用，他们会设计一系列的赌战，把周大年与丁方当成两个棋子不停地给他们策划赌战，蒙骗外人，好从中获得好处。这样丁方就会变成周大年的同伙了，对我们没什么好处。"

独锤说："对啊，我怎么没想到。"

赵敬武说："我们决不能让他们的计谋得逞。对了，听说丁方的太太非常漂亮，如果她被绑架之后，相信他没有心情跟督军袁诚印他们合作了，肯定急着去找人。到时候，如果我们再帮他找回来，让他知道是周大年绑架他的夫人，丁方是不会再跟周大年唱双簧的，这样我们可以趁机与丁方建立联系，如果督军袁诚印想用丁方替他赚钱，我们就要求他牺牲掉周大年。"

独锤用力点头："会长您放心，这件事在下会办好的。"

等独锤离开，赵敬武拿起礼帽戴上，拾起文明棍下楼了。来到院里，他弹弹自己的长衫，扭头看看兰芝雅的房门，仿佛看到她正在给赵信擦眼泪安慰他的样子，便不由摇摇头，深深地叹了口气。他招呼上司机与保镖，坐车出门了……

三、圈钱高手

由于马上要去参加督军的宴会，丁方显得有些沉默。他静静地坐在太师椅上，墨镜上映出的是微缩的家具。他紧紧地抿着红润的嘴唇，修长的双手交叉着，两个拇指活泼地相互逗弄，思考着这次宴会可能发生的事情。夫人水萍换上石榴红的旗袍，正坐在梳妆台前化妆。由于她的皮肤本来白皙，不需要搽粉的，加点口红就把整张脸点靓了。

在出发时，丁方突然对水萍说："夫人，在当今这种社会，所谓的上流其实就是高级流氓，以夫人的美貌，肯定会引起别人的臆想，说不定会引来祸事，还是在家里待着吧。"

水萍笑道："上流就是高级流氓，我还是第一次听说。"

丁方也笑了："中国有句老话叫丑妻薄地破棉袄，保证生活能过好。自娶你之后，我终于明白为什么丑妻是宝了。在你不够强大的时候娶俊点的媳妇会遭人惦记，说不定让人家抢了。现在我还不够强大，所以不敢让夫人冒险。"

水萍说："你自己去我真不放心。"

丁方说："不会有事的，他们这次请我赴宴，无非是想拉拢我罢了，肯定是好酒、好菜、好话伺候我，不会为难我的。"

他扶了扶礼帽，独自走出院门，发现门外停着一辆黑色鳖盖子车。车门打开，有个军官出来对丁方行了个军礼："丁先生好，督军让在下前来接您，请您上车。"

丁方笑道："今天的待遇可够高的。"

这时候，督军袁诚印正与英国领事莫德坐在客厅里谈话。袁诚印身材高大，身着灰色军裤，上身穿洁白的衬衣，就算在高大的老外身边，仍然像羊群里的驴那么显眼。莫德是个大胖子，肚子上像扣着个锅，脖子几乎与下巴平了，鼻子异常的高而钩，头上的黄毛打着卷儿，像用洋黄染过的蒙古羊毛。

督军嗡声嗡气地说："只要咱们把姓丁的这小子给拉过来，我们就可以策划一系列的赌局，到时候咱们就有钱赚了。"

英国领事莫德说："早就该这么做。"

袁诚印说："之前我们让周大年赢得太狠了，外界都把他当成赌坛的神了，这样谁还敢跟他挑战？现在不同了，丁方突然冒出来，被外界传得神乎乎的，大家都期盼他把周大年打败，在这种时候我们策划赌局，是最好的时机。"

正在这时，副官进来："报告督军，丁先生来了。"

袁诚印站起来："欢迎欢迎。"

丁方随着副官走进客厅，对甜着脸的袁诚印微微点了点头，然后冷冷地瞅了眼坐在沙发上的莫德。袁诚印伸出宽大的手来，握住丁方那修长的小手笑道："啊哈哈，丁先生，贵客贵客，快快请坐。"随后指着莫德说，"我来给你介绍，这位是英国领事莫德先生，他是咱们天津各租界的代表人物。"

莫德并没有起身，坐着伸出手来："欢迎欢迎。"

丁方摇头说："我不习惯坐着与别人握手。领事大人，请问你们西方见面时，都是在床上行贴面礼吗？如果你认为可以，我不会介意您坐着跟我握手。不过，我若去使馆拜访您时，您最好在家，而不是只有夫人在家。"

莫德有些尴尬，站起来说："我的手比身体快了一点点。"

督军袁诚印笑道："莫先生太胖了，身体慢点是可以原谅的嘛。"

当警卫员上了茶，督军袁诚印用手捋捋两撇胡子问："丁先生是哪儿人啊？"丁方把手里的杯子放下，叹口气说，"这茶不错，是今年的雨前龙井。噢，督军大人问在下哪儿人是吗？这个不好说了，在下从小跟随父亲奔波，他在北平时，我们就在那儿生活，后来他到了南京，我们全家又搬到了南方了。现在我来到天津，就算我是天津人吧。还有，家父的身世比较复杂，他不愿意谈起他祖籍是哪儿。您看，我今天一高兴说得就多了。"

袁诚印心想，妈的，小小年纪，城府倒挺深的，废话这么多，等于嘛都没说。不过，通过丁方这番话，袁诚印无法不往政府要员身上想。从北京到南京，这比较符合民国政府要员的迁徙路线。看来，外面的传说并非捕风抓影，说不定他丁方就是哪个议员的公子。他接着问："这个，令尊从事什么工作?"

丁方眯着眼睛,目光掠过莫德的秃头顶,说:"在我的印象中,他很少回家,也很少让我们出去。我曾问父亲,您每天都忙什么?他说,孩子,父亲不是为自己而忙,而是为了信念。我问,啥是信念?他说你长大了就会懂的。可是督军大人,我至今都不懂,他所谓的信念是什么。我母亲曾解释过,你父亲所做的事情,不只为了我们这个家,而是为了中国。"

袁诚印知道丁方在打太极,再问下去也没意义,便笑道:"丁先生,今天叫你来呢是想跟你谈合作的事情。这么说吧,我们应该精诚合作,想出个比较妥善的办法,大家赚点钱。"

丁方摇头说:"在下不只想赚钱。"

袁诚印点头:"我明白,年轻人嘛,还是应该有理想、有信念的嘛,是需要人过留名,雁过留声的嘛。你之所以找周大年挑战,就是想得到赌王的称号,这个没问题。明年呢,租界再次举办赌王大赛,你就是新的赌王了。"

"督军大人这么看重在下,难道不想看看在下的牌技吗?"

莫德叫道:"好,好,我想看看。"

袁诚印招招手,勤务员拿来一副麻将和一盒扑克牌,放到了茶几上。丁方把麻将牌哗啦哗啦倒在茶几上,然后把袖子拉拉,双手在麻将上方晃动几下,他的手仿佛是个强劲的磁铁,而所有的麻将就像铁粒,随着他的手的晃动而游动。

莫德瞪大眼睛:"奥麦嘎,这太神了。"

丁方并没有去看手里的牌,微微眯着眼睛,红润的嘴唇紧紧地抿着。他的双手猛地往上一提,仿佛是把牌给吸起来的,然后两手向外展开,把麻将捋成一道长城,然后笑道:"你们随便拿张牌,我都知道是什么花色。"袁诚印通过丁方的洗牌,便知道他的牌技确实不同凡响,也怪不得外面传说他是魔术大师,可能会《奇门遁甲》,能够意念挪移隔空探物。他伸手从牌墙里抠出块砖,用宽大的手掌把它摁在桌上,抬头盯着丁方。

"如果我没猜错的话,这张牌是红中。"丁方说。

袁诚印把牌翻开,果然是红中,不由感到吃惊。莫德伸出胖得像发面似的手连着抠出几张来,丁方全说对了,莫德伸出大拇指:"你是真正的赌王，告诉我，你是怎么办到的？"

丁方笑道："你想学吗？"

莫德用力点头："我学，你教我？"

丁方说："抽时间去府上拜会，顺便教您。"

莫德说："太好啦，热烈欢迎。"

袁诚印打断他们热烈的拜师交流，说："丁先生的牌技果然高明，简直是出神入化，让人目不暇接，看来，果然像传说的那样，先生慧眼已开，能够意念挪物。但是过于强大，就会孤独求败，没有人跟你挑战，你还是赚不到钱。就像周大年，连赢了几大赌王之后，结果几年没有人跟他过招了，怕是手艺都生疏了。"

丁方说："这不是我来了吗。"

袁诚印说："你把周大年打败之后，怕是再没有人跟你挑战了。如果我们合作，事情就不一样了，我们可以不断地赢钱。"

丁方微微点头："听着有点诱惑力，继续。"

袁诚印说："由你跟周大年进行挑战，由于你现在正被赌坛看好，大家都感到你会赢，肯定有不少人下你的注，然后你故意输给周大年。周大年虽然赢了，但他得到的钱与你是同等的。至于你输的钱，那不是你真正的输的。当大家感到周大年比你强，都押他的时候，让周大年输给你。我相信，就在这种输赢之间，我们将会财源滚滚。最后呢，让周大年输给你，让你变成真正的赌王。"

丁方想了想说："督军大人说得让我有点动心了。"

就在督军想着进一步阐明这种抽大老千的好处时，电话响了，勤务员接了电话，回头说："长官，门卫打来电话，说有个姑娘前来找丁先生，说是有急事。"袁诚印皱了皱眉头："既然是来找丁先生的，那就是我们的客人，让她进来，"

没多大会儿，勤务兵把丫鬟小凤带上来，小凤见到丁方便哭咧咧地说："先生，夫人被绑架了。"

"什么？"丁方腾地站起来。

"夫人正在书房画画，我在外面打扫卫生，大门突然被撞开，进来了十多个蒙面人，上来把我给打昏了，再醒来时，夫人就不见了。"说着嘤嘤地哭起来。

丁方沉默了会儿，气愤道："袁督军，天津的治安太差了。"

袁诚印说："丁先生不必着急，我马上让警厅全力寻找夫人。"

丁方抱拳道："谢谢督军，在下先告辞了。"

袁印诚让副官把丁方送回到家里，丁方进门见地上躺着两条狼狗，它们卧在变黑的血迹里，瞪着眼睛。他围着两条死不瞑目的狗转了几圈，脸上的表情依旧那么平静。走进书房，丁方见桌上还摆有没有画完的梅花图，他双手撑着桌沿细细地观察着那枝梅花，然后摸起毛笔来，蘸些浓墨点几个苔，又细致地染色。他画得一丝不苟，就像被绑架的人是别人的妻子，与他没有丝毫的关系。

当丁方把画完成，歪着头照量了会儿，马上给《现世报》的韩明打了个电话，让他给发表个声明，如果谁能够查找到他的夫人，把她平安送回来，用 1000 块大洋作为报酬……

当周大年得知督军与英国领事接见了丁方，他不由感到心慌意乱，焦躁不安。他担心的事情终于要发生了，看来他们要卸磨杀驴，兔死狗烹，把自己给踢出局去。周大年明白，这么多年来，自己仰仗着督军与领事们的保护，赵敬武才没敢对自己下手，如果失去这种保护，赵敬武肯定不惜任何代价要他的脑袋。

周大年不敢怠慢此事，马上带着四姨太去拜访督军袁诚印，想探探他们真实的意图，拿出应对的办法来。他战战兢兢地跟四姨太来到督军府，没想到袁诚印见面就瞪着眼叫道："周大年，丁方的夫人是不是你让人绑架的？"

"什么？"周大年吃惊道，"丁方的夫人被绑架了？"

"别他妈的跟我装。自丁方来到天津提出跟你挑战，你每天慌里慌张，生怕他取而代之，处心积虑地想把他置于死地。上次你们在光明影院暗杀失败后，你又想出这种损招。"

"督军大人，凭着我的经验，我有把握胜他。"

"别他妈吹啦，你怎么赢的那些赌王别人不知道，我还不知道吗？要不是英皇赌场里的老千机，就你老胳膊老腿的早就输得吊蛋精光了。输赢的事现在不说，你先把丁方的老婆送回去，不要破坏了我们的计划，否则我对你不客气。"

周大年听得云里雾里的，不知道袁诚印在说什么，他去看四姨太，四姨太走到督军袁诚印面前，捋捋他的胸口说："别发火嘛，大年没听懂您的意思，我也没听懂，到底发生什么事了？上来就让大年还人家老婆。"

袁诚印坐在沙发上，满脸怒气："周大年，我们帮助你当上赌王，并且保证你每次都赢，这给外界造成了个错觉，认为你是不可战胜的，这两年再也没有人找你挑战了，也就是表明我们很久都没有进账了。现在，好不容易跳出个人来跟你挑战，你怕影响到你的赌王地位，对他进行谋杀，谋杀不成把他的老婆给抓起来，你说你这不是存心跟我们作对吗！"

"督军大人，您可冤枉小的了，小的真没有这么做。"

"周大年你要明白，他赵敬武每天都想要你的人头，是在我们的保护下，你才能过安稳的日子，如果失去保护，怕是你逃都逃不出天津卫。我希望你不要打丁方的主意，我们正想利用他对你的挑战策划赚钱。你放心，我们不会对你不利，只是想让你跟丁方唱个双簧，诱使各界下注，我们好收拢资金。"

"督军大人，您的计划真好，小的甘愿输给丁方。"

"现在大家都看好丁方，肯定都下他的注，那么我们让他故意输给你，然后再跟你挑战，大家在看好你的情况下，你就故意输给丁方，等我们赚得钱差不多了，你当你的老赌王，让丁方当他的新赌王，两不妨碍，这不是两全其美吗。"

"小的听从督军大人的安排。"周大年终于松了口气。

"那好，马上把丁方的夫人送来，我好交给丁方，让他欠个人情。"

"我，我真没有动他的夫人，这件事肯定是赵敬武干的。"

"哎，周大年，你说出这句话来有人信吗？他赵敬武跟你是死对头，现在丁方跟你挑战，他赵敬武求之不得，怎么还会责难于他？就算他独锤在记者会上要求保护丁方，本意也是想帮助他打败你。如果你真把他的老婆给绑架了，马上给我送来，如果你真没做，那么动用你手下的人赶紧给我去找人。"

"好，在下马上就回去找。"

周大年说完转身就走，见四姨太尾随在后面，便回头对她说："你在这里陪督军说说话吧。"四姨太翻翻白眼，小声对他说："王八。"说完跑上去搂住袁诚印的脖子，吻了吻他的脸，亲的时候还特意盯着周大年。当初，周大年为了巴结上袁诚印，让四姨太去诱惑他，那时候她年轻漂亮，把袁诚印给迷得成了他周大年的保安。后来，把她玩得差不多了，督军为了讨好租界，又利用她前去诱惑领事们，把四姨太给推到国际交际花的分上，周大年还因此而感到窃喜，这让四姨太非常瞧不起他。

周大年回到家里，见警厅厅长在客厅里等他，便问他有什么事。

厅长说："周兄啊，你把丁方的夫人交出来吧。"

周大年急了："你什么意思？"

原来厅长听说丁方要用 1000 块大洋酬金寻找夫人，他就奔着这些钱去了，带领属下几乎把天津卫的大街小巷给翻遍了，最后他想到最有动机绑架丁方老婆的应该是周大年，因为丁方自来到天津就向他挑战，威胁到了他赌王的身份。厅长嘿嘿笑几声："周兄，在天津卫谁不知道丁方是来找你挑战的，而你感到自己年纪大了，手把不如从前，想把丁方整死，失手之后你又绑架他的夫人。你可别跟我说不是你干的事情，别人不了解你，我可不糊涂。"

周大年瞪眼道："我说过这件事情跟我没关系。"

厅长的脸拉长了："周兄，你不能为了你的声誉破坏我的名声啊。他丁方在天津好歹也算个名人，如今他老婆被人绑架，我身为警厅的厅长，如果不能够破案，岂不被人耻笑？你可别逼着我派人搜你的府，那样可就撕破脸了。"

周大年哭笑不得："我真没有绑架。你想过没有，我没绑架，大家都认为是我做的，我还能做这样的事情？他在记者会上公开跟小刀会的人作对，这肯定是小刀会打击报复。"

厅长想想也是，他周大年是老狐狸，大家都认为他绑架丁方的夫人，他肯定不这么做，说不定还真是小刀会做的。他跑到小刀会，对赵敬武说："老赵啊，这几年我可没少照顾你们小刀会，对于你们打打闹闹的，我都是睁一只眼闭一只眼。有件事呢，你得帮我。督军给我下了死命令，让我立马把被绑架的丁夫人找回来，你就把她交给我，就算帮老弟个忙。"

赵敬武冷笑："你认为是我们小刀会的人干的?"

厅长说："他丁方年轻毛嫩，不知道天高地厚，在记者会上骂了你们小刀会，你们小刀会绑架他老婆也是合情合理的嘛。如果他丁方骂我，我也会这么做的。所以呢，我完全能够理解你的做法。这样吧，你把她交出来，我去找丁方要赏钱，到时候我分你三成，怎么样，这岂不是皆大欢喜?"

赵敬武说："老弟，你想过没有，我儿子刚带人把他的家给砸了，这时候大家本来就怀疑我，我赵敬武再傻也不会在这个时候绑架他夫人吧。再说，你也知道，我跟周大年的恩怨不共戴天，他丁方来是对付周大年的，我拍手叫好还来不及，怎么会绑架他夫人?"

厅长扶了扶帽檐："说得也是啊，那到底是谁干的?"

赵敬武说："是啊，我也在想这个问题。"

一时间，整个天津卫都在猜测，到底是赵敬武还是周大年绑架了丁方的夫人? 报界对这件事进行了分析，这让赵敬武与周大年都感到了压力。赵敬武感到是应该跟丁方摊牌的时候了，但他明白，不能直接把水萍交给丁方，这样外界肯定说他先当贼然后又喊抓贼，以达到自己的目的，他问独锤说："地方选好了吗?"

"会长，已经选好了。周大年想纳个小妾，四姨太坚决不同意，便在租界外购买了个院子养了个婊子，这件事情让四姨太知道后，派人把婊子害死了。现在，看门的伙计正好是咱们小刀会会员的表弟，我们已经做好工作，到时候由他出面作证是周大年派人把水萍抓去关在那里的，这件事情一曝光，周大年有口难辩。"

"还有吗?"赵敬武细长的眼睛眯起来。

"我们还找了个记者，以最快的时间把这件事曝光。"

"只是找个记者，这件事很容易被人认为是在操作，你最好通过警厅。跟他们说明，是咱们小刀会找到水萍的下落的，为了不加剧与周大年的矛盾，让他们去办理。至于奖赏吗，可以给他二百块大洋。相信这件事情过后，我们再提出给予丁方保护，他是不会不答应的，以后的事情就会好办得多。"

独锤让手下把水萍放到预选的位置后，他带着两个兄弟来到警厅，跟厅长商量去救人。警长听说让他们解救丁方的夫人只给二百块大洋，便有些不满意："独锤老弟，你太不够意思了吧？"

"厅长大人您想过没有，如果我们直接把人弄出来交给丁方，您不是分文没有吗？再说了，这件事你们只是例行公事，这二百块大洋不就落到您的腰包了。要是别人问起赏钱，您说是我们小刀会的人找到的，警厅就是干跑腿，这样也好让别人信服。对啦，事情过后我请您吃花酒，您看上哪个楼上的姑娘，在下给您包夜，怎么样？"

"好，独锤兄弟够意思，我亲自带人去办理。"

"厅长大人您最好带着记者，让他们宣传一下您办案的神速，这样您在天津卫的威信将会得到提高，肯定会得到上级表扬。"

"兄弟，真兄弟。"厅长用力拍拍独锤的肩。

厅长带着警员在独锤的人带领下奔往周大年那处私院。这是个典型的北方四合院，青砖青瓦，院里有几棵大树，繁茂的树头几乎罩住整个小院。看门的那个男子见到独锤与厅长后，迎上去点头哈腰。独锤说："把门打开吧。"看门的打开门，独锤为了避嫌，独自离去。看门的领着警察与记者来到厢房，他们发现水萍被捆在椅子上，嘴里还塞着布团，记者拍了几张照片，然后又把小院也给拍了，并对看门的进行了采访："请问这个院子是谁的？"

"这是赌王周大年私养小妾的院子，小妾原是怡美园的头牌，来住了半个月突然就消失了。前几天，周大年带着个女的回来，逼着跟她同房，女的破口大骂，周大年就把她给捆在这里，并说什么时候同意就把她给放了。"

"周大年怎么交代你的？"

"他对小的说这件事不要对外讲。"

"那你为什么把这件事告诉我们？"

"他周大年简直不是人，有一次，我老婆从乡下来看我，正好被周大年撞到，他竟然伸手摸了摸我老婆的脸蛋，说这小娘们长得挺有味道的，还跟我商量，给我两块大洋，要跟我老婆睡觉。"

"那你同意了？"记者问。

"我不同意他会把我打死的。"

等记者把话问完，厅长下令把小院封了，带着水萍与看门的回了警厅。

路上，他还想着顺便再跟丁方要笔钱，没想到独锤与丁方就在警厅里。厅长啧咋道："独锤兄弟啊，我们半道上遇到周大年的打手了，还跟他们干上了，结果我有两个下属受伤，现在送往医院了。"丁方来到厅长面前，伸出双手让他看看，然后在空中抓了几下，手里猛地弹出条锦旗，上面写着："保家为民好警厅。"

厅长接过锦旗笑道："丁先生好手法，看来你能够空中取物，问题是，哪个银庄的银票丢了，我会怀疑是你做的，哈哈。"

丁方点头说："以前我曾表演给父亲看，他说你这算什么本事，我只要哼一声，就可以把个督军的官职拿掉。"

厅长缩缩脖子："请问令尊是？"

丁方笑道："他说不要轻易告诉别人我是谁，怕吓着人家。"

厅长听了这话，想想大家都传说丁方是总统家的公子，看来还真有这种可能，否则谁敢去惹天津卫的小刀会与周大年，谁敢跳着高去骂小刀会啊，他马上赔着笑说："丁先生，跟你开个玩笑，何必当真，夫人我给你找到了，你现在可以领回去了。"

丁方与独锤领着水萍与看门的离开警厅，厅长感到这单活赚得太少了，把大盖帽摘下来摔到桌上，坐在那儿挠头皮，挠得哧哧响。他突然叫道，对啊，我何不再跟周大年要点钱？于是拿起电话，接通周大年："周兄啊，有件事小弟得跟你透个气，我们警厅从你租界外的私宅里搜出了丁方的夫人，你说这件事怎么办吧？对啦，你别说我血口喷人，记者可是去拍过照片的，是你的看门狗亲口承认你做的事情，这件事见报后，你的名声就毁了。"

周大年说："你搞错了吧。"

厅长说："那等见报后你就知道搞没搞错。"

周大年说："这件事情肯定是有人栽赃陷害，麻烦老弟跟报社说说，先不要见报。你放心，事情过后我给你酒钱。"

厅长的脸上泛出得意的表情："100 块大洋。"

周大年说："好的好的，没有任何问题！"

厅长放下电话，马上给报社打个电话说："你们不要发布有关周大年绑架丁方老婆的事情，这件事情的原因，警厅还在调查中，当然，如果你们真的想发布出来，那就看你们能出多少钱，否则，我就查办你们……"

在客厅里，赵敬武独自站在窗前，望着窗外的草地发呆。草地上有几株高大的杨树，树上有几只麻雀在唧唧喳喳地欢叫，微风吹来，树叶剪碎了阳光，落下了片片碎银。草地上的月季花争相怒放，散发出温吞吞的香气，有些蝴蝶与蜜蜂在舞动。赵敬武听到身后响起脚步声，他的嘴角抽动几下，把烟斗插进嘴里才知道烟已经灭了。这时，身后传来独锤的声音："会长，丁先生夫妇前来拜访。"

赵敬武并未回头："让他们去吃饭，然后在书房等着。"

独锤点头说："是，会长。"

赵敬武始终没回头，他听到脚步渐渐进了走廊，脸上顿时泛出欣慰的笑容。他倒背着手走出客厅，对在门前守卫的兄弟笑着点了点头，让两个守卫感到受宠若惊，咧着嘴用力点了点头。这么多年了，他们很少看到赵敬武这么高兴过，这么情不自禁。以前，无论他遇到什么难事或者喜事，从表情上都看不出来。

来到二楼的书房，赵敬武把门关上，想想又把门拉开，留了条缝儿。他坐在宽大的书案后，抽出根雪茄把烟丝掭出来，摁进烟锅，点着慢慢地吸着，显得异常享受。一袋烟的工夫过去，独锤领着丁方与水萍来到书房，赵敬武说："你们坐吧，对了八斤，你出去跟司机说，我们一会儿要出去。"

独锤退出房门，轻轻地把房门关上，然后坐在大厅里的沙发上候着。没多大会儿，赵敬武与丁方、水萍出来，他笑哈哈地说："八斤啊，我已经跟丁先生达成协议，从今以后，由我们小刀会负责他的安全，帮助他实现自己的理想。"

独锤点头说："放心吧丁先生，我们会尽心尽力为您服务的。"

赵敬武说："八斤，你安排人把水萍夫人送到府上，我与丁先生去趟督军府谈点事情。对了，从今天起，派人守着丁先生的家，等我回来再通告大家，让大家知道，现在由我们小刀会负责丁先生的安全，谁要是想打他的主意，我们就对他不客气。"

对于督军袁诚印来说，本想着凭着自己的实力，完全可以迫挟丁方跟周大年唱双簧，从今以后源源不断地发财，谁想到在这节骨眼上出现了问题。当时，他真的怀疑是周大年所为，但当警厅向他汇报说是小刀会找到的丁夫人，他沉默了很久。

袁诚印明白，在丁方的事情上，由于关系着周大年，赵敬武不可能不插手，这件事情就是赵敬武操作的。不过，作为领导，有些事情还是需要承受的，赵敬武是天津卫最大的黑社会头子，他可以平衡着很多势力，这对他是有利的。作为一个领导，最可悲的事情就是下面的人太齐心，太齐心了很容易把你驾空。正因为赵敬武与周大年的仇恨，他们都离不开督军，这种关系是袁诚印想要的。

赵敬武与丁方来到府上，袁诚印显得很热情："啊哈哈，老赵啊，很久都没看到你了，还挺想你的，快快请坐。对了丁先生，听说你夫人已经安全了，这真是太好了。"

丁方说："督军大人，在下想过了，我很难跟周大年进行合作，我们之间您只能留一个，如果您看好在下，就支持在下跟周大年较量，而不是跟他唱什么双簧戏。"

袁诚印感到有些遗憾，如果按照以前的那种计划，可以设计他们多次挑战，从而源源不断地捞取利益，可这有什么办法，他赵敬武是不会让丁方跟周大年合作的。

赵敬武似乎看透了袁诚印的想法，笑着说："老袁啊，丁先生的赌技绝不在周大年之下，再者，由于丁先生年轻气盛，他赢了周大年之后，四方的赌坛能手肯定不服气，纷纷前来找他挑战，这样，相信您与租界的领事就会获得较大的利益。"

"敬武啊，你说得有道理，这样吧，由你们小刀会保护好丁方的安全，至于赌事嘛，我会安排的。他周大年这段时间每天都在打自己的小算盘，把自己的小日子整得越来越好，但我的日子变得越来越难了，看来，是得让周大年吐点血了。"

"放心吧老袁，为了丁先生的安全，敝人想设个宴会，到时候请各界名流前来坐坐，好让大家知道他丁方是受我们小刀会保护的，谁要敢打他的主意，我就对他们不客气。这对于丁先生的安全是有利的，对于您的计划也是有利的。"

袁诚印想了想，点头说："既然这样，丁先生就要先低调些，要让大家认为你没有任何把握赢周大年，这样大家肯定看好周大年，拼命向他押注，到时候我们再赢回来，这才赢得充分嘛。如果你的气势太强，大家都押你的宝，我们不白忙活了？"

"督军大人说得极是，我会想办法显出周赌王的优势来。"

"好，我相信我们的合作是非常愉快的。"说着转过头，拍拍赵敬武的肩，"阿哈哈，老赵啊，这个你放心，至于赢利嘛，肯定会给你分红的，这是必需的。不过，最近这段时间先别动周大年，等我们把他利用完了，随便你怎么处置他。如果我是你，我会把他做成跪着的木乃伊，让他跪在死者的牌位前，这样才解气嘛。"

赵敬武点头："老袁，那我就听您的。"

袁诚印说："走，老朋友新朋友见面，应该喝点酒。"

周大年接到小刀会的请帖，发现上面的字竟然是督军写的，便对着这些字沉默了许久。他并不知道袁诚印的真实想法，不过他隐隐地感到，因为丁方的夫人被绑架之后，好像局势有了变化。他明白，丁方的夫人的事情肯定是赵敬武暗箱操作的，但是他知道是赵敬武做的有什么用处，报纸上已经报道了，是在他周大年私宅里搜出的，里面还有守门人的证词，现在全天津卫的人都认为是他绑架的。整个晚上周大年都没有睡觉，他独自在书房里玩弄那副玉石麻将，最后把牌都给玩得有些烫手了。天渐渐地亮了，周大年回头盯了会儿窗子，慢慢地站起来，打了两个趔趄，慢慢来到窗前，双手扶着窗，望着天津的景色，还能依稀看到码头桅灯的昏黄。

早饭后，他叫着四姨太前去参加赵敬武的宴会，四姨太感到有些吃惊，以前，只要有赵敬武的场合，他都不会去，现在他竟然要去赵敬武家里做客，这太不正常了："大年，你是不是开玩笑？"

"我没有闲心去开玩笑。"周大年绷着脸说。

"你就不怕他们朝你打黑枪？"

"我相信他没这个胆量。"

周大年之所以要参加赵敬武的宴会，是想告诉大家自己还没有老到爬不起来，也不会害怕他赵敬武，还是有自信面对事情的。

长篇小说

赌神

这时候，小刀会会所的大厅里已经宾客满堂，督军袁诚印，英、法、美、日的领事们以及他们的夫人正围在那里看丁方变魔术。丁方手里有两枚骰子，两手一抹就在手里消失了，凭空一抓就会出现，把几个夫人看得老是说噢麦嘎。美使夫人说："亲爱的丁先生，能不能教我学一手?"丁方点点头，拿起枚骰子捏着说："我要把这枚骰子吃进嘴里，然后从腿弯处取出来，你感到可能吗?"

美国领事耸耸肩说："NO、NO。"

丁方便把手里的骰子放进嘴里咽下去，摊开双手让大家看，随后伸手从腿弯处取出来。大家都瞪大眼睛，然后开始鼓掌。美使夫人两手摊开说："我学不会，我吃进去吐不出来。"丁方笑道："其实很简单，我在第一次比画的时候就已经把这枚骰子放到腿弯处了，大家并没有注意到我的手里是空的，就这么简单。"

大家不由开心地笑了。

美使夫人还亲自做了一遍，说："我回去给别人变。"

就在这时，负责接待的独锤高声喊道："会长，周大年来了。"大家听到这里，脸上的笑容都抹下，奔下眼皮不再做声，表现出对他的不屑。赵敬武站起来说："失陪，我去迎接他。"他虽然给周大年下了请帖，目的是为了刺激他，并没有想到他真会来。赵敬武常年在这种复杂环境里，已经锻炼出足够的敏感，他认为周大年前来参加宴会不会仅仅是参加这么简单，肯定有什么别的想法。

仇人见面，心里甭提有多恨，但表面上还是笑哈哈的，赵敬武握住周大年的手说："啊哈哈，贵客贵客，欢迎欢迎。"随后对四姨太笑着点头，"夫人越来越优雅漂亮了，您的到来使鄙人蓬荜生辉啊。"

四姨太妩媚地笑笑："会长过奖了。"

周大年随着赵敬武来到客厅，见天津卫的重要人物都到了，便对大家抱拳点头，但大家看见督军与英国领使莫德表情淡漠，他们也就都表现得淡漠。袁诚印用有气无力的语气说："大年来了，随便坐吧。"几位领事就仿佛没有看到他，依旧在那里高谈阔论，倒是丁方伸出手来："周兄来了，请坐请坐。"

四姨太挤在袁诚印旁边坐下，让这周大年感到有些不快。四姨太就是这样的人，她总是在重要的场合里能够找到重点，并会借用重点来引起大家的注意表明自己的能力，并且毫不顾忌周大年的面子，常让他下不了台。有一次美国领使刚从美国回来，周大年给他办洗尘宴，在行吻面礼的时候，她竟然吻到领使的嘴上，服务小姐惊得把杯子都给掉在了地上。

丁方说："大家碰到一块儿并不容易，借着这个机会，我想在这里跟周兄切磋一下，也算是请教。在这里嘛，我们就不下赌注了，纯属交流技艺。"

大家纷纷说："好啊好啊，赶紧的。"

周大年也想试试丁方的身手，他感到在这种场所输赢都没有关系，赢了是必然的，输了就把丁方给赞扬一番，别人也许会认为他故意让着丁方呢。他笑着说："请教就谈不上了，就算我们给大家助兴吧。这样吧，丁贤弟，你看我们玩什么？"

"听说周兄善于摇骰，咱们就各摇两枚，看谁的点子大。"

"那好，悉听弟便。"

赵敬武打发人拿来4枚骰子、两个摇筒，放到茶几上，所有的客人都围拢过来，有人看不到还踩到凳子上。周大年心想，那我就摇出最小的点子让大家知道我在让他。于是，他伸手抄起骰筒，在骰子上晃了晃，把两枚骰子吸进去，晃两下扣到桌上，然后神态自若地坐在那里，微笑着看着丁方。

丁方用手把两枚骰子捏起来，一个一个放进去，然后闭着眼睛摇，摇得就像调酒师似的，把骰筒都给摇出重影来了，然后猛地扣到桌上。周大年开筒时，里面的两个骰子都是一点，而丁方开筒后，里面只有一枚骰子，是一点。

丁方笑道："周兄赢了。"

美使夫人问："那个，你又藏在腿弯里了？"

丁方笑着说："那个，在周夫人那里。"

四姨太摇头说："我没拿你的骰子，你明明都放进筒里的。"

丁方依旧笑着："你找找吧，肯定在你身上。"

四姨太摸摸兜与包没有找到，抬头见丁方伸手指指她的胸，便把手伸进胸口里，不由目瞪口呆。她解开一个领扣，伸手从里面把骰子摸出来放到桌上，发现大家都盯着她的胸，她非但没有脸红，心里还有美美的感觉，因为她的胸很骄傲，她也为此感到骄傲。

丁方对美使夫人说："夫人，我可不是提前放进去的。"

夫人耸耸肩笑了，大家都在笑，周大年感到很尴尬，袁印城心里也不太满意，他曾跟丁方说要低调，要故意显出自己的稚嫩让这些大亨们看看，到以后都押他周大年的宝，然后打包把他们赢过来，但他还是太年轻了，太争强好胜了。

周大年心想，丁方果然名不虚传，不过他明白，一个年轻人再老练，这种老练也是不厚重的，肯定有装的成分，因为他没有经过那么多的历练。培训出来的技能与生死拼搏总结出来的经验是有差别的。在人的身上，有些东西并不是才气与聪明就能代替的。周大年想到这里感到释然了，他似乎认为自己可以打败丁方。

在酒会开始后，丁方对大家说："我初来天津，年轻气盛，并没有想到天津这么复杂，还有这么多的租界，还有黑社会，还有趋炎附势的狐假虎威的小人。怪不得在我临来时，我父亲说，天津卫是不好混的，要不要我打声招呼让别人照顾你一下。我对他说，如果需要照顾，我为什么要到天津呢？我待在家里多好。果然，天津如此之乱，这不，几天前，我的爱妻就被绑架了，有人说是赌王干的，有人说是小刀会策划的，但无论如何，毕竟是小刀会帮着我把夫人找到的，我考虑再三，还是请小刀会给我当保镖吧，毕竟，小刀会给我当了保镖，我们在天津就相对安全些。"

大家没想到丁方会说出这通话来，不过大家通过这些话，感到外面的传说并不是捕风捉影，说不定丁方还真是政府要员的儿子。但是，丁方这番话算是把人得罪透了，赵敬武的脸色变得很难看，袁诚印的脸拉得驴长，租界的人也耸耸肩，认为他没有礼貌。周大年听了这番话，对丁方的判断又出现短路了：这个丁方到底是什么来头？天不怕地不怕，如果他没有后台敢这么说吗？他的这些话是极容易招致杀身之祸的。

赵敬武尴尬地对大家说："说实话，我们提供的服务很简单，帮助丁先生处理些日常事情，保证他的人身和财产安全，毕竟丁先生是我们天津赌坛的新鲜血液，他的到来一定会引起别人的忌妒与猜疑，甚至会有人讹诈他。本会长为了表达诚意，决定派犬子赵信亲自带人前去保护丁方夫妇的安全。"

赵信马上站起来对大家抱拳说："请各位多指教。"说完还偷着瞄了眼丁方的夫人水萍。在这个场所里，水萍的穿戴是朴素的，上身是马夹，蓝布裙，脸上没有任何的粉饰，但是她的美是最耀眼的。水萍见赵信瞄她，就慌乱地低下头，然后站起来走到旁边去了。

酒会开始后，大家开始跳舞，悠扬的舞曲顿时荡满大厅。赵信迎着水萍走过去，很绅士地背过一只手，伸出右手来："水小姐可否赏光，与您跳一支曲。"话没说完，听到父亲赵敬武在喊："赵信过来。"赵信对水萍点点头说，"不好意思，小姐稍等，我去去就来。"他跑到父亲面前，不高兴地说："有什么事？"

"你去准备准备，酒会后跟随丁先生回去。"

"父亲，等酒会结束也晚不了啊。"

"马上去！"赵敬武瞪眼道。

赵信无奈地看了眼水萍，低头耷拉着脸地出去了。

在酒会上，丁方把两杯酒放到一起，对大家说："我能把其中一杯变成水，而把所有的度数全都加在另一杯，大家想不想看？"

大家都说，想看，想看。

丁方对周大年说："如果周兄能够把我变出的那杯喝了，那我就给大家表演，如果不同意就算了。"

周大年问："剩下的那杯呢？"

丁方笑道："当然是我喝了。"

周大年并不相信他丁方会将一杯酒的度数全部挪到另一个杯里，他说："那好，不过我得先检查这两杯酒。"丁方点点头："请吧。"周大年分别尝了两杯酒，感到确实都是酒，便说，"丁先生可以开始了。"丁方向夫人水萍伸手，水萍从袖里抽出块手帕来递给丁方，丁方拉着两个角让大家看，这是块洁白的绸布，上面绣着一枝梅花，显得非常鲜艳，散发着股浓烈的脂粉味儿。

丁方把手帕盖在两个酒杯上，用手点了点一个杯子，然后又点了点另一个杯子，说："过去。"然后猛地把手帕拉起来，抛向天空，大家都去看空中飞舞的手帕，美国领事夫人把手帕接住，赞美道："beautiful。"水萍

长篇小说
赌神

笑着说："夫人看着好就送给您了。"

美使夫人："太好了，谢谢你。"

这时候，大家去看桌上的两杯酒，丁方让大家分辨。周大年重新尝了尝两杯酒，结果发现一杯的度数明显高了，而另一杯却变成了糖水。周大年为了少喝点酒，对大家说："大家尝尝。"丁方从兜里掏出包牙签来，分发给大家，大家去蘸了两个杯子里的水尝了，都感叹说，真是太奇妙了。

美国领事奥查理说："大年，你可以喝了。"

丁方把那杯酒端起来递上去："周兄，就算小弟敬你的。"

周大年只得喝这杯酒，由于度数太高，他每喝一口都皱皱眉头，那张本来就黑红的脸变成了紫色的，显得非常难看。当他把酒喝完，感到自己有些晕乎、有些恶心，突然一股强烈的呕吐感涌上来，他用手去捂，随着哇地一声，肚子里的秽物顺着指缝喷射而出，溅了莫德与夫人一身，吓得领事夫人哇哇大叫。

周大年说："失礼，失礼，在下先告辞了。"

等周大年走了，赵敬武让夫人兰雅芝带着莫德与夫人去洗澡换衣。丁方抱拳说："不好意思，本来想让大家高兴的，没想到周兄的嘴变成了机枪，乱扫乱射。"

大家听到这里都笑了。

袁诚印摇了摇头，这丁方太年轻了，太爱出风头了。

当酒会结束后，赵敬武与夫人兰雅芝把大家送走，然后回到客厅，对赵信说："赵信，你现在就带兄弟们随同丁先生过去，你们住在下房里，要恪尽职守为丁先生保驾护航。记住，在面临危险时，就算你们牺牲自己的生命也要保全丁先生家人的安全。"

丁方抱拳道："谢谢盛情招待，在下告辞了。"

路上，赵信在车里对水萍没话找话，问她老家是哪儿的、什么时候生日、喜欢吃什么。水萍羞涩地低下头，不时扭头看看丁方，而他歪着头正在看窗外流动的风景，并没有任何的表情。水萍用手碰碰丁方，问："先生，您是不是哪儿不舒服？"

"没有，我在想一个问题。"

"先生，能说说什么问题吗？"

赵信说："说出来吧，我也听听。"

丁方淡淡地笑笑："接下来我将做什么？"

赵信说："我陪着你们去玩啊，想去哪儿咱们去哪儿。"

丁方突然转过头来，非常严肃地说："赵公子，既然你来保护我的安全，就得尊重我的规矩，记住，任何人不能随意进正房，包括你，如果有事要先敲门，否则不得擅自闯入。记住，我花钱聘你们来是为了安宁的生活，不是让你们软禁我的。你们既然拿人钱财，就得替人消灾，如果我有什么吩咐，你们都要尽力做好，否则我随时解雇你们。"

赵信见丁方的表情很是严肃、很不友好，心里非常不服气，为什么他丁方跟自己的年纪差不多，却有这么高的待遇，还有这么漂亮的媳妇，而自己却去给他当狗？他说："丁方，丁先生，我父亲在天津虽说不是至高无上，但也是说话能刮风、跺脚能地震的主儿。要不是我们小刀会，怕是水萍小姐现在还在别人的手里呢。以后我们尊重你，但你也得尊重我们。"

"停车，"丁方冷冷地说，"赵信，去给我买两包烟。"

"什么什么，让我去给你们买烟？你还真把我当成跑趟的了。"

"马上去，否则我向赵敬武要求换人。"

丁方想到父亲老是嫌自己办事不利，如果现在被赶回去，肯定又招来责骂，他十分不情愿地下车，跑到旁边的店里买烟。丁方对司机说："开车。"

"不等赵公子了？"司机问。

"你在这里等，我与夫人走回去。"

司机是什么人，历来都被称为二当家，他常随着赵敬武出去办事，自然知道老板对丁方的重视，哪还顾得上赵信，马上发动车走了。当他从后视镜里见赵信在后面招手，刚减了减速，突听丁方冷冷地说："不能停！"

四、卸磨杀驴

每当回忆起赵敬武的酒会，周大年便感到气愤不平。他的酒量虽说不是海量，但也不是一两杯酒就能撂倒的，他相信丁方变的那杯酒里肯定不只是酒，还加了别的作料，否则自己也不会当场喷射，搞得颜面尽失。

现在的周大年也顾不得面子了，因为他感到形势对自己越来越不利了，如果之前督军策划让他与丁方假赌捞钱的话，由于丁方夫人被绑架这件事，现在全都发生了变化。至于督军他们新的想法是什么，周大年很想知道。

他让四姨太去找督军袁诚印，套套他的真实意思，并让她说明，丁方的夫人确实不是他绑架的，他愿意跟丁先生合作。四姨太去房里换了身藏蓝色的旗袍，把脸涂上厚粉，精心地描眉画唇，提上那款蛇皮坤包，扭动着丰满的屁股从楼上下来。她刚到楼下，正好碰到周靓上楼，对她笑道："大小姐回来了，你父亲这几天老念叨你呢。"周靓是周大年的结发之妻生的，自从夫人自杀之后，他对这个孩子格外疼爱，因此养成了她的坏脾气。周靓见后娘打扮得像妖精，便撇嘴说："今天去哪个大款家？"

四姨太说："你父亲让我去找督军袁诚印问件事。"

周靓知道四姨太常游走在督军与领事们之间，并且常是几天不回，外界都在传说，周大年靠老婆的身体去拍马屁，是天津卫戴着绿帽子的上层人。周靓撇嘴说："你们也不嫌丢人，出卖身体已经够下贱了，你们竟然连灵魂都出卖，真没劲。"

四姨太脸红了："大小姐，瞧你这话说的。"

周靓瞪眼道："我这么说是好听的，你没听听外面怎么说，说我爸就是个拉皮条的，说你就是个婊子，我听了都脸红，你说你们的脸皮怎么就这么厚呢，就这么不知道廉耻呢。"

四姨太盯着周靓的背影，不由感到气愤：自我来到这家里，忍辱负重，含辛茹苦，为这个家做出了多大的牺牲，我平时多次讨好你这个丫头片子，给你买了那么多好东西，可就暖不过你的心来。你不叫娘也倒罢了，老娘我不稀罕，可你就没有正经跟我说句话，每次都是裹风夹刺的，现在竟然说我是婊子。

在去往督军府的路上，四姨太还在想，等回到家一定要想办法治治这个大小姐，否则她还不得把我给踩进泥里，再在我头上跺脚。来到督军府后，袁诚印看到她皱了皱眉头，冷漠地问："有事吗？"她笑得像朵花似的，扭捏着来到袁诚印跟前，翘起脚来伸手圈住他的脖子，娇滴滴地说："人家想你，来看看你不行吗？"

袁诚印把她的手拉下来，耷着眼皮说："有事快说，我一会儿还有个会。"四姨太知道，现在督军已经对她没兴趣了，记得从前，他就像只狗似的，连她的脚都给舔了。可是这有什么办法，一般男人都有喜新厌旧的毛病，就像周大年，他都敢在外面养婊子，何况袁诚印是天津最有实力的长官呢。四姨太叹口气："是周大年来让我找你说，丁夫人不是他绑架的。"

督军袁诚印点着雪茄深深吸了口："这已经不重要了。"

四姨太说："周大年想知道你到底是怎么想的。"

督军袁诚印冷笑道："四姨太，看在我们以前的情分上，我必须提前跟你说，他周大年这几年只顾着打自己的小算盘，并没有为领事们赚半个钱，各领事对他的意见很大。还有，领事正在考虑要把他给赶出租界，收回他们提供的房子。你还是早为自己打算的好，不要等到周大年身败名裂之后，那时再想出路就晚了。平时呢，自己先弄些钱存起来，到时候买处宅地安度晚年。我可以明确地告诉你，他周大年是不得善终的，跟着他没有什么好处。"

四姨太虽然不爱周大年，也恨他，但他不希望周大年身败名裂，那样她同样面临着困境。她知道这些所谓的领事与督军袁诚印在稀罕她的时候可以给她舔脚，说什么他们都听，但他们始终也是把她当玩物，是不会在乎她以后的死活的。突然，四姨太通过袁印城的脸色，想到周靓那张冷漠的脸，不由得感到牙根有些痒了。

"督军大人，我知道自己老了，你看不中了。"

"你看你，这哪跟哪啊。"

"看在我们以前的情分上，我给你介绍个新人吧，她长得非常漂亮，非常年轻，还很有文化，相信你肯定喜欢她。"

长篇小说

赌神

袁诚印的眼睛亮了亮，问："是谁家的姑娘？"

四姨太说："就是周大年的大女儿周靓，你见过的。"

袁诚印顿时回想起那个少女，剪着学生头，穿着短裙，显得朝气蓬勃，性格还蛮烈的。以前，虽然看她长得漂亮可爱，但由于年龄差距太大，也没往那方面想，如今四姨太提起来，他突然感到对她很有兴趣，便咋舌道："你认为，他周大年会同意吗？"

四姨太冷笑说："在别的时候，他是不会同意的，我相信现在他会的。因为他感受到了威胁，内心充满不安，希望能够重新得到你的重视与领事们的尊重。"

袁诚印想着周靓那漂亮的脸蛋，不由来劲了，他拥着四姨太去了卧室……事后，四姨太收拾收拾回家了，见到周大年后怪声怪气地说："大年啊，袁诚印说现在领事们都在怪你没为他们出力，要把房子收回去，把你赶出租界。"

听了这话，周大年害怕了，如果离开租界，那么他的处境将变得非常危险。之前，赵敬武不动他，是因为督军与领事们的保护，如果离了他们的保护，相信赵敬武会第一时间前来杀他，或者把他捆到老家，让乡亲们把他千刀万剐了。他悲愤地说："我给他们赚了多少钱，他们最终还是要卸磨杀驴了。"

四姨太说："大年你想过没有，他们跟你非亲非故，之前所以对你好是利用你来为他们圈钱，正由于你们用了老千机，任何跟你赌的人都没有回子，谁还敢来找你挑战，所以你的利用价值也就没有了。可是丁方不同，他年轻气盛，相信他成为新的赌王后，全国各地的赌王都不肯信服他，会找他挑战，这样袁诚印与领事们又可以赚钱了。现在，你对他们来说没有任何用处了，也就是说，赵敬武现在把你杀掉，没有人肯出面说什么了。他们甚至都盼着你快点死了，别碍了他们的钱路。"

周大年眼睛里湿润润的，扑通跪倒在四姨太面前："看在咱们夫妻的分上你再去跟莫德说说吧，只有他能救我，求你了。"

四姨太摇头说："他们把我玩够了，不会再听我的了。"

周大年说："那，那我们就等着家破人亡吗？"

四姨太说："有个办法，倒可以让你立于不败之地。"

周大年说："什么办法？你快说说。"

四姨太摇头："反正你不会同意，就不说了。"

周大年说："求你了，说出来吧。"

四姨太太叹口气，用手把耷在额头的一绺头发轻轻地将到耳后，说："袁诚印看中咱家小姐周靓，想娶她为五姨太，如果你同意的话，他就变成你女婿，你就成他的岳父大人，我们就变成一家了，他自然会罩着你。"话没说完，周大年从地上爬起来，一巴掌抽在她的脸上："是不是你提起这事的？"

"我也是为了你，同意不同意是你的事。"她的脸上泛出冷笑。

"我算听明白了，你是在有意把靓靓往火坑里推，你这个臭娘们太狠毒了，她个小孩家平时说几句不懂事的话，你就这么算计她，你他妈的是不是不想活了。"

"周大年，你老婆我被他们玩够了，已经不能为你做事了，现在他们想玩你的女儿，只有你把你女儿抱到他们床上，他们才会保护你，否则，你周大年就死定了。"

周大年听了这话，心里的火蹿上来了。这段时间，他已经憋了满腔的怒火没地方发呢，他恶狠狠地说："臭婊子，我看你是活腻歪了。"他的声音都颤抖了。四姨太冷笑说："虽然老娘我现在肉皮不如以前白生了，可你要敢动我，袁诚印与领事们还是不会轻饶你的，你以为我平时白跟他们睡觉了？你以为我只为你才跟他们睡觉的？我劝你还是冷静下来，想想自己的处境，如果你不把靓靓嫁给袁诚印，你周大年就算到头了。"

周大年不由怒从心起，双手猛地掐住四姨太的脖子，吼道："我掐死你这个臭婊子，我掐死你这个臭婊子。"他的脸变得越发狰狞。四姨太的眼珠子开始往外爆，呼吸越来越困难，她的手去抓挠周大年的手，根本就没有任何效果，便从头上拔下头钗猛地插到周大年手背上，头钗顿时穿透他的手掌。周大年看到手背上镶着金钗，不由松开手了。四姨太呼呼喘着气，踉跄着想走，周大年掏出手枪对着四姨太搂了几枪，四姨太想着转回身子，却扑通跪倒在地。

三秃子推门进来，被地上的四姨太绊了一脚，身子滚几下来到周大年脚前抬头见他手里握着枪，吓得抱着头说："老板老板，饶小的一命。"

长篇小说 赌神

周大年沙哑着嗓子说："这件事跟你没关系，把四姨太偷偷埋了，如果别人问起来，就说四姨太离家出走没有回来。"

他说完走出客厅，来到书房，看到手背上插着的金钗，猛地用手拔去，手背上冒出股紫血来。突然，他不由愣住，因为他感到自己的食指与中指有些麻木，试着活动几下，感到这两根指头不听使唤，他的眼睛慢慢地瞪大，最后瞪得都快把眼角撕裂了。

对于赌者来说，这两根指头是多么重要啊！

周大年恶狠狠地说："臭婊子，你的心太恶毒了。"

他想去医院看看，但又犹豫了，如果去了医院，被外人知道他的手受伤，那么他的赌王就当到头了，他再也没有什么利用价值了。他自己上了些药，并侥幸地想，这点小伤也许过几天就会痊愈。坐下来，周大年点上支雪茄吸着，那支雪茄在手里抖得厉害。他回想四姨太说的袁诚印想娶靓靓的事，心里隐隐作疼，可他有什么办法呢？现在他只能把靓靓嫁给那个老王八蛋，否则，袁诚印与领事们肯定想办法对付他。不过他明白，就是自己愿意，靓靓也不会同意，靓靓现在正谈着男朋友，是个富商的公子，曾经来过家里，人长得非常英俊，又懂礼貌，跟靓靓可以说是天配地合。

就在周大年悲愤交集之时，接到督军袁诚印的电话："大年，最近德国领事送我一辆自行车，我留着也没用，如果靓靓喜欢就送给她吧。对啦，明天我正好有空，你领她来家里吃顿饭，我好像很久都没有看到她了，还真有点想她呢。"

周大年说："她，明天有课。"

袁诚印冷冷地说："明天的课那么重要吗？"

周大年还想解释几句，袁诚印把电话挂了，他感到自己无法选择，只能带着女儿周靓前去。到了晚上，周靓回到家里，周大年跟她商量说："靓靓啊，督军说给你买了辆自行车，让你明天去骑，你明天不要去上学了，我给你们校长打电话。"

周靓翻白眼道："呸，谁稀罕他的自行车，我骑着都怕被摔死。什么东西，身为中国官员，不替老百姓争取点主权不说，还帮着洋鬼子镇压中国人，我看到他都想吐。"

周大年说："靓靓，怎么说话呢？"

周靓冷笑说："父亲，也不是我说您，外面对您的传言可难听了，都说您利用四姨太去勾引高官，说您是洋鬼子的狗腿子，还说您在老家时，曾放火烧死了上千口人，您能不能做点有骨气的事，为什么非要让别人戳脊梁骨呢。"

听到周靓提到他放火的事情，周大年抬手便甩了她一个耳光，吼道："明天你去也得去，不去也得去。"

周靓梗着脖子说："你就把我杀了，带着尸体去吧。"

周大年就像打败了的公鸡那样，低头耷拉着脸出去了，当他回到卧室，看到卧室里四姨太的用具，这才后悔自己下手太狠，再怎么说，四姨太嫁过来后，对家里还是出了很大的力的。周大年感到卧室里到处都是四姨太的影子，他根本没法在这里睡觉，便抱着被子来到了书房，在沙发上蜷着迷乎着，但是他闭上眼睛，脑海里泛出四姨太那惨白的脸庞，还有袁诚印那狰狞的面容，就给惊醒了。

早晨，周大年早饭都没有吃，便坐车去拜见袁诚印。

袁诚印见周大年并没带着靓靓来，脸拉得老长："周大年，实话告诉你，我想娶靓靓为妻这是瞧得起你，是想着帮你，如果你变成我的岳父，租界的领事们就会看在我的面子上不敢把房子收回去，他赵敬武就是借几个胆也不敢对付你，否则，你被赵敬武杀掉，你的仇人会把靓靓绑去玩够了卖到青楼，你自己想想这后果吧。"

"唉，我并不是不想带她来，只是她脾气太倔，不肯来。"

"你连这点事都搞不定，还能做成什么。"

"您不要生气，我会想办法的。"

"我先提前跟你把话说了，现在租界的领事们都在考虑怎么把你给整死，然后侵占你的家产呢。还有，我现在的军费赤字正需要你的财产，如果你不把靓靓嫁给我，不用别人整你，我也得把你给整死。"

周大年伤心地说："放心吧，我会让你娶到靓靓的。"

袁诚印马上换成笑脸，拍拍他的肩说："大年啊，只要我娶了靓靓，你就是我老丈人了，从今以后我还不得处处维护你。"

周大年说："最近听说租界里的洋人把靓靓的同学给强奸了，他们正在四处投诉，并商量着要去租界游行，只要在他们游行时，你把他们全部抓

长篇小说
赌神

起来，然后对靓靓说，只要她肯嫁给你，就把她的同学全部放了，相信以她的性格，会不惜牺牲自己的……

督军袁诚印拍拍周大年的肩说："我就知道大年你有办法。"

周大年告辞出来，刚坐上车，眼泪就像断线的珍珠，他感到太对不住大夫人，当初他刚来到天津，没钱也没有亲朋好友，还被赵敬武追着，后来在郊区租了间民房，由于租不起房子，女房东每天都来赶他。那天晚上，房东的闺女偷着来到房里给他些钱，说，你把房租交给我妈吧。后来这个姑娘常接济他，让他度过了那段最艰难的日子，他们结婚生下了靓靓，周大年的好运也来了，成了赌王，混到了天津上层社会里。一天，周大年回到家里，跟夫人商量娶个小妾，还说是督军介绍的，如果不要肯定得罪人家。

夫人说："好啊，只要你过得好，只要对靓靓好，你娶几个我都不在乎，我也不会成为你娶妾的绊脚石。"

当天夜里夫人就自杀了，这让周大年感到非常愧疚。当年，他一把火烧死镇里 54 人，至今没有产生丝毫的愧意，并且埋怨那天的风不够大，烧死的人不够多。正因为愧对夫人，他对靓靓从小就非常疼爱，想弥补对夫人的亏欠，但是如今他为了自己的安危，把女儿嫁给袁诚印这个恶魔，他的心里自然不好受。

书房里摆着一个桌面大小的牌位，是紫檀材质的，足有半人之高，上面用金色写着 54 个人名。赵敬武站在牌位前，双手执香，微微闭着眼睛，脑海里顿时浮现出那场大火，在风的助势下就像山洪般洗过小镇……他把香插进供器，叹口气说："这么多年，敬武面对仇人始终无法雪恨，实在愧对父老乡亲，不过你们放心，现在我终于等到机会了，不久便可以把他的人头带回去。"

在赵敬武看来，现在袁诚印与租界都想把周大年踢出局，想利用丁方为他们赚钱，现在把周大年杀掉，他们是不会过问的，说不定他们还巴不得周大年早点死呢。他把独锤叫到书房，跟他商量道："八斤，我们应该做点什么了。"

"是的，会长请吩咐。"

"你安排兄弟把周大年的人头给拿来。"

"好的会长，我马上就安排人去做这件事情。"

"虽然租界与袁诚印想踢掉周大年，但我们也不能太明目张胆了，他周大年在天津卫毕竟还是个人物。你们周密安排，要想出可行的办法来，不要操之过急。对了，我们只针对周大年，对于他的家人与财产，决不能动。"

"会长您放心，我会办好的。"

就在独锤与兄弟们策划谋杀周大年的方案时，赵敬武接到袁诚印的电话："老赵啊，有件喜事给你说说，我马上要跟周大年的女儿靓靓结婚了，哈哈，是感到吃惊吧，其实这有什么吃惊的，说白了，他周大年是巴结我，非求着我娶他的女儿，都是老朋友了，我也是盛情难却嘛。不过，从今以后，他周大年变成我老丈人了，你可不能给我添乱，最少现在不行。"

赵敬武没想到周大年这么不要脸，为了自己的安危做出了这种不耻的事情，他说："老袁，我与大年的事都是陈谷子烂芝麻了，现在我都快想不起来了，放心吧。"

"老赵啊，我们混到现在的地步，算是有些头脑的人嘛。我能够明白，你从来不赌的人为什么插手丁方的事情，你认为周大年这几年没为我们赚钱，租界对他颇有怨言，想利用丁方作为棋子，然后对周大年采取行动。你的想法是对的，如果放在前几天，你杀掉周大年，确实是最好的时机，不过现在你得看在我的面上，不能有任何行动，要是误了我与靓靓的好事，咱们的交情可就完了。"

"放心吧，敬武以前没有动周大年是看您的面子，现在依旧看您的面子。祝贺您娶了这么年轻漂亮的太太，什么时候大婚，一定要通知我，我想备份贺礼去讨杯喜酒。"

放下电话，赵敬武坐在藤椅上，托着泥壶样的烟斗待了老长时间。他的眉头皱着，嘴两侧的八字纹越发深了。过了会儿，他轻轻吐口气，自言自语道，现在必须停止对周大年的行动了。

当独锤听说让他马上停止谋杀周大年，不解地问："会长，为什么啊。我都打探好了，他订了套红木家具，说明天就去看货。我们已经策划好了，到时候把他在家具店里干掉，然后把他装进箱子里，用石灰埋起来，省得您带到老家臭了。会长，您不能再前怕狼后怕虎的了，赶紧把这块心病去了吧。"

"八斤啊，无论什么时候，有些事情，我们策划得相当完美，但并不见得就能成功，因为还有很多外因。就像我们要谋杀周大年这件事，我之所以取消这次活动，主要因为周大年把女儿嫁给了袁诚印，现在他们正在操办婚事，如果这时周大年死了，袁诚印的婚事必然就要泡汤，或者推迟，他肯定对咱们怀恨在心，那么我们会怎样，可想而知了。"

独锤吃惊道："什么什么，周大年把女儿嫁给袁诚印？他袁诚印都比周大年大，这种事他也能做得出？"

赵敬武抽了口烟，慢慢地吐出去："如果他不这么做，他就不是周大年了。"

独锤想了想，抬头说："会长，就算督军袁诚印娶了周大年的女儿，但并不表明他就不需要钱了，据小道消息说，他挪用了军费，有个很大的窟窿需要补，他还会想办法促成周大年与丁方的赌战，从中捞取利益，我们从这件事情，再想办法。"

在督军袁诚印大婚的那天，赵敬武带着备好的礼品出发了。当他们来到督军府大门外，见门口正在发生争执，他让司机把车停下，下车去看了看，发现几个守门的大兵正用枪托捅地上躺着的青年，那个青年被打得鼻口里蹿血，在地上滚来滚去。

"哎哎哎，发生什么事了？"赵敬武喊道。

一个大兵回头见是赵敬武，抽抽鼻子说："这小子说是周靓的男朋友，来跟督军要人，督军让我们把他赶出去，谁想到这小子耍赖，就是不走，打也不走，看来他是想吃枪子了。"

"别打啦，我来劝劝他。"他把那个青年扶起来，拍了拍他身上的土："年轻人，你不知道这是督军府吗？"

"呸，今天他要是不把靓靓给交出来，我就死在这里。"

"年轻人，死是不能解决任何问题的。"

赵敬武把小伙子拉到旁边，经过交流，这才知道他叫刘子轩，是周靓的男朋友。前几天租界的洋人把一个女学生强暴了，同学们找到警厅，他们说管不了租界，校方领导又不敢去找租界交涉。刘子轩与周靓发动了20多个同学前去租界门口游行示威，要求把凶犯交出来，谁想到突然来了一队兵，把他们全部给抓起来了。刘子轩被放出来后，才知道周靓为了救他们，要嫁给督军。

赵敬武明白，这肯定是周大年与袁诚印设计好的，目的就是要让周靓同意这门亲事，他也不便与刘子轩多说，只是劝道："年轻人，如果你想救出周靓，那必须先保住命嘛。你今天把命给丢了，周靓舍己救人，不就显得毫无意义了嘛。如果你死了，她可能因此自杀，这样你不是把她给害了吗？你要好好地活着，我相信，你与周靓还有见面的那天。今天我不跟你多说了，你回去想想，如果有时间呢，可以到我的府上，咱们好好交流交流。"

"你是谁，你到底在帮谁？"

"我是赵敬武，我是站在正义这边的。"

刘子轩听说面前这个人就是黑帮头子赵敬武，扑通就跪倒在地："求您帮我把周靓救出来，您需要多少钱都行，我让我父亲给您，只要把她给救出来，我愿意在您跟前做牛做马。"

赵敬武把他拉起来："小伙子，这个忙我会帮的，但不是今天。你要明白，我们面对的是握有兵权的督军，市长都不敢惹他。如果你真想救出靓靓，就听我的，先回去把伤养好了，抽时间咱们再好好商量，你看怎么样？"

刘子轩问："我能不能加入小刀会？"

赵敬武点头："我们正需要像你这样有文化的年轻人呢。好啦，从今以后你就是我们小刀会的会员了。"

"听说你们小刀会的人都带着小汉刀，能不能给我一把？"

"是有这样的事，不过今天我没带啊。"

刘子轩说："那我去您的会所取吧。"

赵敬武点头："好的，明天你去会所，咱们好好聊聊。"

把刘子轩送走后，赵敬武倒背着手来到门口，两个守门的大兵点头说："还是会长您有威望，我们打他都不走，差点给我们惹了大麻烦，您几句话就把他给弄走了。"

　　赵敬武笑着点点头，走进院里，见院里已经停了很多小汽车，人来人往的异常热闹。当车停下后，他让两个兄弟抱着礼品，然后向客厅走去。客厅里，袁诚印正忙着招呼客人，他身着一套崭新的军装，身边站着披着洁白婚纱的周靓。娇小的周靓站在伟岸的袁诚印面前，就像个小孩似的。

　　袁诚印回头见赵敬武来了，笑道："啊哈哈，赵会长来了，快快有请。"看看礼品，又说，"老赵，你太客气了。"

　　赵敬武拱手道："恭贺督军大人新喜。"

　　袁诚印眉开眼笑："同喜同喜。"

　　赵敬武故意问："这位佳丽看着有些面熟。"

　　袁诚印笑着说："啊，她啊，是大年老弟的女儿。"

　　赵敬武故作吃惊："噢，原来是大年兄的令爱，怪不得看上去有些面熟。好，真是天作之合。"

　　袁诚印突然想到自己刚才说了大年老弟，不由挠着头笑道："他妈的，平时跟大年称兄道弟的习惯了，现在突然变成我长辈了，我他妈的老是改不了口。"

　　赵敬武微微点头："慢慢就会习惯的。"

　　袁诚印脸上的笑容突然抹下，眼泡就像垂着的两个袋子。他伸手把娇小的靓靓揽过来，用生硬的语气对赵敬武说："老赵啊，从今以后，他周大年变成我岳父了，所以呢，你看在我的面上，把以前的恩怨一笔勾销吧，不要打打杀杀了，以后咱们共同策划点项目，多赚点钱，这才是正事。"

　　"放心吧，督军您的面子，敬武还是要给的。"正说着，独锤从外面跑进来，凑到赵敬武面前："会长，出事了。"赵敬武皱眉道："什么事，慌里慌张的。"独锤说，"夫人突然昏倒了，现在送到医院了。"赵敬武忙向袁诚印拱手道："不好意思，家里出了点事，这样吧，过后我再来讨您的喜酒喝。"

　　送走赵敬武，袁诚印见周靓的脸绷得一弹都怕破了，整个人就像木头做的，与这热烈的气氛非常不和谐，于是伸出宽大的手，搂住靓靓的肩膀，把她给拥到丁方面前："丁先生不是会玩魔术吗？露两手让我夫人开开眼，不过，可不能把东西变进她的身上，哈哈哈哈。"丁方看了看靓靓，笑道："我发现大家都拿了重礼，就是我空着手来的，这太失礼了。其实呢，我是带着礼物来的，我相信这份礼的价值，能胜过所有人的礼品。"

莫德问："丁先生，什么好东西？"

有人问："把东西拿出来看看啊。"

丁方说："我的礼物就在莫德先生的帽子里。"

莫德摘下帽子，看看里面，举起来："我的帽子是空的。"丁方把他的帽子夺过来："不好意思，借用一下。"他用左手顶着帽子，伸出右手向天上一抓，做了个往帽子里甩的动作，然后猛地把帽子扔掉，手里便有了个卷轴。

大家不由拍手叫好。

丁方把卷轴递给莫德："您把这画打开，我去帮您捡帽子。"莫德把画打开，大家见上面画着头老牛正低着头吃草，知道这是讽刺袁诚印娶了小妾，匆匆散去。袁诚印恼羞成怒，伸手把画夺过来，用手撕了个稀巴烂，叫道："太不像话了。"

莫德耸耸肩："谁说不像画，就是画，还画得挺好。"

大家都绷着脸，憋着笑，不时偷偷看看督军那拉得老长的脸。这时，丁方握着帽子来到莫德跟前，把帽子盖到他的光脑壳上，问："我的礼物你们看到没有？我可告诉你们，这画是家父六十大寿时，地方官员送的礼物，平时他老人家爱不释手，后来他老人家娶了个小妾，比周靓还小，我就把他的画给偷出来了，他也不好意思问。"

有人问："丁先生，您父亲到底是谁啊？"

丁方笑道："这个以后你们会知道的，现在我还是说说这画的来历吧。这张画是唐寅的真迹，唐寅这个人你们知道吗？他生于1470年，死于1523年，字伯虎，一字子畏，号六如居士、桃花庵主、鲁国唐生、逃神仙吏等，据说他是成化六年庚寅年寅月寅日寅时生的，故名唐寅。他的画不说价值连城，也是稀世之宝。"

莫德点头："我知道，是戏秋香的那个人？"

丁方点头说："没错，就是他。"

袁诚印听说是唐寅的作品，又气又心疼，他看看地上的碎片，知道也粘不起来了，便没趣地离开了。莫德看看袁诚印的背影，对丁方耸耸肩摊开双手说："这人真没劲，你再给我变一幅好吗？"

丁方说："抽空我去府上拜访，一定带幅古画。"

其实这画哪是唐寅画的，是丁方的夫人水萍画好后做了旧，专门用来奚落袁诚印的。丁方知道袁诚印肯定会把它撕了，于是就编出这样的故事让袁诚印既难受又心疼……

自把女儿嫁给督军之后，周大年的心情本来就差劲，结果烦心事又来了。由于丁方每天专门找周大年当顾问的赌场去玩，不只自己赢钱，还揭露了各种赌具的老千秘密，这让赌场蒙受了巨大损失，他们纷纷向周大年告急，要求他出面制止。周大年给督军袁诚印打电话："现在丁方到处搅局，你就不管管吗？"

"管他干吗？他折腾得越厉害对咱们越有利。"

"问题是我给那几家赌场当顾问，他们都来找我。"

"让他再折腾几天，然后促成你们之间的较量。"

听说让他跟丁方赌，周大年愁得就像吃了黄连似的。虽然租界的英皇大赌场里有世界上最先进的老千设备，能够助他赢得赌局，但那种帮助也是甚微的，现在他的手这么不灵便，就算有老千机也没有把握。他感到自己应该找家医院看看，尽快恢复以前的状态。为了防备大家知道他的手受伤了，他对自己精心化装，戴着墨镜，还专门买了顶草帽扣在头上，独自开车来到郊区拜访了医生。医生把他的手抬起来，拉拉他的食指与中指，问周大年什么感觉。

"我感到有些麻木，酥酥地疼。"

"是不是被什么伤过？"

"不小心被一根钗子插透了。"

"可能伤到神经线了。"

"医生，这个还能恢复吗？"

医生摇头说："像您这种情况，可能是损坏了某根神经线，现在还没有技术能够接上，再说您的伤有些时间了，如果完全恢复可能性不大。不过，如果您不从事很精细的活比如修表，或者手工艺类的工作，也不会影响工作与生活。"

周大年不由感到绝望，他这双手要做的活，比修表还要精细；他这双手承载的是尊严，是他生命的保障，如果要让外人知道他的手受伤，他将变得没有任何利用价值，莫德会毫不留情地把他赶出租界，那么以后就得四处逃避赵敬武的追杀。就算靓靓嫁给了袁诚印，但这种作用也不会持久，像袁诚印这种人，对女人也就稀罕一阵，过去这阵热度，就不拿你当根菜了。

回到家里，周大年自己偷偷摸摸地煮药泡手，半个月过去了，手被泡得焦黄，虽然那种酥疼的感觉不强烈了，但当他把十多枚骰子放摇筒里，想把它们叠起来时，手上还是没有感觉，摇了几遍都有几个骰子零散着。他想把10枚骰子都摇成六点，根本就做不到。周大年有些绝望，他知道以自己现在的水平，顶多算个二流的赌手，想赢丁方没有任何把握，就是老千机也帮不了自己。

就在周大年心灰意冷之时，接到袁诚印的电话，让他过去商量事情。原来，丁方在报纸上发表声明，说是千里迢迢来到天津，本想找周赌王切磋技艺的，没想到他周大年根本就不敢露面，看来天津赌坛没有站着小便的人了，表明近期将离开天津，去香港或澳门发展去……这则消息让天津卫的人议论纷纷，都在骂周大年是个软货，是个输不起的人，就算他当上赌王，也是拿老婆的身体换的。

租界的人看到丁方的启事后坐不住了，两年了都没有向周大年叫阵的人，好不容易来了个胆大的，他周大年还不敢吭声了。英租界领事莫德找到督军袁诚印，对他发火说："袁诚印，你看报纸了吗？"

"是的，我看了。"

"我们之前策划把周大年给踢开，利用丁方来赚钱，可是你娶了周大年的女儿，又改变了计划，要利用周大年来赢丁方，还说不怕他丁方张扬，他丁方越张扬，别人越看好他，会吸引更多的资金，我们赢过来才赢得值，可是现在他要离开天津了，你还有人选吗？"

袁诚印也明白，如果就这么放丁方走了，就吃大亏了。以丁方现在的影响力，肯定有很多人注资，赢了他可以解决很多问题，最少可以把自己挪用的军费给补上。于是，他给周大年打电话，让他过来商量事情。周大年来到督军府，靓靓看到他，故意问："哎，这位先生是谁？看着好像有点面熟。"

周大年尴尬地说:"靓靓,你怎么说话呢?"

靓靓冷笑道:"我现在是督军的小老婆,你说话给我客气点,这靓靓是你叫的吗?不怕我让督军把你抓起来。"说完,朝周大年脸上呸了口,转身离去,嘴里还嘟哝道,"什么玩意儿,狼狈为奸。"周大年站在那里又尴尬又心疼,眼睛变得潮潮的。袁诚印拍拍他的肩说:"大年啊,靓靓就是这种性格嘛,不过,我就喜欢她这个性。"

"叫我来有事吗?"周大年心情并不好。

"大年,你看到丁方发的声明了吗?他说在天津找不到对手,近期要离开天津到香港或者澳门去,我知道他是向你发起挑战,我们为了留住他,也得跟他约局了。"

周大年的心顿时堵到嗓子眼上,说:"我,我感到现在时机还不成熟,能不能再拖些时间,过段时间效果会更好。"

袁诚印叫道:"什么,过段时间,过段时间他走了,你跟鬼去赌啊。你不知道那些洋鬼子每天像催命似的,说话越来越难听。你再这么拖下去,他们就把你给赶出租界,你自己考虑后果吧。"

"要不这样,先找个人跟他赌一局,把他先留住。"

"哟,你还拿架子呢,不行,你必须亲自出马。"

周大年有苦说不出来,哭丧着脸说:"那老千机管用吗?"

袁诚印说:"还是以前那套东西,管不管用我哪知道。不过,我的计划是,这次的赌局要少下注,故意输他,让大家更看好他,然后你再向丁方挑战,把他给赢回来,这样才赢得充分嘛。"

听了这话,周大年才放心些,赢没有把握,输还是有这个把握的。然而,周大年还没来得及向丁方约赌,结果山西有位叫高明的赌王来到天津,主动向丁方进行挑战。

看到这则启事,周大年不由暗暗惊喜,他感到这个山西的高明就是他的救星,这样至少可以缓缓时间,不用马上面对丁方,将来,就算自己的手恢复不到原来的程度,总会比现在强。

当袁诚印听说山西的赌王跟丁方挑战,感到有些意外,他马上叫着周大年,来到英租界找莫德商量。莫德见着周大年就急了:"周大年你还是男人吗?他丁方多次跟你叫阵,你却当了缩头乌龟,你都不如那个山西佬,你说我们还怎么给你提供房子？再这样下去，我们就把你给赶出去，你爱去哪儿发财就去哪儿发去吧。"

袁诚印忙说："哎哎哎，现在我们不是起内战的时候。其实，山西赌王前来跟丁方叫阵，对我们并没有坏处。我已经让人调查好了，这个山西赌王蛮厉害的嘛，据说在他们那个地区没人能够胜他，这次前来与丁方赌战，必然会掀起天津卫赌坛新的高潮，到时候无论谁赢得赌局，我们再提出跟他进行较量，这样才赢得够劲。"

英国领事不耐烦了："那你说我们下谁的注？"

袁诚印说："他们的赌局我们就不要参与了，就当看客。"

周大年问："那么丁方到底是什么来历？"

袁诚印摇头说："他妈的，我曾打发人去上边问，南京的朋友说让我尽量不要查这样的事情，还说将来如果出什么事，会落嫌疑。至于丁方的背景，还真不好说，搞不好就是某个要员的儿子。"

周大年说："我感到丁方跟那山西人赌，他的胜算要大些。"

莫德不高兴地说："不论谁赢都没有我们的分儿。"

周大年说："如果押丁方赢肯定能赢钱。"

莫德点头说："那好，我就押丁方，到时候输了钱你给我补上。"

周大年忙摇头道："赌场上的意外太多，我可不敢保证。"

回到家里，周大年为了尽快恢复自己的手，每天多数的时间都把手泡在药水里。现在他开始后悔，当初自己没有收个徒弟，否则，现在就可以代他出战了。为了以防自己的手恢复不到满意的程度，他让三秃子出去聘请好的赌手。三秃子不解地问："老板您是赌王，有必要再去找高手帮忙吗？"

周大年瞪眼道："老子是赌王但也是人，到时候有个头疼感冒的，我不能出战怎么办？你马上去找，如果遇到能与丁方匹敌的人，我们不惜代价，一定要把他给聘过来。"

五、千古奇案

丁方与山西赌王的赌战约定在卫皇大赌场进行，并委托卫皇来管理注资。由于时局动荡、经济萧条，最近这家赌场经营不善，多次都面临倒闭，他们突然得到了承办这起赌赛的机会，周经理非常激动，他对外界表态，为了办好这起赌事，他们卫皇将不惜代价，花钱装修世界上最豪华、最先进的赌厅。

为了表示对这场赌局的重视，他们还找画家给丁方与山西赌王高明画了巨幅的画像，上面写着："山西赌王高明挑战卫星赌坛著名人士丁方，欢迎各界踊跃下注。"从画上看，高明是个 40 多岁的人，满脸络腮胡子，根本不像是赌王，倒像是拳王。画上的丁方穿着长衫，戴着礼帽，脸上罩着墨镜，手里还拿着把折扇，显得既帅气又文雅。最有意思的是，他的扇子上还写着：我是赌王。

丁方为了博取更多人的支持，他在卫皇赌场门前进行了现场会演，无异于一场高级别的魔术秀。他伸手往空中一抓，一副扑克牌就在手里，抛出去扑克就不见了。有时候，他把牌猛地拉开一米多长，然后猛地合到手心，那牌却神秘地消失了。大家欢呼声不断，有人还高声喊叫，还有人吹口哨，气氛相当热烈。

负责丁方安全的赵信躲在后台感到很无聊，不时看看台上的丁方，嘴里小声嘟哝道，有什么了不起的，不就耍点小魔术吗。老子没学，老子学了也会。他对旁边的兄弟说，你们在这里盯着，千万不要让这位丁大吹出事，我找地方喝茶去。

丁方跳下台，让下面的观众随意洗牌，然后由他们抽出牌来让他猜，结果连抽了十多张都猜对了，大家都怀疑他的眼睛会透视。丁方摘下自己的礼帽，让大家看看里面是空的，随后又把礼帽往空中晃晃，里面竟然装满麻将，突然，他用力把帽子甩到观众人群中，大家缩着脖子等帽子落下，有位姑娘把帽子抓住，大家这才发现，帽子里竟然没有一粒麻将，再看台上，丁方手里托着整副的麻将牌已经砌成立方体，他随手把麻将往空中抛去，等各张牌纷落下来，大家见每张牌的字面都朝下，大家开始狂叫起来。

丁方伸手往台下猛抓一把，手里便有了一顶礼帽，大家回头去看姑娘手中，帽子已经没有了。丁方戴上帽子，向大家深鞠一躬："请大家支持我。"然后去后台了。大家都围着台子不走，回味着刚才的表演，意犹未尽。他们在议论刚才那些不可思议的事情，感到丁方比西方的魔术大师都厉害，有个尖嘴猴腮的男子站出来说，我知道丁方的秘密。

大家围过来盯着他。

男子说："他学会了《奇门遁甲》，能够隔空取物，意念挪移吧，这是最高级的赌博之术，所以周大年才不敢跟他应战。"

大家开始纷纷押丁方赢，因此排起了长队。山西赌王高明那边却是冷冷清清的，没有几个人问津。

丁方在卫皇周经理的办公室里喝了杯茶，这才想自己表演过后，赵信不见面了，便问守门的一个兄弟，那兄弟挠挠头说："赵公子让我们保护您，他去找地方喝茶去了。"

"什么什么，今天的场面这么热闹，鱼龙混杂，他不顾我的安危竟然开了小差，这件事情我得跟赵敬武谈谈，再这样下去，我还有什么安全感？我花钱雇你们不是让你们喝茶的。"

丁方回到家里，进门见赵信正与妻子水萍坐在院里的芙蓉树下聊天，他的嘴唇颤动几下，径自向正房走去。赵信忙站起来说："丁先生，我怕大家都去保护先生，有人趁机到家里闹事，就提前回来了。"丁方并没有说什么，顾自进了正房。水萍站起来对赵信说："谢谢你这么关心我。"说完小跑着进了房。

赵信站在树下，盯着正房的门，心里感到老天很不公平，都是差不多的年龄，他丁方却到处受人关注，还有这么漂亮的老婆，而自己却来给人家当狗。就在这时，他听到房里传来耳光声，接着传来水萍的哭声与丁方的吼声："你不老实待在房里，为什么跟赵信在院子里坐着？"

"我跟赵信真的没什么事。"

"要是有什么事不就晚了。"

赵信正要进房里劝架，丁方跑出来对着他吼道："赵信你给我记住，我是花钱请你们看门的，你要把自己的位置摆正，以后没有我的允许，你们不能进院子，现在你马上给我出去，听到没有。"

赵信掏着裤兜，无精打采地来到门口，朝地上呸了几口，待在那里不说话了。几个小兄弟凑上来，眨巴眼睛问："老大，我们从来没有见他发这么大的火，是不是你惹他媳妇了？"

赵信劈头盖脸就打他们："我让你们乱说。"

几个小兄弟跑到旁边，回头看看赵信那脸倒霉相，小声议论，没事就跟在人家老婆屁股后面像哈巴狗，早晚得出事，我们还是把这件事告诉会长吧，别到时候真出了事，我们受牵连。有人说，要是让赵公子知道我们告的状，那我们不就惨了，还是别捅这马蜂窝了，让他自己看着办吧……

由于丁方每天都到卫皇门前表演，他的人气越来越高，天津卫的大商小贩都开始押他，就连租界的洋人也按捺不住了，开始对丁方投资。英国领事莫德不想错过这个赚钱的好机会，于是把几国的领事与袁诚印、周大年叫到一起商量是否下注。

莫德说："我感到我们应该投点资。"

美国领事奥查理问："你们感到谁会赢？"

大家七嘴八舌道："还用问吗，肯定是丁方赢。"

周大年突然说："我感到事情没这么简单，还是慎重些比较好。谁都知道山西佬前来跟丁方挑战不占任何优势，所以大家纷纷向丁方下注。那么就有个问题出现了，就算丁方的注资再多，他山西佬没有相对的赌资也是赢不了多少钱的。还有，我们至今都不知道丁方的来历，要是他们暗箱操作，大家不就上当了？"

本来大家就对周大年有意见，现在见他说出这模棱两可的话，开始七嘴八舌指责他："如果你早作决定跟丁方赌，也就不会有现在的事情了，真是没用。"

莫德说："周大年，你住着我们租界的房子，我们保护着你的人身安全，投资让你做生意，可是你越来越让我们失望了。"

督军袁诚印忙打圆场说："大家不要急，好戏还在后头呢。如果丁方赢了，大家以后更敢在他身上下注，到时候让大年赢过来分量才重嘛。如果丁方输了，大家就会看好山西佬，会在他身上投资，无论谁赢了我们再把他赢过来才赢得充分，这叫欲擒故纵。"

法国领事说："欲擒故纵这个办法好，只是谁都想不透明天会发生什么变故，到手的钱都不见得是自己的，何况现在还没到手，我对前景并不乐观。"

由于现在形势还不确定，领事们都感到有风险，他们决定看看形势再说。然而，就在会后，美国领事奥查理却驱车来到卫皇赌场，拿出 10 万块大洋下注山西佬。卫皇大赌场的周经理感到吃惊，因为这几天还没有人敢对山西赌王下注，便提醒他说："您真的确定吗？大家可都不看好他。"

美国领事说："我确定，就买他了。"

老板说："那您可想好了。"

美国领事点头："废什么话，我说买他就买他，输了我认了。还有，这件事情不要让外人知道，如果大家都买他，我赚得就少了。"

等美国佬走了，周经理越想越感到有些奇怪，天津卫没有人敢下他的注，为什么美国领事却这么下本？难道山西佬是美国租界请来的赌手？他暗里对丁方说起此事，丁方听说美国领事向山西佬下注了，并且出手 10 万大洋，他沉默了会儿，突然笑着摇头说："他是嫌钱多得花不了啦，不过山西佬也算倒霉，他要是把美国人的钱输了，那他就死定了，所以对他来说并不是好事。"

有关美国领事奥查理买山西赌王高明赢的事传到赵敬武的耳朵里，他感到捉摸不透了，于是把独锤叫到书房，问道："八斤，各租界都没有动静，他美国租界为什么要拿出这些钱来，难道他有什么想法？"

"会长，美国租界向来神秘，搞不清他的真实目的。"

"周大年那边有什么动静？"

"没任何动静，他们还真沉得住气。"

赵敬武叹气说："如果我没猜错的话，无论丁方或者高明谁赢，必然会在天津卫掀起个高潮，周大年他们正在等着结果，谁赢了，他们就会向谁挑战，而且会通过各种办法促成到租界里的英皇大赌场赌，利用老千机保证周大年能赢，所以，现在他们不急。"

独锤点点头："会长，接下来我们怎么办？"

赵敬武想了想说："静观势态，看看再说。"

到了下午，赵敬武独自开车出门了，他绕到卫皇赌场门前时，见向丁方押注的人排成了长龙，便轻轻地摇摇头，嘴角上泛出了意味深长的笑容。他还记得小时候，跟父亲说要学摆番摊，父亲对他说，如果你敢碰这个，我就打断你的手。当时他还以为父亲小气，不肯传他手艺，当他来到天津卫后，才明白父亲为什么不同意教他，赌博这种事就像个魔咒，只要你染上就摆脱不了。

赵敬武开车来到一个四合院门前，门徐徐地打开，有个看门的老头笑着点点头，等车进了院子，他把门关住。

这是个典型的北方四合院，不典型的是院里有个土质的小假山，上面长满草木，山顶上还有个古色古香的小凉亭，凉亭里摆有石桌石椅。据说，这个院子是清朝时候，地方官员建了此院，再在里面养上几个美女，是送给王爷的礼物。后来，那位王爷由于遭到弹劾，最后这房子被官方卖掉，几经倒手，被赵敬武给偷偷地收购了。

赵敬武来到假山上的凉亭里，顺着树叶的斑驳望去，可以看到对面丁方家的院子以及马路上的行人。他倒背着手站在那里，盯着丁方家的院子沉思着。这时，看门的老头端着茶具上来，放到石桌上，哇哇两声，下去了。

看门的老头是个哑巴，会把式，还会写几个字。据说，他在玩喉顶钢枪时，不慎把枪尖给插进了口腔，从此便不会说话了。当初，哑巴领着女儿来天津卖艺，由于女儿貌美，身段又好，被小刀会的一个头目看上，把她给抢去让她做小老婆。哑巴写了个状子，闯进小刀会会所找赵敬武求助，赵敬武听说手下把人家闺女抢了，提着刀闯进手下的家里，对手下说，我跟你说过多少次了，我们是穷人的小刀会，要惩强扶弱，你竟然抢了穷人的女儿。

那人说："会长，我娶她，我是明媒正娶。"

赵敬武说："好吧，如果这个闺女说愿意嫁给你，我就饶了你，如果她不同意，那对不起，我得拿你给兄弟们长点教训。"

那人对姑娘瞪眼道："马上跟会长说，你愿意嫁给我。"

闺女叫道："我死也不同意。"

那人吼道："你想死那我成全你。"

赵敬武掏出枪来对着手下射击，把他打死了。随后，给那个闺女安排了个正经工作，并认作干闺女，安排哑巴帮他看门。后来，赵敬武还给那个闺女做媒，让她嫁了好人家，赵敬武让哑巴跟闺女去享福，可哑巴为了报恩，非要留在这里帮他看门……

已是夕阳西下，街道被镀了层金黄，街上的人拖着长长的影子在行走。赵敬武端起碗水来慢慢地倒在地上，然后重新倒了碗慢慢呷着。自从周大年放火烧死了54口人之后，赵敬武便养成了个习惯，每次喝水或者喝酒之前总会往地上倒一杯，借以祭奠那些屈死的人与乡亲。每次在往地上倒水时他都会叨念，敬武一定不负众望，把周大年的人头给带回去放在你们的墓前，让你们审判。

夜色从四际里掩过来，灯光与天上的星星衔接。起风了，土山上的树木哗哗作响，就像有场大雨在浇。赵敬武慢慢地从土山下来，他默默地走进房里。正房的窗子亮了亮，随后又暗下来……

到了丁方与山西赌王高明决战那天，卫皇大赌场外面人山人海。门口有个检票的，只有那些持有卫皇字样票据的人才可以进去。这样的票据分几种价格，贵宾座100块大洋，一般的座位10块大洋，由于座位有限，票供不应求。持有这些票的人大多数是天津卫的各界大亨，普通老百姓想都别想了，别说没钱，有钱都买不到。

大厅里摆着一张宽大的案子，案前已经坐着山西赌王高明，他穿着笔挺的西服，双手合十放在胸前，微微闭着双眼调整着呼吸。而在案子外5米的贵宾席上坐着各个租界的领事与夫人，还有督军袁诚印、周大年等人。

此时，丁方正在休息室里静静地坐着，双手扶膝，微微闭目。周经理敲门进来，轻声说："丁先生，时间到了。"丁方的双眼猛地睁开，红润的嘴唇抿得紧紧的，轻轻地点点头，慢慢地站起来。走出休息室，接着是条长长的走廊，每隔三步便有个服务生笔挺地站在那里，倒背着手，丝毫不动。

丁方倒背着手，昂首挺胸来到大厅，现场顿时响起热烈的掌声，有个大家小姐不顾体面地站起来叫道："太英俊了。"平时，丁方在外面的场合里都是戴着墨镜的，天津卫的人没几个见过他的真面目，今天得见，这才发现丁方有着很俊美的眼睛，有着很深的双眼皮、大眼睛、笔挺的鼻子、红润的嘴唇，是个非常英俊的书生，如果他肯唱旦角，那也是万人迷的模样儿。

来到台前，丁方慢慢地坐下，双手扶到桌面上。

山西赌王猛地睁开眼睛，紧紧地盯着丁方，嘴角上泛着冷笑。

由于这场赌局的重要性，周经理是亲自伺候牌局。他打发人送来红黄各100万的筹码，分别推到两位赌者旁边。丁方把筹码挪到左方，直直地盯着山西赌王，脸上始终挂着微笑，两人现在已经斗上了。周经理拿出一幅扑克牌来，让几位负责监督的赌坛元老检查过了，又分别让丁方与高明看了，然后抹到桌面上，对大家说："现在开局，请大家安静。"场子里顿时变得鸦雀无声，目光聚集在周经理发牌的手上。

每发张牌，山西赌王高明都会看看底牌，显得非常慎重，而丁方却显得很随意，修长的手指轻轻点着桌面，悠闲地看着高明那张胡碴子脸。当牌发完，丁方感到自己今天的运气太差了，对面这个脸上脏兮兮的家伙上手就是4张A，而自己的牌却是黑桃9、10、J、Q，底牌只是个J。丁方知道这是最小的一副牌，无论山西佬的底牌是什么他都必输无疑，不过他并不紧张，因为有把握赢高明。一个赌坛高手如果仅是靠起牌去赢，就不叫高手了。高手就是无论牌好与牌差都要赢，并且赢得让别人口服心服，这才是赌博的境界。

高明看看自己的底牌，抬头见丁方悠闲地坐在那里，也不去看底牌，无论他下多少注，丁方都是随后扔过筹码跟。他明白，丁方手中的暗牌绝对不是黑桃K便是黑桃8，要是黑桃K便是9、10、J、Q、K的清顺，若是黑桃8，也是8、9、10、J、Q的清顺，若是清顺也就刚刚赢过他的4筒A。但他坚信，丁方肯定不会是顺子，因此他脸上泛出了得意的表情。

丁方捕捉到高明脸上的得意之后，知道他的暗牌的点子肯定小不了，他知道只是根据点子的大小，自己是赢不了的。他想用气势压住对方，让对方不敢下注，自己认输。于是，他把自己手中的70万大洋的筹码全部推到桌中，冷冷地去看山西佬。山西佬高明盯着桌面上的筹码急促地眨巴着眼睛，脸上开始冒汗。

围观的周大年心里是明白的，丁方的底牌绝对不会组成清顺，如果山西佬敢于下注，丁方必输无疑，但是面对丁方这种气势、这种悠闲的样子，一般人是不敢跟的。当然，如果高明是个愣头青，那么丁方就必输无疑。周大年不由对丁方刮目相看，自己的牌已经输了，面对百万的筹码，他竟然还能显得这么自信，如果这牌放到自己手里，自己也无法做到。

山西佬大汗淋漓，盯着丁方那张底牌犹豫不决。丁方平静地坐在那里显得非常悠闲，那样子显得有必胜的把握，谁想到山西佬把筹码推到桌上说，跟。说着把底牌翻出来甩到桌上，是个红桃 K，丁方把自己的底牌翻开是个 J。山西佬哈哈大笑着说，丁先生，你输了。丁方笑道："不，你输了。"

山西佬又看看自己的牌，说："什么？你说什么？"

周大年听到这里，不由感到吃惊，在这种情况下，他丁方敢说对方输了，难道他还有什么别的办法吗？就在这时，他发现丁方伸手去翻底牌，独锤蹿上去用单只手猛握住丁方的手，并用失去手的胳膊顶住丁方的胸："胜败乃兵家常事，我们赶紧离开吧。"

丁方叫道："放开我，放开我，我没有输。"

独锤说：你现在输了这么多钱，处境非常危险，为了你的安全，我们必须马上把你送回家，这是我们之前的约定。"说着招呼几个人过来，把丁方给架起来往外拖。

周大年对袁诚印与莫德等人说："我们去看看热闹。"他们紧跟着走出卫皇大赌场，见独锤对丁方说："丁先生对不起了，你输的钱太多，得罪的人也太多，相信你再也没办法支付我们的保护费了，你自己多保重吧。"

丁方叫道："你们狼狈为奸设计害我，你们不得好死。"

独锤冷笑："胜者为王败者为寇，你自认倒霉吧。"

丁方急了："我没有输，我从来都不会输的。"

独锤哈哈大笑几声，猛地收住笑："我们会长说了，真正的赌局不在桌上，这局牌，在你没有进赌场之前就已经输了。"说完招呼着兄弟扬长而去。那些押丁方输钱的人，眼见丁方，围上去打他，并说他是丁大吹，是个卖耗子药的……

　　周大年心想，我现在的手这么不方便，何不趁机把丁方拉到我这边，帮我去冲锋陷阵呢？于是他对督军袁诚印说："丁方的技艺绝对在山西佬之上，这一局他赢了，只是被赵敬武算计了，现在我们趁机把他拉到咱们这边，对咱们是有利的。"

　　袁诚印问："他明明输了嘛。"

　　周大年小声说："他想翻底牌时，带进张红桃K。"

　　袁诚印明白了，拍拍自己的脑袋说："高！"挥挥手对自己的卫兵说，"你们把丁方送回去，帮他们站岗，负责他的安全，谁要是敢动他，枪毙！"几个卫兵扑上去，朝天上开了几枪，等大家散去，他们把丁方扶进车里，接着他走了。

　　他们来到家门口，见有两个小刀会的人缩着脖子蹲在墙根。丁方从车里下来，听到家里传来了女人的呼叫声，他说出事了，你们跟我来。于是带着几个兵冲进房里，见丫鬟正昏倒在客厅里。他们冲进卧室，见赵信把水萍摁在床上正撕扯小衣。赵信听到动静，回头看到是丁方与几个当兵的，吓得滚到床下，双手往上拉裤子，叫道："是她勾引我，是她勾引我。"丁方伸手从班长手里夺过枪，对着赵信就搂火……

　　当莫德与周大年来到督军府，他们刚坐下，莫德便不高兴地对周大年说："你卖了一路关子，现在你说说他丁方赢在哪里。我看他丁方就是个大话篓子，是个骗子，他的赌技根本就不怎么样。"

　　"莫德先生，如果底牌里还有张红桃K，这场算谁赢？"

　　"不可能，一副牌里就一张，没有两张。"

　　"其实丁方知道自己的牌点子非常小，但他厉害就在于在这么短的时间里做出了两套方案，一是用气势压倒对方，让对方主动认输，所以他把所有的筹码抛出去了，让高明误以为他能组成清顺，高明并没有上当，丁方就采用了第二套方案。"

　　莫德瞪眼道："我问你丁方到底怎么赢。"

　　周大年说："丁方伸手去翻底牌，其实他是想带进一张红桃K，然后说高明抽老千，这样高明就死定了。可是，他刚把手伸出去，独锤上去握住他的手，硬把他给拖出去了，所以他非常不甘心，大骂小刀会是骗子。"

莫德明白了，不由叫道："噢麦嘎，这个丁方真是厉害，这一招，就算在我们英皇大赌场里，我们也没有办法。"

周大年说："现在的丁方肯定恨死赵敬武了，所以我们要保护他。再说了，他丁方的技艺要比高明厉害很多，把他拉来，我再把自己的绝活教给他，联手跟高明叫阵，以后大家就有钱赚了。"

莫德点头："你今天算办了件漂亮事。"

周大年说："现在我们做的是赶紧派人盯着高明，别让他赢了钱溜了。以我的估计，他赢了钱肯定去小刀会了，只要盯着小刀会出入的几条巷子，他就跑不了。"

督军袁诚印马上让副官去安排人，一定要把高明给盯死了，决不能让他给溜了，说什么也得把他赢的钱给赢回来。副官刚走没多大会儿，派去保护丁方的班长回来了，说："报告，丁先生全家来到府上，要求保护。"

督军袁诚印吃惊道："这也太快了吧。"

周大年说："这有什么奇怪的，肯定有很多人去找他闹事儿，他无法在那里住下去了，不投靠咱们还能投靠谁。"

督军袁诚印说："那我们也得拿拿架子吧，省得他那臭脾气不服管，让他在那里等着，就说我正在开会，开完会再见他。"

班长说："丁方把赵敬武的儿子赵信用枪打了。"

袁诚印吃惊道："什么什么，他把赵敬武的儿子打了，为什么？"

班长说："我们把丁先生送回家，听到房里传来女人的呼救声，丁先生领着我们冲进房里，发现赵信正在强暴他夫人，丁方夺过我的枪就把赵信打了。"

袁诚印脸上抽搐了几下："死了？"

班长说："死没死不知道，但打在胸上了，我看够戗。"

袁诚印听到这里牙痛般吸吸嘴，感到有些为难了，如果丁方杀了赵敬武的儿子，赵敬武肯定不会放过丁方，把他放在督军府，这个问题就不好解决了，到时候赵敬武说他督军包庇杀人犯，影响多不好。他扭过头去看看周大年："大年啊，你说怎么办吧。"

周大年明白袁诚印的意思，便说："反正我跟赵敬武有世仇，不怕得罪他，就让丁方住到我家里吧。"

袁诚印点头说："好，很好，你们住在一起，也可以切磋切磋赌艺，想想怎么对付那个高明。"

莫德拍拍周大年的肩："大年你放心就是了，由我们租界保护你们的安全，他赵敬武是不敢怎么样的，不过，你们得想办法给我们赚钱，否则，我们会不高兴的。"

周大年到楼下去迎接丁方，见他脸上还泛着血迹，便对他说："丁老弟，洗洗脸去我的府上住吧，你放心就是，他赵敬武再厉害，也不敢到租界里闹事，住在我家绝对是安全的。"

丁方与妻子水萍扑通跪倒在地，丫鬟小凤看看主人，也跪在地上。周大年把他们拉起来，拍拍丁方的肩说："以后我们就是一家人了，不要客气，放心，他赵敬武是你的敌人也是我的敌人。你现在应该知道，他赵敬武是什么人了吧，他这人极其阴险毒辣。"

六、押宝有术

在饭桌上，当高明谈起与丁方的赌局，感慨道："说实话，如果不是我师哥给我使眼色，还真得被丁先生的气势吓住了。相信没有人能够在面对这么大赌注时还表现得如此泰然自若。再者，不是师哥及时出手，如果被丁方在底牌里带进红桃K或者别的牌，那我就对不起赵先生您了。"

赵敬武点头说："虽然丁方输了，但我们不能不承认他的赌技确实达到出神入化的水平，我相信，民国再也没有比他更有赌博天分的人了，但是，正由于他太相信自己的赌技，因此自信自大，从来都不把别人放在眼里。在天津，他就没有不敢得罪的人，就算我们小刀会给他提供保护，他非但没有感恩，还多次挖苦我们，这让兄弟们非常不满。说实话，舍掉他，我也是迫不得已！"

独锤笑道："像丁方这么孤傲的人，突然输了这场赌战，真不知道他会不会疯掉。"

赵敬武沉默片刻，缓缓地抬头盯着高明："贤弟，赌博，无论你的技术有多高，最终的结果都是失败，你师哥八斤与丁方的事情可以证明。不过呢，这次也不能让你白帮忙，临走带几万大洋，回去过安稳日子，不要再赌了。"

高明点头说："在下遵听赵先生教侮，从此洗手。"

正着说，赵信的贴身随从哭咧咧地来到餐厅，说："会长，不好了，出大事了。"

赵敬武瞪眼道："天塌啦？有话不会慢慢讲。"

随从说："丁方把公子用枪打啦。"

大家听说赵信现在在医院抢救，生死未卜，马上奔往医院。赵信已经被推进手术室5个小时，至今还没有出来。在等待的时间里，赵敬武问了详细原因，听说赵信去强暴丁方的夫人水萍，正好丁方回到家里，向他开了枪，赵敬武叹了口气，没有说什么。

独锤说："妈的，我们不能饶了这个丁方。"

赵敬武说："这是医院，我们先不谈这件事情。"

又过了两个小时，医生们才从手术室出来，赵敬武他们迎上去问情况。医生说："命是保住了，不过是否醒得过来，这要看个人的情况。说实话，这一枪打得巧了，子弹是擦着心脏过去的，如果再偏一厘米，就没命了。好了，你们可以到病房看他，但不要太吵了。"

当滑轮车把赵信送进病房后，赵敬武他们到病房里看了看，就被护士给赶出来。赵敬武对独锤说："这件事情不要再找丁方的麻烦了，说到底也是赵信不成器，我们要换位思考，如果在那种情况下，我们是丁方，也不会冷静的。再说了，何况我们算计丁方在前，这对于丁方是不公平的。赵信没事就好，现在我们需要做的，是把高明送走。"

独锤说："我师弟说了，想留下来帮着会长做事。"

赵敬武摇头："我倒是希望这样，可是你想过没有，他赢了这么多钱，如果他还在天津，丁方肯定还会向他挑战，再次交手，胜负就很不好说了。再说，现在丁方是周大年的人，实际上是在为袁诚印与租界的人做事，我们多一事不如少一事。"

晚上，独锤给高明包了些银元，开车送他去港口，车子刚拐过胡同就被一队当兵的拦住了。独锤把车停下，打发一个小兄弟过去问情况，那小兄弟回来说："他们说现在形势紧张，督军下令禁夜，任何人禁止出入天津，如果有重要的事要办，也得去督军府开出入证，否则格杀勿论。"没有办法，独锤只得把高明拉回去了。

赵敬武明白，高明赢了这么多钱，租界与袁诚印肯定眼红，他们不会让高明走的："高明贤弟，这段时间只能委屈你了，等风声过后，我们再想办法把你送走吧……"

事实就像赵敬武想的那样，卫皇赌战的风声还没平静，紧接着报上就登出丁方向高明挑战的启事，发誓要把输掉的钱赢回来，要把尊严赢回来。丁方还在报纸上大骂小刀会与赵敬武，说他们是利用自己的正直欺骗了他，并妨碍了赌博的公平，号召天津卫的人都要谴责小刀会，并希望官方取缔这个黑帮团伙……

赵敬武对高明说："没办法啊，这就是赌博的魔咒，你赢了就无法脱身，输了还想赢回来。现在丁方不在我们的控制下，再赌胜负难料。以我看，高明你回应丁方接受他的挑战吧。我们争取这次小注输给丁方，然后在他们得意之时把你送出天津。否则，他们死盯着你，想要脱身太难了。"

独锤说："会长，我们想办法把丁方干掉？"

赵敬武瞪眼道："胡闹，这是什么办法。现在我们赢了这么多钱，租界与督军正在想办法利用丁方把钱给赢过去呢，如果我们这时候把他们的工具给搞没了，他们肯定合力对付咱们，那我们还有什么精力去对付周大年。跟兄弟们说，任何人，在任何时间都不能动丁方，我们的原则就像以前那样，不只不动他，还要保护他。"

住在周大年家的丁方寄人篱下，本来心里就不痛快，当他得知自己那枪并没有打死赵信，不由悲愤交加，用拳头对着自己的头就打，咆哮道："我为什么不再补上两枪呢？我怎么这么笨呢？"水萍与丫鬟小凤死死地拉着他的手，最后跪到他面前，丁方才没有继续摧残自己。从此以后，丁方变得沉默了，每天都在案前练习赌术，把麻将玩得哗哗响，玩得都烫手。

周大年明白，自己的手现在还没任何起色，以后能否上牌桌，谁都说不好，必须要仰仗丁方代自己抛头露面了，因此，他对丁方格外的照顾，几乎每天都过去跟他寒暄："丁贤弟，千万要把这里当自己的家，不要客气，有什么需要尽管提出来。如果你闷了，让老三保护你去租界里随便转转，租界里还是有很多好玩的地方。不过呢，最好不要走出租界，相信小刀会的人肯定在想办法找你。"

"周兄，大恩不言谢，以后有什么需要小弟的，尽管说。"

"贤弟，你太客气了。对了，你对下面的赌战有何看法？"

丁方摇头说："他们知道没把握赢，相信是不会下大注的。我感到这次的赌约只是在应付咱们，少下注认输，让我们赢得比赛，平衡咱们的心理。我感到这样的赌局不是我想要的效果，我想让他赵敬武吐血，让他付出惨重的代价。"

"贤弟说得是，那我们怎么办？"

"我们要求，双方的赌本决不能少于 10 万块大洋，否则就是没有诚意。"丁方说着，眼睛里露出了凶光。

长篇小说
赌神

在接下来的协商中，赵敬武提出的要求是，如果赌资规定 10 万块大洋以上，那么就必须由两方各选出赌战的场地，然后掷骰子按大小点决定去哪家赌场。其实对于赵敬武来说，去哪个赌场并没有什么关系，他本意是想输掉这场，平衡一下气氛，想以输者的身份把高明送走，以防被赌博的魔咒套住。他之所以提出公平选择赌场，只是想表明自己对这场赌博的重视，给对方一种错觉。

在签订协议这天，双方又来到卫皇大赌场。独锤带着兄弟站在高明身后，三秃子带着兄弟们站在丁方身后，以赌台为界，虎视眈眈。由于就是在这个桌上输给高明的，丁方盯着高明那张胡碴脸分外眼红。独锤对丁方冷笑说："丁先生，你能活到现在，真是个奇迹。"

丁方说："如果你有胆量，我想专门跟你立个合同，附加赌你的那只手还有你那张臭嘴，怕你并不是站着尿的。"

独锤说："如果你肯押上你夫人，我说不定会考虑。"

三秃子瞪眼道："独锤你存心来捣乱的是吗？"

独锤说："好啦好啦，我们开始吧。"

高明选的赌场是在小刀会地盘里的港角大赌场，丁方这方选的是英皇大赌场。港角大赌场是小刀会置办的，主要接待来往的船员以及商人，里面的设备相对朴素，而英皇大赌场就不同了，是几家租界合资投建的赌场，曾在这里举办过几次赌王大赛，提供的是世界上最高级的赌博业务，其入门级别也高，想在那里赌博，底码最少一万大洋以上。

周经理拿来 6 枚骰子、两个摇筒，发给双方。高明首先抓起骰筒来，把骰子吸进去晃几下扣下，开筒时都是六点。丁方拾起骰筒来，用手捏着骰子一个一个扔进筒里，闭着眼睛一阵摇动，摇得那骰筒都变成影子了，然后猛地扣到桌上，轻轻地把骰筒提起来，结果比高明多了一点，因为他把一枚骰子摇成了两半，一面是六点，还有一面是一点。

独锤叫道："这是抽老千，不算。"

丁方冷笑说："我们以点的多少决定输赢，你懂不懂？"

三秃子得意地说："你们有本事也给摇成两半啊。"

独锤说："这局不算，重新来。"

周经理说："大家不要再争了，我来说句公道话，按照赌场的规矩，丁先生赢了，由丁先生选择赌场。"

丁方站起来，耷下眼皮说："既然我有选择权，那好，我们就定在港角大赌场里赌。"此话说出，大家顿时愣住，因为之前争议的就是到哪个赌场进行赌战，丁方不选择对自己有利的英皇大赌场，却选择小刀会旗下的港角大赌场，这太不符合常理了。三秃子灵醒过来，眨巴着眼睛问丁方："丁先生，您刚才是不是说错了？"

"没错，我选择去港角大赌场。"

"什么什么，那可是小刀会的地盘啊。"

"是的，我知道，所以才选择那里。"

"为什么？"三秃子梗着脖子，"为什么选择那里？"

"因为那是小刀会的赌场。好了，不要多说了，就这么决定了。"

在回去的路上，三秃子说："丁先生，这就是您的不对了，您明明赢了，为什么还选择去港角赌场？你是不是之前并不知道港角大赌场的背景，那可是小刀会开的，所有的服务人员都是小刀会的人，您刚打伤了赵敬武的儿子，现在他们正处心积虑地想报复您，您还选择那里。就算您赢了，怕也不能全身而退。"

丁方淡漠地说："生死由命，富贵由天，我不害怕。"

回到府上，周大年听说丁方赢了选择权并且选港角大赌场，不由感到吃惊。这么多年，他从来都没有去过港角赌场，因为那里是小刀会的地盘，并且是小刀会成员最密集的地方，他去了怕回不来了。丁方刚把赵信给打了，现在各界都在议论，说丁方敢谋杀黑帮头子的儿子，他丁方虽然活着但已经死了，可是他却选择到港角赌场去赌："贤弟，你可能对天津卫不太了解，你的选择太下策了。"

"周兄，我在赵敬武那边时，曾听他们谈论英皇大赌场里有老千机，如果我们选择在那里赌，他们肯定不敢下注，也就是应付我们一下，可是，到了他们的赌场，他们看到了赢的希望，必然敢于出本儿，那样赢过来才够劲。"

"这倒是个实理，不过我担心贤弟的安全。"

"赌博本身就是不安全的。我曾听赵敬武说过，真正的赌博不在桌上，而在人的心里。我不只要跟他们赌钱，还要跟他们赌勇气。"

"你确定能赢他们吗？如果再输了，就不好办了。"

"放心吧，我敢于破釜沉舟就是有必胜的决心。"

虽然周大年佩服丁方的胆量，但内心深处还是感到丁方太年轻了，缺少沉稳，面对大事考虑不周。现在哪个赌场不玩点老千，不弄点猫腻？如果只靠抽水赚钱，赌场根本无法生存。周大年感到这件事应该跟督军袁诚印谈谈，让他出面保护丁方的安全，如果只是让三秃子他们跟着丁方，怕是应付不了这局面的。

他给袁诚印打电话说："丁方考虑到在英皇大赌场里开局，赵敬武他们肯定不敢下注，所以他选择了去港角大赌场，目的是诱使他们敢于下注，只是我担心他的安全问题。"

袁诚印说："好，我就喜欢丁方的这种做事风格。放心吧，你们要做的是给我赢钱，至于安全问题，这个你就不用操心了。"

对于赵敬武来说，丁方选择港角大赌场，这不只让他感到意外，还让他感到有些为难。他的本意是到英皇大赌场赌，故意输掉这场，让租界与袁诚印小有赚头，让他们眼红得轻点。在临出发前，他还让高明第一次摇骰时要摇全点，第二次要以一点的差距输给丁方，不让对方产生怀疑，还要达到去英皇大赌场的目的，可谁想到丁方用这么出人意料的办法赢了，更出人意料地选择了港角。

赵敬武忧心忡忡地说："丁方太让人琢磨不透了，他明知道是我们的地盘还来进行这场赌战。我能够明白丁方的想法，他是怕我们到英皇大赌场不肯下本，所以选择到我们的地盘我们的场子里赌。既然这样，那我们就再赢他一次。"

独锤点头说："会长，只要我们再赢他一次，丁方就死定了。"

赵敬武握着烟斗，细长的眼睛眯成线，硕大的鼻头括开的八字纹越发显深刻，他轻轻地呼口气说："记住，在我们的场子里赌，决不能抽老千，如果事败，赌场都保不住。还有，一定要对会里的兄弟们说，在我们的地盘里，就是丁方把脖子往咱们身上撞，我们也得赶紧躲开，如果伤着他，事情将会变得非常麻烦。"

随后，独锤通知分会的头目开会，向他们传达了会长的指示，让他们通知到小刀会里的各个兄弟，决不能在小刀会的地盘动丁方，不只不要动，还要保护他的安全，以防有人嫁祸小刀会。几个小头目都感到不解，七嘴八舌问："您是不是听错了？他丁方刚把赵信公子给打了，会长为什么下这样的命令？"

独锤瞪眼道："你们懂什么，会长是什么层次？他的任何决定都是正确的。比如，他对周大年恨之入骨，有无数可以杀掉他的机会，可他老人家为何不动手，因为他考虑的不只是自己的恩怨，还要考虑到小刀会各个会员的安全。你们要明白，他丁方与周大年现在是督军与领事们赚钱的工具，我们动了他们的工具，他们就会对付咱们小刀会，毕竟袁诚印握有重兵，我们无法与他匹敌。"

当新的赌约与赌场决定下来并且见报后，天津卫又掀起押注的热潮。没办法，这就是赌博，输的人总想赚回来，赢的这方还想赢。由于之前丁方惨败，大家并不了解内幕，他们认为这次高明还会赢，因为高明占据了天时地利人和，所以，大家都向高明下注，而丁方这边却是冷冷清清的。

赵敬武对于赢不赢这局并不在意，所以向外界声明，小刀会不接手注资，大家可以向专门经营赌事的卫皇去下注，无论这起赌战的结果如何，跟我们小刀会没有任何关系。谁想到在这个公布发出去后，美国领事奥查理前来拜访，拿出 10 万大洋的票据要求押高明赢。赵敬武感到有些意外："有个问题想请教您。"

"赵先生请讲。"奥查理耸耸肩。

"听说上次大家都看好丁方的情况下，您却押了高明赢，这本来就是出人意料之举。这次您明知道丁方有备而来，势在必得，您还来押高明，为什么？"

奥查理又耸耸肩，笑道："我相信我的判断。"

赵敬武说："这次我们没有任何把握赢丁方，如果您把钱投在丁方那边，我相信赢的概率会大。"

美国领事摇摇头："NO、NO、NO，我就支持那个山西佬。"

赵敬武说："我们不接手注资了，您可以去卫皇赌场，他们在经营这个。"

美国领事意味深长地笑着说："赵先生，我可是一直支持你的，希望你

长篇小说
赌神

能接手我的注资，把他作为财本运作。你放心，无论输赢我都不会怪你，因为这是赌博，不是用零散的票子兑整。如果你不肯接受的话，那么我会认为你有什么阴谋，要是我在外界乱说的话，对你就很不利了。"

赵敬武托着烟斗的手抖了两下，宽厚的嘴唇抿得紧紧的，闭上眼睛轻轻点点头："好吧，既然您这么支持敬武，再不接受，这就太过分了。"他们随后签订了协议，表明自愿参与，后果自负。当奥查理告辞后，赵敬武把独锤与高明叫来，疑惑地说："奥查理又送来了 10 万大洋的赌注，并要求以赌本运作，这件事让我感到不对劲，我们不能让他总是感觉这么好，这让我们没有安全感，这样吧，我们出 10 万资本，再加上奥查理的赌本，全部输给丁方。"

高明有些不解："为什么?"

赵敬武端着烟斗，眯着眼睛盯着某个角落，叹口气说："不为什么，我的直觉告诉我，我们必须这么做，而我的直觉向来是很准确的。你们想过没有，我已经跟外界声明，我们不经营这次赌事的注资，他亲自到门上来，还要求我们把这些钱作为赌本经营，而我们并不知道他为什么这么做。任何一个人有反常的举动必有特殊的原因，可问题是我们并不知道这个原因。"

在三秃子的保护下，丁方赶往港角大赌场，周大年并没有陪同前往，说到底，他还是害怕赵敬武会对付他，毕竟他身上押着 54 条人命，赵敬武每天都想取他的脑袋，他不敢拿着头去验证这次赌局的安全性。在丁方他们走后，他给袁诚印打电话，问他派的兵到了没有，现在丁方已经出发了。

袁诚印说："我马上就派。"

周大年吃惊道："什么，还没有派?"

袁诚印放下电话后，随后又拨通了警厅，让他们多带些警员，要确保港角大赌场这场赌局的安全，并要确保丁方的人身安全，把赢的钱安全带回来，如果小刀会敢来横的，不要对他们客气。

由于是丁方与高明的赌战，港角大赌场外面格外热闹，有很多下注的人堆在那里等好消息，还有些小商小贩趁机前来兜售。当警厅厅长带着几十个警察到来后，把门前堆着的人都给赶到远处，他们把警员布防在门前。

在赌场内，丁方与高明隔台而坐，两人的心情与表情是不同的，由于高明必须要输掉这局，所以他的心情比较轻松，显得悠闲自在。他掏出盒火柴，从里面掏出根火柴棍来，用舌头舔了舔头，开始剜耳朵。这种火柴易燃，如果不搞湿就剜，怕是耳朵就得表演火山爆发。丁方端坐在那里，双手扶着案沿，冷冷地盯着高明。现在的高明已经刮去了胡子，脸上显得非常干净，而丁方的嘴上却留出了小胡子。回想他们第一次赌战时的情景，他们的精神面貌好像整个调过来了。

当发牌开始时，每发一张牌，丁方都扔上5万大洋的筹码，高明总是跟5万。最后，当丁方抛出20万的底码后，对方不跟了，一副认输的样子。丁方明白，自己的牌决定于对方，所以对方不敢下注了。高明知道自己必须要输给丁方，但也不能太明显了，赵敬武曾说过，如果太明显了，就失去了输的意义了。

丁方感到赢得20万太微不足道，这离上次输掉的百万大洋差得太远了，他决定抽老千，把自己的牌换小，并让对方指出自己抽老千。这样的话，他就可以站出来说，你们听说过抽老千让自己的牌变小的吗？然后说对方存心捣乱，另约时间再赌。于是，他把自己底牌中的K变成8，让自己的牌变得最小，并故意放慢换牌的动作，期望高明能够指出来。

高明也看到丁方换牌了，但他要输掉这20万大洋，所以他装作没有看见。

当双方打开底牌后，高明吃惊地发现，自己这么小的牌竟然还大于丁方，他明白，丁方刚才换牌，把自己的牌换小了。

丁方面无表情地站起来："你赢了。"

三秃子见丁方又输了局，他感到这人是死定了，也没有必要再替他保驾护航了，带着兄弟舍弃丁方走了。他们来到大门口，警厅厅长问是不是丁先生赢了，三秃子朝地上呸口痰说："他妈的，简直是个废物，又输了20万。"

"什么什么，又输了？"

"我算看明白了，他丁方就是个大话篓子，实际上连个三流的赌徒都不如。高明那么小的点子还让他赢了，这牌就是我打，我也不会输掉，像这样的人还有必要保护他吗。"

长篇小说

赌
神

破墙乱人推，痛打落水狗，厅长听说丁方又输了，他招呼着属下也走了。三秃子回到府上，用很夸张的表情对周大年说了经过，周大年首先目瞪口呆，然后沉默了好一会儿，问："你是说丁方换牌了？"三秃子说："是的，他换牌的手法太慢了，场边上的人渐看到了，他们还在议论丁方抽老千，让人感到遗憾的是，高明好像看到了，却并没有指出来。对了对了，他们是不是串通好的？是不是丁方故意输给高明？"

"你马上把丁方给我找回来。"

"老板，怕是现在他早被小刀会的人砍了。"

"这个你放心就是了，我相信赵敬武不会在他的地盘动他，不但不动他，还会把他安全地送到租界门口。我感到他们快到了，你马上去租界门口等着。"

"为什么？"三秃子不解地问，"他丁方把赵敬武的儿子打了，现在还在医院呢，人家为什么不动他？"

"你懂什么，马上把他给我接回来。"

三秃子带人来到租界大门口等着，他越想越感到纳闷了，自从丁方来到府上住，他周大年也变得让人不能理解了。没多大会儿，他发现独锤那辆专用的小车开来，停在租界门口。独锤从车里跳出来，把车门打开，丁方从车里钻出来，倒背着手站在那里，歪着头看租界大门上方的字。

独锤对三秃子说："人我交给你了。"

三秃子问："独锤你现在是不是信佛了，这么好心？"

独锤笑道："我只信我们会长，别的不信。告诉你吧，你们以为我们会杀掉丁方，我们就不杀他，要杀你们自己杀。"

三秃子跟在丁方身边一同往租界里边走，歪头问丁方："姓丁的，你告诉我，你是不是故意输给高明的？要不你为什么换了牌后，点子还这么小？"丁方冷冷地说："你懂什么？"三秃子不由火了，临来时周大年说你懂什么，现在丁方又这么说，他吼道："我他妈的什么都不懂，就懂这次你小子死定了，让你媳妇来赔偿损失。"

丁方盯着前方，把绷着的指头猛地弹开，三秃子的鼻子被一枚骰子给击中，眼泪与鼻血都蹿出来了。他捂着鼻子叫道："谁他娘的打我？"低头看看是枚骰子，抬头看看丁方倒背着手向前走了，他掏出枪来："好你个兔崽子，敢暗算我，我毙了你。"

丁方依旧没有回头，不紧不慢地往前走着。

当他们回到了府上，周大年见三秃子捂着鼻子，问他："你捂着那玩意儿干吗？"三秃子盯着丁方，鼻音挺重地说："他把枚骰子弹到我鼻子上，都流血了。"周大年点点头，回头盯着丁方："贤弟，坐吧坐吧。"

丁方坐下，平静地说："周兄，有话你就说吧。"

周大年摸了摸头皮："为什么故意输给高明？"

丁方平静地说："如果我赢了这局，那我们就败了。说实话，我的点子本来比高明的要大，我用了极慢的速度换了小牌，期望他能够指出来，然后我说没有人抽老千抽小牌的，他是存心捣乱，然后另行约定，可是他装作没有看见，这足以说明，他是存心把钱输给咱们的。所以，这次虽然咱们输了，但是实际上咱们赢了。"

三秃子叫道："你放屁，明明输了你还狡辩。"

周大年瞪眼道："这里没你的事，出去。"

丁方说："我想要的不是这几十万大洋，我要把赵敬武赢得倾家荡产，走投无路，暴死街头，这局我必须要输。"

"丁老弟，说实话吧，我也知道这次赵敬武想让我们赢，我们赢了反而是败，可问题是，租界的领事们想钱都想疯了，他们肯定不会理解咱们的做法。这次的赌资全是租界出的，是想用来赚大钱的，如今把钱输掉，他们肯定不会善罢甘休的。"

丁方说："周兄如果解决不了，就任凭他们处置吧。"

周大年说："我尽力，你先休息。"

为了能保住丁方，周大年亲自登门拜访袁诚印，跟他说明整件事的经过。袁诚印听说，丁方想用抽老千抽最小的点子让对方指出来，然后说对方存心搅局，另行约定，感到这小子非常有创意，便点头说："没想到丁方这小子越来越成熟了，好，我支持他这么做，至于租界那边，我会跟他们沟通的。"

送走周大年后，袁诚印前去拜访莫德。他知道 20 万的赌资，有 10 万都是莫德出的，现在输了钱，肯定在家里发火。结果，莫德看到他就吼道："丁方这个王八蛋存心帮着赵敬武，我怀疑他们是同伙，马上派人把丁方干

长篇小说
赌神

掉，让周大年出面跟那山西佬赌。"

袁诚印平静地说："这件事，丁方用了欲擒故纵的计策。"

莫德急了："老是纵，可我的钱呢？我讨厌你们中国的这种办法。"

袁诚印问："您是想要20万大洋，还是想要赵敬武的家业？"

莫德说："我不管那么多，马上让他们给我赢钱。"

袁诚印说："你以为我就不想赢，我现在比您更需要钱，可是我们要明白，钱是不进急家的。我想过了，我们不只要赢几十万大洋，而是要把赵敬武的家业给赢过来，然后控制小刀会。只要把小刀会给控制了，以后就算我们不赌，也有源源不断的进账。你想过没有，他们有多少会员、多少店铺、把着多少码头、每天的收入多大。说实话，用赌博来赚钱，这多少会有些风险的，上边不问是不问，如果问起来，我们就很难应付。"

莫德怒道："那你尽快去办，不能老纵，你老纵我有你好看的。"

袁诚印随后来到周大年的府上，跟周大年与丁方协商，策划一起豪赌。周大年分析说："他赵敬武赢了这么多的钱，现在想着输点钱把高明送走，我担心，我们老是对高明提出挑战，他赵敬武会不会把高明给暗杀掉？然后对外界说，高明携款逃亡，没法跟我们应战，这样我们的计划就落空了。"

丁方双手插着，两个大拇指轻轻地逗弄着："只要我们向外界公布，高明与独锤是师兄弟，高明是赵敬武请来的赌手，无论高明有什么不测，那就是赵敬武杀人灭口，如果他赵敬武不敢再赌，那就说明他是要赖，是种诈骗行为，政府应该对他进行制裁。只要舆论影响造得足了，想必他赵敬武不敢轻易退出。这就是赌博的特性，你赢了你就无法脱身，你输了你就想赢回来。"

督军袁诚印点点头说："我相信赵敬武不敢拒绝，他这么聪明的人，不会不知道他赢得巨款之后已成为天津人的焦点，都盯着他呢。现在的问题不是赢高明，而是我们要想办法把赵敬武的家业给弄过来，这才是我们要做的事情。"

丁方点头说："这正是小弟我真实的想法。"

周大年说："你督军握有重兵，他市长都不敢对你说声不字，这么多年了，你为什么不找个理由把他办了？以至于让他的实力越来越大，人变得越来越猖狂，竟发展到跟你抢食儿。"

袁诚印瞪眼道："你懂个球，能动的话我早动了。他赵敬武能够混到现在的地步，你以为他是个小混混啊。你周大年知道抱租界的大腿，他赵敬武就不会有自己的后台？据我得知，他赵敬武跟政府要员有来往，我们没有充足的理由是不能动他的。就算他没有后台，我们把赵敬武给杀了，小刀会的人还不反了天，到时候天津卫大乱，上面还不拿我来问罪。所以，想要把赵敬武给整倒，得想个万全之策，不是冲动就能解决的问题。"

周大年对袁诚印说话的口气感到非常难受：再怎么说我也是你岳父，你平时不叫父亲也倒罢了，我听着难受，但你也不能张口闭口的大年，有时候还大年老弟，有时候还像训自己的孩子。他说："我真怀疑他赵敬武给了你什么好处。"

袁诚印恼了，骂道："扯你妈的蛋，他给我什么好处了？"

周大年用鼻子喷口气，嘟哝道："我哪知道。"

袁诚印站起来，指着周大年的鼻子叫道："大年，你比赵敬武的层次差远了，赵敬武每天都想要你的小命，可他这么多年就不动你，因为他动了你就会失去安全感，会影响稳定的格局。他之所以这么想，是因为他明白有些关系是微妙的，是相互制约的，牵一动十，所以他暂时不动你。这就是他的层次。算啦算啦，跟你说什么相互制约的道理，你根本就不懂。"

丁方说："咱们不讨论那个了，还是说说下面该做的事情吧。我感到从今以后，我们不能再跟高明挑战了，直接针对赵敬武。我们就跟赵敬武提出挑战，让他没有退路。只要赵敬武参与进来，我们就有机会把他给彻底打败。"

袁诚印说："大年啊，看看人家丁方老弟，他的办法就不错嘛。我的想法也是这样的，把赵敬武硬拉到赌坛上，让他没有退路，我们找合适的机会让他以身家性命作为赌资，这时候我们赢过来，他赵敬武必定全盘皆输。"

丁方说："现在我们不能忽视报纸的力量，我感到应该拿出点钱来，找些记者，让他们发表文章造造赵敬武的舆论，就说他赵敬武赢得巨款，成为了天津卫的赌王之王，不用动手就能赢得比赛，让他再也没法全身退出赌坛……"

事情就像丁方预测的那样，赵敬武突然见报纸上到处都登着他是赌坛王中王，是赌坛最大的赢家，是最高境界的赌圣……他的心情非常沉重。那天，他焦躁不安地在书房里踱着步子，眉头皱起了个疙瘩。独锤通过赵敬武的表情，就知道这件事情的严重性。赵敬武是那种能拿得起放得下的人，无论面对什么样的事情，他都能够心平气和地对待，但是今天他却皱起了眉头。

"会长，其实我们没有必要这么紧张。"

"八斤啊，你明白什么叫不失不得吗？"

"会长，在下不太明白。"

"我们虽然赢了钱，但我们却输掉了安宁，输掉了安全感。我们赢了钱之后，现在想把钱交出去都没有机会了，从此之后，我们将无法停手，被赌坛牵制着，将来最终的结果是失败。"

"会长，我们就是不赌，他们还能拿咱们怎么样？"

"我们没法不赌，这就是赌博的特性，我们用赌博赚来了巨款，让天津卫各界的人都感到眼红，都对咱们产生了敌对情绪，甚至盼着我们发生意外。督军与租界更是处心积虑地想从咱们手里挖出来，并想尽办法对付咱们，所以，我们没法停手了。"

"会长，那我们现在怎么办？"独锤问。

"我们被逼到这种分上了，还能怎么办，发布启事，接受挑战。"

随后，赵敬武跟太太来到医院看望赵信。自从赵信醒过来之后，赵敬武从来都没有来过，这次突然来了，赵信慌乱地低下头说："父亲，他们是血口喷人，孩儿真的没做那种事，孩儿想要女人，什么样的没有，怎么会看中个有夫之妇呢。"

赵敬武拉着脸说："那件事情不要再提了，你安心养病吧，现在会里的事情多，所以这么久没有过来看望你。希望你这次康复之后，再做什么事情要动脑子，不要再莽撞做事。你想想自从你辍学之后帮我做了几件有意义的事情？哪次不是给我惹堆麻烦。"

夫人兰芝雅忙说："孩子还小嘛，得需要慢慢学嘛。"

赵敬武哼道："小什么小，我在他这个年龄已经拼出自己的地盘了。丁方也大不了他几岁，你看看他的作为，现在都能跟我叫板了。唉，我本想赵信你能独当一面，我也好安心地休息，可是他做了几件撑起眼皮的事？我把小刀会交给他，能服众吗？所以，我现在感到自己很失败，太失败了。"

赵信低下头："父亲，我会努力的。"

赵敬武说："你应该想想怎么能树立起自己的威信来，不能再这样胡闹，这样下去不只我对你失望，整个小刀会都会对你失望的。"

等父母离开病房，赵信把自己的亲信小胡子叫到房里，跟他商量说："小胡子，你要知道，将来我是要继承小刀会的，如果我不做出点成绩来，还怎么让大家信服我？现在我父亲年龄大了，精力也越来越不好，我想做点大事。"

"老大，您吩咐就是。"小胡子说。

"父亲自来到天津，他的目的就是想把周大年给杀掉，告慰死去的54名老乡。从小我就常见他在54个死者的牌位前上香，掉泪，诉说歉意。这件事小刀会的人都知道，如果我能把周大年杀掉，那么我的威信必然就高了。"

小胡子嘲嘲牙花子说："老大，会长这么大本事都没有动周大年，我们能行吗？要不，我们还是想办法对付丁方吧。"

"你他妈的懂个屁，他周大年死了，丁方自然失去靠山，到时候还不是任我们宰割。妈的，我决不能轻饶了丁方，我要把他的双手剁去，把他的老婆给娶了，看他还能怎样。"

"老大，你说我们怎么杀掉周大年吧？"

"你看你，办法不是想的嘛，它自己会跳出来？"说到这里，赵信脑海里又浮现出水萍那娇美的面庞，身上散发出的那种清爽的香气，他深深地叹口气说，"我一定要把她弄到手。"

"老大，到底是杀，还是抓活的？"

"你懂什么，我说的是杀周大年，弄丁方的娘们。"

"明白了赵公子，你是文化人，说出的话意思多。"

七、欲输还赢

由于丁方接连输两局，大家回想他以前那张扬劲儿，给他起了个绰号叫丁大吹。他不只被大家不看好，就算各国的领事对他也失去了信心，在为他筹办赌本时，领事们纷纷表示自己的钱都输光了，实在是拿不出来了。莫德更是气愤，叫道："我们的钱都让你给输光了，去哪里搞钱?"

丁方问："你们的意思是不赌了?"

莫德说："你只要把输的钱还回来，不赌也行。"

丁方说："那你们到底是什么意思? 赌又没有本钱，不赌还不行。你们自己看着办吧，反正赢了钱也不是我的。"

周大年忙打圆场说："请大家相信丁贤弟，他肯定会给大家带来厚报的，之前的输并不算输，就算我们去钓鱼，也得放个鱼饵吧。"

莫德恨道："我知道，又是欲擒故纵，我讨厌纵。"

就在大家为了赌本的事而吵闹时，美国领事奥查理站出来说："如果大家都不肯出资，这样吧，我投资 30 万大洋交由丁先生全权处理，你们就不用作难了。"

在历次的赌事中，美国领使奥查理都不太积极，只是象征性地随大流出点钱，现在他竟然提出出资 30 万大洋，这让其他国的领事都感到吃惊。莫德不解地问："你这次为什么出手这么大方? 难道你对丁方还有信心，他输了这么多了?"

美国领事耸耸肩："我感到丁先生是势在必得。"

丁方点头说："谢谢您的支持，放心，我会让您的钱下蛋的。"

美国领事点头说："我相信，是个金蛋。"

莫德还想着把输的钱赢回来，哪肯让奥查理独资，于是表示拿出 10 万大洋来。其他领事见奥查理这么主动，莫德也出钱了，他们也纷纷表示愿意出资。在散会之时，奥查理对大家说："临来之前，夫人已经备了宴会，请大家赏光，特别是丁方先生，夫人还记着你的魔术呢，你现在可是她的崇拜者，还说要拜你为师呢。"

丁方笑道："感谢您的支持，感谢夫人的鼓励。"

来到美国领事馆，领使夫人见到丁方后热情地过来跟他拥抱，并要求他玩个魔术，丁方笑着点头说："没问题。"说着把手捂到奥查理的胸口，吃惊道："夫人，里面有朵玫瑰花，要不要给您拿出来？"

夫人耸耸肩笑道："OK，OK。"

丁方抓了下握起来，往拳头上吹口气，猛地把手掌打开，手里便出现了一朵鲜艳欲滴的玫瑰花，还散发着淡淡的清香。夫人瞪着大眼睛，叫道："beautiful."莫德冷冷地看着这些，脸上泛出不屑的表情，对袁诚印撇嘴说："净玩这些小花样儿，真到牌桌上就完了。"

丁方听到莫德的话，问："你知道什么叫欲擒故纵吗？"

莫德哼道："我讨厌这个纵。"

丁方说："抽空读读《孙子兵法》。"

莫德叫道："你，你，你敢教训我？"

奥查理忙打圆场说："好啦好啦，咱们不要再吵了。赌博嘛，本来就是有输有赢，没必要大惊小怪的。"

酒会结束后，在回去的路上，丁方跟周大年提出要回原来的房子里住，把周大年给吓了一跳，忙劝道："贤弟啊，不必跟莫德一般见识，这时候你万万不能回去住。之前，你把赵敬武的儿子用枪打了，至今都没有出院，回去后太危险了。如果你在英租界里住不惯，我给你协调住到别的租界里，我发现奥查理对你的印象很好，要不让他给提供一套房子？"

丁方平静地说："周兄，就算我死了不是还有你吗。"

周大年听这话，下意识地看看自己的右手，叹口气说："贤弟，由于你连输了两场，不管你是故意输的还是被别人算计，但押你的那些人都恨着你，就算赵敬武不动你，别人也会动你。现在咱们又刚订下赌约，还有很多准备工作要做，不能冒这个险。"

丁方说："说实话吧，我之所以这么做是为你着想。"

周大年吃惊道："为我？为什么？请贤弟说明。"

丁方叹口气说："如果我赢了，人们会把我当成摇钱树，慢慢就会忽视你，那么你的作用性就会越来越小，这样的话，小弟今天不搬出来，你也得被他们赶出来。我出来住就不一样了，我只跟你联系，他们想利用我，必须要通过你。"

周大年非常感动，因为这也是他担心的事情，将来如果租界靠丁方就能赚钱，还有什么必要跟他打交道？周大年感到，丁方出去住对自己还是有利的，至于他的安全问题，既然袁诚印与租界的领事都想让他给自己赚钱，他们必定会保护好丁方的。相信在这种情况下，他赵敬武是不敢动丁方的。他联系了袁诚印，对他说：

"今天莫德说话太难听，说如果再不赢，就把我们赶出租界，然后第一时间告诉赵敬武，让他们来杀我们。丁方听了这话，非要闹着搬回原来的家里住，这不我劝不下。"

"什么什么，他这时候搬回去住，不是找死吗？"

"丁方的脾气你不是不知道，他认准的事情 8 头牛都拉不回来。我看这样算了，你跟莫德出人保证他的安全，相信赵敬武是不敢动他的。再说了，住在租界里，每天都被莫德赶啊赶的，谁的心情都不好，心情不好，自然会影响水平的发挥。"

袁诚印连着输了不少钱，现在正需要钱，就指望丁方这次能赢回来，如果他出了事，那事情就大了，于是他跟莫德商量，他派几个大兵过去，租界派几个洋兵过去给他看门，以防有人对丁方不利。他还埋怨莫德道："你说你没事惹丁方干吗？我们还得指望他给咱们赚钱，我们就得哄着他点，要不他就会给咱们撂挑子。这不，他非要搬回到原来的家住，要是出了事，咱们的计划不泡汤了？"

莫德说："这个丁方太难伺候了，真不行让周大年上。"

袁诚印说："他周大年如果有把握的话，就不会这么拍丁方的马屁了，他又不傻，难道不知道丁方受到重视，他就会被冷落？"

莫德说："那我们还留着周大年干吗？"

袁诚印急了："啧，你是真不懂还是假不懂，现在丁方认为周大年对他有救命之恩，所以他才听咱们的支派，要离了这层关系，你能拿得住丁方吗？现在说这些没用，我们派几个人去给他看门，否则，要是被人家给砍了，我们就真傻了眼了。"

当丁方与水萍再次回到四合院，他们发现榕树上系着根绳，牵到院墙上的木橛上，上面挂了些破旧的衣裳。院里有几个脏兮兮的孩子在玩，还有两个女人蹲在那里洗衣裳，便知道他们走后，房子便被别人给占了。丁方对她们说："这是我们的房子，你们马上离开。"

两个女人抹着眼泪，就是不肯离去。

这时候，三秃子带着人来了，听说两个娘们不想搬出去，掏出枪就对着天搂了两响，把孩子吓得哇哇哭。水萍把自己的包打开，掏出几块大洋给了两个妇人，让他们出去租房住，她们这才千恩万谢，收拾东西去找桥洞了。

小凤忙着去卧室收拾，水萍收拾书房。原来，书房里有很多线装书的，现在早就没影了，满屋里脏兮兮的，有股怪味。丁方独自站在窗台前，盯着窗前那个花园发呆。

当独锤听说丁方搬回了老窝，他马上跟赵敬武进行了汇报，赵敬武不由感慨万千，周大年住进租界后，就算在外面养个婊子都不敢过夜，可他丁方就有此胆量，在这种敏感的时候，还敢搬出来住。

独锤问："会长，要不要把他干掉？"

赵敬武托着烟斗，眯着眼睛说："八斤啊，我认为事情可能是这样的，现在天津卫的人对租界的情绪非常大，都把租界住的中国人叫假洋鬼子，凭着丁方的性格，搬出来住也是可以理解的。就凭这点骨气，我们都不能动他。再者，现在袁诚印与莫德他们把所有的希望都押在丁方身上，想着让他把钱给赢回来，并且还要通过他发财。这时候，我们动了他，就是往枪口上撞。"

"会长，在下明白了。"

"八斤啊，你马上赶到医院对赵信说，不要让他冲动，别一听丁方回家了，血一热就做傻事。现在，我感到他丁方的存在对我们越来越有利了，我们不只不能动他，还要保护他。"

独锤不解地问："会长，为什么要保护他！"

赵敬武冷笑说："以前，我们之所以不敢动周大年，是因为租界与督军把他当宝贝，我们要是动了他们的宝贝，他们能放过我们吗？可是，随着丁方的介入，他完全有能力替代周大年的位置与作用，那么我们再杀掉周

长篇小说
赌神

大年，他们就不会敏感了。"

独锤点头说："会长说得是，我马上去跟公子说。"

当独锤走后，赵敬武打发人把高明叫到书房，对他说："本来想把贤弟送走的，现在看来不是时间了，他们肯定派人盯着你，怕你赢了钱就溜了，你就再住几天吧。"

高明说："赵先生您就放心吧，在下愿意为您马前鞍后。"

赵敬武说："这次与丁方对决，记住，无论你的牌有多好都不要赢。等你输了，我们要主动向他们挑战，要不惜代价让租界与军政界越来越重视丁方，把周大年显得越来越无关紧要，那时候，我们就可把周大年杀掉了。"

当赌约来临，丁方在周大年与莫德等人的陪同下来到了卫皇大赌场。在休息室里，莫德就像踩着烧红的地板不住地走动，突然停到丁方面前，盯着他的眼睛说："丁方，你要明白，虽然你输了很多钱，但我们还是相信你，所以，你这局必须赢，否则。"

"否则什么？"丁方冷冷地说，"把我杀掉？"

"我希望你心中有数，不要拿自己的生命开玩笑。"

丁方腾地站起来，指着莫德的高鼻子说："我马上就要去跟高明赌了，你不鼓励我也倒罢了，还在这里威胁我。我明白，你肯定跟赵敬武是一伙的，想给我施加压力让我心慌意乱，不能够集中精力去赢得这场比赛。你想过没有，我的小命才值几个钱，我死不死没什么大不了，可是你帮着赵敬武赢钱，你肯定是内奸。"

由于丁方的目光尖锐、语气激昂，这气势把莫德给吓得愣了。他看看其他领事，他们都扭过头当做没有听见。莫德赔着笑脸说："丁先生，你看我这张嘴。这样吧，只要你赢了，我就在租界里找套房子送给你，你想住多久就住多久。"

丁方冷笑道："你们租界是有期限的，还有，你也不可能一辈子当领事，你送给我没有任何用，再说了，我有自己的房子，我住在自己的房子里多硬气，省得天天被人家赶。"

"丁先生，请你消消气，马上就开始了。"

"你想不想让我赢吧，想就说。"

"丁先生，我想，我做梦都想。"

"那好，你抽自己的嘴巴让我消消气，这样我才能心平气和地上场，帮你们把钱给赢回来。"

莫德正要发作，想想自己白花花的银元，点头说："好，只要你能赢，我抽自己的嘴巴。"说着对着自己的脸叭叭抽了几下。

丁方说："你只要是这种态度，放心吧，我准能赢。"说完倒背着手向赌厅走去。高明已经坐在案前，双手合十于胸，像尊佛似地静在那里。丁方坐下后，冷冷地盯了他一会儿，猛地用手拍拍桌子，叫道："醒醒，不要摩蹭时间，输了回家去睡去。"高明把合十的手分开，深深地舒口气，慢慢地睁开眼睛："手下败将。"

"失败是成功的母亲，你没听说过吗？"

"你说怎么个玩法吧。"

丁方挥挥手："你不是胜方吗，由你选择，我无所谓。"

台下的莫德听到这里，侧身对周大年耳语道："这个丁方太不沉稳了。"周大年并没理会他，只是静静地观察着丁方与高明，心里忐忑不安。如果这局丁方再输了，小命就没了，那么自己将要面对接下来的赌局，而自己的手根本就不能再从事高级别的赌战，自己也将变得非常危险。由于太紧张，他的鼻尖上泛出层细密的汗珠，手握得紧紧的，嘴唇也有些抽搐。

高明说："既然丁先生让在下选，那么在下选骰子，一局定胜负。摇完之后，我们开始下注，点子多的那方赢。还有，由于骰子在赌博中的重要性，我们都苦练过这个，以我们的水平，应该摇 36 枚才能决出胜负，不知道丁先生有何建议？"

大家都明白，无论是玩扑克或者赌麻将，都有个运气成分，运气不好抽老千都走光，运气好了底牌都不用看，掀开就是同花顺。而玩骰子不同，如果骰子本身没有问题，那就看各人的技术、各人的发挥，与个人的感觉了。

丁方点头说："我无所谓。"

周经理见两人达到了统一意见，于是取来一盒筛子、两个特制的大摇筒，放到案子上。周经理先数出 36 枚来，然后交给另一个工作人员再数，再交由另一个工作人员数第 3 遍，就这样把赌博需用的骰子全部数出来，分别推到了丁方与高明面前。

两人各抄起骰筒，在那些骰子上晃动，只见骰子就像主动地跑进筒里去的。高明闭上眼睛，在耳朵边晃动摇筒，眉头上皱起了大疙瘩，耳朵在不停地颤动着，然后眉头突然展开，他猛地把骰筒扣在案上。丁方显得很轻松，就像调酒师似的，一边摇着还回头对莫德眨眨眼，把莫德给气得直瞪眼，心想你说你这时候了，还有闲心来挤巴眼睛，不用心去摇。

周大年呼呼地喘着气，紧张得心都跳到嗓子眼上了。

这时，丁方眯着眼睛，手里的摇筒已经被摇成了影子，里面的骰子声响成片了，他猛地扣到案上，对高明说："你输了。"

高明冷笑："你凭什么说我输了？"

丁方说："如果我没听错的话，你的骰子摆出的花样挺漂亮，但是有两个骰子是五点的，而我的骰子每个都是六点。"

两人把骰筒提开，只见高明的竖成了 3 条，每条骰子都有 12 颗，摆在那里就像菱形。而丁方的骰子却是杂乱无章的。在接下来的清数中，周经理不由目瞪口呆，说："丁方以两点胜出。"

高明顿时大汗淋漓，脸色通红，惊慌失措地回头盯着赵敬武："赵，赵先生，我，我输了。"赵敬武腾地站起来，吼道："你真是没用，哼！"说完带着独锤等人就走，高明委琐地跟上去，还在那儿跟赵敬武解释，赵敬武并没有答理他。

莫德猛地跳起来："赢啦，我们赢啦，哈哈哈。"

周大年脸上绽开了笑容，说："丁贤弟，恭贺你。"

丁方笑着："我之所以能赢，这都是莫德的功劳，因为他抽了自己两巴掌，我感到特别的高兴，所以就赢了。"

莫德的脸变得红通通的，激动地说："只要你赢，我不怕脸胖，还会抽自己的耳光。"

成者英雄败者寇，丁方胜了，袁诚印与租界的领事们都很高兴，他们来到英使馆里举行了盛大的宴会。莫德要把丁方的夫人水萍请来，丁方并没有同意。莫德为了表达对丁方的重视，让自己的夫人陪他跳了一曲舞。由于这洋娘们胖得像个油筒似的，丁方带着她感到很累，只盼着舞曲快点结束……

自从赢了高明之后，袁诚印与领事们都感到担心，生怕赵敬武输掉这局后，赖着不敢再战了。然而，让他们没想到的是，赵敬武主动发表声明，说丁方这局赢得有些侥幸，他们根本就不服，要向丁方挑战，领事们看了这则声明，他们都非常高兴。

周大年高兴不起来了，这么多年，他都在提防、研究，猜测分析赵敬武，对于他的为人处世可以说是了若指掌，让他遗憾的是，按照赵敬武的做事风格，他是不应该主动跟丁方挑战的，这太反常了，虽然他并不知道反常在哪里，但总预感到有些不对劲儿。

由于丁方赢了很多钱，租界与督军袁诚印对丁方的态度变得非常好，见到丁方就像见到自己的父亲那么尊重。丁方之前的阴霾一扫而光，变得神采奕奕、落落大方，又恢复了初来天津时的那种自信与张扬。他不停地出入天津名流富商的宴会，为几个赌场题了字，还应邀为赌具店剪了彩，可谓风光无限。

有几次，租界请丁方赴宴，竟然没有通知周大年。

这时候周大年突然灵醒到赵敬武的算盘了，是策划让丁方赢钱，把他与租界给慢慢地疏远开，然后把他给排挤到赌坛之外，这样就可以放心地对付他了。这件事如果放到从前，他周大年完全可以策划把丁方给干掉嫁祸给赵敬武，夺回属于自己的地位与尊严，让租界重新依赖于他、重视他，从而继续保护他的安全。但是，现在不同了，他手上的神经线已经损坏了，已经算不上高手了。

面对这种情况，周大年有苦说不出来。那天，他独自在房里摇着骰子，想着测试自己现在的赌技还有几成，结果摇了几筒都达不到预想的效果。最后，他气得把骰筒摔在地上，撒了满地的骰子，整个人就像抽去衣架的湿衣裳，堆在地上。他双手捂着脸，压抑着心中嘹亮的哭声，肩膀耸动得厉害。

周大年冷静下来之后，他感到必须要紧紧地握住丁方，要跟他拧成一股绳，让他与丁方变得不可分割，只有这样，租界碍于丁方的面才不会抛弃他，至少不会把他赶出租界。

第二天，周大年想请丁方来家里吃饭，打电话过去，水萍说丁方被莫德接过去谈论下面的赌事了。周大年放下电话，感到委屈，感到难过。他没想到，丁方刚赢了一局，他们租界商量事情就不叫他了。他正在家里生闷气，听到门口有喇叭响，他跑出院门，发现是莫德的那辆黑色轿车，车门打开，丁方从车里出来，说："周兄啊，莫德让咱们过去商量事情。"

周大年点头说："好的好的，我去换件衣裳。"

在去往使馆的路上，丁方愤愤不平地说："这些洋鬼子真不是东西，给他们输了钱，他们就像狗那样龇牙咧嘴地汪汪叫，给他们赢了钱，他们就把你当爷爷待。周兄，说实话，丁方要不是看您的面，才不给他们做事呢。小弟的命都是您救的，小弟无论什么时候，都会站在您的这边。"

听了这番话，周大年心里热乎乎的，他感到自己也应该说点实话了："贤弟说得没错，他们洋鬼子认钱不认人，只要你给他赚钱，就是摸他老婆的奶子，他们都能忍受，一旦不能让他们满意，他们就翻脸不认人了。贤弟平时心中也要有个数，不能跟他们走得太近，也不能太远，不即不离没什么坏处。平时呢，多留个心眼，在年轻的时候，手气顺的时候要多存些钱，搞份家业，以后不能赌了，也不会降低生活标准。在赌坛上，从古至今都没有常胜将军。所谓的赌术与技术固然重要，但有时候还得靠运气。人食五谷杂粮，生活在这个社会里，健康、情绪，都会影响赌术的发挥。"

丁方叹口气说："周兄说得是，谢谢周兄。"

他们来到莫德府上，几个租界的领事都向丁方点头致意，就仿佛周大年不存在似的。丁方突然对大家说："有件事我得跟大家说明，我为你们赌，可不是为了给你们赚钱，我们并没有亲戚，也没有交情。我之所以帮你们，是为了报答周兄对我的救命之恩，请大家以后要尊重周兄，否则我不会为你们卖命。"

莫德忙说："大年嘛，老朋友了，这个不用先生您说。"接着搂住周大年的脖子，"大年你说是吧。"

周大年点头说："丁贤弟说话爽快，大家不要见怪。"

丁方刚才的这番话，让周大年心里热乎乎的，因为他所担心的事情，丁方都体察到了，都为他想到了，这一刻，周大年感到丁方是他人生唯一的知己，是他最好的朋友，是个可以交心的人。周大年能产生这样的感觉，已经很了不起了，他自从懂事以来，就没有把别人当过朋友，他自己也没有打算成为别人的朋友。

从此，周大年与丁方的关系越来越密切，有时候周大年会买些东西到丁方家里坐会儿，还会给水萍与小凤送些高档的绸布。由于周大年对丁方的态度，同时也影响到三秃子他们对丁方的态度，他们敏感地认识到老板在拍丁方的马屁，他们也知道周大年确实老了，不可能再有提升的空间，而丁方才是未来的赌王，才是他们未来的老板，因为，他们跟着老板是为了赚钱的，不是为了别的。

虽然赵敬武想让丁方赢些钱，得到袁诚印与莫德他们的认可，从而疏远周大年，但他明白仅仅疏远还是不够的。他的本意是让丁方再赢些钱，等袁诚印与领事们吃上甜头，无论他们怎么叫唤，就是不跟他们交手了。这样，莫德与袁诚印肯定会找他来合作，策划丁方与高明的赌战，用来圈钱。只要他们来谈合作，那么他就可以提出条件，必须把周大年赶出租界，从此不能干涉他与周大年之间的恩怨，这样，他就能够放心地落实自己的计划，完成凤愿，带着周大年的头回去跟乡亲们交差，也好对故去的父亲有个交代。

每想起父亲，赵敬武都会难受。父亲在病危之时，家里人要来天津找他，但父亲却说，这件事不能让敬武知道，在他没有把周大年杀掉之前，就是我死也不能通知他。被周大年强暴过的媳妇，还有家人来到病床前，劝他说，敬武虽然没杀掉周大年，但他尽到心了，就让他回来见你最后一面吧！父亲却说，不行，绝对不行，说着瞪着眼睛就去世了……

赵敬武突然想到，还有个人会妨碍他的计划，那就是嫁给督军袁诚印做五姨太的周靓。据说督军袁诚印对她特别宠爱，她说什么，督军袁诚印就听什么。别看周靓虽然恨周大年，但毕竟是她父亲，当父亲面临生存死亡的时候，她不会袖手旁观的，那么督军袁诚印看在周靓的面上还是会保护周大年，那么计划还是不够完美。赵敬武跟独锤商量说："我们的初步计划已经看到效果了，可问题是，督军袁诚印这么宠爱周大年的女儿周靓，她迟早会成为我们落实计划的障碍。"

"会长说得是。据说，周靓现在信奉佛教，每个月初一与十五都会去南庙理佛，要不我派兄弟们把她给做掉，掐断督军袁诚印与周大年的亲戚关系？"

"不行不行，我们虽然不做好人，但也不做恶人。其实，周靓有周大年这样的父亲已经够不幸了，我们不能对付她。"

"会长，要做成大事，不能这么心软。"

赵敬武想了想说："记得周靓的同学，也是他的男友刘子轩吗？"

独锤点点头："是的会长，在督军袁诚印结婚那天，他在大门口闹，是您把他劝走的。第二天，他还来到咱们会所，要求加入咱们的小刀会，您还送给他了一枚小汉刀。"

赵敬武点点头说："你去学校问问，一定要找到他，如果他还对周靓情有独钟，我们可以想办法给他们创造条件，让他们私奔离开天津。这样既成人之美，又能达到咱们的目的，是上上策。"

独锤随后去学校找刘子轩，才知道他已经毕业，但不知道刘子轩现在去哪儿了。后来经过多方打听，找到刘子轩开饭店的同学，才知道刘子轩为能够接近周靓，毕业后就去参军了，现在已经成为督军袁诚印部队里的一个排长。

独锤说："麻烦您跟刘子轩取得联系，我有重要的事情找他。"

同学知道，自己开饭店还得需要小刀会的人保护，如果能跟独锤这样的人物处好，对以后经营饭店是极有好处的，于是就痛快地答应下来。到了傍晚，饭店老板领着刘子轩来到了独锤预订的房间里。刘子轩见到独锤后，说："看着您有点面熟。"

独锤说："我们在小刀会会所见过。"

刘子轩点点头："噢，想起来了，那天我去拜访赵会长，您就在现场。说实在的，真该好好感谢会长，要不是他，我可能小命都没了。今天我请客，您想吃什么尽管说。"

老板说："今天能轮着你请，我来就行了。"

当老板出去后，独锤问："子排长，会长让我问您一件事情。"

刘子轩笑道："我姓刘，以后叫我小刘吧。"

独锤笑道："对不起啊刘排长，听会长与您的同学都喊子轩，我还以为您姓子呢。事情是这样的，会长让我来问您，现在您还爱着周靓吗？"听到周靓这个名字，刘子轩脸上的笑容消失了，满脸忧郁地说："说句实话，我之所以去当兵就是为了接近她。可是，我几次给她捎信想见她，她都没有赴约。"

"唉，你们的爱情真的很感人。其实，她不见你并不是不想见你，是怕给你带来麻烦。你想过没有，她是为了你的安危才嫁给袁诚印的，这不只是爱，是大情大义。我相信，她至今仍然深爱着你，所以不见你，是怕袁诚印知道，对你不利。"

"我明白，我也是这么想的。"刘子轩说着眼里蓄满泪水。

"会长的意思是，如果你还爱着她，他会想办法帮助你们离开天津。会长说了，他在香港那边有几个要好的朋友，可以让你们去投奔他们。对于费用，会长说没有任何问题。会长之所以这么做是被你们的爱情感动了。"

"谢谢会长，我相信会长是真诚的。我听很多人都说过，小刀会是穷人的会，是帮着穷人撑腰的。赵会长令人尊重，我相信他，并谢谢他了，我愿意听他的吩咐。对了，还有件事情，其实我也算是小刀会的人，现在我还保留着会长给我的小汉刀呢，只是由于当兵之后怕引起别人的议论，我没有挂在胸前罢了，但我内心之中还是把自己当成小刀会的人。"

为了尽快落实自己的计划，达到预期的效果，赵敬武决定把40万大洋全部输给丁方。这让独锤与高明感到有些吃惊，他们纷纷表示："会长，我们有必要破费这么多钱吗？"赵敬武平静地说："这些钱是我们赢来的，赢了钱干什么，就是要用来做事的。我们这次输掉后，无论他们怎么叫阵，我们都不要回应，他们肯定会急，会找我们来协商合作，那样就真的达到我们的目的了。"

高明说："其实，不如把这些钱给老家人捎过去，让他们过上更好的生活，这样比干掉周大年要实惠得多。"

独锤忙解释道："不不不，之前会长已经多次给老家人捎钱，帮助受害的45家人都过上了好的生活，他们曾联名向会长表示，不必为当初的诺言而耿耿于怀，让他回老家看看，并说大家都挺想念他的，可是会长认为，作为男人，必须一言九鼎，决不能违背自己的诺言。会长还说，你一次违背了诺言，那么你可能会违背无数次，那么你会越来越变得不守信用，甚

长篇小说
赌神

至会堕落。"

高明点头："会长真是令人敬重。"

赵敬武笑道："行啦行啦，你们兄弟俩就别转着弯地表扬我了，咱们还是谈正事吧。八斤，你提前去把船票与钱准备好了，在十五那天，我们约定跟丁方洽谈赌约，你带人去南庙，想办法把周靓的警卫给引开，然后把周靓与刘子轩送到船上。这件事要做得干净利索，千万不要露出马脚，如果不慎让袁诚印知道咱们把周靓给弄走了，不但不能把周大年怎么样，反而会让我们更麻烦的。如果成功地把他们送走，周大年就真的没有底牌了。当我们把高明与丁方的合作谈成后，就开始对付周大年，他周大年死定了。"

十五号那天，丁方与高明去卫皇大赌场对决，独锤带着十多个兄弟来到南庙候着。一身便装的刘子轩站在独锤身边，脸上泛出喜悦的表情。马上，他就可以跟心爱的周靓离开天津，去追求他们的新生活了，他怎么能不激动呢。就在这时，独锤小声说："他们来了。"

刘子轩放眼望去，见周靓走在前头，身旁还有个挎着提篮的丫鬟，后面跟着两个当兵的。

独锤对身边的兄弟说："你们过去，把丫鬟手里的提盒抢了就跑，两个当兵的肯定去追，这时候刘子轩上去把周靓叫走，然后到庙外坐上汽车，直接去港口。"

刘子轩点点头："好的。"

独锤对两个小兄弟点点头，他们便掏着裤兜，就像游客那样向周靓靠近，当来到周靓跟前，他们从兜里掏出个古瓷瓶，问："小姐，请问您要古懂吗，这可是汝窑的产品，现在很难找了。"

周靓摇摇头说："对不起，我不要。"

一个小兄弟猛地夺过丫鬟手里的提盒，拔腿就往人群跑，两个当兵的扭头去追："站住，再跑就开枪啦。"这时候，刘子轩快步过去，拉起周靓就走。周靓挣扎了几下，回头见是刘子轩，就顺从地跟他小跑起来，当他们来到背静处，刘子轩眼里蓄着泪水，说："周靓，来不及跟你解释了，马上跟我走。"周靓淡漠地摇摇头："子轩，我们已经结束了。"

"快走，再晚了就来不及了。"

"你想带我去哪儿？"

"我们去香港，快走，到船上我再跟你解释。"

周靓的眼泪吧嗒吧嗒落着，摇头说："对不起子轩，我现在怀了袁诚印的孩子，不能跟你走了，你赶紧离开吧，让那两个当兵的看到就麻烦了，你的前程也毁了。"

"你有了孩子我也不在乎，你放心，将来我会当自己的孩子疼爱他。我们快走吧，车就在外面等着。"说着拉着周靓走，但周靓的双脚拖着地，就是不肯走，"子轩，现在我配不上你了，以你的条件，什么样的姑娘找不到啊，对不起了，我真的不能跟你走。"周靓扭头见两个兵向这里赶，她把刘子轩推开，对两个兵说："刚才有几个坏人要绑架我，多亏刘排长把我给救了。"

两个当兵的对刘子轩敬礼道："多谢刘排长，抽空我们请你喝酒。要不是你帮忙，如果把夫人丢了，督军非得要我们的命不可。"

周靓跟着两个兵走去，她回头对刘子轩说："刘排长，谢谢你，我会记着你的，刘排长，你回去吧。"

刘子轩蹲在地上，抱着头哭起来。

独锤走过来问："是不是周靓不跟你走？我算明白了，周靓已经习惯了贵妇人的生活，不想跟你走了。既然这样，也就没有什么留念的了，去追求属于你的姑娘吧。"

在回去的路上，独锤听说周靓怀了督军袁诚印的孩子，不由暗暗吃惊。当赵敬武听说周靓怀孕后，感到事情有些麻烦了："看来，他周大年给袁诚印当老丈人还当住了。督军袁诚印娶了那么多的老婆，生了一堆女儿就盼个儿子，如果周靓给他生了儿子，那么会更加宠爱周靓，周大年的事情就真的不太好办了。"

独锤说："会长，周靓毕竟是他周大年的种，已经过惯了那种奢华的生活，不会再在乎穷小子刘子轩了，我们没必要再怜悯她，把她给干掉，让他周大年当不成老丈人。"

"不能从周靓身上想办法，她现在怀着孕，这是两条人命。"

"可是周靓必定影响着我们去对付周大年啊。"

"有些事情的成功，还是需要靠天意的，我们尽我们的能力去做就好了，但是外在的因素，我们没法把握。对了，你去发布个声明，就说高明因为接连输了赌局，现在病了，并表示出退出赌坛的意思，让丁方失去对手，相信袁诚印与莫德就急了，他们会前来找咱们商量，那么我们就掌握了主动。"

丁方接连赢了两场，人气越来越高，现在天津卫没有人再叫他丁大吹了，反而说他之前是故意输的，是种欲擒故纵的手段。大家认为，高明肯定不会就此罢休，还会跟丁方挑战，看来，从此天津赌坛就真的热闹了。可是，当大家看到报纸上登出山西赌王高明住院的启事后，大家开始猜测，可能高明输怕了，以后可能没得看了。

面对这则消息，袁诚印与莫德感到不对劲了，他们正赢得高兴呢，如果高明退出，那么谁来向丁方挑战？没有人挑战，他们还怎么赢钱？莫德找到袁诚印商量对策，袁不在意地说："怕什么，如果高明不赌，我们策划让丁方跟周大年赌。"

莫德把双手摊开："这不是笑话吗？谁不知道他们俩好。"

袁诚印冷笑道："赌场上从来都没有父子与兄弟，何况他们的关系本来就建立在相互利用上，没有多少真感情。我们策划丁方与周大年决战，并不是没有可能。"

莫德问："那你怎么才能让外界相信他们是真赌？"

督军袁诚印想了想说："比如，就说周大年强暴丁方的夫人，不不不，这个有点太老套了，不如让丁方去强暴周大年的小妾，这个也有点牵强，周大年二太太、三太太老了，那模样儿太安全了。对了，不是四姨太很久都没有露面了，就说丁方把四姨太给金屋藏娇了，被周大年知道后，两个人决裂。"

莫德点头："四姨太挺风流的，这个还有点可信度。"

督军说："之前听周大年说，四姨太很久都没有回家了，肯定被你们租界的哪个领事给藏起来了，你回去查查，把她交出来，咱们还得用她跟丁方说事呢。"

莫德回去后，马上联系几个租界的领事，问他们谁把四姨太给藏起来了，如果在谁那里就马上交出来，否则所有的后果就自负。几个领事的人都死咬着这段时间没见过四姨太了。莫德见实在找不回四姨太，跟督军袁诚印商量，给周大年找个漂亮女人，让他们成婚，然后再策划与丁方有染。

当他们把这个计划跟周大年说后，周大年大吃一惊。如果他的手好好的，他不在乎这种策划，但是他的手已经不能胜任赌事了，再赌很容易露馅。他明白，如果自己说不同意，莫德肯定会跳高，于是他前去找丁方，把莫德的计划跟他说了，丁方当即就火了："这些洋鬼子真不要脸，为了钱什么事都能做得出，我宁愿把手砍掉也不会同意的，我从来都不会利用女人做事。"

由于丁方的态度坚决，莫德只得跟督军袁诚印商量另想办法。督军袁诚印想来想去，感到应该跟赵敬武商量，让高明与丁方不停地赌下去，表演给天津卫的人看，而他们无论输赢都会赚钱。

袁诚印认为赵敬武没有理由拒绝这件事情，毕竟策划假赌来钱快，他赵敬武跟钱又没有仇。于是，他把赵敬武叫到家里，对他商量假赌的事情，赵敬武说："高明连输了几场，人就病了，是真病了。其实你们没有必要跟我合作，完全可以策划周大年跟丁方决战，跟天津赌坛的人抽个大老千。"

"这件事不是没想过，可是丁方不同意，我们没办法。"

"你们也可以另找人向丁方挑战啊。"

"另找人这不就走弯路了嘛，现在天津卫的人都在关注丁方与高明的赌战，再找个新人来，大家的热情就下去了。再说了，策划的毕竟是假的，想达到他们真刀实战的形势还是不容易的。敬武，我们的年龄都不小了，没几年折腾头了，趁着国家形势乱，趁着咱们还有点本事，赶紧赚点钱，然后安享晚年。"

"您说的不是没有道理，不过敬武有个要求，只要您做到了，我可以考虑合作。"赵敬武说。

"什么要求？你说。"袁诚印点点头。

"你与租界的人不要再插手我与周大年的恩怨，无论我们谁把谁砍了，那是我们之间的事情，你们都不要过问。只要你们同意，我就跟你们合作。"

袁诚印感到这事有些困难，周大年毕竟是周靓的父亲，现在周靓正怀着孩子，也许这个孩子就是男孩，这时候把她父亲杀掉，恐怕会影响肚子里的孩子。

赵敬武见他犹豫，便说："您想过没有，您只是碍于周大年是周靓的父亲罢了，其实对于赌博，有没有他已经不是很重要了。他这么久都不出手了，大家都快把他给忘了。还有，这几年，周大年只顾打自己的小算盘，您看看他现在拥有多少资产吧，他有不下 20 间店铺，还有几处房产，还有几个厂子，他每天收入多少钱？说实话，你督军这几年存了多少家产？"

袁诚印若有所思，并没有打断赵敬武的话。

赵敬武接着说："他周大年就周靓这个女儿，周大年遭遇不幸，他所有的财产都会由周靓来继承，这个你懂的。"

袁诚印说："敬武啊，你不能为了报仇陷我于不义啊。"

赵敬武托起烟斗，抽了几口，轻轻地把烟吐出来，笑道："老袁您想过没有，现在的世道这么乱，天津卫又是个比较敏感的地方，当初八国联军打进中国就是从天津进来的吧。再说了，现在租界的领事都盯着周大年的家业，都在想办法夺，您下手晚了，到时候怕是什么都捞不着，所以，您应该好好考虑考虑这件事了。"

八、明刀暗枪

这段时间，袁诚印再三考虑，感到赵敬武的建议并不是没有道理，现在莫德他们这么贪，就算自己不图周大年的家产，他们也不会放过这块肥肉的。再说了，现在是什么世道，政府不利，群雄四起，洋人趁火打劫，战争随时都可能波及天津，一旦打起来，周大年的家业还是保不住，如果现在把这些资产拿到手，就可以把挪用的军费给补上，并且可以把钱存入国外的银行，将来战争开始，他可以带着家人去国外避难。

他抓起电话，犹豫了片刻，嘣嘣牙花子，终于接通了赵敬武，对他说："老赵啊，我感到你的说法并不是没有道理，放心吧，大胆做你想做的事情，我会给你创造机会的。"

接到这样的电话，赵敬武明白袁诚印再也压抑不住贪心了。没办法，贪是人性的弱点，只要产生了这种想法，是很难控制住的。他认为，现在是时候取周大年的人头了，于是把独锤叫来，对他说："现在，我们可以把周大年给办了。"

"会长您放心，我现在就去安排。"

"记住，不要在租界里动手，也不要做得太明显了，他周大年在天津卫毕竟还是个人物，搞出影响来，对我们是不利的。"

"会长，您就放心吧，我知道怎么做。"

独锤回到自己的办公室，马上把几个贴身心腹叫到一块儿，商量谋杀周大年的办法。大家感到周大年在租界深居浅出，很少走出租界，就算出来也对自己的安全做好充分的准备，想杀掉他还真的不容易。他们认为周大年最有可能经过的路线是从租界到督军家，从租界到丁方家，只要把住这两条线，肯定能够把他给办了。

为了确保能够杀掉周大年，独锤还是做了充分的功课的，他托人买了部"雷明顿 M600"，他还花重金聘请了狙击手，这位狙击手曾是部队上的神枪手，后来由于腿部受了点伤，不适合行军打仗，就退伍了，由于并不

长篇小说 赌神

会别的营生，日子过得很难，因此对于这单活，他还是挺上心的。

他们在两条线的最佳位置埋伏上人，一直等着周大年出现，可是连着几天没有见着周大年，这让独锤心急如焚。而就在这时，赵敬武接到了市长的电话，让他明天 8 点到办公室，开个座谈会，赵敬武问都是谁到位，听说其中就有周大年，他马上跟独锤策划，利用这次开会，一定要把周大年给解决掉。

市政府在一条东西大街上，从大街到政府大门是个 50 米的马路，如果把住这 50 米，无论他周大年从哪条道来，都跑不掉。但是，赵敬武感到离政府大院太近了，在这 50 米里把周大年给干掉，政府可能会加大侦破力度，这样他们就会有麻烦的。如果在通往政府大院的两条必经之路上埋伏，且又人多车杂，容易伤到无辜之人，赵敬武感到还是不理想。

独锤说："会长，最稳的办法是在租界门口守着，只要他出门，就对他进行打击，这样成功率最高。"

周敬武想了想说："不要离租界大门太近了，如果伤及租界的门卫，事情就麻烦了。"

独锤说："放心吧会长，我想好了，派 10 个兄弟装成小商小贩，在租界门口的那条街上安下摊，然后让咱们会里枪法最准的神枪李与退伍兵到沿街的远洋旅馆二楼租间靠街的房，居高临下，等周大年的车出来，楼上楼下的兄弟一起向他开枪，那他周大年就变成马蜂窝了。"

当天晚上，独锤就派神枪李与退伍兵去远洋旅馆租房，熟悉地形。两人把枪用布缠起来，当做扁担，两头吊上个空纸箱子，来到了远洋旅馆，要租二楼沿街的房，不巧的是，沿街的房都租出去了。两人没有办法，只得租了背街的房。

小二把他们领到二楼，打开房门，给他们端来热水，等小二下楼后，他们敲开了对门的房间，出来了位胖乎乎的汉子，瞪着牛蛋眼叫道："大半夜里，你们做什么？"

神枪李说："兄弟，我们能不能换换房？"

胖子瞪眼道："什么，换房，俄还想看洋娘们哩。"

神枪李从兜里掏出把银元："来真格的多带劲儿。"

胖子眉开眼笑："洋娘们有嘛好的，俄换。"

神枪李说："换房的事，没必要跟掌柜说了。"

胖子用力点头："说那干什么。"

等胖子收拾东西出去，神枪李与退伍兵把东西挑进房间，他们把门插上后，来到窗前张望，离租界大门百米左右，而出入租界的车辆就从楼下的马路上经过，这个位置太适合打黑枪了。两人把枪上的布脱去，架到窗上试了试，神枪李说："明天小商小贩来了，我们伸出枪去，很容易被发现。"

退伍兵也不说话，把自己的褂子脱下来，把枪套在袖上，这样伸出去，就像用竿子举着晾衣裳。

神枪李说："这个办法好。"

退伍兵骄傲地说："那是，我在部队是专职的狙击手，伪装是保证成功与自我保护最重要的环节。"

早晨，当天色放亮时，退伍兵就起来了，把神枪李叫醒，两人来到窗前守着，小商小贩已经开始在马路边上占摊了，神枪李见兄弟们也都到位了。在7点半左右，他们发现周大年那辆黑色小轿车从租界大门口露面了，他们开始抱着枪跟踪。

当车行到与客房平行时，退伍兵瞄着轿车的后坐搂火，神枪李的枪声也响了。这时，下面摆摊的兄弟们抽出短家伙来，对着那辆歪歪扭扭的车射击，那辆车最后撞到了旅馆对面的墙上……

早晨，赵敬武坐车来到市长办公室，只见市长绷着脸在办公室里坐着。他通过市长的牢骚听出，这个会不是市长要开的，而是袁诚印来找他要钱，市长说没钱，袁诚印就让他召开会议，让大家集资，用来买些先进的武器。由于督军握有兵权，有绝对的权力，又与租界的领事们狼狈为奸，把市长给排挤得就像聋子的耳朵。

赵敬武说："我做的都是穷买卖，也只能将就着吃上饭，我现在是拿不出钱来了。其实，有钱的主还是有的，比如周大年。"

市长哼道："他周大年算我们中国人吗？你提他干吗？对了老赵，听说你现在也赌上了，这可不对，我劝你不要参与这件事情，在我们国家，历来都是禁赌的，当今政府也有明文规定，强调戒赌，特别是对政府官员，要求更是严格。"

赵敬武笑道："市长，不是敬武想赌，是他们逼着我赌。"

市长气愤道："太不像话了，真是太不像话了。"

事实上市长明白，督军与租界合作策划赌博圈钱，他根本就没法管他们。租界与政府要员有联系，而督军又跟租界狼狈为奸，以前他多次向上面举报袁诚印赌博，上面却让他少管闲事。后来，袁诚印知道是他打的报告，用枪敲着他的头说，我让你当这个市长你就是市长，我让你变成死人你就是死人，以后你说话给我小心点。

大家陆续到来，赵敬武没有看到周大年，便认为独锤得手了。市长见周大年还没有来，便给他家里打电话，家人说现在已经在路上了。市长说："我们就不等他了，他周大年身不由己嘛。现在开会吧。这个会议的内容是这样的，昨天督军来到我的办公室，说局势非常严峻，要购置一批先进的武器用来保卫天津卫，保护大家的安全，政府现在穷得叮当响，哪有钱给他，他要求我开个会，让大家出钱，大家有钱的就出点吧。"

听说又要钱，各商会成员都急了。有人说，动不动就跟我们要钱，好像我们是造钱的似的。现在外面老打仗，我们的货押在手里出不去，需要进的货又进不来，我们现在都吃不上饭了，还不知道跟谁要钱呢。正在这时，周大年手里提着帽子进来了，满头大汗，气喘吁吁，目光掠过赵敬武："市长，我抗议，有人想要谋杀我。我的车子刚从租界出来就被枪给打成马蜂窝了。"

市长皱着眉头问："那你怎么没事？"

周大年盯了赵敬武一眼："我周大年福大命大，死不了。"

原来，周大年听说市长要开会，首先考虑的是路上的安全问题。这是他每次出门前必须要慎重考虑的问题，这种习惯是他能活到现在最主要的原因。早晨，他让司机拉着两个兄弟去政府大院等他，等车子走后，他到外面雇了辆黄包车出门。当他经过租界大门时，见自己的车变成马蜂窝了，司机趴在方向盘上，满脸的血，很多人都站在远处指指点点，议论纷纷。

市长对周大年本来就没有好感，他不耐烦地说："行啦行啦，没事就好。现在我们接着开会，对了，刚才我说到哪儿了？"

赵敬武笑道："说到那你还没事？"

市长说："前一句呢？"

赵敬武说："让大家都出钱。"

市长点头："啊，是的，督军让大家都出些钱，买些新武器，大家就都出点钱吧，反正买了新武器，最终还是用来保卫咱们天津嘛。"

大家吵吵嚷嚷，都在哭穷，市长不耐烦地说："会就开到这里，大家回吧。"

赵敬武对周大年说："大年兄，要不要坐我的车回去？"

周大年冷笑："免了。"

赵敬武拖着烟斗笑吟吟地去了，他知道周大年正用恶毒的目光盯着他的后背，但他没有回头。赵敬武回到办公室，刚泡上杯茶，独锤脸上泛着笑容进来，张口想汇报成绩，赵敬武平静地说："行动的事就不要说了，我在会上看到周大年了。你也不用吃惊，他周大年根本就没坐车去，是坐黄包车去的。"

"这个老狐狸。"

"你也不必自责，这么多年我都没杀掉他，这不只是租界与督军保护的原因，主要原因是，他每次出行都对自己的安全做了精心的准备，常用出人意料的办法躲避风险，所以，你的失手也是正常的嘛。不过呢，这件事后，他周大年会变得更加小心，我们更不容易得手了。"

袁诚印逼着市长召开会议，难道是真的让大家掏钱吗？他知道市长开会是根本要不上钱来的，他的主要目的是让周大年从租界里走出来，好让赵敬武下手，尽快地接管周大年的家业。他万万没有想到，赵敬武竟然失手了。他心里那个气啊：你赵敬武每天都想要他的命，我给你创造了这么好的条件，你只把他的车与司机给钻了些眼。不过，他也不好面对面地指责赵敬武，但心里憋着气。

人只要贪念一上来，是不容易放下的。

袁诚印想图谋岳父周大年的家业，这种想法越来越强烈，他竟然跑到莫德那里，让他把周大年给赶出租界。莫德对他的想法感到吃惊，一会儿你让赶，一会儿你又阻止，这人怎么这么多变？他问："为什么？"袁诚印叹口气说："我跟赵敬武商量合作，共同谋划赌事，赵敬武同意了，不过他有个条件，就是把周大年赶出租界，不再过问他们之间的恩怨。"

"不是看你的面，我早就想把他赶出去了。"

"现在我们谁的面也不看，就看钱的面。只要赵敬武跟咱们合作，咱们就可以策划一系列的赌局，就会赚很多钱。说实话，外面的消息说，到处都在打仗，早晚天津也得被战火给洗了，现在能多捞点就多捞点。"

莫德马上给周大年打电话，让他过来有要事商量。袁诚印离开不久，周大年就来了，手里还提了两斤点心，放到桌上："这是我太太新做的，拿过来你尝尝。"莫德并没有去看那点心，而是板着脸对周大年说："叫你来是我们想出一个对付赵敬武的办法。"

"什么办法，您讲。"

"你们不是爱玩什么欲擒故纵吗？我们也对他纵一下。"

"好，您说怎么办吧。"

"你搬出租界，他必然找你寻仇，我们趁机打击他。"

周大年用力摇头，把腮帮子都给甩变形了："不不不。"莫德耷下眼皮："大年啊，你放心就是，我与袁诚印策划好了，暗中派人保护你，所以让你出去住，目的就是引诱他对你下手，我们好趁机把赵敬武给解决掉。"

周大年苦着脸说："不行不行，这个办法不好用。"

莫德叫道："周大年你还是男人吗？你能不能学学丁方。"

周大年说："我，我跟丁方的情况不同。"

莫德叫道："不要再说了，就这么决定了。租界是我们的，我们让你住就住，不让你住你就滚，要是你再赖着不走，我们就把你给扔出去。我就给你3天的时间，你再不走，后果就严重了。"

周大年走出领事馆就哭了，他回家戴上墨镜，换身衣裳，开车拉着司机直奔督军府。周大年为了安全，出门的时候常化装成司机开车，因为他明白，如果有人想暗杀他，肯定往后座上开枪。周大年见到袁诚印后，眼里含着泪水说："我为租界赚了那么多钱，现在他们竟然一脚就把我踢开。"

袁诚印装作不知："大年啊，发生什么事了？"

周大年说："他们要把我给赶出租界。"

袁诚印点点头："噢，你是说这件事啊，这件事我是知道的。之所以让你出来住，目的是对付赵敬武。放心吧，我们会派人负责你的安全，不会让你出任何问题的。只要把赵敬武给干掉，从此你住在哪儿都没有危险了，省得被租界赶得像孙子似的。"

"不，不，我绝对不能搬出租界，我在外面睡不着觉，没有安全感。您就看在靓靓的面上帮我跟莫德说说，让我再住段时间，让我有个适应的过程。"

"你怎么这么死心眼呢。大年，也不是我说你，你现在的胆儿也就针鼻那么大。你瞧瞧人家丁方那气魄，把赵信差点打死，还是大摇大摆地住在租界外面，他赵敬武也拿他没办法。有些事情是这样的，你越怕死，你就死得越快。好啦你，要像个男人的样，收拾收拾东西离开租界吧，他们只能保你一时，不能保你一生。"

周大年感到心凉："虽说近两年我没帮你们赚钱，可是以前呢，以前我为你们赚过多少钱？没有功劳也有苦劳吧，你们怎么能翻脸不认人，卸磨杀驴呢。"

袁诚印拉下脸："大年你这话说得就不对了，让你搬出来住不是对付你，而是想着共同来对付赵敬武的。算啦算啦，你爱搬不搬，反正我说了也不算，我有个会得走了。"

周大年见袁诚印拉着脸子走了，他只得厚着脸皮去求靓靓。周靓并不拿正眼看他，只是说，周大年你有事吗？周大年扑通给周靓跪下，声泪俱下："靓靓，我知道你恨父亲，可是父亲也没办法，他袁诚印当初是强迫我出此下策，如果不把你嫁给他，他扬言杀掉咱们全家。还有，现在他把你娶到手了，又想联合赵敬武把我杀掉，我走投无路了。"

"周大年，这跟我有关系吗？"

"靓靓你得跟袁诚印说说，让他跟租界的人说，不要把我赶出租界，只要我住在外面，我的命就没有了。靓靓，看在你母亲的分上，帮帮我吧。"

周靓叹口气说："周大年，你不感到这是报应吗？"

周大年说："是的，这是我的报应。"

周靓说："周大年，以后不要老想着算计别人了，没事的时候修修佛。你最好的归宿是遁入佛门。只要你遁入佛门潜心修佛，我相信可以免去性命之忧。"

周大年说："靓靓，我从现在开始就信佛。"

就像当初赵敬武想的那样，她周靓虽然恨着周大年，但在他走投无路的时候，周靓还是不忍心不管。夜里，她对袁诚印说："诚印，我就想不通了，你们这些人除了权与钱之外还有什么？他周大年再坏，也是我的父亲，你为什么把他往死路上逼？"

"没有啊，我哪能做这种事，他是你的父亲就是我的父亲啊。"

"你们明知道他跟赵敬武是死敌，赵敬武因为碍着你与租界才不敢对他下手，你们把他赶出租界，这不是让他往死路上奔吗？我跟你把丑话说到前头，赵敬武可以杀他，但你不能。如果你不肯出手相救，让他死了，你就是我的杀父仇人，我就把你的孩子杀死。你也知道，打卦算命的说这个孩子是儿子，这是你最后的希望。"

听了这番话，袁诚印感到直冒冷汗："靓靓，让你父亲出来住并不是想要他的命，我会暗中派兵保护他，只要他赵敬武敢动手，我就把赵敬武给办了，只有这样才能永绝后患，否则，说不定什么时候赵敬武就对他下黑手。"

"好，我同意周大年搬出来住。"

"你放心，我会派副官亲自保护他。"

"让他搬到这儿来住。"

袁诚印当然不想让周大年来督军府住，如果让他来了，自己所有的计划都不容易落实了。他只得去找莫德，让他暂时不要赶周大年出去。莫德一听就火了，指着袁诚印的鼻子叫道："袁诚印，你拿我当小孩哄呢，你说让我赶就赶，让我留就留。你就没有想想，就算你当督军，也是我们租界推荐的，你还真把你自己当回事了。如果你再左右我们，不只周大年会搬出租界，你也会搬出督军府，你自己看着办吧。"

听了这番话，袁诚印不敢再吭声了。当初，由于天津卫的人向租界游行示威，他们闯进租界又砸又抢的，身为团长的袁诚印带兵进去，把游行的人镇压住，并把几个带头闹事的给抓起来毙了。莫德他们于是联名其他领事，向民国政府推荐，由袁诚印担任督军。政府考虑到国际关系，只得把原督军调走，提拔袁诚印为督军。

回到家里，袁诚印当着靓靓的面大骂莫德："妈的，反正我把话放给你了，你要是敢把我岳父给我赶出去，我就有你好看的。"他还当着靓靓的面对副官说："从今以后，你派个连的兵力去保护我的岳父，不能让他受到任何伤害。"然而，他随后跟出去，对副官小声说："保护他鸟，我说这些话，只是让靓靓听的。"

当丁方听说租界想要把周大年赶出租界，不由义愤填膺，他风风火火地找到袁诚印，对他发火说："哎哎哎，你什么意思？周兄为你们立下汗马功劳，你们不但不感恩，反而想把他往死路上赶，你们是什么居心？记得我以前跟你说过，我之所以帮你们赌博赚钱是回报周兄的救命之恩，否则，我凭什么替你们卖命，我娶过你们的女儿吗？我跟你们是亲戚吗？还是拿了你们什么好处，还是欠你们什么东西了？"

袁诚印叫道："大胆，你敢跟我这么说话。"

丁方冷笑说："袁诚印，你别以为我怕了你，只要我给我父亲打个电话，你这个小官就没影了。你知道我父亲是谁吗？你还敢跟我这么大声说话，真是不知道天高地厚。"

由于丁方动不动就提到老头子，袁诚印结合丁方平时的作为，始终怀疑可能真是某个要员的公子，他的语气顿时缓和了："丁老弟，事情并不是你想的那样，我们之所以让大年出来住，目的是想针对赵敬武的。他们两家有血海深仇，当赵敬武听说周大年从租界搬出来了，肯定会去对付他，我们正好来个黄雀在后。"

丁方摇头说："你身为督军，也算见过世面了，你张口闭口的大年，这大年是你叫的吗？你娶了他的女儿，周兄就是你父亲，有跟自己的父亲称兄道弟的吗？督军大人，你应该学会尊老爱幼，应该学会自律，不要抽自己的脸。"

袁诚印心里的火直蹿，但还得说："我，我以后注意。"

丁方说："你以后对我说话，也要客气点。再怎么说，我跟周大年是没有结拜的兄弟，而周大年是你的长辈，那么论及起来，啊，当然，我也不稀罕你喊我声叔，这个我听着难受，但你也得尊重长辈。好了，那些我就不说了，我只想告诉你，如果你把周兄给赶出租界，那我没有理由再为你们卖命了。"

袁诚印心里那个气啊：你个小屁孩变着花样儿赚我的便宜呢，不过他

长篇小说
赌神

又不好发火，只是说："丁先生，这事不是我不想管，你也知道，租界是老外的地盘，我管不了啊，别说我管不了，就是总统也管不了他们。你去跟莫德说，只要你说，如果你们把大年给赶走，我就不再为你们做事了，他们不敢不听。"

丁方说："我当然要去，不过我得给你纠正一个事。你说租界是老外的地盘这是不对的，虽然他们住在这里，这地盘永远都是我们中国的。你身为政府官员，以后说话可要注意了，否则，这对你的前程会有影响，会造成很坏的影响。"

他把袁诚印给抢白了一顿，然后甩袖而去。袁诚印盯着丁方的后背，想想丁方刚才的纠正，感到这番话真像个政府要员说出来的，看来，是得托人查查这个小屁孩的根基了，要是他真是某个政要人物的儿子，我他妈的还真得跟他装装孙子。

丁方来到英租界，见到莫德后，梗着脖子说："听说你要把周兄赶出租界，真有这种事吗？反正我是不太相信。全天津卫的人都知道，他周大年把自己低调成狗，每天对着你们摇尾巴，为你们到处叨钱，现在你们却把他一脚踢开，这是人做的事吗？"

莫德皱眉道："丁先生，这是我们租界里的事。"

丁方点头说："你们租界想赚钱，自己去赌不就行了，为什么还要利用我呢？我告诉你，我为你们赌博，是因为我想报答周大年，不是为了你们。我跟你们有交情吗？我们有亲戚吗？我们有约定吗？"

莫德被丁方抢白得够呛，又不敢得罪丁方，只得说："他周大年住不住租界并不是什么问题，再说我租界里的房子多得是，只要你们给我赚钱，他周大年可以住我的房子，我搬到租界外。可是问题是，现在赵敬武那边根本就不跟咱们过招了，我们还怎么赚钱？"

"我正跟周兄商量此事，你老是往外赶，还有什么心情想事？"

"那好，周大年可以住在租界，你们尽快给我想出办法来。"

当周大年听说丁方为了让他留在租界，把袁诚印都给教训了，跟莫德也吵了，不由感动得眼里直冒水，他非要把自己刚买的小汽车送给丁方，但丁方死活不要，周大年便给水萍买了款镶着钻石的黄金项链，花了两千大洋。

经过这件事后，周大年算是醒悟了，租界不再是他的避风港，他必须自己想办法自保。他跟三秃子商量，要招兵买马，把自己武装到能跟赵敬武匹敌。三秃子听了他的计划，为难地说："老板，这好像不现实，现在天津卫的穷人几乎都入了小刀会了，天津卫的富人才有几个。我们无论招多少兵，也不是人家的对手。"

周大年瞪眼道："他能拉拢老百姓，我们就不能吗？"

三秃子心里想，人家赵敬武抢码头、夺地盘是给穷人创造工作机会，你就想着自己的饭碗，每天给洋鬼子当哈巴狗，天津卫的人看着你都想吐，你怎么拉拢？不过，这些话想想可以，但是不能说出口的，他只能说："老板，那听您的，您说。"

"想办法请些把式好的人来帮助我们。"

"请几个高手，我们还不是赵敬武的对手。"

"那你的意思是我们在这里等死了？"周大年吼道。

"老板您别急啊，其实有个好办法，趁着我们在租界里，我们可以设计把赵敬武杀掉，杀掉他，他儿子赵信又不成器，小刀会就群龙无首，我们就真的安全了。"

他周大年做梦都想杀掉赵敬武，可怎么杀？赵敬武从一个小痞子混到天津黑帮头子，如果没点头脑，没有安全措施，能混到今天吗？周大年有些焦躁不安："那你说说我们怎么暗杀他？"

"靓靓小姐很快就要生孩子了，如果她生个儿子，督军肯定大摆宴席，到时候天津各界名流都会前去祝贺，他赵敬武肯定也会亲自前去，我们就在那天在路上埋伏好，等他的车子来了，咱们也给他打成马蜂窝。"

"说的也是，他能暗杀我，我为什么不暗杀他？那好，你去寻找最好的狙击手，做好前期准备，千万不能露了风声，到时候争取一次成功，永绝后患。把这件事做成后，我就给你买套住房，帮你找个老婆，让你过安稳的日子。"

九、天价老千

由于赵敬武与高明就是不与丁方赌，也没有人向丁方挑战，租界的领事们就真的急了，他们把所有的责任都推到周大年头上，恨不得把他的头割下来交给赵敬武。周大年感到形势紧迫，跟丁方说："贤弟，再这样下去，不要说赵敬武要杀我，袁诚印与莫德为了与赵敬武合作，也得想办法把我给杀掉。"

丁方想了想说："赵敬武不是不跟咱们赌吗，那我们俩赌。"

周大年摇头说："就咱们的关系，没有人相信。"

丁方笑道："不如我们这样策划，就说你想非礼我的夫人，我们因此而翻脸，然后找你挑战，你就说你用全部的家业作为赌本，如果我拿不出相应的赌资就没法谈。我相信，肯定有很多人会向我注资，到时候我故意输给你，我们赢了钱后，离开天津。放心吧周兄，我家老爷子在海外是有关系的，赢了钱后，咱们直接到国外生活，让他赵敬武没法找到咱们。你想啊，我们在异国他乡，有一笔两辈子都花不完的钱，在那里过着悠闲的生活。没事的时候，咱兄弟俩可以喝点酒，这真是太美了。"

周大年虽然心动，也相信丁方够意思，但这种相信，还不足以让他下决心把身家性命押上，他相信人都是有贪心的，如果丁方突然起了贪心把他赢了，那么他就变得一无所有了，他没有胆量用身家性命去验证他与丁方的友情到底有多好："贤弟啊，我年龄这么大了，如果向外界说我对弟妹有想法，这太难为情了，以后我们都会没有面子。我认为我们还是找人来向你挑战，这样比较合适。"

"周兄，我知道你的想法，说实话，如果我是你，也没有勇气把全部的家业拿出来，验证我们之间的友情，这个我能理解，好吧，我们就找个人试试吧。"

周大年见丁方猜到了他的想法，显得有些尴尬，说："贤弟，我倒不是怕贤弟你对我有什么不利，而是担心赌桌上什么事情都可能发生，如果我们正赌着，赌场发生火灾，或者军队突然攻打进来，那么我们就很被动，所以。"

"周兄不必解释，这些我都能理解。这样吧，你先找个赌技差不多的人来，找到人后，我们就去找莫德，让他发动领事全力资助这起赌事。不过，咱们这次得与莫德说明白了，我们必须要抽成的，不能再白为他们卖力了，就算我们把心掏出来给他们下酒，他们趁着酒劲也可能把咱们给掐死。"

"贤弟说得对，是得跟他们打打算盘了。"

事情谈妥后，周大年四处寻找赌手，最终还真的让他找到了，这个人名叫黑豆，是个矮瘦的40多岁的男子。之所以叫黑豆，是因为他眉心上有颗痣，像个黑豆似的。据说，在他出生时，父亲见他眉心上有个黑痣，就直接给他起了黑豆这个名字。黑豆在石家庄赌坛非常有名气，最善于抽老千。他的赌技虽然好，但是好色，见着女人就像蚊子见着血。周大年派三秃子去请他来天津，让他跟丁方赌，黑豆首先问："哎，天津好玩吗？"

三秃子说："当然好玩了。"

黑豆问："有没有好的妓院？"

三秃子说："有啊，怡春楼里有100多个姑娘呢。"

黑豆问："姑娘们水灵吗？"

三秃子说："可水灵了，一掐都淌水。"

黑豆说："那好，只要你们把怡春楼的头牌、二牌给我包下来，我就帮你们赌。不过还有个条件，女人是女人，你们还得给我抽10%的水，否则兵荒马乱的，我才不去你们那儿。"

三秃子点头说："没问题啊。"

不过三秃子心里那个气啊：你他娘的要求也太高了，不只要包头牌二牌，还要抽10%的水，你还真把自己当赌王了。不过，周大年说了，无论他黑豆提出什么条件都先应下来，以后的事情以后再说。三秃子明白，这个黑豆只要到天津，他就等死了。因为，周大年是决不会让他抽成的。三秃子问："我说黑大哥，你说的这些条件没有任何问题，如果你还有什么要求，尽管提出来。"

黑豆想了想说："这个，以后我想好了再提。"

当三秃子把黑豆接到府上，私下里对周大年与丁方说了黑豆的要求时，

长篇小说
赌神

丁方气愤道："周兄，这样的人靠不住啊，将来他要是把真相给捅出去，天津卫的赌徒们还不把咱们吃了。我看，我们还是找个可靠点的吧，哪怕赌技差点，但不致冒这么大的风险。"

"贤弟，这人不好找啊，咱们先用着他，到时候用完了，不让他讲话不就得了。"

"好，这样的人确实该杀，好吧，就他了。"

随后，丁方与周大年前去与莫德汇报，莫德顿时喜笑颜开，拍着周大年的肩说："老周啊，这样才对嘛，早就应该这么办了。"丁方倒背着手，头仰得很高，冷冷地说："在假赌之前，我得提点小小的要求，不知道莫德先生同意不同意。"

"是不是要我在租界里给你弄套房子，没问题啊。"

"你们的房子我是住不起的，我怕搬家麻烦。是这样的，上次赢了两场，你们把钱都给分了，好像并没有想到我与周兄，我们变成白帮忙了，这样不太好吧。你们不给我们报酬也就算了，还整天把周兄往外赶，我感到这样很不公平。"

莫德有些尴尬，说："这个，你们放心吧，我决定，从今以后，周大年在租界有着永久居住权，没有人敢赶他。"

丁方摇了摇头，说："莫德先生，你们这是租界，是有租期的啊。再说了，你不可能当一辈子领事吧，说不定你哪天犯点事就被免职了，或者突然得病去世了，再派新的领事来，他认得周兄是谁啊。所以，远的咱们就不说了，只说近的。我们策划的局，全部由你们出资，赚了钱我与周兄抽水 20％。"

莫德惊异道："什么，你们抽 20％，开玩笑。"

丁方气愤道："哎哎哎，你去赌场里问问去，全资投赌的，一般只能抽成 50％，让你占 70％，你的表情还这么夸张。你以为我们拿了这些钱自己装兜去了，我们还要支付黑豆 10％，真落到我与周兄兜里的，每人也就占 5％，我们操心受累的才得到这点抽成，我们冤不冤啊。"

莫德揉了揉自己的大鼻子，说："10％。"

丁方吼道："你听我讲话没有？我们请黑豆来假赌，人家要求就 10％，你是不是想让我跟周兄白帮忙？"

莫德啧啧舌说："15％。"

丁方翻了翻白眼，说："我算被你给气死了。周兄，走，搬到我那儿住去，在这里住着早晚被他给气死，还不如被赵敬武给杀掉痛快呢。让他莫德自己去赌吧。"

最后，莫德就像死了亲娘老子似的，悲痛欲绝地跟周大年签订了协议，一是永远不能赶周大年离开租界，二是抽出总赢利的20％作为报酬……

为了扩大黑豆的影响力，让他与丁方的挑战变得全民参与，吸引更多的注资，周大年策划他在卫皇大赌场举办了晚会，请各报社的记者以及社会名流前来参加。大家听说天津又来了位大头鹰，感到稀罕，他们都想看看这是何方神圣，敢跟丁方挑战。

大家在大厅里等得都不耐烦了，黑豆才在怡春院头牌万香与二牌千香的陪同下露面。他对大家说："各位佳丽，各位爷们，各位朋友，敝人是石家庄的赌王。有人说了，庄里来的庄户小子吧，诸位别忘了，这个庄是世界上最大的庄，是庄家的庄，是坐庄的庄，所以这个庄不是一般的庄，是个了不起的庄。敝人前来找姓丁的那个小屁孩赌战，带的钱也不多，有人问，你带了多少钱，我带的真的太少，就100万大洋。"

有记者问："请问你最擅长哪种赌法？"

黑豆伸手指揉揉自己眉心的黑痣，脸上泛出困难的表情："这个我哪数得过来，只要你们说得出来的赌法，本人都很精通。"

又有人问："你感到你有把握赢丁先生吗？"

黑豆伸出双手，摸着万香与千香的屁股嬉皮笑脸地说："我手里有头牌二牌，难道没有把握吗？"大家哈哈笑过，他又说，"你们想想，他丁方才几岁的毛孩子，我他娘的当赌王的时候，他还在他父亲的腿肚子里转筋呢。我没把握赢他，我来天津干吗来了？我是来丢人现眼的，我是来用小便帮你们浇花的？"

黑豆的话说完，满场嘘声。

黑豆却不以为然，亲亲怡春楼的头牌的嘴唇说："大家不要忘了，我是世上最大的庄里来的，我同时掌握着头牌二牌，我他妈的赢定了。"说着用手拍拍万香的屁股，"瞧见没有，这腔还挺大的。"人群又传来了嘘声，黑豆把手举起来，说，"大家静一静，我还有个秘密没有说呢，这个秘密就是，我不只要把丁方给赢得提不上裤子，我还要把他老婆的内裤给赢过来。"

端着酒杯的独锤听了黑豆的这番话，牙根都感到痒了。见过能吹的，还从没有见过吹得这么不要脸的，他都想掏出枪来对着他搂几响，但是会长交代过，只是来听听，不要闹事儿。他往前挤了挤，问黑豆："我说黑赌王，你最好不要去内蒙，你去了，非得让人家把你给揍死不可。"

黑豆叫道："敝人手里有钱，有钱走遍天下。"

独锤说："你去内蒙，人家的牛都死了，人家不会放过你的。"

大家哄堂大笑，黑豆听了这话，用手摸摸自己眉心的痣说："哟，这位兄弟的嘴真厉害，你是不是把自己的手给啃下来了，说不定哪天你把自己的鼻子也给咬掉，我真想把你的牙给敲下一颗来，然后打成馒头去盗墓。"

大家又是哄堂大笑，独锤看了看自己光秃秃的手，恨得伸手去掏枪，被旁边的兄弟给按住了。这时，黑豆得意地吹起了口哨，双手搂住万香与千香的脖子，摇头晃脑地说："我是最大的庄里来的，我是来坐庄的，大家都要看清形势，押我的宝，保证让你们有宝。没有钱的，有漂亮女人也可以押，我是来者不拒。"

独锤听得难受，他叫着兄弟回去了。回到会所，他对赵敬武说："天啦，我见过不要脸的，没见过这么不要脸的。我见过吹的，没见这么能吹的。什么玩意儿，搂着两个妓女，满嘴喷屎，要不是小弟拦住，我就给他一枪了。"

赵敬武拖着烟斗，平静地说："八斤啊，你激动什么，你想过没有，他黑豆来到天津为什么这么张扬？难道他是在学丁方，丁方来的时候也是这么嚣张。"

独锤说："他比丁方嚣张多了。"

赵敬武说："我感到这个黑豆突然跳出来，还请了天津卫的大亨们去参加记者会，他肯定是有来历的，去查查他的底细，不能让他破坏了咱们的计划。"

独锤派人查了几天，最后通过远在石家庄的亲戚知道，黑豆在石家庄是个非常有名的老千，最大的爱好是泡女人。有一回，他看中了一个军阀的小妾，要用自己全部的家业赌那个女人，结果被人家差点打死，最后把他的家业全部给霸占了，可是他还是不改。有一次，他抽老千时被人家发现，当场对别人说，不用你们动手，我自己把自己的手砍下来，于是抽刀把自己的左手给砍了，等他跑了之后，大家才发现那是只假手。至于他怎么来的天津，这个不知道，至于他说拥有100万大洋的赌本，这是不可能的，因为他对女人舍得花钱，是存不住钱的……

赵敬武点点头："明白了，咱们死活不跟丁方赌，看来他们找了个人来想着玩大千。我们不能让他们的阴谋得逞。"

"会长，我派人把他给做了？"

"既然是租界请来的，他们肯定会想办法保护他的安全，想杀他是不容易的，这个我们提前要想到。还有，现在还不是杀他的时候，等他们形成了赌约，收取了各界的注资，在临近赌约时，我们把他给抓过来，然后让他披露周大年与租界的老千行为。"

"会长，如果他躲在租界里，我们又想要活的，怕是我们没办法在合适的机会把他给抓来。"

赵敬武点头说："这个我想到了。你去怡春楼想想办法，既然他黑豆喜欢女人，让妈妈去见见万香，让万香对黑豆说，租界等他赢了就会把他杀人灭口，劝他逃离，向咱们寻求保护，这样的话，不就落到我们手里了吗？"

黑豆向丁方提出挑战，丁方随后在报上做了回应。双方约定，在卫皇大赌场里协商赌局细节，签订赌约协议。周大年带着十多位兄弟，来到丁方家，接他去卫皇大赌场。丁方与水萍正在那里玩功夫茶，见周大年来了，丁方说："快快请坐，刚冲上新茶。"周大年坐下，水萍把洗茶的水杯夹起个来递给他，又夹起个来递给丁方。周大年嗅嗅，点头说："好茶。"其实他的心思哪在茶上，而是在这次的协议上，"贤弟，你看我们是不是把赌局定在英皇大赌场，毕竟在租界里相对安全些。"

丁方摇摇头："周兄你想过没有，把赌场设在租界，赌民出入不方便，这不利于大家的投注热情。我们就设在卫皇，公开招注，全民参与，这样才能赢得多。至于安全问题，这个让莫德跟袁诚印去协调，我相信他们会重视这个问题的。"

周大年点头说："好吧，就在卫皇。"

丁方把杯子里的茶一口喝掉，盯着水萍那红扑扑的脸说："你打扮得好看点，咱们让黑豆见见，什么才叫漂亮，什么才叫头牌。"水萍红唇轻启，皓齿如贝，委屈地说："先生，这话好难听。"周大年考虑到黑豆那嘴就像粪坑，见着女人眼里都伸手，怕到时候水萍去了会招肚子气，说："贤弟啊，他黑豆领的是下九流的妓女，咱们何必跟他攀比这些？他是个色中饿狼，见弟妹天姿国色，怕到时候满嘴里喷粪，让弟妹受屈。"

丁方笑道："放心吧周兄，无论他说什么，我都不会生气。"

水萍哦嘴道："先生，你是存心让我难堪吗？"

小凤说："小姐，咱不去！"

水萍叹口气说："夫君让我去，岂能不去。"

丁方对周大年小声说："我之所以让夫人去，是加强我们之间的矛盾，让别人知道我们之间的针锋相对，这样不容易引起大家的怀疑。"

周大年拍拍丁方的肩："贤弟，为难你了。"

在临出发前，周大年与丁方与水萍坐在车里，他把身子往下缩缩，看看车窗外："贤弟，我感到还是搬到租界住比较好，在外面太危险了，咱们不知道赵敬武什么时候对付咱们，就像上次我去市政府开会，要不是我坐黄包车，我的坟头都长草了。"

丁方说："周兄，难道咱们就处处被动，你就没有想点办法吗？"

周大年说："办法是想了，还没有合适的机会。"

车子来到卫皇大赌场门前，丁方见门前堆着很多人。这就是赌博，输的人总想赢回来，赢的还想再赢，他们是决不会放过这种机会的。车子拐到了卫皇大赌场的后院，丁方与水萍下车，见周大年还在车里，便喊："周兄，到了。"三秃子带着几个人围在车门前，周大年才肯下来，下车四处张望一番，低着头匆匆地往后门走去。丁方见他就像做贼似的，差点笑出来："周兄，你走这么快干吗？"

周大年说："贤弟啊，外面不安全啊，说不定哪儿就有支枪对着咱们，小心才驶得万年船。以后你也不要过于粗心大意，你要对自己的生命负责，也要对弟妹负责才是。"

水萍说："周兄说得是，先生你应该听劝。"

丁方摇头说："生死由命，富贵由天，我才不管这些呢。"

大厅里已经聚集了很多人，大多是赌坛的元老，还有各行各业的老板。在天津卫，每次豪赌都不只发生在牌桌上，而是在于大家的参与。黑豆坐在万香与千香中间，正在那里跟大家吹，当他回头看到周大年与丁方来了，立马站起来，但眼睛却盯着水萍呆住了。水萍的头发盘着，上面别着个蓝荧荧的卡子，耳垂上吊着翡翠的耳坠，白皙的脸上稍施粉脂，显得白里透红。两道弯眉下是明亮的眼睛，眼皮是多双的。她身上穿着件石榴红的旗袍，脚上穿着高跟皮鞋，手里握着古铜色的坤包，包上的宝石发出诡异的光泽，整体看上去庄重而不呆板，媚而不妖。

黑豆没想到天下还有如此姣好的女人，他有些忌妒了，对丁方说："小丁啊，这位小姐是哪个楼上的头牌？要不咱换换，我用两个换你这个，怎么样？"

丫鬟小凤听了，叫道："你吃了屎啦，说话这么难听。"

黑豆说："哟，这小姐还挺辣的，我喜欢。"

周大年忙说："黑豆先生，这位小姐是丁先生的夫人水萍。"

黑豆说："哟哟哟，原来是丁夫人。这下好了，到时候咱们在赌博协议里写上，我要用我的命赌你的夫人，如果我输了，我把头割下来你当尿灌，如果我赢了，你把夫人送给我，我以后把她当祖奶奶养着，我一辈子都孝顺她，以后我用嘴给她洗脚。"

水萍的脸涨红了，用手去扭丁方，示意他该说话了，丁方笑着说："黑豆，你的意思是想用你的脑袋换我的夫人？说实话，我家里没有养狗，就算养了我也不会把你的脑袋喂狗的，又没有肉，你的牙还这么硬，说不定会咬伤了我的狗。所以呢，我是不会跟你赌这个。不过呢，如果你肯跪倒在地上，叫我三声爷爷，我还可以考虑考虑。"

黑豆凑到丁方跟前，可怜巴巴地说："丁先生，这样吧，那10%我让给你，只要你把夫人让我一个晚上。"

周大年听到这里吓了一跳，心想这黑豆也他娘的太好色了，竟然见着美女就忘了自己的责任，竟然在这里说出10%的事情。他瞪眼道："黑豆，你是来找丁方挑战来了，还是来找女人来了？"

"说实话，要是没有女人，我就不来天津了。"

"你！"周大年对他挤挤眼，小声说，"说话注意点。"

黑豆这才灵醒自己差点把事情给说冒了，他咋咋舌回到万香千香跟前，看看她们的脸，再看看水萍那张涨得绯红的脸庞，越发感到水萍漂亮而优雅，便深深地叹了口气。

周大年把丁方接到旁边："贤弟，这黑豆太不成器，见着弟妹美貌，简直是魂不守舍，竟然差点把咱们的秘密给抖搂出来。我看这样吧，让弟妹跟小凤姑娘到车上等着，咱们跟他签完协议，马上离开。等回去，看我怎么教训他。"

虽然黑豆极为高调与张扬，向各界表明，一定要把丁方给打败，但是天津卫的人并不看好他，也相不中他那德性。大家仍旧看好丁方，把钱押到丁方身上。

由于卫皇对于押注有个限额，只接收 10 块大洋以上的注资，有些小商小贩拿不出 10 块大洋，他们就凑起来下注。没有多久，丁方这方已经收拢了近百万大洋的注资，而黑豆根本就没有几个人投注。

在离赌约还有两天的时间里，卫皇不再接受注资，因为他们要用一天的时间来核算注资，还要准备赌局的事情。当卫皇贴出了红色告示表明已经结束收取注资之后，赵敬武感到应该落实他的计划了。独锤前去怡春楼找老鸨，让服侍万香的妈妈行动。于是，妈妈买了点心，提着去租界里看万香。妈妈见到万香与千香后，对她们私下里说："闺女啊，你们真的是洪福齐天。"

"妈妈，您说的是豆腐吧。"万香说。

"有人要替你们赎身，并给你们每人 100 块大洋，让你们过自己的生活。唉，如果我年轻时遇到好人，我也不会在楼上熬到现在。说实话，当初我那模样儿长得比你们还水灵，男人见了眼睛里都会伸手，可是我的运气差了点，没遇到好人。"

"妈妈，不会是菩萨下凡了吧，天下有这样的好事吗？"

"天下当然没有白来的小费，人家说了，你们也得帮他们个忙。"

千香问："妈妈请讲，帮什么忙？"

妈妈看看门窗，小声说："让你们私下里对黑豆说，他等周大年赌完这局后，租界就会把他灭口。如果他不肯相信，就说听楼上的姐妹说，袁诚印去楼上玩……"

等妈妈走后，万香与丫香在那里商量，俩人怎么一唱一和把黑豆吓住，然后跟他逃离租界……时间分分秒秒过去，她们还不见黑豆回来，便有些心急了。晚上十点多钟，黑豆终于回来，让万香与千香帮他去洗澡，万香说："公子，要出大事了。"

黑豆说："当然要出大事，后天我就要把丁方打败。"

千香说："公子，楼里有个姐妹给我们捎信过来，说让我们赶紧离开这里。我们这几天伺候公子，你对我们姐妹这么好，我们必须要把实话告诉你。"

黑豆问："到底什么事？你们说。"

万香说："昨天督军去楼上玩，有个姐妹问他这次的赌局谁会赢，她们想押点宝，督军说谁也不会赢，租界赢。由于他喝了点酒，说得就多了些，便透露出来了一些内部的秘密。"

黑豆的表情变得凝重："什么秘密？"

千香说："督军说让你跟丁方假赌，然后骗大家的钱，等把钱弄到手就把你给灭口。还说，这些赌博是周大年、丁方，还有租界策划的，你就是个替死鬼，无论你输赢都会被杀，所以姐妹让我们赶紧离开你，怕我们有什么祸事。"

黑豆听到这里，脸色变得惨白，大汗淋漓。至于他跟丁方假赌的事情，这是何等的秘密，这两个女人都知道了，足以说明他们说的是真的。他可怜巴巴地问："两位姐姐，那怎么办才好？早知道这样我就不回来了，直接离开了。"

万香说："你现在想跑也没办法了，你想，租界与督军他们的权力通天，一句话，码头车站全是兵，你能跑到哪儿去？"

黑豆听了这话，眼泪都出来了。

千香说："对了对了，小刀会跟周大年与丁方是死对头，你可以去投奔他们啊，现在天津卫几大港口都是他们的地盘，他有办法把你送出天津，否则，谁都救不了你。"

黑豆痛苦地说："门口有守门，怎么出去？"

万香说："这样吧，我们把你打扮成女的，就说有个姐妹来看我们，把你送出租界。"

黑豆点点头，说："两位姐姐救了我的命，日后一定重重答谢。"

万香与千香找来衣裳给黑豆换上，往他脸上扑了很多粉，把口红也给抹上，然后，用块花布把他的头包裹了些，只露出半边脸。他们来到楼下，门口站着的 4 个人问："你们去哪儿？"万香忙说："是这样的，我们楼里有个姐妹来看我们，天黑了，我们怕她找不到路，想把她送到租界门口，马上就回来。"

看门的问："黑豆先生呢？"

千香说："他说要养精蓄锐，回来就睡了。"

看门的说："那好，你们快去快回。"

万香与千香把黑豆夹在当中，匆匆走出租界，见妈妈正在那里等着，妈妈领着他们拐进小巷，让大家坐进停着的小轿车里。黑豆不停地说："两位姐姐救了我的命，我得报答你们，我回去拿着钱回来替你们赎身，要明媒正娶你们，让你们跟着我吃香的喝辣的。"

车子来到小刀会，司机把大家带到了客厅，没多大会儿，赵敬武与独锤进来了，对独锤说："八斤啊，按照之前说好的，把几位姑娘送到安全的地方，要确保她们的安全。"

"好的会长，我马上去。"

独锤招呼着妈妈与万香、千香去了，赵敬武对黑豆说："贵客，请坐。"黑豆扑通跪倒在地，哭咧咧地说："在下感谢您的救命之恩。"赵敬武摆摆手："起来说话吧。"

黑豆爬起来，用半个屁股坐在沙发上。

赵敬武说："我们冒着这么大的风险把你救出来，还要冒着风险把你送出天津，并不是没有要求的。明天，我们找几个记者，你对他们把周大年策划假赌的事情说出来，让他们给曝光。你放心，等这件事办完，我就会给你安排个安全的住所，等风声过去，然后把你送出天津。不过，在这期间，我们可不提供头牌二牌。"

黑豆点头："好的会长，我听您的。"

赵敬武说："只要你听我的你就没事儿。有件事我得提前告诉你，周大年是督军的岳父，督军与租界领事又狼狈为奸，他们在天津的势力很大，如果你想私自离开还真不容易。这件事过后，风声停了，我会安排你跟着货船离开。"

吃过早饭后，莫德给丁方与周大年打电话，让他们叫上黑豆去他的府邸商量明天的赌事。丁方与周大年到租界找黑豆，发现房里不只没有黑豆，连两个女人也不见了，便感到不好。他们问守门的 4 个人，守门的说："不可能，黑豆先生回来后，就没有出去过。"

周大年对着他骂道："混账，现在楼上没有他的影，他去哪儿了？你们马上给我找到他，如果有什么意外我砍你们的头。"

他们呼隆呼隆跑着去找，最后都回来说："老板，邪乎怪了，他真没出去。"周大年知道出事了，问昨天晚上有没有什么意外。有个兄弟说："大约晚上 10 点左右，万香与千香跟个女的出来，说是楼上有个姐姐来看她们，要把她送到租界门口，送出去后就没有回来，我们还以为她们回怡春楼了。"周大年听到这里，就知道完了，他吼道："那个女的长的什么样？"

"穿着花衣裳，头上还系着块花布，没看清。"

"混账，你们马上叫三秃子去怡春院把黑豆给我找回来。"

三秃子开车来到怡春院找黑豆，老鸨不高兴地说："我说老三啊，你嘛意思？人是你们领走的，现在又来跟我要人，是不是你们把她们藏起来了，然后故意来糊弄我。我可告诉你们，万香和千香可是老娘的摇钱树，跟老娘玩这一手没用，你们马上把她俩给我送回来，要不你们就麻烦了。"

三秃子说："昨天晚上她们跟黑豆私奔了。"

老鸨说："什么什么，她们私奔了？别跟我来这套，我不管什么黑豆白豆，人是你们领走的，你们就得给我送回来。要是你们不给我送回来，我就有你们好看的，实话跟你们说，我做这个生意，要是没有人罩着，我也没法干成，你们赶紧的把人给我弄回来。"

三秃子听老鸨这么说，知道真没回来。

当周大年听说他们根本就没有回怡春院，真的急了。明天就要开局了，如果这时候黑豆突然消失，事情就没法补救。他叫道："你们马上到港口、车站，把他给我抓回来。"

"老板，说不定他出去转去了，转够了就回来了。"

"回来个屁，谁三更半夜出去玩，还装成女人？"

周大年对丁方说了说经过，丁方平静地说："周兄，急什么，走就走了，反正原因不在咱们这方，到时候就说他单方毁约，咱们把别人投注的钱退回去不就得了。"

"问题是，莫德知道了肯定会发疯。"

"那就让他发去，反正他也不是发一次了，早晚他就真疯了。"

两人来到领事馆，莫德问他们黑豆为什么还不来。周大年明白，只要他说出黑豆跑了，莫德肯定会抽他大嘴巴子，便拿眼去看丁方。丁方知道周大年的想法，于是对莫德说："事情有些意外。"

"什么意外？"莫德问。

"那个黑豆跑了，至今没找到。"

"跑了？什么，跑了？"莫德的眼睛瞪圆了，"他怎么跑的？你们不是有人看着吗？"

"他化装成女人跟两个妓女私奔了。"

"什么什么，明天就开赌了，他突然消失，明天的局怎么办？你们马上想办法把他给我找回来，马上，你们听懂了吗？"莫德的脸上充血后变成猪肝色。

丁方说："我们当然去找，不过莫德先生，我们得做两手准备，找到黑豆当然好，如果找不到他，我们怎么处理后面的事情？"

莫德叫道："这件事是你们策划的，你们想办法。"

当周大年与丁方走后，莫德马上给袁诚印打电话，让他给警厅打电话，派人去寻找黑豆。一天的时间，莫德都没有吃饭，像踩着烧红的地板，在客厅里来回走动。一直到天黑，所有去找黑豆的人汇报说，别说黑豆，就连两个妓女也没见着影。

莫德实在没处发火，给袁诚印打电话说："他周大年现在只能坏事不能成事，留着他没任何作用。我马上把他给赶出租界，如果赵敬武想杀他，我给赵敬武提供最好的枪支，你要是敢插手这件事情，那你就滚回老家种红薯去。"

他把电话扔下，从兜里掏出几粒药塞到嘴里，然后像个棉包似地堆在沙发上。早晨，莫德是被吵闹声吵醒的。来人汇报，有上千口人在租界门口游行示威。莫德这才知道，黑豆在报上登出启事，说周大年、丁方联合租界，督军策划假赌，目的是为了圈大家的钱，他良心发现，所以冒死向大家揭露真相。

莫德气得脸色苍白，差点就吐血。他给周大年打电话，电话没有打通，他又马上给袁诚印打电话，让他马上派兵过来，以防游行队伍冲进租界闹事……

周大年做梦都没想到事情会发展成这个样子，他本来以为发个声明说黑豆失约，让卫皇大赌场把所收大家的注资全部退回去就行了，没想到他黑豆竟然把真相说出来了。周大年派三秃子前去追杀黑豆，只要见着他的面，不用多话，立马干掉。

由于大家都在租界门前游行，周大年知道，这件事情莫德肯定会把责任推到自己身上，看来自己是在租界住不成了。他对丁方说："贤弟，我认为这一切都是赵敬武干的，你想过没有，他黑豆在天津无亲无故，就是借给他3个胆子也不敢做这样的事情。现在不只黑豆消失，连两个妓女也同时消失了，如果不是赵敬武，还有谁有这么大的能力，做这样的事情？"

"周兄，就算是他安排的，我们也没有真凭实据。"

"是啊，事情发展到这种地步，我们应该想想自保的事情了。相信，这次我是无法在租界里住下去了，他莫德肯定会把我赶出去，这样一来，我就要面对赵敬武了，我只能跟他拼了。"

"周兄，也许事情没有你想的这么严重，我能说服莫德不会把你赶出租界。"丁方平静地说。

"如果不搬出租界，这样最好了，我可以招集人马，买些最先进的武器，组成自己的保安队，以防赵敬武打击报复。"

"我去跟莫德谈谈，会说服他把你留在租界。"

"贤弟，那我就不去了，去了他肯定发疯。"

丁方来到莫德家里，莫德正在气头上，对丁方吼道："他周大年呢？他是不是也跑了？你回去跟他说，让他今天就给我搬出租界，否则我就让警察厅把他赶出去。再有，你直接跟周大年说，他搬出去后我就给赵敬武打电话，让赵敬武去要他的头。"

丁方站在那里，脸上泛着微笑，静静地听着莫德发疯，也不插话，等他吼累了，这才对他说："我感到您现在不能赶周大年出去，应该让他来应付这些风波，减少对租界的不利影响。如果您把周大年给赶出去，他急了，向外界曝光你们之间的那些事情，相信您的责任就大了。您利用公款资助赌博，然后把钱装进自己的兜里，这好像不是你们国家政府所允许的。"

听了这番话，莫德顿时蔫了，他眨巴了会儿眼睛，拍拍光秃秃的头顶："我怎么把这件事情忘了，他周大年道德品质极其败坏，我把他给赶出去，他肯定会打击报复我。"

丁方似乎看透了莫德心里想什么："还有，你可能想把他给杀掉，就算要杀也不是现在，现在黑豆造出来的影响还需要周大年来承担，如果现在周大年突然消失，大家肯定会认为被租界杀人灭口，这样租界涉赌的事情就成事实。事情闹大了，一旦传到你们国家，那么你不只当不成领事，说不定还被治罪。"

莫德叹口气："这个周大年真是太麻烦了。这样吧，你回去对他说，我们不会赶尽杀绝，让他在租界里好好住着，尽快地发表声明，黑豆的事情是纯属造谣，与各租界没有任何关系。"

丁方回去把莫德的这番话对周大年说了，把他给感动得差点跪在地上："贤弟，在最困难的时候，都是贤弟帮我出谋划策、排忧解难，如果你不嫌弃，我想跟你结拜金兰，以后同甘共苦，共谋未来。"

丁方笑道："拜不拜都是个形式，亲兄弟还有反目成仇的呢。我们没必要走形式，只要真诚地对待对方已经足够了。我相信，当我有难的时候，周兄也不会坐视不管。"

周大年用力点头："那是，那是，贤弟的事就是我的事。"

他们不停地发表声明解释黑豆事件与周大年、丁方先生以及租界与督军没有任何关系，报上披露的事情纯属造谣，是黑豆自感到不能取胜丁方，逃避责任的谎言……

事件被时间慢慢地淹埋着，不久，黑豆风波就消停了，天津卫又恢复到以前的模样。周大年明白，现在袁诚印是靠不住了，租界更靠不住，早晚有一天他会搬出租界与赵敬武抗衡，因此，他拿出巨款来购置武器，招收保安人员，成立了 30 人的保安队，让三秃子每天领着他们到租界的射击俱乐部练习枪法……

十、轿车魔术

上天对袁诚印太好了，周靓十月怀胎，一朝分娩，生了个大胖小子。袁诚印晚年得子，高兴得就像个孩子似的，又蹦又跳，把守门的大兵给抱起来转了两圈，把人家晕得不行。几个姨太太表面上高兴，但心里还是忌妒，甚至盼着这个孩子死掉。

袁诚印找了天津卫20个文人到府上写请帖，邀请天津卫各界名流前来赴宴。作为天津卫最有实权的领导，他明白这个孩子是双喜临门，因为举办贺宴，将会得到一笔可观的收入，应付一下挪用的军费，以缓解燃眉之急。

当周大年听说周靓生了个儿子，他并没有多么欣喜，因为之前的事情，他知道袁诚印是不会在乎老丈人的死活的，不但不在乎，还可能帮着别人对付他。周大年想利用这个孩子贺宴，把赵敬武给干掉，只有把他除掉，自己才真正地安全，再也不受租界要挟了。

他恶狠狠地对丁方说："贤弟，机会终于来了。"

丁方点头说："是的，这是最好的机会。"

周大年眯着眼睛，若有所思地说："贤弟说说，我们怎么行动？"

丁方想了想，说："从小刀会去往督军府有两条路，我们在这两条路都埋伏好人，见到赵敬武的车就向他开枪。不过，周兄知道派空车在前，坐黄包车在后，想必他赵敬武肯定也会想到这些。如果这样，我们怎么应对，得提前想好。"

周大年说："贤弟说得对，他赵敬武从个小痞子混到现在的地位，期间有多少人想把他杀掉，他现在仍然活着，这就说明他把自己的安全想得非常周到。这样吧，我再派些人混进黄包车队里，让他们密切地观察，以防漏掉。"随后，把三秃子叫来，跟他策划谋杀方案。三秃子听说要杀赵敬武，脖子顿时缩进领子里："老板，能成功吗？我感到这事有点儿悬。"

周大年瞪眼道："你他妈的说什么呢？这件事必须成功，如果谋杀不

131

成，他赵敬武肯定疯狂地报复咱们，那我们的小命就悬了。"

三秃子低下头说："老板，您吩咐就是。"

周大年倒背着手来回踱着步子，说："你今天就派几个兄弟，密切注视着小刀会的动向，然后给兄弟们开个会，到时候谁把赵敬武打死，我奖他二百块大洋。对了三秃子，你跟着我时间也不短了，这件事情过后，我在租界外给你买个小院，再找人做媒给你娶房妻子，以后就可以过安稳日子了。"

三秃子用力点头，但心中却想：娘的，这话都说了几年了，至今也没见落实，我他妈的听到这话都想吐，不过他还是说："老板，事情办完，我可去找房子啦?"

周大年说："好，去找两套房，我也搬过去住。"

三秃子点头："老板，您就请好吧。"

当赵敬武收到督军发来的请柬之后，他盯着那片红纸沉思了许久，自言自语道，没想到他袁诚印的命这么好，竟然晚年得子。看来，周大年这个岳父还真当住了。他独自来到楼下的小花园，在里面用石子铺成的小径上来回踱着步子。独锤凑过来，说："会长，听说督军送来了请柬?"

"是啊，周靓生了个儿子。"

"这下他袁诚印不发财了。"

"这是历来的规律，当官的家里死人都发财。"

"他妈的，像袁诚印这种人，也配有儿子。"

赵敬武突然问："八斤，最近周大年有什么动静吗?"

独锤说："会长，这段时间周大年很平静，据说他们招集了 30 多人，每天都去射击俱乐部玩，看来这些人是用来对付咱们的。"

赵敬武笑了："看来，他周大年出息了，敢于面对现实了。"

独锤说："就他 30 多个人，怎么能跟咱们小刀会比呢。"

赵敬武说："八斤，去准备些礼品，然后让司机去修车，明天去督军府庆贺去。"

独锤说："会长，咱们的车没毛病啊。"

赵敬武眯着眼睛，轻轻地呼口气说："没有毛病，让司机找点毛病，去

长篇小说

赌神

修理厂放下车，明天8点把车给提回来。"

由于马上就要谋杀赵敬武了，周大年的心情很是复杂。他赵敬武从老家一路追到天津，这么多年来，他活得如履薄冰，每天都得花大量的心思考虑自己的安全问题，不得不抱着租界的大腿，低调成孙子，像狗那样活着。如果把赵敬武给除掉，从此他可以在天津任何地方去住，可以去任何公园里散步，生活的天空会变得无比的辽阔，他怎么能不激动呢。

周大年一夜未睡，大早晨的就把三秃子叫来，问赵敬武那边有情况没有，三秃子想了想说："老板，没有什么情况，只是昨天下午听兄弟说，赵敬武的小车送到修理厂去了。"

"什么，他的小车送修理厂了？"

"是的，我听说这件事后，就派人去修理厂调查了，回来的人说，车子没有大毛病，是排气管掉了。"

周大年想了想说："排气管掉了，为什么现在掉？"

三秃子说："老板，这个，谁也不知道啥时候掉。"

当丁方来到后，问准备得怎么样了，周大年说起赵敬武去修车的事情，丁方严肃地说："周兄，我认为这时候去修车，并不单纯是修车。"三秃子问："丁先生，您这话就不对了，修车不是很正常的事情吗？咱们的车大多数是租界搞来的，听说他们把打下来的废车给重新喷喷漆当新的卖给咱们，然后他们再办修理厂来修，赚第二份钱。要不说德国人开的那家修理厂这么忙啊。"

丁方说："三秃子，考虑问题不能从咱们的角度出发。他赵敬武是什么人，以我的判断，他把车子送修，然后让别人把他给捎到督军府，这样在路上多安全。那么，我们安排的人不就白等了。"

周大年拍拍头说："对啊，完全有这种可能。"

丁方说："那么你们认为，他坐谁的车最保险呢？"

三秃子说："坐警察厅的车最保险。"

丁方说："他是去向督军祝贺喜得贵子，肯定备了很多礼品，我认为他可能会对督军说，我的车送修了，能不能过来接我一下？你们想想吧，督军想到礼品的事情，也得去车接吧。如果督军的车正好在家，他肯定派去

—— 133 ——

十、轿车魔术

接赵敬武，如果不在家，也可能谁先去了，让他们的车去接。看来，我们今天的活动，有点麻烦了。"

三秃子说："要是赵敬武坐督军的车，我们怎么办？"

周大年恶狠狠地说："他赵敬武今天就是坐总统的车，也要给我把他干掉，妈的，我再也受不了这份压力了，再这样下去，我他妈的非得崩溃不可。"

三秃子说："那我们哪知道他坐谁的车去？"

丁方说："很简单，一会儿周兄给督军打个电话，就说咱们的车送修了，让他来接一下。如果他说车派出去了，极有可能就是去接赵敬武了，那么如果我们在从小刀会去往督军府的路上发现了这辆车，向他开枪，就没有问题。"

他们在那里焦急地等着，谁都没有说话。周大年心里忐忑不安，如果问早了可能车在家，如果问晚了，怕来不及通知埋伏的兄弟。当8点刚到，周大年就摸起电话接通督军府："老袁啊，我大年啊，我的车去修了，能不能派车来接我一下。"

袁诚印说："他妈的，你们的车早不修晚不修，非得到给我儿子庆贺时去修，我的车已经派出去了，你自己想办法吧。"

周大年说："我备了些礼品，你的车去哪了？什么时候回来？"

袁诚印说："赵敬武说他的车送修理厂了，让我派车去接，我估计回来早不了，你想办法吧，这可是你外孙的贺宴，你得早过来帮着我接待大家。"

放下电话，周大年对丁方说："贤弟，你的判断是正确的，他赵敬武果然玩这一手。三秃子，火速通知兄弟们，当督军的车往回赶时，一定要把他给打烂。"等三秃子开车走后，周大年对丁方说："咱们怎么去？既然咱们在策划谋杀赵敬武，也不排除他赵敬武会策划谋杀咱们。"

丁方说："给莫德打电话，让他来接咱们。"

周大年摇头说："不行不行，他不会来的。"

丁方摸起电话接通了莫德："莫德先生，今天去督军家参加宴会，您就不用准备礼品了，我跟周兄已经帮您准备好了，您过来拉着我们，顺便把您的礼品带着，咱们也好在车里谈点事。"

莫德在电话里说:"好好,我马上过去。"

挂了电话,丁方对周大年说:"周兄,你是孩子的姥爷,送多送少也没关系,以后的时间还长嘛。先把你的礼品拿出几件来送给莫德,咱们蹭个安全车。"

周大年笑道:"贤弟啊,我真服你了。"

等莫德的车来后,他们拉上礼品,挤在车里奔往督军府。路上,莫德说:"这袁诚印还挺能的,我以为他不行了,没想到还整出儿子来了。"丁方笑道:"这就叫做宝刀不老。"因为这番话关系到周靓,周大年不好插嘴。其实,他的心思也不在这些话上,而是在于这次的谋杀,他既担心着谋杀失败,还憧憬着谋杀成功之后那些自由的空间,所以,他的心情是复杂的。

他们刚到督军府门口,就听到远处传来密集的枪声,莫德吃惊道:"怎么会有枪声?不会是有军队攻进天津了吧?这太不安全了,要不我们还是回租界吧。"丁方忙说:"您听错了吧,这分明是督军府放的火鞭啊。您想啊,他督军晚年得子,心里能不高兴吗?能不可着劲地放火鞭吗?"

莫德说:"听着不像火鞭。"

丁方笑道:"听我家老爷子说,在战场上有兄弟牺牲了,他们没有火鞭,都会把枪举起来朝天鸣枪。我家老爷子还说,如果他们取得了胜利,也会朝天鸣枪祝贺,他督军以枪代鞭,为何不可?"

莫德点点头:"说的也是。"

周大年当然明白,那阵枪决不是火鞭,肯定是三秃子他们动手了。他心里在说,赵敬武啊越敬武,你再聪明,不是也没逃过这劫。你以为你借督军的车就没事了。想到这里,他把手摁到丁方肩上,用力握了握,表明对他的感激。

他们的车开进督军府,见院里已经停着很多轿车了,人来人往地非常热闹。副官走过来,对莫德说:"大家请到客厅。"他们随着副官来到客厅,周大年四处瞄了番,没有看到赵敬武,他感到事情已经成功了,他对丁方说:"贤弟啊,今天是个值得庆祝的日子,你给大家玩个魔术助助兴吧。"

大家听说玩魔术,都聚拢过来。丁方说:"好吧,大家看好了。"他把袖子卷卷,让大家看看他的手,然后对莫德说:"还得用用您的帽子。"莫德摸摸光脑袋问:"丁先生,是不是又变老牛吃嫩草?"

"你猜对了。"丁方说。

袁诚印笑道:"你提前告诉我这是谁的画?"

丁方说:"哈哈,这张画出自我夫人之手。"

他说着用左手顶着帽子,右手握着帽檐,猛地把帽子扔出去,左手里便有个画轴。他把画轴递给袁诚印,然后把画打开,大家看到里面是两头大牛,还有头小牛,小牛的脖子上套着个黄色的环。由于袁诚印的心情好,点头说:"画得不错,我收藏了。"

丁方说:"慢着慢着,提好了。"

袁诚印说:"就不用再解释了吧,就画的我们三口子吗。"

丁方把双手捂到小牛的脖子上,然后猛地把手握住,手里便有了个金镯子,大家不由阵阵叫好。丁方说:"这是我送给贵公子的礼物。"袁诚印接过来:"丁先生,敝人十分感谢您的礼物,以及您给这次宴会带来的热闹气氛。"

有人吃惊道:"你们快看,小牛脖子上的金环没有了。"

大家再去看画,发现小牛脖子上的环真的没有了,就像从来都没有过似的。大家盯了会儿画,然后发出热烈的掌声来。就在这时,有个兵跑进来报告:"督军大人,出事了。"

大家顿时静下来,袁诚印慢慢回头:"出什么事了?"

大兵说:"您的车半路上被枪给打了,打成马蜂窝了。"

袁诚印吃惊道:"什么什么,车被打了,赵敬武呢?"

大兵说:"不知道。"

袁诚印叫道:"妈的,反天了,我的车也敢打,副官,你马上带人去看看,是谁这么大胆敢打我的车,把嫌疑人都给我抓来,娘的,敢打我的车。对了,如果赵敬武受伤,先把他送到医院。妈的,太大胆了,敢打我的车。"说着,他回头意味深长地瞅了眼周大年,用鼻子哼了声,转身走去。

周大年明白,事情成功了,从此之后,再也不用面对赵敬武了。从此,小刀会失去了赵敬武,再也不会成为气候了。周大年叹口气说:"多亏我是坐莫德先生的车来的,否则,说不定我的车也会被人家打成马蜂窝。看来,有人是唯恐天津不乱。"

宴会开始了,赵敬武没有来,周大年确定赵敬武被干掉了,他内心的喜悦无法表达，端起杯来不停地与大家碰杯，突然发现袁诚印正冷冷地盯着他，忙压抑住自己的喜悦，对丁方说："贤弟，记得上次，你把两杯酒里的度数给变到一杯里，结果让我喝了出了洋相。至今我都想不通，你是怎么做到的。"

丁方说："魔术，跟抽老千差不多。"

周大年说："贤弟，能否再玩个魔术助助兴？"

大家喊道："再来一个，再来一个。"

丁方盛情难却，把手里的酒杯放下，对大家说："今天呢，为了给督军的小公子祝贺，我就再变个魔术，这个魔术叫魔力洗牌。"说着从兜里掏出一副扑克牌来，猛地把牌甩出去，牌却自动地又回到手里。大家正在鼓掌时，丁方的手一抖，手里的牌掉下去，原来每张牌上都有个细皮筋拉着，大家又开始笑。

丁方说："失手了，失手了。"说着把牌猛地收起来，然后再用手拉开，是串用绳系着的鲜花，大家顿时鼓掌如潮，丁方把花挂到周大年脖子上，系成了花环，然后说："祝周兄喜得外孙。"周大年说："同喜同喜。"话没说完，大家听到门口传来洪亮的声音："各位，不好意思，敬武来晚了。"

周大年听到声音后吓得打了个激灵，猛回过头去，见赵敬武正微笑着盯着他，忙把目光躲开。赵敬武来到周大年面前，用手碰了碰他脖子上的花环，笑道："周兄，今天打扮得这么漂亮？"这时，袁诚印过来："老周啊，我正担心你呢，刚才听说我的车被人给打成马蜂窝了。"

赵敬武吃惊道："什么，有人在这么喜庆的日子里打您的车，给您添堵，得好好查查是谁干的事。"

袁诚印问："难道你没有坐在车上？"

赵敬武点头说："您的车刚到府上，正好司机把车提回来了，我想到今天府上肯定很忙，就让您的司机先回来了，没想到会出这样的事。看来，如果我的车修不好，那我也在医院里修不好了。"

周大年非常沮丧，他没想到赵敬武这么狡猾，竟然来了个连环计，让自己上了这个大当。他盼着早点散会，可是宴会没完没了，赵敬武专门过来敬了他 3 杯酒，这酒让他喝得很苦。丁方对袁诚印说："我有点难受，让周兄陪我回去了，你们大家继续吧。"袁诚印意味深长地说："恐怕不只丁先生难受，大年的脸色也很难看，你们回去吧，对了，回去给我问问，现在什么样的车好，我准备买。"

丁方对莫德说："能不能用您的车把我们送回去？"

莫德摇头说："我的车很贵的，要是被人家打了，谁赔。"

丁方说："如果被打了，您不在车上，您便宜大了。"

莫德想了想："那好吧，让司机把你们送回去。"

在回去的路上，周大年与丁方都闷在那里不说话了。他们没想到今天会有这样的结果，他们准确地判断出了赵敬武借车的目的，可是谁能想到他赵敬武技高一等，最终逃过了此劫。回到府上，丁方劝周大年说："周兄，不必沮丧，您也说过，他赵敬武从个小混混弄到现在的地步，肯定是有些手段的，但我相信，智者千虑，必有一失，相信下次他就没有这么好的运气了。"

周大年深深地叹口气说："听袁诚印那话，已经认为是我们干的了。我现在担心，别让三秃子他们被人家给抓去了，要是被抓，那我们不只失败，怕是会惹来更大的麻烦。到时候，如果赵敬武逼迫三秃子说我们想谋杀督军，这个罪名就大了。"

丁方想了想说："虽然没有杀了赵敬武，但结果也不可能坏到这种程度，说不定三秃子正在回来的路上。"

没多大会儿，三秃子果然兴高采烈地来了，进门就把双拳握起来，眉飞色舞地说："老板。"话还没说完，脸上就挨了周大年一巴掌。丁方把三秃子拉到旁边，对他小声说："你的战功就不必汇报了，我们在会上看到赵敬武了，不是鬼，他能吃能喝的。"

三秃子叫道："不可能啊。"

丁方冷笑说："有什么不可能的，督军的车去后，赵敬武的车正好修好，他让督军的车先回去了，等你们把车给破费了，他又坐自己的车去参加了宴会。"

三秃子听到这里，不由目瞪口呆。

赵敬武回到会所后，独自待在书房里，心里非常沉重，现在周大年连督军的车都敢打，这说明周大年想要他的命有多么急迫。看来，是得跟周

长篇小说
赌神

大年玩玩了，再这样下去，如果让他给谋划成了，自己就真的变成死不瞑目了。

下午，赵敬武独自开车出去了，他来到那个有假山的小院，把车停好后，慢慢地爬到土山上，坐在小亭里望着天际发呆。哑巴端着茶具上来，给他倒杯茶，然后悄悄地下去。

赵敬武每当心情不好的时候，他都会独自来这个小院里静坐，或者住一晚上，然后第二天悄悄地离开，重新面对这个复杂的世界，应付着这样或那样的事情。这个小院是属于他的，在天津卫，有些人知道这个小院的存在，但所有人都没怀疑过是赵敬武的，甚至夫人兰雅芝以及赵信都不知道这个小院的归属。

夜色渐渐地从四际里拉拢起来，街道上的灯都亮了，赵敬武掏出怀表看看，已经是夜半子时，他来到院里，抬头看看天上的北斗星，今夜显得格外的亮。他进房后，窗子亮了亮，随后就灭了，整个小院被夜色埋住，变得无声无息……

早晨，赵敬武回到府里，对独锤说："是时候把高明送走了。"

独锤问："为什么？"

赵敬武叹口气说："我本来想跟袁诚印与租界合作，促成他与丁方的赌战，然后让周大年失宠，但看现在的情形，由于我们让黑豆揭露了租界的暗箱操作，他们近期不会再策划赌事，再让他留在这里对我们不利，对他的安全也不利。"

独锤点点头说："好的，我今天就把他送走。"

赵敬武说："多给他带些钱，再买些天津的特产。"

说完，他独自来到一副巨大的牌位面前，摸把香点上，盯着上面密麻麻的名字悲怆地说："乡亲们，敬武对不起你们，敬武真的没用，由于惧怕租界与督军的威力，这么多年都没有把周大年怎么样，不过，敬武一直没有放弃……"

接下来，赵敬武变得非常低落，也不太愿意参加活动，每天都待在书房研究《孙子兵法》。这本书跟随他多年了，每当有解不开的问题时，他都会认真地看这本书，翻来翻去，这本泛黄的线装书的角都蜷缩了。这本书曾给他很多启发，作出了正确的选择，解决了很多问题。

小刀会的沉闷终于被一个电话打破了，是个匿名的电话，对方用低沉的声音对赵敬武说："今天晚上周大年要去丁方家吃饭。"

赵敬武问："兄弟，你是谁？"

对方没有再说什么，直接把电话挂掉了。

赵敬武放下电话，脸上泛出了不易觉察的笑容，他对守门的兄弟说："去把八斤给我找来。"没多大会儿，独锤来了，赵敬武说："八斤啊，这段时间我一直考虑一个问题，他周大年为什么还活着，难道我们真的不能杀他吗？不是的，主要是我考虑得太周全了，前怕狼后怕虎，以至于变得缩手缩脚，最后导致周大年来谋杀我了。"

独锤说："会长您是为了小刀会的安危，所以考虑得有点多，大家都能理解您的这种做法，所以不必自责。"

赵敬武叹口气说："事情到了这种份上，我们不杀掉周大年，他就不会放过我们。现在，有个陌生人给我打来电话，说周大年晚上到丁方家吃饭，我们要利用好这次机会，把周大年与丁方干掉。他们死了，租界与袁诚印就不会再用他们来向咱们叫阵，跟他们赌啊赌啊，欺骗各行各业的钱财，最终这些钱还要落到洋人手里，这对我们国家也是不利的。"

"会长，我亲自带人去，一定把他们解决掉。"

"不不不，这个机会我想让我的儿子赵信去完成。赵信这孩子一直缺乏锻炼，我担心再不历练，将来他是没法挑起小刀会这摊子的。如果他带人把周大年与丁方解决掉，那么他在小刀会成员的心目中就是个英雄，以后挑这副担子就会容易得多。再说我年龄大了，最近感到身体越来越不好，赵信接我的班是迟早的事情。如果他这件事做不好，那么他以后就不配接我的班。"

"会长，上来就让他做这么大的事，行吗？"

"他必须行，这件事你不要插手，把他叫来，我跟他谈谈。"

独锤把赵信叫到书房，赵信胆怯地问："父亲，您有什么吩咐？"

赵敬武说："坐吧。"说着撂了袋烟点着，深深地吸了口，慢慢地吐出来，等眼前的烟儿散去，他叹口气说，"赵信，你一直就没有做点撑起我眼皮的事，别说是我，就连我们小刀会会员的眼睛都没撑起过，大家都认为你是无能的，这样下去，怎么能够接我的班呢？现在，有个机会让你扬名

长篇小说
赌神

立威，希望你能够把握住这次机会，树立你在大家心目中的形象。"

"父亲，您说，孩儿一定不负众望。"

"据可靠消息，周大年今天晚上去丁方家吃饭。你挑选20个兄弟，带最好的枪支，把周大年与丁方解决掉。"

"父亲，那么水萍与小凤呢？"

赵敬武腾地站起来，瞪圆眼睛："混账东西，你至今还在想那个女人，就你这点出息，我真怀疑你能做成此事。"独锤从没有见过他发这么大的火，吓得打个哆嗦，忙说："会长，先别动气，有话好说嘛。"赵信直接就吓愣了，不敢与父亲的目光对视，头软软地耷拉下来。赵敬武背过身子，声音低沉而苍劲地说："成功是需要牺牲很多东西的。记住，要想做成大事，就要克制天性，让自己变得更加优秀。"

周大年之所以要去丁方家吃饭，是因为丁方病了。

近几天，他见丁方没有来府上坐，便给他打电话，是水萍接的电话，说丁方病了，高烧不退，还常常昏厥。周大年听说自己唯一的盟友病了，还是挺上心的，他约了天津最有名的中医，到了丁方家。

水萍见到周大年后便抹眼泪道："周先生您来得正好，快帮我劝劝他吧，他嫌药苦也不好好吃，你说这么大人了，还像个孩子似的这么任性，这样下去哪成啊。"

周大年看看桌上摆着的那几包中药，对水萍说："这位是咱们天津卫最著名的中医，让他给丁老弟看看，需要什么药我打发人去买。"说完走进卧室，见丁方脸色苍白，人也消瘦了很多。丁方想爬起来，被周大年给按住了："贤弟，不要起来，就躺着说话。"

"头疼感冒的，没那么严重。"

"贤弟啊，你得好好吃药，争取尽快好起来，可别让大家着急了，瞧把弟妹都给急得哭了。"

水萍到客厅里泡茶，刚把茶水注进壶里，电话响了，她放下壶接了电话，是个低沉的男子声音："马上通知丁方与周大年离开，赵敬武派人前来谋杀他们。"水萍问："你是谁啊。"对方就把电话挂了，水萍跑进卧室叫道："不好了不好了，你们赶紧离开，赶紧的。"

周大年吃惊道："发生什么事了？"

水萍急得眼泪都快出来了："刚才有人打电话说，赵敬武派人来谋杀你们。"周大年的脸寒了寒："宁可信其有，不可信其无，还是到我那里躲躲吧。"

丁方摇头说："周兄，我们不能走。"

周大年吃惊道："为什么？为什么不能走？"

丁方恶狠狠地说："他赵敬武真是恶毒，当他得知你来我这里，就想借机把咱俩除掉，看来，他一直没有放松对我的盯梢。既然这样，我们不如来个将计就计，把他给收拾了。周兄，马上给三秃子他们打电话，让他把所有的兄弟带过来，埋伏起来，打他个措手不及。水萍，你去把守门的兄弟叫进院里，让他们埋伏到院里的花园池里，把花园池当掩体。到时候咱们里外夹击，把他们全部给消灭了。如果赵敬武亲自来，那就太好了，今天就可以解决问题。"

周大年不太自信："贤弟，他们是有备而来啊，我们还是躲躲吧。"

丁方摇头说："周兄，我们能躲到哪儿去？躲到哪儿都是躲一时，躲不了一辈子，最好的办法就是把赵敬武给解决掉，只要把他给杀了，小刀会群龙无首，自然瓦解。虽说他们是有备而来，可他们并不知道咱们已经知道这件事，只要埋伏好了，打他们个措手不及，那么我们就胜利了。再说，他们是来我家里闹事儿的，到时候打死他们也不会有多大责任，舆论上对咱们也是有好处的。"

周大年想想也是，不能再这么躲了，看租界的态度，自己在那里是住不长的，早晚要面对赵敬武，现在把事情解决了，以后去哪儿也放心。他来到客厅，给府上打了电话，让三秃子带着所有的兄弟带最好的枪，带足弹药，火速赶到丁方家。

丁方也不顾身体虚弱，撑着来到院里，对几个愣在那里的兄弟说："你们都到花园里埋伏起来，把花园池当做掩体，把枪对着大门口，到时候赵敬武的人闯进来就对着他们开枪。"随后，丁方从柜里取出几支手枪，递给周大年一支，水萍一支，还给了丫环小凤一支。

水萍苦着脸说："先生，我不会打枪。"

小凤哭着说："我也不会。"

丁方把枪拉到待机状态："到时候你们对着小刀会的人扣扳机就行了。"那位老中医哪见过这个，吓得满头大汗，结巴着说："周……周……老板，我……我在这里，也……也……帮……帮不上忙，我……我就先走了。"丁方说："你现在出去如果正好碰到他们，极有可能被他们祸害了。不如你就待在房里，到时候哪个兄弟擦破了皮你正好给看看。放心，不会少了你的诊费的。"

周大年紧张得满脸大汗："三秃子不会来晚了吧？"

丁方摇头说："放心吧周兄，我相信他赵敬武不会天明四亮的就出来杀人放火，他们应该在天擦黑时动手，我们有的是时间。"

当三秃子带着 30 多个兄弟来到后，丁方让他们分出 10 个人来埋伏在门外胡同两旁边的墙下，剩下的兄弟埋伏在厢房里。到时候小刀会的人闯进门来时受到打击，肯定会撤出去，这时候埋伏在外面的兄弟就开火，实现内外夹击，把他们打败。

周大年说："丁老弟啊，我看让兄弟们在这里打，咱们回租界吧。"

丁方叹口气说："周兄你想过没有，如果我们在胡同里碰到他们，那不正撞到枪口上了。放心吧，我们埋伏在这里，出其不意地打他们，一定能打赢。"周大年叹口气说："那好，跟他们拼了，反正这场战斗是早晚的事情。"

十一、保镖之死

由于赵信真想做点事让父亲看看，让小刀会的人看看，改变大家对他的印象，他对于谋杀周大年与丁方这件事还是很上心的，跟自己的几个亲信做了周密的计划。他们挑出 30 多个身强力壮、枪法好的兄弟，让他们换上不同的服装化妆成各行各业的人，在天黑时各自坐黄包车，在丁方家门前的巷口集合。

正在分派任务的赵信突然又想到水萍那姣好的身段、美丽的面容，以及那股淡淡的体香，他舔舔嘴唇对大家说："丁方的娘们太他妈俊了，如果老子不能得手，这辈子活着也没有多大意思。到时候兄弟们注意点，别给我把她伤了，我还想好好疼疼她呢。"

正在这时，独锤敲门进来，对赵信说："公子，你们商量好了吗？会长在门外等着为你们送行。"

赵信点点头说："好了，我们马上出去。"

他带着大家来到院里，见父亲手里托着烟斗，凝在院里就像尊塑像，他缩缩脖子说："父亲，我们准备好了。"赵敬武慢慢转过头来，也没有去看赵信，说："记住，你们要速战速决，不要逗留，以防三秃子闻讯反扑过来。对了，记着把周大年的人头给我带回来，我要用来祭奠死去的乡亲与牺牲的兄弟们。"

"父亲，您放心吧，孩儿一定把他的人头带来。"

"赵信，这次的事情意义非同一般，只许成功，不许失败。"

"父亲您就请好吧，这是一场必胜的仗。"

赵信马上下令，让参加这次战斗的兄弟们先出发，然后他坐车来到距离丁方家不远的巷子里，让车子回去，他又坐着黄包车来到约定的地点。大家把赵信围拢起来，赵信说："兄弟们，到时候谁先打死周大年与丁方，我赏他两百块大洋，请他去怡香院里喝头牌的茶。"

兄弟纷纷点头，表示到时尽力。

天色已经黑透，各家各户都亮起了灯，巷子里传来了炒菜的香气，赵信得意地说："妈的，现在周大年与丁方可能正喝断头酒呢。"他带着大家蹑手蹑脚来到丁方家门前，分别派几个兄弟守着东西院墙外，以防打起来有人跳墙逃跑。赵信想了想又说："你们都见过丁方的老婆吧，没见过也没关系，看到女的不要开枪，要给我抓活的。这小娘们，我一定得把她给弄到手。"

随后，赵信安排几个身强力壮的兄弟去撞门。两个汉子同时用力，猛地把门给撞开，赵信带着大家拥进院里，直奔正房，没想到刚到院中，暗里突然吐出火舌，响起密集的枪声，跑在前头的几个兄弟惨叫着扑倒在地。赵信愣了愣喊道："冲啊，老子重重有赏。"由于院里的火力太强，他们根本就冲不过去，都开始往回跑。赵信跑得更快，当他们出大门时，因为都急着出门，结果挤在那儿出不去了。赵信急了，对着身边的兄弟开了几枪，这才挤出门口。

他们刚出门，结果巷子里墙上又响起了枪声，把他们给封锁在门口了。赵信吓得趴在地上，抱着头，尿了一裤子。其他兄弟都跪在地上，把手举起来，喊道："我们投降，我们投降。"

丁方与三秃子他们带着人出来，把赵信他们围住。赵信带来了 30 多个人，现在只剩下一半了。他们跪着或趴在地上，不停地哆嗦着，还有人在小声哭，还有人喊救命。

赵信喊道："别开枪，别开枪，我爸爸是小刀会的会长赵敬武，我是他唯一的儿子，你们不能杀我，你们杀了我，我爸会找你们拼命的，我爸是赵敬武，我是小刀会的赵信。"

丁方走到赵信跟前，用枪筒敲着他的头皮："上次没把你打死，我后悔得差点吐血，没想到你又来送死，如果你不提赵敬武，我还想放你一条生路，现在我改主意了。"

赵信跪在地上磕头："丁爷爷，您饶了我吧，求您了，亲爷爷。"

周大年把丁方拉到旁边，对他小声说："贤弟，杀掉赵信，赵敬武肯定疯了，要不就放了他？"

丁方说："周兄的意思是我们放虎归山吗？我们现在就怕他赵敬武不疯，如果他疯了更好了。周兄，这件事你自己决定吧，是杀还是放，反正我的建议是杀。"

周大年说:"三秃子,把赵信干掉。"

三秃子往回缩缩:"我,我手枪里没子弹了。"

周大年:"来人,给他枪。"

三秃子说:"老板,我手受伤了。"

丁方气愤道:"瞧你们这点出息,又想吃螃蟹又怕被夹着!"说完举起枪来,对着赵信的头就搂火,一声响亮,腥腻的东西溅到他们的脸上,大家都用手去抹脸。丁方对剩下的人说:"你们回去跟赵敬武说,这是你们自己来送死,跟我们没有关系。还有,别忘了替我跟周兄捎句话,用不了多久,我们就把他的人头给拿来。"

赵信的手下连滚带爬跑了。

周大年看看趴在地上的赵信,催丁方马上收拾东西跟他回租界里住。丁方想了想回头对三秃子说:"去看看赵信确实死了没有,要是不死再补上几枪,别跟上次那样,送到医院给救回来了。"三秃子点了点头,跑到门口用脚碰碰赵信,见没有任何动静,便跑回到院里说:"老板,赵信已经没有气了。"

大家马上收拾东西,回到了周大年家。大家洗漱后换了衣裳,坐在客厅里商量以后的事情。丁方伸手闻了闻手指,感到上面还有些腥味,他跟周大年要了根雪茄点上,吸了两口,猛烈地咳了几声:"妈的,没想到这东西这么辣。"周大年忧心忡忡,叹口气说:"赵敬武知道赵信死了,肯定会疯狂地报复咱们,从此咱们的日子不会安静了,三秃子,你要跟兄弟们说,做好准备,随时出击。"

三秃子说:"老板,这是玩命啊,您得多给兄弟们发点钱。"

周大年瞪眼道:"一让你做事就提钱,要你干吗?"

丁方想了想说:"周兄,钱财本来是身外之物,如果我们死了,是带不走的。花钱买平安,这是对的。这样吧,给大家加点薪水,将来我有钱了,我分担一部分。"

周大年说:"贤弟放心吧,我只是生气他们的态度,倒不是在意几个钱。好吧,每个人每月再加10块大洋,让他们好好做事,如果谁勇敢,谁做事有利,我还会奖赏。"

三秃子咋舌道："可是老板，我们根本不是赵敬武的对手啊。"

周大年急了："你他妈的就知道泄气。"

丁方说："放心吧，等事情闹大了，自然会有人站出来管。"说完，打个哈欠说，"不行，我累了，我得回去休息了。"

把丁方送出门后，三秃子对周大年说："老板，我没想到丁方这么狠，我看到他开枪的时候，眼睛都不带眨的，怪吓人的。"

周大年叹口气说："说实话，丁方有胆有识，确实是不可多得的人才，你们以后对他尊敬点，我们往后还要仰仗着他的帮助，跟他同心协力对付赵敬武，否则就我们，我还真没有这个底气。"

餐厅里的桌上摆着酒菜，赵敬武与独锤坐在那里说话，他们在等着赵信他们凯旋归来，好喝点庆祝酒，没想到几个兄弟血头血脸地回来，哭道："会长不好了，公子被杀了。"

赵敬武听到这个消息，身子剧烈地晃了几下，昏倒在地不省人事，独锤马上用车把他送到医院，派兄弟守在医院附近的胡同里，以防周大年他们趁机前来闹事，随后又带人到丁方家，发现丁方他们已经逃离了，院门处堆着五六具尸体，院子里也堆着几具。他来到赵信面前，打着火机看了看，发现赵信趴在地上，额头正中有个黑色的枪眼，脑瓜子后面半边没有了，脑子就像嫩豆腐似的呈放射状。他把火苗甩灭，站起来，叹口气说："把公子给包起来放到车上，回去用冰把他埋起来，把其余的兄弟进行登记后埋掉。"

当独锤吩咐完，天已经亮了，他又匆匆来到医院。

赵敬武已经醒了，坐在病床上，见独锤来了，沙哑着嗓子问："事情都处理好了吗？"

独锤点头说："是的会长，我打发人把公子拉回去，用冰把他给冰藏起来，把其他兄弟进行登记后下葬了。"

赵敬武痛苦地说："我后悔啊，赵信从没有做件响亮的事情，我却把这么大的事情交给他去做。唉，天意，真是天意啊。"

独锤说："会长，这件事不能怨公子，据回来的兄弟说，他们早就埋伏好了。看来，他们早知道咱们的计划，并做好了充分的准备，打我们一个措手不及。我一直在考虑这个给咱们送信的是谁？他为什么给咱们送信？是不是故意引咱们上当？通过这件事的结果，我感到这个人并不是在帮咱们，而是帮周大年他们。"

"现在考虑这些还有什么用，我们已经失败了。"

独锤凑到床前："会长，他周大年每天这么设计打击咱们，咱们不能老是被动挨打，得想办法还击啊。现在兄弟们都在生气，说要冲进租界把周大年与丁方给杀掉。"

赵敬武摇头说："万万不可冲动，也许袁诚印他们想打击咱们没找着理由呢，我们不能给他这个理由。虽然我们小刀会的实力大，但是也没法跟地方政府匹敌。你先把赵信的后事办了，等我出院后再从长计议。"

独锤问："是送回老家？还是就在天津？"

赵敬武说："不必送回老家，找个公墓把他埋了吧。"

到了中午，袁诚印与莫德来到病房，

赵敬武知道他们来猫哭耗子了，于是从床上爬起来："请恕敬武不能迎接了，请坐。"袁诚印与领事并没有坐，他们站在床前，表情显得很是冷漠。袁诚印叹口气说："敬武啊，听说公子遇难，我们也感到很悲痛。唉，当初你如果听我的，我们达成合作就不会出这种事情了。再者，现在的舆论对你们小刀会非常不利，毕竟公子是带着人去丁方家遭到杀害的，周围的居民也都听到密集的枪声，这个……大家都在认为，啊……这个。"

莫德说："都认为你家公子是死有余辜。"

袁诚印忙打圆场说："这老百姓的嘴我们也捂不住吗？"

赵敬武脸上的肉皮颤动几下，苍老地呼出口气说："我没想到这孩子做事如此鲁莽，竟然瞒着我去送死。至于合作的事情，并非敬武不肯，而是高明畏惧丁方，因此生病。今天我才听说，就在我住院后，高明趁机逃走，最让我心寒的是他竟然还偷走了我几件古董，你说他这不是趁火打劫吗？"

袁诚印说："敬武，我知道你现在肯定想找周大年复仇，这件事情我们可以装作看不见，但是你也不要活动太大了，到时候双方火进，秧及平民，我们不会不管的。其实，有些事情并不需要动枪动炮的，搞得就像战争似的，暗地里就可以解决。"

这番话让赵敬武感到非常气愤，他们这是来看望吗？这不明明是来警

长篇小说
赌神

告与要挟嘛，你怕乱，那我就非让天津卫乱不可。等袁诚印与莫德走后，他对独锤说："你派些兄弟，想办法去对付周大年的铺子，记住，不要动租界有股份的企业，比如玩具厂。也不要太明显了，让别人看到是咱们做的。"

独锤点点头："放心吧会长，我马上就去。"

独锤回到会所，马上召集了几十人，给他们开了个会，让他们化装成平民百姓，以小商小贩的身份前去对府周大年的商铺。他们首先把丝绸店给烧了，把古董店洗了，把人也给砍了几个……

当周大年得知丝绸店被烧、古董店被抢后，他再也坐不住了，跟丁方商量说："贤弟，我们怎么办？如果明打明地跟赵敬武干，我们肯定不是他的对手，这样下去，我就破产了。"

丁方平静地说："周兄，这才值几个钱，让他们折腾去吧。"

周大年说："丁贤弟，这可是我自己的心血啊，来之不易啊。"

丁方说："周兄你想过没有，你的企业大多是租界的领事们拥有股份的，比如玩具厂、银庄，还有几家饭店，只要他赵敬武动了这些地方，就不用咱们出面了，租界也得想办法对付赵敬武。"

周大年点头："贤弟，这个办法好，让他们去折腾吧。"

可是小刀会专捡他周大年独资的项目打击，并不去动合资的项目，这让周大年撑不下去了，他找到莫德，对他说："你们再不管管他赵敬武，就马上会把咱们合资的厂子给毁了，到时候真出了事，你们可不要赖到我的头上。"

莫德嘿嘿地笑，说："大年啊，我早跟他们打过招呼了，你们的恩怨是你们的，不能损害我的利益，他赵敬武不敢动我的东西。我看这样吧，你把你名下的铺子、股份都便宜卖给我吧，这样还能保住你的资产，比被人家给毁了要强吧。"

周大年不由气愤至极，他莫德不是落井下石吗？他决定以牙还牙，让三秃子带着兄弟去把赵敬武的船务厂烧了。船务厂是专门帮助来往的商船搞维护与保障服务的，因为没人敢竞争这行，赵敬武通过这个厂获得了很多钱。周大年知道，烧掉这个厂，他赵敬武的损失也不在自己之下。

两家打打杀杀，相互报复，周大年渐渐感到力不从心了，他对丁方说："贤弟，我们得想个办法，这样下去我们就垮了。你想过没有，我们才几十个兄弟，现在死的死，伤的伤，而小刀会的兄弟那有多少？我们不能再跟他硬拼了。"

丁方问："周兄，什么办法？"

周大年摇头："现在我也没有什么办法。"

丁方说："办法是想出来的，肯定会有办法。"

周大年左想右想，晚上都不睡觉了，突然灵感突发，他等不得天明就把三秃子给叫来，跟他秘密策划说："三秃子，有件事做成了，租界外那四合院就是你的了。"三秃子脑海里顿时浮现出周大年为了养婊子买的那套古老的四合院，激动地说："老板您说，只要三秃子我能办得到的，一定会办好。"周大年把声音压低，并下意识地看看门窗，"现在，小刀会不停地打击咱们，咱们已经没有退路了。租界与袁诚印他们又隔岸观火，不顾咱们的死活，我想把这起纷争搞大，让大家都难受，这样就有人会出来制止这起纷争，咱们就能得空喘口气。"

"老板，您说怎么办吧。"

"你今天去郊区租几间房子，明天晚上带人把玩具厂监工的老外杀掉，把里面好的机器与原材料全部藏起来，然后放把火把玩具厂烧了。烧掉了这个厂子，没有人不会怀疑是小刀会干的，租界肯定会找赵敬武算账，这样咱们就安全了。"

三秃子吃惊道："老板，玩具厂紧挨着几个厂子，还离居民区这么近，如果起火，怕是那片地方都会受到牵连。"

周大年说："这火烧得越大，他赵敬武越难受。"

三秃子说："那好吧，在下这就去办。"

周大年说："这件事情谁都不能说。"

三秃子问："丁先生知道吗？"

周大年说："成功之后我会告诉他，但是我们藏东西的事情是任何人都不能说的，说出去，咱们会没命的。"

第二天，三秃子带着兄弟到郊区租好了废弃的厂房，回到市里针对这起纵火进行了周密的策划。厂子里有几台拉材料的车，车是现成的，装上东西直接到新址就行了。随后，他把兄弟们召集起来，给他们开会说："这段时间以来，由于赵敬武不停地打击咱们，结果咱们很多兄弟都死了。如今，老板想了个办法，我们明天晚上就去落实，这件事情，谁敢透露出去，我们就把他全家杀掉。"

随后，三秃子给他们每人发了 10 块大洋，并说事成之后，老板给每人 20 块大洋，让大家躲一段时间再回来。

到了晚上，三秃子带兄弟潜进玩具厂，出其不意地把两个英国的技术员杀了，然后把几台好机器与珍贵的原材料装上车，拉到了效区外的民房里，随后把玩具厂给浇上油，放了把火。由于玩具厂里的材料绝大多数是塑料的，还有些化学药品，这火越烧越旺，把周边的几个厂子给烧了，还卷了 20 多家住户，死了 30 多口人。

那些失去亲人的人家聚集起来去政府游行，要求赔偿损失，捉拿纵火案。周大年派人夹杂在队伍中，并专门做了标语，上面写着："清除小刀会，还我安宁。"因此把目标给引到小刀会身上。随后，周大年跑到英国使馆，对莫德哭道："我跟你们说过多少次了，他赵敬武是个流氓，无恶不作，早晚把咱们厂子给毁了，现在怎么样，他最终还是把我们的玩具厂给烧了吧。"

莫德恨道："好你个赵敬武，敢跟我来这个。"

周大年说："再不对他进行制裁，我们的厂子全都保不住。"

莫德叫道："你他娘的叫唤什么，要不是你跟他的恩怨，我的财产能受到损失吗？我先把丑话给你说到前头，如果他赵敬武不赔，你周大年必须要赔偿我的损失。"

一时间，报纸上围绕着小刀会与周大年的纷争做了不少文章。有人评论分析说，玩具厂被烧，连带烧掉很多贫民的房子，因此烧死 30 多人，政府应该早拿出措施来，清理小刀会。由于群众的呼声很大，市长坐不住了，给警察厅打电话，让他马上去跟赵敬武谈判，让赵敬武出来承认自己的错误，公开道歉，解散小刀会，对受损失的人给予赔偿，否则就要把他们依法处置。警察厅长跟袁诚印是一条线上的，他在电话里说：

"那你跟袁督军商量好了吗？"

市长气愤道："你是我的部下还是他的部下？"

厅长说："你是市长，可你为什么在市里说了不算？"

市长听了这样的话，不由深深地叹了口气，这么多年来，他这个市长当得可真窝囊，租界领事们不拿他当回事儿，一直干涉他的政务工作，而袁诚印又跟领事们穿一条裤子，根本就不服从他的调遣，把他这个市长架空了。市长来到督军府，跟他商量惩办赵敬武的小刀会。袁诚印冷笑道："你有什么证据证明这是小刀会做的，说不定是工人操作不慎，或者自燃引起的火灾。再说了，就算真是小刀会的人干的，那我们有什么证据表明是他们干的？就算我们有证据证明是小刀会干的，你把赵敬武抓起来有用吗？他们的会员这么多，到时候群起报复天津不乱套了？如果你敢承担起这个责任，我立马派兵去把赵敬武抓起来。"

听了这番话，市长苦着脸问："那，你说怎么办？"

袁诚印说："你是市长还是我是市长？"

市长知道袁诚印是故意为难他，气愤至极，甩袖而去，回去写辞职信去了。市长刚离开，租界的几家领事与周大年就找到门上。莫德进门便对袁诚印发火："他赵敬武惹出了这么大的事，你马上派兵把赵敬武给抓起来，把他的财产没收上来补偿我们玩具厂的损失。否则，我们就把这个账记到你岳父周大年的头上，让他变成穷光蛋。"

周大年说："这件事必须让赵敬武赔偿。"

袁诚印冷笑道："我看你们是想钱想疯了，你们想过没有，如果政府出面清剿赵敬武，把他的财产没收上来能交给你们吗？就算交给你们，你们拿在手里不嫌烫啊？再说了，他赵敬武又不是个小混混，这么大的事情，必然会惊动上方，我们把赵敬武给办了有意义吗？说句实话，事情的发展，都是我的预料之中，现在是恰到好处，所以，你们不必大呼小叫的。"

莫德问："那，你有什么好办法吗？"

袁诚印说："我们决不能以政府的名义把他给办了，这样赵敬武的家业就得充公，没我们任何好处。反而，会引来很多麻烦。你们想过没有，小刀会的会员都是些平民百姓，他们有着严密的组织，你很难看出哪个是小刀会的人，你不可能把所有的老百姓都给杀掉吧。我们把赵敬武给办了，会员们肯定会疯狂地报复咱们，让咱们防不胜防，我们以后就没有安稳日子过了。"

周大年问："有这么严重吗？"

袁诚印怒道："你懂个屁。他赵敬武在天津，虽然不是个官方组织，但是他为平衡天津各势力团伙还是起到了促进作用的。万事有利有弊，这种平衡关系是不可缺的。"

莫德急了："你们中国的道理就是多，你还是说直接的吧。"

袁诚印说："我想把赵敬武的家产装进咱们的兜里。"

莫德点点头："说得有道理，那我们用什么办法？"

袁诚印说："办法是想出来的，不是吵出来的。"

一时间，赵敬武遭受到来自各界对他的声讨，让他感到自己可能无法避过此劫，因此情绪变得非常低落。别说让他对烧死的30多人负责，就算让他赔偿此次火灾所造成的损失，就算他倾家荡产都不可能还清。他把小刀会的各级头目召集到会所，质问他们是不是小刀会的兄弟放的火，大家脸上泛着惊恐的表情，纷纷摇头，七嘴八舌地表示对这件事情并不知情。

独锤说："会长，我多次跟兄弟们交代，万万不能动各租界与周大年合资的店铺与厂子，动了这些就等于搬起石头砸自己的脚，我认为小刀会的兄弟们都知道其中的利害，不会擅自去做这种事的，极有可能是有人趁机嫁祸咱们。"

赵敬武说："问题是，现在大家都把矛头对准了咱们，认定是我们做的，这件事情我们没法证明咱们的清白，如果让咱们小刀会来承担这起责任，我们小刀会就彻底失败了。"

大家都心急如焚，但又想不出什么办法来。

赵敬武捏了捏眉心，沙哑着嗓子说："这件事我也有责任，可能因为赵信被杀的事情，我没冷静地去思考问题，一味地跟周大年火拼，所以引出这么大的麻烦，丧失了30多口人的性命。现在的问题是，我们没法洗清自己，袁诚印极有可能会大做文章，对付咱们。再说了，就算袁诚印不动咱们，市政府也会借着此事对咱们进行要挟，看来我们小刀会已经走到头了。"

"会长，会不会是他周大年自己放的火？"独锤问。

"不能排除这个可能，在周大年身上发生任何事情都是可能的，因为他没有做不出来的恶事。但是，就算真是他做的，我们也没有证据来证明这件事情。这样吧，为了以防万一，如果我有什么意外，以后由八斤来担任小刀会的会长，大家要像尊重我一样尊重他、追随他，共同维护好咱们的小刀会，为穷人争条活路。"

大家听到了这番话，纷纷落泪。

这么多年里，他们从没有看到过会长这么绝望，以前，无论遇到任何事情，会长都会说，困难不是用来消极的，不是用来后退的，而是用来克服的、用来进步的。世界上没有完美的事物，就算困难也是同样的，任何困难都有克服它的办法，但至少我们要有信心。可是今天，会长就像在交代后事似的，这让大家感到有些绝望。

赵敬武把后事都安排好后，平静地坐在家里，等候着事情的爆发。独锤给他端了杯水，问："会长，难道咱们就在这里等着挨刀吗？要不咱们主动出击。"赵敬武平静地说："八斤啊，我们不能太急了，要让上帝有个思考的时间，相信宇宙之间是存在着某种未知的原则的，有种制约与平衡虽然看不到、摸不到，但是存在的，是物质的，是会发生作用的。"

独锤叹口气说："周大年这招太狠了。"

赵敬武苦笑道："先不谈这件事情了，说点别的。"

独锤问："会长，要不我站出来承认是我做的，然后您把我交给督军处理，说不定还能救小刀会。"

赵敬武摇摇头："八斤啊，无论什么时候，你这么想是不对的。以前，我听说个小故事，说有人卖桃，别人问你的桃子是甜的吗？他说是甜的，那人说不爱吃甜的。当另一个人来问他，你的桃是甜的还是酸的？卖桃的说是酸的，结果那人说，酸的倒牙。当又有一个人来买桃，问他桃是甜的还是酸的，他说，有点酸还有点甜，那人又说，不酸不甜的没啥味道。这个故事说明了两个问题，一是要坚持原则，二是不要因为别人的愿望改变事实，有些事情的发生决不是偶然的，发生是过程的成熟。所以，我们只能平静地等着，不管结果怎么样，但毕竟会有结果的。"

他的话音未落，电话响了，是个陌生人打来的，告诉赵敬武，玩具厂的纵火是周大年策划的。赵敬武放下电话后，苦笑着摇摇头，独锤问是谁来的电话。赵敬武叹口气说："有人告诉咱们，火是周大年派人放的。"

独锤说："那还等什么，我们马上去揭露他啊。"

赵敬武摇头说："我们没有确凿的证据，现在站出来说周大年自己放火把厂子烧了，有人相信吗？好啦，现在我们不谈这些了，还是谈点高兴的事情吧。你还记得不记得，那次我们对付大河蟹的事情吗？现在想来，那是我们最成功的时刻。"

大河蟹是个黑帮头子，他霸占着几个重要的港口，其实力与当时的小刀会可以说势均力敌，当时赵敬武想统一天津黑帮，大河蟹是个主要的障碍，但他明白，如果跟大河蟹火拼，鹿死谁手，是个未知数，于是赵敬武让独锤背叛自己，拉了帮人去投奔大河蟹，里应外合把他给整了，从此统一了天津卫的黑帮，成为了最有实力的民国组织。

赵敬武侃侃而谈，表情是平静的，还时不时地笑笑，就像根本没有这起火灾似的，这让独锤心里很难受，因为他知道，会长今天的反常说明他的心情是很沉重的。这么多年以来，他跟随着赵敬武，对于他是深为了解的，赵敬武越冷静的时候，说明事情越严重，这就是他多年养成的一种境界。

赵敬武说："看来，他们还没有商量好，咱们应该吃饭去。"两人刚站起来，电话又响了，赵敬武急忙过去，把电话拾起来，电话是袁诚印打来的，让他马上到督军府，有重要的事情相商。赵敬武放下电话，轻轻地呼出口气，说："八斤啊，我跟你讲了那么多话，其实，我是在等这个电话，现在终于打来了。"

"会长，谁的电话？"

"袁诚印的电话。"

当独锤听说是袁诚印让赵敬武去谈话，感到这种时候去，极有可能当场就被抓起来了，他担忧地说："会长，我感到这个时候不能去督军府，现在去是往枪口上撞啊，就算真去，我们也得做好充分的准备，以防对会长您不利。"

"什么措施？"赵敬武笑道，"如果他袁诚印想办咱们，早就来了，现在他给我打来电话，这说明咱们基本安全了，至少当时不会有什么大问题。你去准备份厚礼，这份礼还是要撑起他的眼皮的，一会儿我带着去听听，他督军有什么新的计划。"

袁诚印悠闲地坐在客厅里的沙发上,手指轻轻地敲着靠背,嘴里还哼哼着京剧的调子。在这个世界上,有人倒霉就意味着有人受益,这起火灾恰恰是他袁诚印发大财的机会,他怎么能不高兴呢。当赵敬武走进来,袁诚印把脸上的笑容抹下,咋舌道:"敬武啊,瞧你的脸色灰暗,目光游离,看来最近没有休息好。"

赵敬武坐下,摁上袋烟慢慢吸着,平静地说:"是啊,这段时间,我就没有睡个好觉。"

袁诚印站起来,倒背着手在赵敬武面前晃荡着,叹着气说:"敬武啊,今天叫你来,是想让你有个思想准备。这么说吧,在你来之前,市长与租界的各领事刚走,他们是来要求把你给抓起来,解散小刀会,用你的财产来补偿此次纵火的损失的。"

"那么,关键是您督军怎么决定了。"

"我对他们说,有些事情不能看表面现象,就算我们要办敬武,也得给他个申诉的机会嘛。我们先听听他的态度,然后再作决定也不迟嘛,所以,我把你叫来,想听听你的说法。"

赵敬武想了想,笑道:"督军大人,如果我现在说不是我们小刀会干的,恐怕没有人相信,不过事实确实不是我们做的。"

袁诚印点头说:"其实呢,我也相信不是你做的,我知道你的做事风格,不会傻到用这件事来葬送自己,可问题是,现在整个天津租界的人都认为是小刀会做的,而你又拿不出证据来,证明不是你们所为,那么你就要承担这次的责任,这样你这么多年的打拼就会毁于一旦。我知道你很冤,但是中国历史上,冤死的人多得去了。"

赵敬武点点头:"督军大人不必说那么多了,那些利害我早就想过了,还是说说您的高见吧。"

袁城印哈哈笑了几声,猛地收住笑脸,严肃地说:"敬武啊,我就佩服你这点,总能够判断出别人的想法。此事过后,我一直在想救你于水火的办法,最后我终于想到了,所有的问题都是由于你与周大年的恩怨引起的,我感到要解决问题,必须要先解决你们之间的恩怨。怎么解决?我考虑到,这件事情最好官方不要插手，你们可以进行终极之赌，双方都要以全部的家业作为赌本，输掉的一方离开天津，赢的当然可以继续在天津风光了。如果你同意的话，你还有翻身的机会，否则，明天小刀会就有灭顶之灾，不，也许就在今天晚上。"

现在赵敬武总算明白了，袁诚印之所以迟迟没有办他，是怕政府行为办案之后，所有的财物将会充公或用来补偿，他没什么捞头。如果通过赌博把钱赢了，他们就可以名正言顺地装进自己的口袋。可问题是，现在的处境，他明知道是挖好的陷阱也得往里跳。他现在需要的是多争取些时间，时间里包含着所有的可能与生机，虽然这样，他还是拿出无奈的表情："原则上讲，我也同意以这种办法来解决问题，但是，周大年本身是赌王，丁方又是他的左膀右臂，而我方没有好的赌手，这件事不太公平。"

袁诚印说："话也不能这么说，高明不就是个好的赌手吗，他不是赢过丁方吗？再者，你也可以去澳门、香港去选拔能人，这些都是可以的嘛。"

"好吧，别无选择，我只能同意。"

"敬武啊，你别以为周大年就会同意这件事，你想啊，他认为纵火之事已经足以把你整垮，如果再让他押上全部的家产来跟你赌，他肯定是不同意的。赌，本身就是未知，就是风险。所以，我还得去做他的工作，等我做通了他的工作，我会通知你。"

赵敬武问："那纵火的事情您怎么处理？"

袁诚印得意地说："放心吧，只要你们签订赌约，我自有办法处理。好了，现在你可以回去了。"

回到会所之后，赵敬武把这次去督军府的事跟独锤谈了谈，独锤没听完就急了："会长，这明明是他们设的圈套啊，您想啊，他周大年是赌王，丁方又是赌坛高手，就算他们不抽老千我们都难赢他，何况他们还有老千机。"

"这个我都知道，如果我不同意，那么就会有支部队堵着我们的会馆开枪，就会流血，就会死人，我同意了，至少咱们还能在一起说说话。"

"这样吧，我现在就打发人把我师弟高明接来。"

"不不不，我们不能急于应战，他来了我们就没有理由拖延时间。给他捎个信，让他在家里好好练练，我们需要时再让他来。"随后苦笑道，"天下政权，无不霸道，就是让你死也得给你安排个对他们有利的死法。"

当各租界的领事们听说袁诚印要促成赵敬武与周大年的终极赌战，他们不由得拍手叫好。这样，他们可以把赵敬武的资产赢过来瓜分掉，就算万一周大年输了，倒霉的也只是他周大年，跟他们没有关系。但是，周大年听说这事后就不乐意了，本来他以为赵敬武没法度过此关，已经是案板上的肉、煮熟的鸭子，现在还要脱了裤子放屁多费道事，并且让他押上身家姓命，这太欺负人了。

丁方解释说："周兄，其实督军的本意对咱们是有利的。您想，咱们从赌术上来说是绝对胜过赵敬武的，只要把赌局赢了，就可以把他的家产给分了，而不是落入政府之手，或者用来赔偿纵火的损失。再说，督军可能考虑到清剿小刀会并不是件容易的事情，小刀会的成员多是老百姓，他们如果群起反抗，天津因此会乱，将来他督军也是要承担责任的，可以说这是个两全齐美的办法。"

周大年想了想，点头说："丁贤弟说的也是。"

丁方笑道："周兄，这次他赵敬武死定了。"

十二、终极赌约

袁诚印怕夜长梦多，他以调解赵敬武与周大年的纠纷为由，召开了天津军政与各界知名人士的会议，并把会场安排在了卫皇大赌场。大家已经通过小道消息得知督军将要促成天津卫两个最大仇家的终极之赌，大家都想见证这奇特的调解，所以并没有人缺席这次的会议。

在卫皇赌场的大厅里，大家围着宽大的赌台，在那里小声议论着。这时，袁诚印与市长、赵敬武、周大年来到桌前，大家顿时静了下来。袁诚印首先开口道："多年以来，小刀会的会长赵敬武与赌王周大年因为个人恩怨，打打杀杀，把天津卫的治安给搞得很差劲，还常常危害到普通老百姓，让大家深恶痛绝，今天，我跟市长以及有关部门经过协商决定，让他们用一场赌来决定谁去谁留。"

大家鼓掌表示支持这么做。

袁诚印接着说："为了确保这一局能够解决问题，双方必须要以全部的家业作为注资，当然，大家还是可以踊跃参与的。但是，我们不提倡两个当事人赌命，这毕竟是不人道的事情嘛，只要在赌约中规定，谁输了这场赌战，从此离开天津，终生不能回来，这问题不就解决了嘛。有人可能问了，政府不是多次下文严禁赌博吗，为什么我们还要组织这次赌呢？我们主要考虑到，两个当事人的身份复杂，一个是民团组织，一个是赌王，用正常的办法是没法处理他们的问题的。当然，我们考虑到公平公正的原则，认为周大年与丁方都是天津卫赌坛的著名人物，而当事人赵敬武不会赌博，所以必须同意他找人代赌，他可以找世界上最好的赌手来，与周大年进行较量，谁输谁赢，在此一赌。"

大家又响起了热烈的掌声。

当袁诚印的长篇大论念完了，赵敬武提出 3 点要求："由于周大年是赌王，而丁方又是天津著名的赌坛奇才，我们必须要找到跟他们匹敌的人来，要不我们没有必要赌这场。第二，我要把我的全部家业作为赌本全部拿出来押上，对方也必须有同等的赌本，否则没法进行。第三，双方共同协商场地，如果双方协商不下来，只能用第三方赌场。"

周大年说："放心吧，我虽然没你的家产多，但我会想办法。"

当双方签订协议之后，袁诚印让大家一同吃饭，赵敬武的心情不好，提前告辞了。

在签订协议的第二天，袁诚印逼着市长在报上发表声明，经过政府各部门的努力，终于查到了玩具厂纵火案的主犯，他们是周大年的仇家，从香港聘的职业杀手，在谋杀周大年不成功后，就把他的玩具厂给烧了，现在两个案犯已经被击毙。因此声明，此次纵火案与小刀会没有任何关系……但是，他袁诚印没想到，这则声明之后，几位律师联名上交诉状，说不管是谁烧掉的玩具厂，玩具厂的法人都必须承担赔偿责任。因此，法院给周大年发了到庭通知。

周大年气得差点吐血：我费尽心机，终于成功地把赵敬武给逼到了绝境，眼看他死定了，你袁诚印胁迫市长在报上声明跟他们没有任何关系，现在却把问题集中到我身上来了。他拿着传票找到袁诚印，叫道："袁诚印，我从来都没有想过你把我当长辈看待，也没有期望你娶了我女儿后，对我有什么照顾，只求你不害我就烧高香了，可是你却一直在把我往死里整。"

袁诚印叫道："大年，什么事发这么大的火？"

周大年把传票甩到他面前："你给我解释解释！"

袁诚印看到传票就傻了，他心想，我他妈的一直想着谋取赵敬武的家产，竟然忽视了法律问题。他把传票扔到废纸篓里："大年，你放心，这个责任不会落到你头上的，我马上让警厅把几个律师给抓起来，就说他们煽动群众闹事，先把他们拘禁起来，然后我让市长发表声明，你周大年也是受害者，受害者不能为受害者赔款，应当发动全市各界捐款，帮助那些遭受到火灾的平民。"

周大年气愤道："真是多此一举。"

送走周大年，袁诚印给市长打电话，电话倒是打通了，不过接电话的是市长的秘书，秘书说："这几天老是有人来政府闹，闹着让玩具厂赔偿纵火案的损失，市长急得差点晕过去，现在送到医院正在打针。"袁诚印知道市长这是故意推托，便感到有些气愤。正当他想对策时，没想到市长主动找上门来了，从皮包里抽出张纸来，放到袁诚印面前，脸上泛出了意味深长的笑容。

袁诚印见是上级政府的文件，责令市政府马上对玩具厂纵火案进行调查，落实责任，抚恤灾民，及时向上级汇报……这让袁诚印感到有些吃惊，问："这事是不是你汇报的?"

市长摇头说："我本来麻烦就多，能给自己出这难题吗?"

袁诚印说："你马上给上边发电，说正在落实。"

市长把手伸出来："钱呢，我们拿什么补偿灾民?"

袁诚印说："马上给市里各界下发通知开会，到时候让他们出点钱。对了，这件事情你可给我办好了，如果你再敢捅娄子，别怪我不客气。"等市长走后，袁诚印拍拍脑瓜子说："妈的，没想到这么麻烦。"他随后给莫德打电话："你们租界想办法跟上边说说，不要再过问玩具厂的事情了，如果他们追得紧了，肯定会把你们抖搂出来，到时候大家都知道有你们的股份，那你们就赔钱吧。"

莫德急了："袁诚印，你做事能不能不留尾巴。"

袁诚印说："想赚钱，就得承担风险。"

在接下来的会议上，督军对前来参会的工、农、商界的名流们讲话说："在玩具厂事件中，有那么多人受害，他们现在缺衣少食，无家可归，你们作为天津卫的各界精英，难道就不表达点人道主义精神吗? 这样吧，你们每家出 1000 块大洋，我们用来资助他们重建家园。"大家感到非常气愤：厂子是你岳父与租界领事们的，出了事应该由他们负责，为什么让我们拿钱? 可他们知道，袁诚印就是个流氓，比流氓还流氓，你如果敢说个不字，他肯定会想办法对付你，让你的损失更大，没办法，他们必须要人道。

当钱收上来后，袁印诚亲自把这些钱送到灾民手里，对他们假惺惺地说："啊，这个这个，你们起诉玩具厂是没用的，玩具厂已经变成灰烬，厂主受到的损失比你们更大，你们就不用找他们赔偿了，他们的损失还没有人赔呢。"

警厅的厅长又补充说："该补的督军都给你们补了，如果从此谁再闹事，就把他们抓起来关进大牢，看他还能怎样。"

那些可怜的受害人，他们领了这点可怜的钱，并在协议上摁上手印，表明以后不再上诉了。然后，他们在家的位置上搭起了棚子，又开始了他们悲惨的生活……

纵火案终于平息了，袁诚印与莫德商量，应该跟大家定个协议，怎么分配赵敬武的资产，别到时候因为这个吵闹起来。莫德专门备了宴会，把大家请到府上，对大家说："在我与督军的努力下，终于促成了赵敬武与周大年的终极赌约，结果不想而知，这次赵敬武是输定了，那么我们赢了这起赌局，将要面临一个问题，就是利润分配问题，下面请督军给大家讲话。"

袁诚印把帽子摘下来，甩到桌上，说："这件事我考虑过了，能够促成这次赌约，我跟莫德先生跑前跑后，可谓费尽心血，我们俩也不多要，占总赢利的 50％就行啦。其余的由你们大家来分配。为了公平起见，我给你们提个建议，丁方要亲自与赵敬武的人对阵，他可以占 10％，周大年占10％，剩下的 30％由另外的三家领事平分。"

周大年不高兴了，说："督军大人，您想过没有，我是用我全部的家业作为赌注去赌的，你给我 10％，是不是少了点？再说了，到时候得由丁贤弟亲自上场去决战，你给他 10％不感到少吗？我感到，我与丁贤弟占50％，其余的你们分。"

袁诚印的脸色变得很难看，莫德也开始看房顶了，法、德、美领事坐在那里不吭声。周大年想了想说："这样吧，我们再让让步，我跟丁贤弟占40％，其余的你们随便分。"

莫德突然叫道："周大年你有没有良心，这么多年，我们给你提供房子，你租房子还得交房租呢，你不知道感恩，现在因为这点还没有到手的钱就跟大家争得脸红脖子粗，你不感到羞愧吗？"

周大年说："我以前曾为你们赚过多少钱？现在你跟我算房租。你们就没有想想，用我的家业做赌本，让丁方贤弟去赌，然后你们就等着分钱，这合理吗？如果这样的话，那我今天就搬出租界，我跟丁贤弟去跟赵敬武较量，我们把钱分了多好。"

丁方碰碰周大年，对莫德与袁诚印说："这样吧，我说句公道话。大家都没少出力，为了点钱伤了和气值得吗？督军与莫德先生是这件事的主持者，你们每人20％。美、法、德领事每人占15％，这就是85％，剩下的15％由我跟周兄分就得了。如果你们还不同意，那我也没办法了。"

美国领使奥查理说："诸位，我在这里做个声明，由于赵敬武的家业比周先生多，他曾在签约会上提出过，他的资产比周大年多，要求咱们必须跟他们持有同样多的资本，这就说明大家还需要投入。可问题是，我现在资金困难，根本无力投资，正所谓无功不受禄，我就没有分成的资格了，到时候你们赢了，请我喝顿酒就OK了，今天我就不凑这个热闹了。"

袁诚印说："大年你看看人家丁方与奥查理先生，人家这风格，人家这水平，人家这大度。好啦，就按着丁方说的方案，至于奥查理先生放弃的那部分，我们先空着，将来我们需要资金，可以用这些比例去吸引投资者。"

由于大家都感到自己分得少，吃了大亏，在酒会上，大家显得有些沉闷。莫德拍拍丁方的肩说："丁先生，你给大家玩个魔术，调节调节大家的情绪。"丁方点点头说："好吧，那么我就变个魔术。莫德先生，请借你的帽子用用。"莫德把自己的帽子摘下来，递给了丁方，"为什么不用别人的帽子？"丁方笑道："这帽子是戴在聪明的脑袋上的，它有灵气，别人的帽子不行。"

莫德摸摸自己的秃顶："丁先生，谢谢你的夸奖。你给我变张唐伯虎的画，我想收藏。"

丁方说："唐伯虎没时间画，今天就不变那个了，今天我要变个活物让大家看看。"他用右手顶着帽子，然后让周大年向帽子上吹口气，左手猛地把帽子甩出去，手里便有了只鸽子，然后把鸽子放飞了，大家顿时鼓掌。

奥查理向丁方举起大拇指："丁先生真是高明。"

丁方笑道："谢谢您的夸奖。"

莫德要求道："丁先生，再来一个。"

丁方从兜里掏出了个胭脂盒，用手指头蘸着在桌上画了个口红的模样，然后对莫德说："我要把它挪到你脸上。"说着，伸手在口红上抓了下，然后猛地拍到莫德的脸上，这时候桌上的口红消失，大家再去看莫德的脸上，果然有了个口红的印子，大家顿时鼓掌。丁方笑道："我还是把你脸上的口红摘掉吧，要是被夫人看到，肯定不会饶你。"他于是在脸上的口红处抓了一把，猛地甩出去，脸上的口红就没有了，大家又爆出掌声。

宴会结束后，周大年与丁方回府，在路上，周大年恨恨地说："这些王八蛋简直不是人，他们用我的家业当赌本，用你的技术去赢钱，却给我们分这么少的份额，这跟明抢明夺有什么区别。"

丁方感叹道："天津太复杂了，等把赵敬武给整趴下，我准备离开天津。老爷子曾派人来找过我，说要等着抱孙子，我得回去给他老人家生孙子去。"

周大年问："贤弟，就咱们现在的关系，你跟我说句实话，老爷子到底是干什么的？外面都在传说你是总统的亲戚，或者是政府要员的公子，我也不知道哪个是真的？"

丁方摇头说："周兄，等赌完这场，我会把实情告诉你，并且引见老爷子，到时候我帮你说说，也弄个一官半职的，省得再受别人的气。现在呢，就先不说了。"

周大年听了这话，心里在盘算：他丁方如此张扬，如此富有心计，少年老成，可以断定他受过良好的教育，就算他父亲不是总统，肯定在政府也是个重要人物。如果真这样，以后凭着跟丁方的关系，是得经营一下前程，比如弄个市长当当。

回到府上，丁方进门发现水萍与小凤不在，茶几上留了个纸条，上面写道："先生，我不想再寄人篱下了，我与小凤搬回咱们原来的房里了。"原来，今天下午水萍与周大年的二太太发生口角，二太太急了，说这是我的家，你给我说话客气点，要是想撒野就出去，水萍就与小凤收拾东西走了。周大年听说这事当即就急了，扯住二太太的头发摁到胯下，没头没脸地打："你不把弟妹给我找回来，我要你的小命。"

二太太哭道："这事怨不得我，我好心做了点心送到她屋里，她张口就说我是婊子，我就说了她几句，她就要走。我跟她赔不是，可是她一点面子都不给我。"

周大年吼道："放你妈的屁，水萍知书达理，平时说话都不会大声，她能开口说你婊子？来，你说谁听到她说你婊子了？"

二太太叫道："就水萍的丫环小凤听到了。"

周大年劈头盖脸地打二太太："你这个臭婊子，我让你编。"

丁方见二太太满地打滚，发出了杀猪的声音，如果再不制止，她的命就没有了，于是上去把周大年拉住："周兄，水萍的脾气也不让人，不要再怨嫂子了。"周大年恨道："要是不把弟妹给我请回来，我就把她赶出去。"

二太太哭道："我去，我现在就去。"

周大年马上给租界莫德打电话，让他派人保护丁方。莫德听说丁方又回原来的家里住，不由感到吃惊，当听说是跟周大年的老婆发生了口角，便火了："周大年你能不能长点出息，找个素质高点的老婆，你说你除了找妓女就找泼妇，你眼睛有问题吗?"周大年放下电话，掏出枪来顶着二太太的头："你这个婊子，你这个扫帚星，明年的今天是你的忌日。"三秃子猛扑过来，把周大年的手碰开，枪声响了，子弹打在二楼的窗上，玻璃哗啦就碎了，二太太吓得尿了裤子，瘫在地上就傻了。

三秃子说："老板，我跟太太去接丁夫人。"

周大年考虑到丁方的重要性，感到必须亲自出马才行。于是，他扯住二太太的头发摁进车里，和兄弟们赶往丁方家。一路上，周大年都在骂她："你这个臭婊子，他丁贤弟多次对我有搭救之恩，如果没有贤弟的帮助，我不被赵敬武杀掉也得被莫德给祸害了，要是老子死了，你去当婊子都没人要你。"

来到丁方家，周大年扯着二太太的头发就往正房里拉，拉进去就摔在地上。二太太用膝盖行到水萍跟前，头在地上嗵嗵地磕："水萍妹妹都是我不对，你就跟我回去吧，你不跟我回去老爷就要我命了。"水萍把她扶起来，拍拍她的身上对周大年说："周大哥，这事不怨嫂子，都是我的脾气不好。"

"求你了，回去吧。"二太太额头上渗出血丝。

"姐姐，我回来住，跟咱俩吵嘴没有关系。说实话，我是个比较恋旧的人，我想回来住几天再回去。"

周大年叹口气说："弟妹啊，都是我教育无方，惯出了她这种毛病。这样吧，你就看大哥的面回去住吧，这里又脏又乱，一时半会儿也收拾不利索，要是你在我家里住不惯，我跟莫德说，让他给你们提供个住所，反正不能住在这里，这太危险了。"

水萍说："周大哥放心吧，不会有事的。"

丁方把周大年拉到旁边："周兄啊，水萍的脾气我知道，死倔，这样吧，今天晚上就不折腾了，先在这里住下吧。至于安全问题呢，还得麻烦周兄去协调了。我相信，督军与莫德马上就会派人来给我保驾护航，因为咱们不是还有点用吗？"

周大年说："那好吧，不过我不能轻饶了这个臭娘们。"

丁方说："不要再计较了，女人之间闹点矛盾是正常的嘛。"

周大年让二太太回去，二太太知道回去小命就没有了，死活不肯走。丁方想了想说："这样吧周兄，家里厢房都闲着，一会儿给嫂子的头上抹点药，让嫂子住在厢房吧。你正在气头上，把嫂子带回去，我跟水萍也不放心，肯定休息不好。"

"好吧，马上就要天亮了，今天就先这样吧。"

周大年等到督军与莫德派来的安全保障人员，他还是不放心，怕他们到时候开小差，让赵敬武趁机把丁方整了，同时威胁到他的家产，于是把三秃子给留下了，并嘱咐他监视着那几个大兵，千万不要懈怠，要确保丁方的安全，然后他才带着几个兄弟走了……

三秃子领着几个兄弟把厢房收拾好，把二太太扶进去。

二太太对三秃子说："你等等，我有话跟你说。"

三秃子让几个手下出去，问："太太，您有什么话就说吧。"

二太太凑到三秃子跟前，说："你跟着周大年不会有好下场的，三姨太四姨太都是怎么死的，我就对你打开窗户说亮话吧，这都是他周大年亲自杀死的，今天要不是你出手相救，我就没命了，所以我想跟你说句实话，他周大年的手废了。"

三秃子吃惊道："什么，什么？"

二太太凑到三秃子耳旁："有一次，我去叫他吃饭，扒着门缝看了看，见他正把手摁在药水里泡，还有一次，我看到他对着自己的手哭，房里撒满了麻将牌，我就知道他的手肯定废了。"

三秃子说："二太太这话你可别乱说，这是要命的。"

二太太用手搂住三秃子的脖子："三秃子，你领我走吧。"

三秃子吓得脖子都缩没有了："太太，别开这个玩笑，没事我就出去了。"二太太说："你亲我一下，你不亲我就喊你非礼我。"三秃子只得捧着她的脸亲了亲她的嘴，然后拔腿就跑了……

　　早晨，丁方与水萍还没有起床，就听到小凤在院子里喊："有客人来了。"他们起床后，开门发现是袁诚印、莫德、周大年。丁方说："不好意思，由于我太太的脾气太倔，给大家添麻烦了。"

　　袁诚印说："昨天晚上我听说这事就想过来，可是小孩哭闹，靓靓自己弄不了，我就派兵过来了。今天我跟大年说了，弄个破娘们也不好好管管，那嘴就像粪坑似的，到处熏人，真没水平。"说着愣了愣，"啊哈哈，我不是说水萍小姐，我是说他二太太没有这个素质。"

　　莫德说："大年，赶紧把她休了。"

　　丁方忙说："女人家吵几句值得这么兴师动众吗？你们放心吧，他赵敬武不敢动我，他又不是没有记性，上次赵信是怎么死的。"

　　袁诚印说："话可不是这么说的，他赵敬武现在想找到能胜你的赌手也是不容易的。他为了保住自己的家业，完全可能铤而走险，所以我们还是要小心为妙。"

　　莫德说："这样吧，我在租界里给你找套房子，你们搬过去住。你放心，等这次赢了钱，那套房子我就送给你们了，你们可以永久居住。当然，如果你们愿意，我可以给你们办大英国的护照，让你们变成我们大英国的人，以后就没有人敢动你们了。"

　　丁方摇头说："不行不行，这事放到别人身上，是求之不得的。可我如果入了你们大英国籍，这对老爷子的影响太大了，他还不把我给崩了。好啦好啦，你们也不要再劝我了，我就在这里先住几天吧，只能麻烦你们费心保护我们了。"

　　周大年说："贤弟啊，看在我的面上还是回租界吧。"

　　丁方说："周兄就不要再劝了，对了，有件事你们忽视了，我们在这里争论不休，如果他赵敬武把资产转移，或者带着钱逃走了，我们的计划就全泡汤了，这件事你们可要注意了。"

　　听了这话，袁诚印与莫德都直眼了，他们匆匆告辞，回去安排人去盯赵敬武了。周大年又劝了会儿丁方，见实在劝不了，就去叫二太太回去，二太太摇头说："我想在这里帮水萍妹妹收拾收拾，等她的气消了我再回去。"

周大年叫道："你个臭婊子，你是存心在这里给弟妹添堵呢，跟我回去，你放心，我不打你了。"

水萍说："让嫂子留下来吧，正好帮我做点活。"

丁方说："周兄，这样吧，让他们收拾院子，咱们去喝点酒。"

周大年与丁方回到租界，两人弄了几个小菜，对桌而饮。丁方说："周兄，赌完这场我得回南京了，你也得想想出路，不能再在租界里待着了。上次我跟你说的，不是开玩笑，如果你对做官有兴趣，我可以让老爷子想想办法，这件事情他老人家还是能做得到的。"

周大年惊喜万分："贤弟，太好啦，那就靠你了。对了，我家里还备着两棵千年人参，一直没舍得用，等这局赌完，我去拜访老爷子，给他老人家带上。"

晚上，丁方回到家里，水萍对他说："听小凤说，天擦黑时，三秃子进了二太太的房，至今都没有出来。"丁方听了愣了愣，突然笑了："这种事我们没必要管，跟小凤说，不要打搅他们。"

十三、武士自荐

有关赵敬武与周大年的终极赌战之约，在报纸上刊出启事之后，当天的报纸卖疯了，大家都到代理注资的卫皇大赌场排队下注，生怕晚了人家不受理了。天津卫的名流富商都看好周大年与丁方，都肯押他们的宝。毕竟，周大年这边是个团队，在这个团队里不只有督军，还有租界，他们是不会让赵敬武赢的。

连续几天，都没几个人去买赵敬武这方，这让小刀会的人感到惶恐不安，他们似乎预感到后果了，都绷着脸，像家里刚有亲人去世。小刀会的几个头目前来找赵敬武，劝他把资产变卖后离开天津，不要跟他们赌了。赵敬武并不同意他们的要求，说："要走的话，我早就走了，何至于等到现在。我之所以不走，是因为考虑到，我如果拍拍屁股走了，可能会累及咱们的小刀会。你们不要担心，无论遇到什么困难，我们都要精诚团结，共同面对。"

这番话让大家心里热乎乎的，但也有些悲壮。

就在赵敬武与独锤寻找最好的赌手时，有人来拜访。赵敬武见来人戴着草帽，穿着庄稼人的精布衣裳，手里还提着个破皮包，显得很是神秘，便问："这位朋友是?"那人把草帽摘下，赵敬武不由目瞪口呆，来人竟然是美国领事奥查理。

"您为何打扮成这种模样？是不是发生什么事情了?"

"no，no，no"，奥查理耸耸肩说，"在下只是不想让别人知道我来这里，所以才打扮成这样。"

"那您来这里有什么事吗?"

"是这样的，我给您带来了些赌资，不算多，100万大洋。这些钱算我的投资，您千万不要拒绝，请您务必放心，无论输赢我都不会怪您，我知道投资赌博是风险投资，自然会有风险的。"

赵敬武不解地问："您为什么不投周大年?"

奥查理意味深长地笑笑："因为我预感到你会赢。"

赵敬武却是哭笑不得："您是来看我的笑话的，还是来讽刺我的？全天津没有人看好我，我自己都没信心，你还拿着钱来往我身上砸，但愿你是走错了门，赶紧去周大年那边吧。"

奥查理摇摇头："no，no，no，我算准了，你肯定会赢。"

赵敬武的嘴角颤动几下："您真做好赔的准备了吗？"

奥查理说："放心吧，输了算我倒霉。"

赵敬武问："你为什么认为我会赢？根据是什么？"

奥查理又耸耸肩，摊开双手："我靠我的第六感觉。"

赵敬武说："那你也没有必要穿成这样啊。"

奥查理说："我不想让其他租界的蠢人知道我聪明的选择。"

赵敬武想留奥查理吃饭，可他推说回去有事，办理了相关的手续之后，戴上那顶草帽匆匆走了。赵敬武与独锤站在门口，看着奥查理就像做贼似的，把帽子压得低低的，畏畏缩缩地消失在人群中。赵敬武轻轻地摇摇头，说："独锤，你感到他真的会算吗？"独锤点点头说："会长，说不定我们真能赢，经过最近几局来看，他奥查理还是有两把刷子的，他押谁还真的赢了。"

"八斤，我突然想到一件事，我们不能用高明。"

"为什么？难道我们还有更好的人选吗？"

"如果我们用高明，袁诚印与莫德肯定想尽办法胁迫咱们去英皇大赌场赌，这个赌场肯定有什么猫腻，在里面赌，我们更没有把握了。我想另请高明，认真地对待这场赌局，就算我们要死，也得挣扎几下，不能任人宰割。"

独锤想了想说："要不这样，想办法把丁方杀掉。"

赵敬武说："不行不行，把丁方杀掉没用，还有周大年。"

面对即将来临的这场终级决战，赵敬武心知肚明，只有找到顶级的赌手才能争得一线生机，可是在天津还没有人能够与丁方匹敌，如果去香港或澳门寻找，也许能找到能人，但路途太远，怕是来不及了。他们在报纸上发出公开聘请代赌之人的启事后，连续四五天都没人前来应聘，这时候，他感到时间迫近，只能用高明了。意想不到的是，就在独锤准备去接高明时，日租界的领事加藤打来电话，说有事相商。

在天津，英国建立租界最早，随后是几个西方强国，日本建立租界比较晚，他们做事不同于其他使馆的人，平时不太跟西方领事凑群，向来都是独来独往的，很少有他们的新闻。现在，加藤突然前来拜访，究竟是为了什么？难道他们也像奥查理那样，凭着第六感前来投资？赵敬武隐隐感到不安，他说："加藤先生，最近府上有些事需要处理，您来了怕照顾不周。这样吧，等我忙完这段时间，赵某亲自到租界里拜见您吧。"

"不！"加藤说，"你一定要见我，我给你带来的是惊喜。"

"是吗？"赵敬武问，"那，好吧，我在家等你。"

放下电话，赵敬武对独锤说："日本领事加藤突然要来拜访，还说给我们带来了惊喜。你感到他指的惊喜是什么？"

"会长，他会不会像美国领事奥查理那样押咱们的宝？"

"那算什么惊喜，那是负担。"

"那在下就猜不准了，我对日本人了解得很少。"

"管他呢，是福不是祸，是祸躲不过。你去大门口迎接他们。"

独锤来到大门口，刚吸了半支烟，就看到有辆黑色轿车奔过来，车上插着个膏药旗，在风中异常地活泼。独锤心想，妈的，他们这速度可是够快的。车子驶进院里，停在车位上，车后面钻出个留小胡子穿团花和服的中年人，还有位穿学生装的年轻男子。独锤迎上去问："加藤先生是吧？会长让我在这里迎接您。"

加藤弯腰："嘿，有劳有劳。"

他们来到客厅，赵敬武迎上来说："欢迎欢迎，请坐。"

加藤介绍道："赵君，我们明人不说暗话，今天我们来，是想帮助赵君赢得赌战。最近我回国办理了些事情，到天津后得知，西方人跟中国官府勾结要谋取你的家产，而你又没有好的赌手，我就让我们日本帝国最优秀的人才小田七郎来了，让他助你一臂之力，赢得这场赌战，捍卫你的尊严，保障你的财产。"

赵敬武点头说："那我首先谢谢加藤君了，但不知道小田君最擅长哪种赌法。"

加藤把头昂起来："世界上流行的赌法，通通最好。"

赵敬武点头说："既然这样，过几天我们找个人跟小田君切磋切磋，如果他真像您说的那么优秀，我们就聘他了。行吧，至于聘金方面，我会让你们满意的。"

加藤与小田告辞后，赵敬武对独锤说："你马上把高明接过来，让他跟这位小田玩几把，摸摸他的底。如果小田与高明的赌技不相上下，我们首先要用他，毕竟日本在天津的势力越来越强，根本就不把西方几国的租界放在眼里，让他代咱们出战，对洋鬼子也有威慑作用，对咱们是有利的。"

没过几天，独锤便把高明给接回来了，赵敬武给他与小田安排了几场赌局，两人互有输赢，事后赵敬武问高明小田的技术如何，高明摇头说："说实话，小田虽算得上赌博高手，但跟丁方相比，还是有差距的，以他这种水平，赢的可能性只有三成，恐怕还没有我与丁方赌有把握。"

赵敬武大失所望，如果小田只有三成的胜率，就没必要请他了，于是他对加藤说："首先感谢您对赵某的关心，再是非常欣赏小田君的赌技，不过我们认为，他与丁方比起来赢的把握太小。再说，到时候莫德与袁诚印肯定想办法促成到租界的英皇大赌场进行。据说，英皇赌场有先进的老千机，在那里赌牌，底牌都怕保不住，那么赢的几率就更小了。不管怎样，还是很感谢您的关心。"

加藤冷笑道："赵君，你说三成的胜率这太小了。我之所以推荐小田是有绝对把握的。之前我就听说英皇赌场是有问题的，你放心，我会让大日本帝国最好的技术人员过来，带着最先进的仪器对英皇大赌场进行检测，找出他们的老千秘密，用仪器跟踪他们的动作，杜绝他们抽老千。如果我们保证他们不能抽老千，双方就得靠运气了，于是双方就各有 50% 的未知。"

赵敬武说："这毕竟是件大事，容我们商量商量再回复你们。"

"还有件事你要考虑，我们有先进的技术能保证小田赢牌。"

赵敬武问："请问什么样的技术？"

加藤说："等你决定之后，我们会跟你披露的。"

把客人送走后，赵敬武与独锤和高明商量，是不是用这个日本人来代赌，最终，他们还是感到用小田七郎代赌更有利些，到时候加藤向西方租界领事们提出对场子进行检测，杜绝老千，那么赌的就是心理素质与运气了，自然赢的可能性就大了。如果真像加藤说的，他们有技术赢得这场比赛，便可以死里逃生。随后，赵敬武与加藤取得联系，表示起用小田七郎。

当大家再聚到一起，加藤用手捋捋小胡子笑几声："赵会长，你的选择是明智的、是正确的，我们的合作是战无不胜的。"

赵敬武问："加藤君，你上次说有绝对赢的技术，请问？"

加藤脸上的笑容突然凝住："让小田赢，必须具备几个条件，对方弱于小田，或小田能够知道对方的底牌。有必要，我们会降低对方赌技，而且我们还能够知道对方的底牌。"

赵敬武怔怔："关系重大，请说得再具体点。"

加藤小声说："如果把丁方干掉，你认为这局谁会赢？"

赵敬武忙摇头："这件事就不用考虑了，就算把丁方干掉，还有周大年，我相信周大年的赌技并不在丁方之下，再说了，他们肯定对丁方严加保护，我们不容易得手。"

加藤点点头："我们还有第二套方案。"

赵敬武问："能不能说说。"

加藤摇摇头："对不起赵君，这是我们的秘密，现在还不能说。我们需要做的是保证你能赢，而不是向你吹牛。不过，我们敢跟你保证，如果我们输了，可以承担赔偿你一半的损失。我们敢这么说，就是表明我们的诚心与我们的决心。"

赵敬武点点头："好吧，那我们谈谈报酬的事情。"

加藤哈哈笑几声："报酬的问题先不谈了，到时候赢得比赛，你的良心的给，我们相信你赵会长是够意思的，是知道感恩的。你的也不要担心输赢的问题，你赢了，我们也可以保证你的安全，让你安全地做北方最富有的人。"

当赵敬武在报纸上宣布聘用日本赌王小田七郎代赌之后，袁诚印与莫德感到事情有些意外，不敢怠慢，马上通知参与这次赌博的人开会，分析这种变化给他们带来的不利，拿出应对的办法来。

大家坐下后，莫德忧心忡忡地说："我今天才知道，赵敬武竟然聘用了日本的小田七郎跟咱们赌，这样事情就变得复杂了。日本虽然国家小，人长得矮，平时不声不响，可他们是有野心的民族，并有鲜明的信仰，是为了达到目的不择手段的民族。"

丁方说："这个我早有耳闻，别说杀别人，就是杀自己都不会眨眼，用块毛巾擦擦战刀，往自己肚子里一插，表情还是很硬气的样子，这个太吓人了。"

袁诚印说："这日本人真是让人猜不透，平时不声不响，也不太跟我们来往，竟然前去帮助赵敬武，那么问题是，他明知道赵敬武不能赢得赌战，为什么还去帮他？难道小田七郎的赌技真的有把握赢丁方？这个我感到可能性不大，像丁方这种水平，就是天王之王来跟他赌，也没有必胜的把握。这就有另一个可能，他极可能在关键时候降低我方的选手的水平，也就是说图谋丁先生。"

法国领事说："这个也不用太担心了，我们有两个赌王，死一个不会有问题的，他不可能把周大年与丁方都给杀了吧。"

听了这番话，周大年下意识地看看自己的手，感到心像被利器给猛地划了一下。现在他的手虽然有所恢复，但已经失去以前的那种感觉，顶多算是个三流的赌手，这种状态上场，是绝对没有赢的可能，他说："诸位，我年纪大了，精力大不如从前，我没把握赢小田，只有丁贤弟出马才可以稳操胜券。所以，我们必须全力保护好丁贤弟的人身安全，这也是对咱们大家负责。"

丁方不在意地说："这有什么，就算我剩半只手一样能赢他。"

莫德摇头："这样吧，我给你提供住房，你们全家搬到租界来。"

丁方叹气说："夫人水萍太倔了，我曾多次跟她商量搬到租界，可她就是不同意，还说如果我搬到租界，她就跟小凤离开天津。如果她离开天津我必然会分心，这样也不利于接下来的赌战。你们放心吧，在这种时候，他赵敬武不会动我的，他知道就算动了我还有周兄，周兄的赌术并不比我差，所以我们还是相对安全的。"

周大年说："丁贤弟，还是搬到租界来住，他们日本人什么事都能干得出来。再说，搬到租界，我们有什么事也方便商量。"

丁方叹口气说："现在我真的不想跟她生这个气了，一商量这事就得打架。这样吧，还是麻烦各位派人帮我负责安全吧。"

莫德说："这样，我们租界再派几个人保障丁方的安全，就算他日本再厉害，也不敢公开跟我们几个强国作对，所以说，丁先生的安全问题是能够保证的。"

会后，莫德与袁诚印要去日租界，想探探他们的底，以便拿出应对措施来。他们来到使馆的门前，让守门的武士前去禀报加藤，没多大会儿，武士出来大弯腰道："请。"两人倒背着手走进院里，见院里有群日本武士，光赤着上身在练习刀术。刀光沾着日光呈现出无数抛物线，像挥舞着无数的银练。莫德的脖子缩缩，往袁诚印身边靠靠。武士们突然收起刀，列成两队，夹成人巷，冷冷地向两人行注目礼。莫德与袁诚印顺着刀巷来到大堂，加藤已经在那里等了。他穿着团花的和服，脸上泛着微微的笑容，弯腰说："欢迎两位，请坐。"

当大家落座后，有个背着小枕头的日本妇人给他们泡上茶，轻轻地退下去。莫德端起茶杯来又放到桌上："加藤君，在天津这个地方，我们都属于客居，我感到我们应该加强合作，相互帮助才是，不知道阁下有什么看法。"

加藤笑道："我们与中国同为东方，并没有客居的感觉。"

袁诚印说："加藤君，你们的租界刚成立不久，可能对赵敬武这个人不太了解。这个人以前就是小混混，打打杀杀，最后成立了小刀会这个黑帮团伙。他们抢码头、绑票、偷盗、杀人掠货，无恶不作，让天津人痛恨不已，您帮助他来赌这场，是不明智的选择。"

加藤哈哈笑几声："督军大人阁下的说法有些矛盾。既然他赵敬武这么可恶，那你们政府为何不公正严明地把他正法？还容他在天津做得这么大，最终还要用赌来对付他。其实，我们都不要说得冠冕堂皇了，每个人都有每个人的想法与目的，有自己的做事风格。比如，你们如果以政府行为把他给办了，他的家产必然要充公，要用来赔偿纵火案所造成的损失，如果你们用赌博赢得他的家产，你们就可以把这块饼切了，吞进自己的肚子里，这就是你们这些人的公正，而我们的目的就是伸张正义、扶持弱者。"

莫德问："请问什么正义？"

加藤说："小刀会跟我们大日本帝国的传统是吻合的，我们大日本帝国向来都是敢于惩恶扬善，扶助弱者，敢于面对强大的势力。小刀会的成员都是天津的底层人物，赵敬武能够把他们凝聚起来，给这些穷人争个立足之地，争口饭吃，这是何等的伟大？请问，你督军大人身为国家官员，又做了些什么？"

莫德说："如果你敢支持赵敬武，你在租界中会被孤立。"

加藤哈哈笑着，突然收住笑容："我们从来都是与众不同的。"

交流不欢而散，在回去的路上，莫德骂道："简直就是流氓、无赖，我要跟各租界说，联合制裁他们。"袁诚印并没有接他的下联，他认为日本的介入决不是简单的主持正义，极有可能是拉拢赵敬武，想利用赵敬武在天津卫的实力图谋什么。也许，他们想通过赵敬武来圈钱，无论是什么目的，他日本人都是无利不起早的人，这件事情还真的需要认真对待……

他们回去之后，又把大家聚起来，商量怎么对付日本人的介入。大家隐隐感到有些不安，日本人这么热衷参与这场赌局，这说明他们是有必胜的把握的。

周大年说："把小田七郎干掉。"

莫德说："这话可不能乱说，这要引起国际纷争的。"

丁方说："哎哎哎，什么国际纷争，有这么严重吗？"

袁诚印叹口气说："我们倾尽所有投注这个赌局，如果赢了，我们都可以安度以后的日子，输了，我们都会穷得提不起裤子，所以，无论如何，我们都不能让他们破坏我们的计划，这个小田七郎不能留，把他给干掉，我们赢的把握就会更大。不过，要对付小田还是需要下番工夫的，他是日本的武士，首先是不怕死，再者，他肯定接受过严格的训练，生存能力与应对能力都不是普通人可比的。还有个问题，我们要注意。我在这里谋划他，难道他们就不会谋划咱们吗？这个问题决不能忽视。"

莫德说："妈的，想弄点钱怎么就这么麻烦呢。"

丁方笑道："你以为这天上掉银子呢？"

接下来，大家围绕着怎么干掉小田七郎进行了讨论，有人说直接派枪手堵着日租界的门，见他出来就开枪，把他给打成马蜂窝。还有人说，只要在小刀会会所附近等着，他小田肯定会跟赵敬武联系，直接把他给干掉。但袁诚印认为，这些办法并不能保证一定能把小田给杀掉，说不定还会打草惊蛇，反而惹出麻烦来。

丁方说："在下曾经听我家老头子说，日本人非常爱战刀，据说有个人得到一把最锋利的战刀，那武士想买，可是持刀人说，我的战刀贵贱不卖，不过，如果你肯用你的爱人换，我可以把战刀换给你。武士真的就用自己心爱的人换了那把战刀。督军大人，如果有人用把刀换靓靓，你肯吗？"

袁诚印拉着脸说："哎哎哎，谈正事。"

丁方说："我家老头子还说，日本人总认为他们的战刀无坚不摧，是世上最好的刀。如果我们找个人，拿把刀绊住小田七郎，跟他比比谁的刀好，以小田七郎的那种性格，他肯定会比，这时候我们埋伏的人可以背后开枪把他给干掉。"

大家感到这个办法比较好，于是就责令周大年去执行。周大年回到府上，跟丁方、三秃子坐在一起进行了周密的策划，然后派三秃子亲自带人去落实。三秃子感到亲手杀掉日本人，风险太大了，如果不慎被人看到，那自己以后的余生就得在日本人的刀尖上逃，他把几个兄弟叫到一起，对他们说："老板有件重要的事情安排你们做，事成之后每人100块大洋，有了这些钱，你们可以用来买房娶妻，过上美好的生活。"

有人问："三哥，嘛事，说呗。"

三秃子说："杀掉小田七郎。"

大家听说去杀日本人，顿时都像霜打的茄子。

三秃子急了，骂道："娘的，让你们杀中国人，你们跑得比谁都快，从来都不手软，现在让你们杀个东洋鬼子，就把你们吓成这样。这件事我们必须成功，不能失败。瘦子，你去街上找最好的铁匠，加工把日本模样的战刀，到时候你在租界外面等着，见到小田七郎后就说，你的刀是祖传的宝刀，比他的要快，然后要跟他比比谁的刀好，其余的几个兄弟埋伏在离瘦子不远的巷子里，看到小田七郎与瘦子比刀时，从背后把他干掉。"

瘦子问："要是小田七郎不出门咋办？"

三秃子说："我派兄弟监视着日租界大门口，我就不相信他小田七郎不出门。现在，他接了赵敬武的这单活，肯定常去小刀会，他不可能窝在租界里不出门。"

瘦子说："三哥，我可是直接面对小田七郎，我的危险更大些，事成之后您得跟老板说说，得多给我几块大洋……"

一天，加藤正品着茶看歌伎的樱花舞，突然有个武士来到身边，对他低声说："将军，刚接到个电话，说是有人想谋杀小田七郎。"加藤让他把小田七郎叫来，嘱咐他些事情，没想到小田七郎出门了。他把手里的杯子扔出去，叫道："巴格。"吓得几个粉人儿提着裙子躲到旁边，惊恐地看着加藤那张涨红的脸。加藤吼道："你们马上去把小田七郎找回来，现在他不能出事。"

20多个日本武士带着家伙奔出租界，向前面的商街跑去。每个租界外面都有个小型的商贸区，很多商人前来设店买卖，想赚点洋人的钱。20多个武士来到街上，四处寻找，就在这时，他们发现有几个人探头探脑的，便打个手势摸过去……

小田七郎之所以出来，是由于最近迷上了茶馆里卖唱的一位姑娘。姑娘与盲人父亲每天都到茶馆里唱曲儿混口饭吃，小田七郎偶然听到姑娘的声音后，那声音就在他的脑海里萦绕，从此他常独自到茶馆捧那姑娘的场，出手是极为大方的。姑娘为了答谢他的帮助，曾给他绣了块带樱花的手帕，于是两人便产生了某种特殊的情愫，极有可能会发展成恋人……

小田七郎抬头看到不远处的茶馆，脑子里浮现出姑娘羞涩与忧郁的表情，他加快了步伐。突然，从旁边蹿出个瘦高挑的男子，手里握着把战刀，说："哎，你是日本人吧？"

小田七郎目光冷冷地盯着他："滚开。"

瘦子说："哎，听说你们的刀挺锋利的，我就不太相信，今天我想跟你比比谁的刀好，如果我输了，我给你100块大洋，如果你输了，你给我100块大洋，你敢不敢比？"

小田七郎脸上泛出轻蔑的笑："你的刀不行。"

瘦子抽抽鼻子说："不试哪知道谁的行。"

小田七郎摇摇头："你不配跟我比刀。"

瘦子瞪眼道："你说这话也不嫌害臊，我不配跟你比？你知道我这把刀是哪来的吗？这是祖传的宝刀，削铁如泥，迎风断毛，你敢说我不配跟你比，太可笑了。"

长篇小说

赌神

小田点点头："把你的刀抽出来。"

瘦子的脸寒了寒："哎，我就跟你比刀，可不是比武。"

小田见瘦子把刀拔出来，横在那里，他刷地把刀抽出来，以劈山之式向那刀砍去。瘦子只感到两手剧疼，惨叫着把刀扔到地上，再看双手，虎口已经被震出血了。小田脸上泛出得意的表情，可是他突然发现自己刀上竟然出现了个豁口，不由呆住，再看地上的那把刀，刀刃完好无损，不由更加吃惊。

"好刀，你的多少钱？我的买了。"

"多少钱也不卖，这是祖传的宝刀。"

小田七郎叫道："你必须卖，你的必须卖，你的开价。"

瘦子见还没有人开枪，心里暗暗着急，随后他想，我何不趁机把他刺死，那么所有的奖赏都是我的了。于是他从地上把刀捡起来，来到小田七郎跟前："100块大洋卖给你。"说着猛地刺向小田，小田身子猛地闪开，还是把和服划破了，他以迅雷不及掩耳的速度举起刀来，又以劈山之势劈下去，只见一道银练顺着瘦子的头上下去，人顿时变成两半。他把刀上的血在瘦子衣裳上蹭蹭，刷地送进刀鞘，向茶馆走去。这时，他听到后面有人喊他，回头见几个武士跑来，便问："你们来有事吗？"

"小田君，加藤君命您马上回去。"

"什么事这么急？"

"你回去就知道了。"

小田抬头看看茶馆的招牌，轻轻地叹了口气。

回到租界，加腾上来就对小田抽了两个响亮的耳光："巴格。谁让你出去的，差点坏了我的大事。"

"将军，在下只是出去喝杯茶。"

"你这是去喝茶吗？你是去送死。"

小田七郎这才知道，加藤抓了几个人，经过审讯，原来是周大年他们借着跟他比刀之际，想对他下手……

周大年与丁方正在家里等三秃子的好消息，谁想到三秃子哭丧着脸回来，说："老板不好了，行动失败了，一个兄弟被劈成了两半，其余几个被日本人抓走了。"周大年气得抽了他几巴掌，把他的脸都给抽肿了："没用的东西，尽坏我的大事。"说着掏出手枪就想对他搂火，丁方忙把他的手挡开，子弹打在顶棚上，吊灯哗啦碎了，落了满地的玻璃碴子，吓得三秃子顿时坐在自己的尿湿里。

丁方叹口气说："周兄，事已至此，就算把他杀掉也没有用。"

三秃子说："老板，小的一定再想办法把小田的头提来。"

就在这时，守门的兄弟跑进来汇报说："老板不好了，据说日本人押着咱们的兄弟在租界大门口嚷呢，他们点名让您去领人，还说您要不出面，就把人给杀了。"

周大年不由惊得目瞪口呆，说："贤弟，这怎么办？"

丁方说："周兄不必担心，他们日本人也不敢闯进英国租界，再说，那些人根本就不是咱们的人，我们没必要去领。"

周大年点点头："是，我们根本就不认识那些人。三秃子你去跟日本人说，就说是我说的，那些人跟我没有任何关系，他们想杀就杀，想砍就砍，反正跟我没有关系。"

三秃子点点头，拔腿就往外跑，跑到府外就把脚步放慢了。他知道，看这种情形，被抓的兄弟们肯定把事情给抖搂出来，现在去见日本人，说不定就会把他给抓起来，一块给砍了。他对看门的兄弟说："你们几个去租界门口告诉日本人，那几个被抓的兄弟跟咱们没有任何关系，他们爱咋办就咋办。"

有人问："三哥，你的裤子咋湿了？"

三秃子苦着脸说："一杯茶没端住，全倒在裤子上了。"

有个兄弟问："三哥，什么茶，咋一股尿臊味？"

三秃子叫道："你他娘的废啥话，马上去。"

就像三秃子想的那样，几个前去跟日本人讲话的兄弟被日本人逮住，连同之前被抓的人全部被杀了，尸体就横在租界门口，很多人围着看，绕着走。周大年前去找莫德，对他说："他们在租界门前杀人，这是对你们大英国的藐视，你们应该向他们提出抗议，否则，谁还把你们英租界放到眼里。"

莫德瞪眼道："周大年，你少在这里挑拨离间，事情都是你惹出来的，你去把那些尸体给我处理了，否则我对你不客气。"

周大年气愤道："你就不敢跟日本人说句硬气话吗？"

莫德哼道："你懂什么，这件事情闹大了，上边查起来，查到我参与赌博，那我不就麻烦了？你马上派人把尸体处理掉，从今以后，暂停谋杀小田七郎，加强丁方的安全保障……"

十四、联合下注

　　为了能够赢得赌战，赵敬武让高明与小田七郎抓紧时间交流与练习赌技，并让他们着重练习牌技。在国际赌坛，扑克牌是赌博最常用的赌具之一，玩法也多，但在大型赌赛中，采用最多的是 5 张牌。这种玩法人可多可少，灵活机动，变数较大，也富有观赏性。

　　高明与小田七郎赌了几把，小田竟然很容易便知道他的底牌，这让高明感到吃惊，难道他真有透视眼？作为赌王级的高明为了求得不败的技术，曾经遍访高人学习意念挪物与慧眼识牌，但他最终发现，什么都是浮云，所有的换牌、挪牌都是抽老千。

　　"小田君，你是怎么做到的？"

　　小田七郎说："按你们中国的话说，没有那钻，也不揽这活。"

　　高明心想，娘的，这洋鬼子还牛上了。事后，他把小田这种特殊的能力向赵敬武进行了汇报，赵敬武点头说："如果他有这样的能力，我们的希望就大了。至于你说的透视眼，这个我不信，他之所以能办得到，肯定有他自己的办法。既然这样，我要跟周大年协商，加大赌本，把这次赌博的级别提高一下，要玩，就玩得大点，玩不起不玩嘛！"

　　独锤说："会长，投资越大，担的风险就越大，有必要吗？"

　　赵敬武托着烟斗，眯着眼睛说："我不只要把他周大年变成穷光蛋，最好把英租界的戈登堂也给赢过来，让他们知道赌博的厉害。"

　　戈登堂原是天津英租界工部局设置于天津英租界内的最高行政机构，也是天津英租界董事会的执行机构，成立于清同治元年（公元 1862 年），总部设在当时天津英租界的维多利亚道东侧，维多利亚花园北侧的戈登堂内。1919 年 1 月，天津英租界原订租界、天津英租界推倒租界与天津英租界墙外租界合并，组成一个统一的天津英租界工部局，其组织状况与原天津英租界工部局基本相同。

　　赵敬武给周大年打电话，要求双方增加赌本，最少加到千万大洋。周大年接到这个电话后感到意外，他说："那我们商量过后再答复你们。"放下电话，周大年马上联系莫德与袁诚印，把赵敬武的意思跟他们说了。大家又聚到一起，针对加资的事情进行研究。大家都感到有种不祥的感觉，如果赵敬武没有十足的把握，他怎么会要求加大赌本，升级赌战呢？

莫德说："以我看，我们应该取消这次赌约。"

袁诚印摇头说："事情到了这种地步，决不能取消，再说协议上写着，谁要是提出退出，按对方自动认输处理，赌本归对方所有。所以说，我们没法退出了。"

丁方说："你们怕什么，他们加多少我们跟多少，最好日本把他们的天皇也压上，到时候咱们赢过来当下人使唤。"

周大年自然不希望只有自己把家业赌上，这太有风险了，如果各界都出点血，大家共担风险，这样才是公平的。他说："我感到他们这是吓唬咱们罢了，要是我们说不想再增加赌本，他们会说咱们没有诚意，说不定以为我们想退出，如果我们敢于应战，他也就没有脾气了。还有，我们要相信丁方的赌技绝对在日本的小田之上，所以，我们决不能退缩。"

袁诚印点点头说："之前我通过在日本的朋友对小田进行过调查，他在日本也不算是最好的赌手，但他为人凶狠，一般在对手上桌之前就把对手给整了，让对方不能够到场，或者不能够正常发挥。只要咱们把丁方给保护好，他小田没有赢的把握，说不定他自己就要求退出了。"

莫德说："那好吧，回应他们，加大赌本。"

莫德和赵敬武商量过后，他们决定重新修正赌战的相关内容，并且再决定赌战的时间与场所。就这样，双方在卫皇大赌场再次相见，与上次不同的是，赵敬武的身边多了个戴眼镜、穿学生装的青年小田七郎。双方坐定之后，督军袁诚印主持了这次的洽谈会："这起赌战，本来是解决赵敬武与周大年的私人恩怨的，现在由于各界的加盟，这起赌战成了天津有史以来最大的游戏了，其实，这就是赌博本身的魅力，我们应该提倡大家踊跃参与，共同投资，让这场游戏更加好看。为了遵循公开公正的原则，我们放宽了条件，任何人以任何方式自愿押注，相信勇敢与胆识，将会让你在这次游戏中实现你的人生理想。"

赵敬武说："我们这方除了我个人的所有财产，还有朋友资助的 1000

万大洋，当然，如果对方能够超出我们的赌资，我们还会跟的，因为我们有坚强的后盾。"

周大年回头去看莫德，见他点头，便说："好，我们这方愿意跟。"

赵敬武说："我们再加 30 万大洋。"

周大年又回头去看莫德，见他没点头，便说："我们不跟。"

赵敬武说："丁先生不是还有套四合院吗，何不押上？"

丁方点头说："同意，我还想押上我的命。"

赵敬武说："年轻人，要注意健康。"

丁方说："你敢不敢押命？"

小田七郎说："我愿意跟你赌命。"

事情发展到这种程度，袁诚印感到火药味越来越重，别到时候打起来，便说："之前我已经说明了，现在重新向大家强调一下，我们是本着解决纠纷的原则来赌的，不能赌命，也不能赌身体的任何部分。至于赌本的事情，暂且谈到这里，下面我们商量具体的时间与场所，请两家各提出自己想去的赌场。"

周大年选的日期是下个月的 15 号，在英皇大赌场。

赵敬武说："我们选的日期是下月的 19 号，至于场地，我本想选我们地盘里的港角大赌场，但考虑到那个场地不够档次，也对不起这么大的动静，我还是决定第三方赌场，希望你们有这样的风格。"

袁诚印说："我们在这里就先不讲风格了，这样吧，按照之前的赌约，两位代赌者可以预赌一局，一是让双方有个初步了解的过程，然后谁赢了谁有权决定场地与具体时间。"

周经理拿出一副扑克牌让双方检查，然后洗牌摊在桌上。小田七郎嘴角上泛出一丝意味深长的微笑，他摸起牌来看看底牌，然后放下，用眼睛死死地盯住丁方的眼睛。当发完第五张牌后，小田七郎说："丁先生，我赢了。"

丁方不由感到吃惊：我还没有开底牌他就说赢了，他问："如果我没猜错的话，你的底牌不是红桃 J 就是红桃 Q，而我的牌有赢你的 5 种可能，你怎么敢这么早下结论？"

小田七郎说："因为你的底牌只是个红桃 7。"

丁方听完这句话愣了，他把底牌拾起来扔到桌上，无精打采地说："你赢了。"莫德的脸色变得非常难看，周大年的脸上的汗水都出来了。袁诚印咋咋舌说："各位，我感到一场胜负不能过早地下决定，这样吧，我们另约时间，三局两胜者决定场地与时间。"

独锤说："督军大人，请您注意您的言辞。"

小田七郎冷笑说："督军大人，你要讲信用，否则，别怪我们不客气。如果你敢毁约，我们向你们政府揭露你的背信弃义，让你在天津再也没有讲话的权利。"

没有办法，袁诚印只得无精打采地继续主持了后面的协议签订。在回去的路上，租界领事们都在埋怨丁方，平时吹得天昏地暗，到关键时候就掉链子了。但周大年明白，这确实不是丁方的问题，而是对方早就知道他的底牌了。让他不明白的是，卫皇大赌场这间高级赌室，所有的用具都是磨砂的，房里任何角落都没有反光的东西，他怎么会知道丁方的底牌？难道他真的有透视功能？

回去后，大家来不及休息，就今天的输牌进行了讨论。莫德的情绪越来越激烈，他说："我们把我们的家底都拿出来了，你们输了，我们就喝西北风去。袁诚印，我们还是想办法中止这场比赛吧，这太冒险了，我不想冒这个险了。"

袁诚印说："莫德先生，你要明白，现在我们不只是对付赵敬武这么简单了，由于日租界的参与，现在事情变得复杂化了。你刚才听到没有，我说改日再签协议，他小田七郎竟然要到上级告咱们，这说明他已经把咱们的事情给分析透了，目的就是怕咱们毁约。"

周大年说："丁贤弟，难道他小田真的有透视功能？"

丁方不在意地说："周兄，你不会也相信那个吧？那些都是传说。当初我也以为真的有这样的能力，还专门找人去练，想练出慧眼来，练出意念挪移，可以孤独求败，但那都是瞎耽误工夫。赌场上所有的不可思议的事情就像魔术，是假的。如果说有些人看上去像有神灵帮助，赢的概率高，那也不是神灵的功劳，那是他能够在瞬间综合现场所有的信息，作出了正确的判断罢了。"

莫德插嘴道："那你说他用的是什么老千？"

丁方说:"莫德先生赌不起,只想赚钱不敢承担风险,跟你合作没任何意思。这样吧,给莫德先生退出他的注资,我就把其中的门道说出来,让大家知道谁才是天王之王。"

莫德张口结舌:"丁先生,那你说说。"

丁方说:"你说你退不退吧,不退就别在这里嚷嚷。"

莫德犹豫了会儿说:"你先说。"

丁方怒道:"莫德你还要脸吗?退就退,不退就不退。"

莫德被他抢白得汗都出来了:"大家不退,我也不退。"

丁方说:"算你还有点见识。其实呢,我已经发现小田七郎的伎俩了。每当我看底牌时,他就死死地盯着我的眼睛。为什么?难道他会读心术?我不怀疑有人会,根据对方的表情,或者下意识的行为,能够知道他心里在想什么,但是我自认为我的心理已经练到家了,他是没办法读出来的。所有的问题都出在他的眼镜上。"

周大年问:"眼镜,你说他的眼镜有问题?"

丁方伸手把法国领使的眼镜摘下来,从兜里掏出根牙签,蘸了些茶水点在眼镜片靠上框的地方:"他的眼镜在这个地方加装了个微型望远镜,也就是说,他通过这个点,能看到我眼睛时看到的一切。由于我在看牌的时候,瞳孔里必然会照出牌来,他通过这个微型的望远镜,就能看到我眼睛里的牌。"

美国领事奥查理拿起眼镜来,顺着那个水珠看看,发现手表上的字果然放大了。他对莫德说:"你来看看。"莫德凑过去看了看,通过那个水珠去看指针,果然见放大了。奥查理说:"他们日本人就是狡猾,这种办法也就他们想得出来。"

莫德说:"丁先生,那你为什么不抓他老千?"

丁方说:"你傻啊,我现在为什么要抓他?"

莫德急了:"你,你是故意输给他的?"

丁方说:"对了,你说对了,我就是故意输给他的。因为我要利用他的这个老千对付他,然后出其不意地赢他。"

莫德问:"那你说说怎么赢。"

丁方怒道:"怎么就是你的话多,你说。"

莫德尴尬地说："丁先生，您说。"

丁方说："莫德先生给我一支烟，给我点上。"

莫德掏出雪茄来递给丁方，又掏出火机给他点上，丁方猛地吸了口，把烟吐出来雾在眼前，然后用手扇扇那些烟雾，站起来说："大家先坐着，我去趟洗手间。"说完就倒背着手走了，那样子就像脖子里插进了标杆似的。莫德看着丁方张扬的走姿，气得咬牙切齿："狂妄自大。"周大年得意地说："贤弟自大是因为有才。他是何等聪明的人，当然不是一般人能够理解。丁贤弟的意思是他上支烟再看底牌，大家现在明白了吗？"

莫德拍拍脑袋说："妙啊妙啊，他抽烟吐出去然后看底牌，对方那个望远镜就看不清啦。还有，到时候我们赢了就赢了，我们真输了，还可以抓他的老千，看来我们是稳赢了。我准备再加大投资，对了，既然我们有必胜的策划，奥查理你难道就不出点钱吗……"

奥查理摇头说："我只能出 1000 块大洋，多了不能再出了。"

莫德点头："那好，到时候我们赢了钱你别眼红。"

奥查理说："要不你借给我点，到时候我还你。"

莫德笑道："我的钱大部分也是借的，哪有钱借给你。"

当丁方从洗手间回来后，对大家说："这个秘密，任何人不能透露出去，否则，如果对方知道咱们已经看透玄机，他们可能又会想出别的办法对付咱们。为了迷惑外界，我们有必要做点戏让他们看看，如果没点事情发生，他们肯定会怀疑我们已经看透他们的伎俩了。"

莫德问："丁先生您说，我们支持你。"

丁方笑着问："莫德先生您真的支持我吗？"

莫德说："当然，我非常支持你。"

丁方突然伸出双手，对着莫德的脸就把下去，疼得莫德哇哇大叫："你疯了，你疯了。"当大家把丁方拉开，发现莫德的脸被划了几道指印，深的印里渗出了血丝。丁方说："找个记者给莫德先生拍张相片，就说因为我输了这场预赌之局，我们之间起了内部矛盾，我与莫德先生打架了，把他给挠伤了。"

莫德说："为什么不是我挠你？"

丁方笑道："你当然不能挠我，你把我给挠伤了，将来会影响赌局的结果，还是我挠你比较合适。"

等大家走后，周大年笑着拍拍丁方的肩："丁贤弟，真有你的。"

丁方说："他妈的，这些洋鬼子太气人了，就得趁机整他一下。"

由于日本租界公开支持赵敬武，这让天津卫的赌民对这场终极之赌有了新的判断。以前，他们都认为这场赌战没有悬念，周大年是赢定了，现在他们感到日本租界加盟赵敬武，双方的实力变得旗鼓相当了，其结果也变得越来越不明朗了，之前有人押周大年赢的开始后悔自己的不冷静，就像抢东西似地押了。

赵敬武的支持者越来越多，这让独锤与高明感到非常兴奋，毕竟现在大家都看好他们这方了，这人气也能转变成信心，信心有时候会转化成好运。但意外的是，赵敬武却高兴不起来，忧心忡忡地说："大家哪知道赌坛的门道，他们只是墙头草，哪方呼声大，就认为哪方有实力，这样下注，是会吃大亏的。"

独锤说："会长，有人支持咱们这是好事啊。"

赵敬武说："这算什么好事，你想过没有，这局赌完之后，有多少人卖儿卖女啊。"

最让赵敬武感到吃惊的是，美国领事奥查理又来到府上，要求在原来百万大洋的注资上再加 30 万大洋。赵敬武的眼皮跳了几下，盯着那张银票叹口气说："奥查理先生，我还是希望您能够认真地考虑一下，这可不是小数目。如果赢了，当然皆大欢喜，如果输了，那您的损失就大了，我的罪过也就大了。"

奥查理耸耸肩："赵先生，我愿意冒这个险。"

赵敬武问："那请您告诉我，您的第六感是什么感?"

奥查理说："这是一种感觉，不好说明。"

赵敬武说："那你就说说这种感觉，让我也长长见识。"

奥查理想了想，还是摇头说："no，no，no，这是我的秘密，如果大家都知道了，都来向您注资，那么我分的成就少了。放心吧，我押的钱是输不了的，我对自己是有信心的，你也要对自己有信心，没必要怀疑你的能力。"

赵敬武没有办法，只得办理了他的注资。不过，他感到这太不正常了，他奥查理为什么总是能押赢，难道他真会算吗？他永远都不相信世上有神仙，也没有100％准的预测之术。他派独锤去调查一下这个奥查理的活动，看看他都忙些什么、跟什么人接触，为什么会拿出第六感说事儿。独锤带着两个小兄弟去了美租界，拜访了在里面住的外国朋友，问了奥查理的事情，朋友说并没有听说有关他的事情。他们在美租界外候了几天，观察奥查理的出入，并没有见他有什么活动。

　　这件事让赵敬武大惑不解，但他隐隐感到不好。

　　接下来，天津卫的人越来越看好小刀会这边，竟然掀起了下注狂潮，这让赵敬武更加担忧了。这本来是场解决个人恩怨的赌局，由于各租界与财团的介入，由于全民参与，竟然变成了国际性的大赌了。赵敬武在报纸上发表声明，让大家冷静地对待这起赌战，并强调，有闲钱的富人可以把这个当成游戏玩玩，因为他们输点钱不会影响生活质量，千万不要拿糊口的钱、看病的钱来进行这次押宝，因为谁都不知道哪方一定能胜。

　　让人没想到的是，他的声音让大家反而更看好他们了，大家下注的热潮不减，这让赵敬武哭笑不得，他说："如果我们输了，得有多少人跟着吃不上饭啊。"

　　独锤说："会长，没办法，这就是赌博。"

　　赵敬武问："对了，周大年那边什么情况？"

　　独锤笑道："报纸上说，由于丁方输了选择赌场的那局，回去后跟英国领事莫德吵起来，两人厮打时，丁方把莫德的脸给挠破了。"

　　赵敬武笑道："还有这样的事。"

　　独锤点头说："报纸上还登了莫德的相片，脸上好几道呢。这个丁方真是让人猜不透，他的赌技是没得说，但脾气也大，谁都敢骂，谁都敢惹，在天津卫，谁敢动英国人一根汗毛，可是他丁方不只敢动，还把领事的脸给挠伤了。"

　　赵敬武点点头说："丁方这个人不简单啊，可以看出他正直的一面来。他之所以敢挠莫德，也不是盲目的，莫德想用他来赚钱，丁方知道挠了他也不会有问题。"

　　独锤问："会长，您认为日本人真的能帮咱们赢吗？"

赵敬武意味深长地笑笑："赌博的魅力就在未知，我不知道，结果也不是咱们能够掌握的，我们只有做好我们应该做的事情，至于成功与否，还得取决于很多外在的因素。我们现在还是要做好充分的准备，应对赢或输掉赌局后将要发生的事件，争取做到赢了要有安全，输了至少也得保住命，决不能盲目地去赌。"

　　就在双方紧锣密鼓地准备赌战时，意外的事情发生了，不知道谁告的密，有位姓高的政府议员突然从南京来到天津，召集军政各部门的要员开了个会，说是总统接到密信，举报天津政府官员参与赌博，特派他前来察办。袁诚印听到这里不由心惊，便怀疑是市长告发的，他去拜访市长，只见市长正悠闲地坐在那里，满脸幸灾乐祸的表情，便知道肯定是他告的密。

　　袁诚印说："长官，有关天津军政界涉赌之事是子虚乌有之事，是有人故意诽谤。我们在日常工作中肯定得罪了很多人，所以他们对我们打击报复。"

　　高议员意味深长地说："这个，无风也不起浪啊。"

　　袁诚印说："是这样的，小刀会在天津是个实力非常大的民间组织，而周大年又是租界选出来的赌王，这么多年来两人打打杀杀的，搞得天津治安很差，听说他们要用这场赌博解决个人恩怨，然后决定谁去谁留，我们感到这对天津的安全是有好处的，就没过问。"

　　高议员严肃地说："用这种方式处理问题，是不对的嘛。"

　　袁诚印忙说："是的，是的，我们也知道不对，但不是没别的办法嘛。"

　　会后，袁诚印与市长都请高议员去用餐，但是高议员还是跟随袁诚印走了。市长看着他们离去的背影，感到有些委屈，他是想到这次能把袁诚印给整下去，捍卫自己的尊严，没想到这个高议员竟然会后跟袁诚印走了，这件事情太不正常了。

　　袁诚印把高议员接到府上，随后给几个有名的饭店打了电话，让他们把最拿手的菜做了送到府上，又打发人去怡春楼找来几个姑娘，陪议员喝酒。当高议员见是这种排场，脸上泛出了满意的表情，不过他还是说："诚印啊，你看，这样不好吧。"袁诚印忙说："在下没别的意思，只是想到长官千里迢迢来到天津，如果不让您尝尝地方特产，这太过意不去了。您放心，至于涉赌的事情我会帮您查，保证给您一份满意的调查报告。"几杯酒下肚，高议员叹口气说："诚印啊，有关涉赌的事，就是针对你来的。"

袁诚印忙说："长官，这是陷害，请您多多关照在下。"

高议员说："要是不想关照你，我也不跟你来了。"

袁诚印忙说："在下一定不辜负您的栽培。"

高议员说："诚印啊，你在这个位置也多年了吧，这哪行。这样吧，你拿出10万大洋来，我给你活动活动。说实话，要是别人找我，我还不帮这个忙呢！"

袁诚印心中暗惊，他知道高议员这是巧立名目跟他要钱，可是这有什么办法，自己不是也常向下面巧立名目吗。于是，他只得把市里的各业巨头召集起来，逼着他们出钱。大家听说又要钱，他们苦得就像喝了黄连似的：妈的，他袁诚印除了向大家伸手要钱还会做点别的事吗？大家都表示没钱。袁诚印怒道："谁要敢说没钱，那我去他家搜。"大家知道惹不起，他们只好想办法筹点钱，但心里恨死袁诚印了。袁诚印把这些钱交给了高议员，谁想到高议员突然问："你感到赵敬武与周大年赌，哪方会赢？"

袁诚印说："我感到周大年的胜算大些，毕竟他是赌王。再者，他手下有个赌坛奇才名叫丁方。对了，据外界传说，这个丁方是政府要员的儿子，不知道您听说过没有。"

高议员想了想说："如果说他丁方是哪位要员的儿子，这也不足为奇，现在的公子哥，吃喝嫖赌还不是家常便饭嘛。至于丁方是不是某个高官的后代，我不好断言。现在，就你一个小小的督军都娶了五房太太，何况他们，暗里有几个女人，又有几个孩子。"

袁诚印心想，看来外面的传说并不是没有根据，说不定这个丁方还真是某位高官的公子。

高议员说："诚印啊，这些钱我不带回去了，你看准哪方能赢，给我投进去吧。我也不想贪多，连本带利你给我30万就行了，当然，如果你能提前把钱给我，这就最好不过了。"

袁诚印心里那个气啊：你空手套白狼也得伸伸手吧，你现在是玩空手道呢，我撕破了脸皮弄来了这些钱，你张口让我变成30万，还想立马拿走，这他娘的是什么账？

"长官，赌博的事谁也不敢断言输赢，是有风险的，在下不敢用您的钱去赌，在下不敢承担这风险。"

"这样吧，就算你为我再赢 10 万可以吧，你先把赢的钱给我，我一块带回去。如果你同意放在这里呢，就给我打 30 万的欠条。你放心，我不会让你白帮忙的，俗话说得好，拿人钱财，替人消灾。将来，我不只会力荐提拔你，还会尽我的能力保护你。只要你身在其位，那么必将财源滚滚。"

袁诚印没有办法，只得把 10 万大洋留下，给他写了 30 万大洋的欠条。等把高议员送走，袁诚印差点气炸了肺，他市长写了个举报信，结果就让我失去了 30 万大洋，这 30 万大洋是什么概念，这个能把他挪用的军费口子给补上。他让副官带兵把市长给抓来，二话没说，一拳就打在他的脸上，把他的牙给打下来了两颗。

市长含糊地说："你，你竟敢打政府官员。"

袁诚印说："你马上给我打 30 万大洋的欠条，否则，我不只敢打你，我还敢埋你。"

市长说："为国而死，死而犹荣。"

袁诚印说："来人啊，逮些蚂蚁来装进袋里，要套在市长的下身，然后把口扎住，我看他还鸡巴能，到时候他同意写欠条，就把袋子去掉，怕是到那时，你的那玩意儿就变成笛子了。"

市长叫道："袁诚印你不是人。"

袁诚印说："我就不是人，你怎么着吧。如果你不给我打这个欠条，我不只让你的下身变成笛子，我还要把你的老婆，把你的女儿全部卖到窑子里，让她们对你的举报负责。"

市长在袁诚印的威逼下，只得给他写了 30 万大洋的欠条，然后眼里含着泪水走了。袁诚印盯着这欠条得意地说，娘的，我看你以后还敢告我的状……

十五、绝世赌战

终极之赌约定的时间越来越近，卫皇大赌场下发通知，让赵敬武与周大年双方前去查看新装修的赌厅，如果双方感到满意之后，将进行封厅，等开局时再打开。独锤带着高明、小田七郎以及两个日本专家来到卫皇大赌场，见周大年那方的人已经在大厅里。

周经理说："我先向大家做个简短的汇报。我们这次对赌厅的装修是采用了世界上最先进的材料，室内所有的用具全部是磨砂的，这样不会有任何反光，最大限度地保证了赌手的牌不会通过环境方式泄露。我们还购置了硬器检测仪，对前来参赛或观赛的人进行扫描，以防夹带进刀具与枪支，影响大家的安全。"

丁方说："周经理，这些不用说了，开始吧。"

周经理笑道："丁先生先别急，有些话是必须要说的。这个，当你们双方对赌厅设施检查完后，我们会提供两把锁，由双方共同把门锁住，等到19 号那天，你们共同打开，以防中途有人对厅里做什么手脚……"

丁方听着周经理的长篇大论有些不耐烦了，又打断他说："周经理，大家都不是小孩子了，也不是第一次玩这个，你说这么多话累不累啊，赶紧地看完了，我得回去睡午觉呢，听说子午觉很补的。"

周经理尴尬地说："丁先生，马上就讲完。"当他真正讲完的时候，丁方坐在椅子上睡着了，周大年晃晃他："丁贤弟，醒醒。"

丁方醒来打了个哈欠："我的天呢，这长篇大论。"

他们随着老板走进赌厅，大家感到眼前一亮，里面的装修太豪华了，都说租界英皇大赌场是天津最好的赌场，但与这间赌厅相比，还是逊色不少。丁方无精打采地说："不就是赌一局吗，用得着花费这么多钱，真正的赌博就是剪刀石头布也能赌生死。"

小田七郎与独锤、高明在房里就像找东西似的，细致地查看角角落落。两个日本专家从包里掏出小锅盖来，对着桌子、椅子、墙等地描来描去，就像厅里有地雷。丁方见他们板着脸，瞪着死鱼眼，一副鸡蛋里挑骨头的样子，他走到旁边的包厢里闭上眼睛睡觉去了。周大年晃晃他："贤弟，我们还是看看吧。"

"周兄，他们日本人在帮我们检测，我们免了。"

莫德说："丁先生，你应该熟悉一下环境。"

丁方摇头说："熟悉什么环境，我打牌的时候只有牌，就是一头驴坐在我身边，我都当它没有，所以我不用适应环境，一样能赢。"

莫德知道丁方把他比喻成驴，知道也没办法，因为接下来全靠丁方赢得胜利，他只能忍气吞声。丁方站起来打了个哈欠，问工作人员："哎哎哎，你们的卫生间在哪里？"

工作人员说："丁先生，我带您去。"

丁方倒背着手，跟在工作人员后面，不时回头看看走廊，还用手敲敲墙，感到软绵绵的。来到卫生间，正有个工作人员扶着水龙头晃动着去射苍蝇，丁方皱了皱眉头便出去了，他回到走廊里，趴在窗子上看看，发现下面是几棵塔松，塔松下停了几辆小轿车，还有几个司机坐在花池上吸烟。接下来，他洗了把手，像袋鼠那样提着双手回到赌厅，见那两个专家还在那里描来描去，便不高兴地说："你们还有完没完了，你们是来检测的还是想趁机做手脚。"

那两个日本专家也不吱声，认真地对地板进行了检测，然后收起那个小锅盖，来到小田七郎跟前："小田君，我们精心地检测过，房里没有任何反光的地方，桌椅与地板都没有磁场，墙壁里没有任何可视线路，我们确定没有问题。"

小田七郎用手指顶顶眼镜框："好，封门。"

丁方扭头发现莫德盯着小田七郎的眼镜，抬手便朝他脸上抽了一巴掌，发出响亮的声音。大家都回头去看莫德。丁方说："莫德先生，你们跟日本同样是租界，你们之间的差别怎么这么大呢？人家带着专家与仪器来对场子进行检测，你呢，你就带着废话来的，跟你们合作真是倒霉。"莫德摸摸火辣辣的脸，想发作，又怕丁方撂挑子，只得忍着。

当双方把门锁住后，周经理还在门缝贴了封条，吩咐两个工作人员日夜在这里把守，不能让任何人靠近房间，然后，他把大家送出了卫皇大门。

长篇小说
赌神

在回去的路上，丁方拍拍莫德的肩："哎，知道我为什么打你吗？是因为你这人没一点城府。你怎么可以去盯小田七郎的眼镜看呢？你是不是想告诉他，咱们已经知道他眼镜的秘密了，让他再想出新办法对付我们。你怎么这么粗心大意，你不知道他们敏感吗？要不敏感，他们能拿着仪器来测场子吗？你以后注意点，这可关系到很多人的利益呢。"

莫德说："对不起，我以后不看他的眼镜了。"

周大年点头说："是啊，看来日本人帮助赵敬武可不是心血来潮，而是有备而来。他们如此小心，就算我们在英皇大赌场都没有用，他们对场子里的磁场进行检测，都对墙里的线路进行了测量，对房顶上的灯也进行了检查，一点秘密都瞒不了他们。"

丁方说："赌博抽老千是不得已的办法，如果等到抽老千才能赢那就太危险了。要想赢，在发牌的时候就得想办法。什么搓牌、换牌、丢牌，都是他妈的扯淡，赌博最重要的是心理，心理强大了，就算手里是把臭牌，一样能把对手给镇住，从而自动认输。"

莫德与周大年把丁方送到家，见门口站岗的那些人都蹲在门旁玩扑克，每人跟前还有些票子。他们见车来了，把钱装进兜里，把牌用个木板盖住，然后笔直地站在门侧。周大年对莫德说："这样可不行啊，你得给他们训训话。"莫德走过去，照着那几个卫士的脸就抽，吼道："要是出了问题，我枪毙了你们。"

丁方领着周大年与莫德来到家里，周大年对水萍说："弟妹，住在这里太不安全了，我看还是搬到租界去。你放心吧，让莫德先生给你们个小院，你们也方便。"

水萍撇嘴说："我才不去租界呢，对你好的时候拿你当个人，要是不替他们卖命了，或者帮他们办事不利，他们就往外赶你。自己的家虽然差，但住着踏实。"

莫德听了这话，尴尬地说："丁夫人，我们大英国人也是有情有义的，是知恩图报的，以后您与丁先生永远是我们的朋友。"

水萍笑道："人家说了，金窝银窝，不如自己的土窝。我住在这里，喘口气都感到舒畅，你们租界里的空气不好。"

周大年也能理解水萍的这种想法，这几年他已经体会出来了，住在租界里是没尊严的，等把赵敬武给干掉之后，就是莫德喊他老爷也不在那里住了……

在18号这天，日本领事加藤带着20个武士来到小刀会会所，把他们安排到门口以及院墙外，让他们保护好赵敬武与小田七郎的安全。赵敬武感到突然来了这么多人，有些不太方便，便对加藤说："加藤君，其实完全没有这个必要，你想过没有，西方各租界、袁诚印，他们狼狈为奸，就是想赢我的钱，所以呢，在这种时候，他们最不想我出事。"

加藤摇头说："赵君，上次周大年差点就把小田七郎给干掉，现在是非常时刻，我们必须要保证他的安全。"

赵敬武说："那可以让小田七郎住在租界，到时直接去卫皇。"

加藤摆摆手："那样的不好，他是你们的赌手，就得住在这里。"

送走加藤，赵敬武想出去办点事，可是武士们以保护他的安全为由，非要跟着他。赵敬武对他们说："你们保护好小田七郎就行了，我的安全不用你们操心。"小田七郎说："赵君，现在我们是一体的，不只我不能出事，您也不能出任何事情。"

赵敬武点点头说："那我不出去了。"

他回到书房，把独锤与高明叫来，对他们说："这些日本人并不比西方那几个领事好到哪里，他们这么用力地帮咱们，背后肯定有什么阴谋，说不定比输掉赌局还要恶劣。"

独锤说："要不咱们辞退他们，让高明上场？"

赵敬武摇头："哎，凡事有利就有弊，他们为了他们的目的帮助咱们，这也是正常的嘛。至于将来的事，将来再说吧。平时呢，你们好好招待他们，最好跟他们喝点酒，套套他们的话。对了，从现在起，我想好好休息，直到明天早晨5点钟，这段时间无论有什么事都不要叫我，就是天塌下来也不要叫我，我这段时间太累，一直没有睡好。"

独锤点头说："放心吧会长，我让兄弟给把着门。"

等独锤与高明走后，赵敬武把门插上，独自坐在藤椅上发呆。回想这段日子，过得可真是惊心动魄。天色渐渐地暗了，窗子外的灯亮起来，赵敬武从书架上抽出本书，打开柜子腰部中间的抽屉，把书放进去，推上抽屉，柜子缓缓地挪开，墙上出现一个洞口，他闪进去后，书柜又回到原来的位置。

当初，赵敬武买下这栋楼后，便花高价把马路对面的那个小院也给买下来了，并请外地的工匠对这个小楼与对面的小院进行了装修，秘密地从地下挖了个地道，可以穿过马路来到对面的院子。赵敬武之所以费此心机，是由于他认为自己这碗饭是在刀尖上吃的，得罪的人太多，是必须给自己留后路的。

赵敬武来到马路对面的小院，开着院子里停着的那辆"道奇"牌轿车，在城里转了一圈，然后又回到那个神秘的小院里。等车开进院子，哑巴把大门插上，然后回房泡了茶。等他提着茶具来到假山上，见赵敬武没有在小亭里，便提着茶具又下来了。

哑巴回到正房里，独自喝着茶，不时看看卧室的门。

早晨，哑巴老早便起来，泡上茶等着，没多大会儿，赵敬武从卧室里出来，笑道："大哥，我有事先走了。"哑巴跟在身后，等赵敬武走了才转身回屋……

这时候，加藤已经在会所的客厅里等了。他刚刚天亮就来到了小刀会，说是跟赵敬武有要事相商，多次催着独锤把赵敬武叫来，但独锤感到时间不到，就让他等着。加藤对小田七郎说："他赵敬武还真沉得住气，这时候了还能睡得着。"

小田七郎讥笑说："中国人就是懒。"

正说着，他们发现赵敬武从楼上走下来，便马上起身。赵敬武对独锤说："加藤先生来了，你为什么不早说？我跟你说5点前不要叫我，是怕你们打扰我，而不是加藤先生啊。"然后对加藤拱手道，"先生为了敝人的事，这么上心，我却睡到现在，实在惭愧。"

"我们不是外人，不必客套，还是坐下来谈谈今天的事吧。"

小田七郎把武士们叫进客厅，他们挂着刀站在那儿。加藤发表言论说："当我们赢了之后，场面肯定非常乱，到时候你们保护小田君马上离开，以防他狗急跳墙。我会在附近的楼上安排几个狙击手，以防发生突发事件。无论如何，我们既要赢得这场赌战，还要确保人身安全。"

赵敬武说："赌场有赌场的规矩，没必要这么夸张吧。"

加藤说："我们要防患未然，要有绝对的把握。"

赵敬武摇头说："那我就不去了，我心脏受不了。"

加藤说："为了会长的安全，我会留下几个人保护您。"他掏出怀表来看看，站起来，"时间差不多了，你们的出发吧。"

租界的两辆小车，一辆在前边，一辆在后面，把小田七郎坐的那辆小车夹在当中，顺着大街向卫皇奔去。路上的行人已经知道这些车是干什么去，他们都指指点点的，诉说着今天的超级赌战，预测着今天的输赢。当车子来到卫皇门前，发现已经是人山人海。几个工作人员把侧门打开，让车子进去，指导他们停在指定的位置上。停车场里站着五六个警察，他们抱着枪，就像戒严似的，这让独锤有种不祥的感觉，别到时候赢了比赛，发生什么意外……

周大年等人已经在卫皇大赌场的大厅里，在等着了。丁方穿了件长衫，戴着礼帽，显得悠闲自在，就像是来看电影似的。在他两侧，分别是周大年与莫德，其余几国租界领事在旁边与袁诚印说话。当他们发现赵敬武的人出现在门口，周大年与莫德立马站起来，去看检查人员对他们进行安检。

丁方摇摇头，依旧眯缝着眼坐在那里。

安检人员用仪器对着独锤在扫描，突然报警器嘀嘀地响起来了，安检人员说："把武器交出来。"

独锤说："谁带武器了，这又不是来打架。"

安检员说："你再不承认我们搜身了。"

独锤说："搜吧，老子没带就是没带。"

安检员开始摸独锤的身体，从上摸到下，连摸了几遍都没有发现什么。又拿起那检测仪再扫，还是嘀嘀叫。独锤突然笑了，说："妈的，差点把这件事给忘了。"说着把嘴张开，指指自己的金牙，"是不是我这牙闹的，你们不能让我把假牙也给砸掉吧。"

安检员在他的脸上扫扫，报警器叫得非常响，便说："过去吧。"

当轮到小田七郎时，安检员扫了他的身说："可以了。"小田七郎刚走两步，安检员说："对不起小田先生，请把你的眼镜摘下来让我们看看。"小田七郎面无表情，把眼镜摘下来递上去。安检员拿在手里左看右看，还戴在自己的眼上看看大厅，才把眼镜给他。周大年见安检员并没有发现眼镜上的问题，便来到丁方跟前，晃晃他说："丁贤弟，刚才安检员并没查出小田眼镜上的问题。"

丁方打了个哈欠说："那微型放大镜是精心设计的，只有米粒大小，只有在一定距离下才能看效果，看远处看近处都是模糊的，这个外行人不知道，说不定还以为上面有块水渍呢。还有，你们不要老是盯着他的眼镜，如果让他发现，极有可能会改变策略，那我们就不容易识破了。放心吧，不会出任何问题的。"

双方的人到齐了，服务生把他们领到赌厅门口，由双方把锁打开，然后安排大家坐下。随后，服务生把两位赌手引进各自的休息室。周大年跟进休息室，对丁方说："丁贤弟，这场赌局就靠你了，无论如何一定要赢，否则咱们的小命就没有了。"

丁方平静地说："放心吧周兄，不会出现问题的。"

周大年说："你多带一盒火柴，到时候想看底牌时别划不着。"

丁方点头："我带了两盒，不会有问题的。周兄，我们就按之前说好的，如果我感到点子足以赢对方，就没必要再追究他眼镜的问题，省得争执起来搅了局。如果我感到自己的点子小，没办法赢对方，这时候我就会提出暂停，然后去厕所解手，你要趁机指出他抽老千来。如果让他离开现场，因为牌已经发完，他极有可能把眼镜给换掉，或者干脆扔掉，我们就没有办法了。"

周大年问："为什么不当场就指出？"

丁方摇头说："当场指出他抽老千，场内肯定会乱，我怕他趁机把桌上的牌给搅了，耍赖说摘掉眼镜再跟咱们赌一场。我提出暂停，按规矩是必须要封牌的，这才是最好的时机。"

周大年问："你确定他的眼镜有问题吗？"

丁方说："周兄，你上次有没有发现，他紧紧地盯着我的眼睛，然后直接就报出我的底牌了，你身为赌王，应该知道，两个人设局，牌的变数更大，更不容易猜测对方的牌。上次之所以没有揭露他，就是想等到今天赢他的。"

周大年点点头："是的，我不相信他真的会透视。"

丁方说："今天这局，我们是势在必得，无论我们的牌大牌小，都赢定赵敬武了，不过，我还是有点遗憾。"

周大年吃惊道："贤弟，什么遗憾？"

丁方笑道："你想啊，咱兄弟费尽周折，亲自操刀上阵，最后咱们得到的回报这么少，这太不公平了。不过，想想这局过后，他赵敬武从天津消失，这遗憾也就不算遗憾了。还有，这次赛后，我们的名声将会大震，相信很少有人前来挑战，租界的人肯定会把咱们踢掉，然后再策划新的赌博，这个我们要有心理准备，别到时候给他们赚了钱，倒让他们给算计了。"

周大年说："这个我深有体会，我已经被他们折腾够了。"

服务生敲门说："丁先生，时间到了。"

丁方点点头，弹弹长衫，倒背着手走进赌厅，大厅顿时响起了热烈的鼓掌声。小田七郎已经坐在赌台上了，他穿着学生装，双手摁在赌台上，微微闭着眼睛，表情平静。丁方走到莫德面前笑着说："莫德先生，您的脸怎么还没好利索？"莫德尴尬地咧咧嘴，用手摸摸脸，大家发出笑声来。丁方来到台前坐下，歪着头盯在小田七郎脸上，见他紧紧地闭着双眼，两片嘴唇抿得紧紧的，便走过去照着他的脸拍了拍，小田七郎猛地睁开眼睛，叫道："巴格。"

丁方说："小田君，刚才有只苍蝇趴在你脸上，我感到挺恶心的，就帮你轰走了，对了，就一只，没有 8 个。"

大家顿时发出笑声。

小田七郎不再理会丁方，又闭上了眼睛。

周经理用托盘端出扑克牌，让双方看。小田带来的两名专家掏出仪器来对牌进行检测，然后一个念着牌点，另一个在本子上记着。丁方没想到人家竟然这么用功，竟然把牌的花草都做好笔记，以防里面有重复的，这工作做得太细致了。丁方对莫德说："哎哎哎，你瞧瞧人家日本人做事多么认真，瞧瞧你们，就知道张着手要钱。"

等日本专家把牌验证完了，周经理让丁方验牌，丁方不耐烦地说："那两个日本人替我看了，我就不费这事了。"

周经理说："在开始之前，我还是有必要说说规矩。如果在赌局之间，任何一方有抽老千的行为，无论双方的牌点大小，全部的赌本都会输掉，并且按照我们赌行的行规把他的手砍掉一只。在赌局开始后，双方均有一次要求暂停的机会，暂停的时间不得超过 10 分钟，暂停期间我们将进行封牌，在牌没有掀开时，双方可以无上限加注。由于这场赌局的特殊性，按之前的约定，所有的赌本都不能保留，必须全部押上，所以没有必要扔筹码了。"

丁方说："行啦行啦，这些合同里都写着呢。"

周经理说："双方没有意见，那么我们现在开始。"

周经理发了两张牌后，丁方想看看底牌，抬头见小田七郎正在盯他，就掏出烟与火柴来点上烟，猛吸两口吐出了烟雾在眼前，拿起牌来看了看底牌，然后对小田七郎笑着说："不好意思，你如果能猜出我的底牌我自动认输。"小田七郎的脸色非常难看，只得看了看自己的底牌。周经理又发了张牌，小田七郎又死死地盯着丁方的眼睛。丁方又吸了口烟，吐出来，把底牌拿起来看看。

当发到第三张牌时，丁方说："小田七郎，敢不敢跟我赌命？"小田七郎说："我的敢，就怕你的不敢。"

周经理忙说："我们之前约定，不能赌命以及身体器官。"丁方挠挠头说："你看吧，一紧张就忘了。"回头对周大年说，"周兄，把领事们的手表、汽车钥匙都给我拿过来。"

领事们以为这次赢定了，他们都很高兴，忙把自己的手表撸下来，把车钥匙摘下来放到周大年手里。周大年把东西放到赌台上，丁方拾起车钥匙来哗啦哗啦摇摇："你跟不跟？"小田从自己兜里掏出一张银票："这是我个人的 50 万大洋。"当周经理把最后一张牌发完，丁方把所有的牌收拢起来，猛地扣到桌上："对不起，我要去趟洗手间。"

周经理喊道："封牌！"

两个服务生每人拿来个罩子，要去扣那牌，小田七郎说："稍等。"两个服务生去看周经理，见周经理点点头，便把罩子放到桌上。两个日本专家对两个罩子进行检测后，然后才让服务生扣到牌上。

周大年明白，丁方的点子肯定很小，是时候把小田的老千给指出来了。当小田起身想去卫生间时，他猛地冲过去，指着小田七郎叫道："小田抽老千。"场子里顿时发出啊地一声。小田七郎顿时愣在那里，他慢慢地回头盯着周大年："你的，什么，我的老千？"

周大年得意地说："对，你抽老千。"

小田耷下眼皮："请讲。"

周大年得意地说："诸位，小田七郎的眼镜有问题，上面专门设计了个微型望远镜，可以通过这个望远镜看清对方瞳孔里映出的底牌。"大家顿时发出嘘声。小田用食指顶顶镜框，说："我进来的时候，是经过检查的。"

周大年说："请检查他的眼镜。"

周经理点点头说："为了公平公正，请小田君把眼镜摘下来，我们进行检查。"小田七郎把眼镜摘下来，周经理照量半天也没有发现什么问题，又让几个赌坛元老检查，他们也没发现问题。周大年把眼镜夺过来，细细地看看，发现镜片均匀，没有任何凹凸与不平，也没有一点变样。他用手在眼镜上抹抹，也没有异常。周大年的脸色开始变红，鼻尖上冒出了细密的汗珠，他戴上眼镜，坐在桌上，让莫德看着一张牌坐到对面，然后去盯他的瞳孔，结果盯得眼疼了也看不到莫德眼里的牌，反而由于是近视镜，整个人看上去都是模糊的，周大年顿时就呆在那里了，整个人被汗水给浸透了，就像刚从水里捞出来，再也说不出话了。

小田七郎叫道："我强烈抗议，他周大年身为赌王，在这种场合敢诽谤我。马上把丁方找来，我们现在就开牌。"

周经理看看时间，已经超过预定的 10 分钟了，马上让工作人员去找丁方，工作人员回来后，说："丁先生没在卫生间里。"

周经理说："可能去休息室了。"

他们来到休息室，见里面没有人，便带人找遍了整个大楼，丁方就像蒸发了似的。他们跑到大门口问门卫，门卫说没有看到丁先生出去，便问："哎，现在进行到什么程度了？"由于找不到丁方，周经理说："反正牌已经发完，胜负已成定局，丁方虽然不在，我们可以让公证人开牌。"

大家的目光顿时聚焦到那两个罩子上。两个公证人过去，分别把双方的牌翻开，周大年看到丁方的牌全是白板，他的眼镜瞪得极大，突然一股鲜血喷出老远，嗵地倒在地上不省人事了。英国领使莫德怔了会儿，突然哈哈大笑起来，当即就疯了。

袁诚印马上下令，把卫皇大楼给包围起来，任何人不能放出，一定要把丁方给抓住。独锤感到事情不好，低声问小田七郎："我们怎么办？"小田七郎平静地说："让他们折腾去吧，无论如何，我已经赢了。我现在正想，他丁方怎么把所有的牌变成白板的。"

十六、翻转底牌

督军袁诚印动用了两个连的兵力，把卫皇赌场给围得水泄不通，然后进行了地毯式的搜索，就连下水道都给封住了，从上到下搜了几遍，就是没有丁方的影子。袁诚印的嗓子都急得哑了，口腔里起满了泡，小便都能沏茶了，黄得能染布。他重新回到大门口，问守门的几个兵，在赌的过程中有没有人离开过赌场。

"有个女人离开了。"班长说。

"长什么样？"袁诚印的嘴唇颤动几下。

"她穿石榴红的旗袍，烫着卷卷的头发，大大的眼睛，嘴唇红红的，长得非常漂亮，肯定是个贵妇人。她提着小包，来到门口时还冲我们笑了笑，然后扭扭捏捏地走了。"

"有没有车来接她？"袁诚印问。

"没有，她坐的是黄包车，出来后向南方去了。"

袁诚印看看南方的街道，那儿不远处是日本租界。袁诚印终于明白了，丁方把自己化妆成女人逃走了，他是故意输掉这局的。至于他为什么故意输掉，袁诚印现在来不及探讨，他马上下令封锁各个港口、火车站、汽车站、城门楼，一定要把丁方给抓回来，只要把他给抓回来，还可以扭转败局，挽回损失，如果让他走掉，那么事情就真的麻烦了。

没多大会儿，前去捉拿丁方妻子的人回来说家里什么人都没有。袁诚印明白，丁方已经蓄谋已久。现在回想起丁方的言行，疑点真是太多了，他不停地鼓动大家下注，还不停地制造与赵敬武的矛盾，让那个冷血动物周大年都把他当成了亲兄弟。

袁诚印长叹一声："玩了一辈子鹰，还让小鸡给啄了眼。"

就在这时，加藤带着20多个武士来了，对袁诚印提出了抗议："督军大人，听说你把我们的人给扣了，你的什么意思？你身为督军，难道不知道我们两国是有约定的吗？你私自扣了我们的人，这违背了国际条约，你该当何罪。"

"加藤君，我，我是为了保护他们的安全。"

"什么的安全，难道有军队攻打天津吗？"

"是这样的，有个人在赌场捣乱、诈骗，我们正在找他。"

"真是强词夺理，你找诈骗犯跟我们的人有何关系？袁诚印，我可告诉你，有关你的事情我们是清楚的，你身为政府官员，明知道赌博是违反政府规定的，你却跟租界的人共同参与，如果这件事传到上边，你就会很麻烦。"

袁诚印忙赔着笑脸说："放人，马上放人。"

当把赌场里的人放出来后，加藤让小田七郎、独锤、高明等人坐轿车走在前面，让20个武士坐卡车在后面跟着，一路向小刀会会所奔去。路上，小田七郎对加藤说："今天发生了个意外，让我百思不得其解。"

加藤问："什么的意外？"

小田七郎咋舌道："刚发完牌，丁方要求去洗手间，我刚要站起来，周大年突然说我抽老千，然后又说我眼镜有问题，他们检查之后，并未发现问题，周大年满脸直冒冷汗。由于丁方迟迟不回，我们要求开牌，这时候我突然发现，丁方的底牌竟然全部是白板。"

加藤皱皱眉头："这不在我们的计划之内啊？"

小田七郎说："是啊。我明明看到他的牌上是有字的，两个红桃8、红桃2、红桃A，虽然底牌并不明确，但也决不是A。可是他把牌扣下去，去卫生间后，再翻开牌，竟然全是没有花色的白板，这就让我想不透了。"

加藤想了想："这么说是那个丁方故意让你赢的？"

小田七郎说："不是让，是他故意输掉这局的。"

加藤点点头："问题是这个丁方到底是什么人？他为什么这么做？等事情过后，你带人给我去查查，最好能把这样的人才拉到我们这边来，这个人太有才了。我们大日本帝国的特务训处都没培养出这么优秀的人才来。还有，密切注意其他租界的动情，及时向我汇报。我相信这次失败之后，袁诚印与几个领事都破产了，说不定他们会做出什么疯狂的事情来。"

车子驶入了小刀会会所，他们发现赵敬武已经在院里等了。赵敬武手里托着泥壶样的烟斗，含在嘴里吸着，青白色的烟雾罩在面前。当加藤下

长篇小说
赌神

车后，赵敬武迎上去，笑道："看来我们是凯旋而归。"加藤对赵敬武鞠躬道："祝贺赵君，您现在已经变成天津，乃至北方最富有的人了。"

赵敬武忙还礼道："加藤君，应该说是我们赢了。"

加藤点头："赵君说得好，今天去我们的租界，我们的庆祝。"

赵敬武说："这里都准备好了，改天再去租界吧。"

加藤说："今天是您大喜的日子，我们就不打搅了，您跟您的家人尽情地庆祝吧，我们先告辞了。等你们狂欢之后，我们的请你到租界，大家共同地庆祝。"

加藤开车走了，独锤与高明随着赵敬武来到书房，谈起这起赌局，他们是眉飞色舞、神采奕奕。独锤激动得脸上泛出红润，说："会长您是没看到，他周大年当场吐血，就像放了礼花，喷得都有两米多远。英国领事莫德当场就疯了，又笑又哭，在那里喊，我的钱，都是我的钱……"

赵敬武平静地问："那么，丁方到底是谁？他为什么这么做？"

独锤感慨道："以前别人说他是神，我还不太相信，今天我真怀疑他是神了。我们明明看到他的牌上是有字的，可是当他把牌全部扣下去，并没有人动过，开牌却变成了白板了，半个花色都没有，我与高明弟至今都没有猜透，他是怎么做到的。"

赵敬武点点头："看来，我们还真得感谢这位丁方。"

独锤说："最神的是，大家不知道他怎么离开卫皇的，袁诚印把整个赌场全部给封住，从上到下搜了好几遍，就是没有见着他的影子。据说，他在各港口、车站都派兵去守着了。唉，真希望丁方能够安全渡过这关，如果我们有他的下落，应该帮他离开天津。"

赵敬武说："丁方的事情就先不说了，现在我们还有正事。你们查查，周大年现在住哪家医院，想办法把他给做了。"

独锤说："会长，周大年现在生不如死，不如让他活受罪。"

赵敬武摇头说："话不是这么讲的，他周大年再落魄也是周靓的父亲，而周靓是袁诚印最宠爱的小妾，她虽然对父亲有些不满，但这时候她还是会管的，我们不能给他翻身的机会。"

一场终级之赌结束了，并且是充满神奇地结束了，报纸上几乎用了整版报道了这个过程，整个天津卫都沸腾了，大家都说丁方肯定有神人相助，或者掌握了古老而神秘的"奇门遁甲"之术，能入地上天，不走常人之道。甚至还有人说，他可能是外星人，他的智慧与能力是地球人不可想象的。

无论怎样的传说都不能改变几家西方租界的领事的破产。莫德因此住进精神病医院，据说他看到什么都往怀里抢，说这是我的钱，我的钱。周大年被送往医院后一直昏迷不醒，就像变成植物人了。雪上加霜的是，他的二姨太与三秃子把家里的细软打包后，私奔了。下人们疯抢了家里的东西一哄而散。英租界为了减少损失，把周大年的房子没收了，用大封条粘起来，派人看着，谁都不让靠近。

袁诚印几乎动用了所有的力量，把整个天津都搜遍了，并对来往的客商以及出入的行人都进行了细致的检查，但丁方、水萍、小凤3人就像蒸发了似的，无影无踪。

就在袁诚印缉拿丁方之时，莫德被送回英国治疗去了，法国领事还在医院里打针。袁诚印想去看看他的情况，跟他商量怎么处理接下来的事情。这时，法国领事波兰克正躺在床上，目光呆滞，自言自语。袁诚印来后，医生告诉他，波兰克由于受到精神刺激，患有轻度精神分裂症，也就是说有轻度的精神病。袁诚印来到床上，刚要开口说话，波兰克猛地坐起来，把袁诚印给吓一跳。波兰克的眼睛瞪得眼角都快撕裂了，双手紧紧地抓住袁诚印的胳膊："丁方抓到没有？告诉我，抓到没有？"

袁诚印摇头说："我把天津搜遍了，就没他的影儿。"

波兰克问："那么你知道他是什么来历吗？"

袁诚印摇摇头："我至今都没摸清他是从哪里来的？为什么来。"

波兰克神秘地说："我做了个梦，梦见丁方跟加藤喝酒，他们还用酒泼到我的头上，我就醒了，醒来回忆了整个过程，他丁方自打来天津就是个巨大的阴谋，你看出来没有，他并不只是个赌手，还受过专门的训练，具有超乎常人的生存能力与逃亡能力。你想想，他加藤为什么在赵敬武如此不利的情况下要帮助他来赌？他明明知道小田的技术根本不可能赢丁方，还接手这件事，并帮助赵敬武注资，为什么？只有一个原因，丁方是日本派来的特工。可以说，是他们策划的这起赌局，我们被他们算计了。"

袁诚印回想过去的事，感到波兰克说得很有道理，加藤提前把丁方安插进天津赌坛，最后挑起周大年与赵敬武的生死赌战，他们又派小田七郎帮助赵敬武，因为丁方是他们的暗线，无论小田七郎的赌技如何，他们都会赢。袁诚印恨道："妈的，这小日本太他妈的阴毒了。"

法国领事坐起来："他们抽了这么大的老千，我们就甘愿倒霉吗？不，我们一定要把老千抓出来，只要把他抓出来，我们就可以反败为胜。我投进去的这些钱，是我在天津几年的积蓄，我曾对夫人说过，在她生日时要送她个大克拉的钻戒，在儿子上大学时给他买辆小车，现在我分文没有了，我还怎么兑现我的诺言？不行，我们要去找日租界讨个说法，把丁方给找出来。"

袁诚印为难道："我们又没证据，能做什么？"

波兰克瞪眼道："我们不会找证据吗？他丁方全家三口人哪去了？他们既然没有离开天津，那只有一个可能，现在躲在日租界里，我们要联系所有租界的领事，去日租界强烈要求他们把丁方给交出来，只要把丁方抓住，我们就可以搞清他们的阴谋，就可以宣布这场赌局不算数，那么我们还有翻身的机会。"

波兰克再也没有病了，把手上的针管扯掉，穿着病号服就跟袁诚印走了。他们来到法租界领使馆，波兰克给参与赌博的几家领事打电话，让他们过来有事商量。当大家都聚起来后，他们先是对丁方破口大骂，然后可怜巴巴地坐在那里，希望有人能够奇思妙想，把损失挽回来。当波兰克提出丁方就是加藤派来的特务，大家恍然大悟，都要求去找加藤算账。

美国领事奥查理说："有件事跟大家说说，我们副总统过来，我得去机场接，所以我不能与你们去了。"

波兰克叫道："你投入的那么少，你是不着急。"

奥查理说："少也是钱啊，我又跟钱没有仇。这不是副总统要来吗，我问你，要是你们国的总统来，你不去接吗？"

等奥查理走后，波兰克说："只要我们几国的领事联合起来去找加藤，对他说，如果不把丁方交出来，咱们就联合制裁他，甚至会派联军对付日本，他必然害怕，说不定真的把丁方交给咱们处理。"

大家听到这里都来劲了，嚷嚷着就出去了。

由于法租界与日租界挨着，他们也没坐车，再说想坐也没得坐，车都在赌局上输了。他们来到日租界门口，也不等守门的人通报，直接就闯进去。院里顿时呼啦聚起20多个武士，手里提着刀，挡在他们面前，目光里充满了杀气。这时，他们听到传来加藤的声音："你们让开，让大家的进来。"武士们哗啦分开条人巷，波兰克领着大家来到客厅，然后冷冷地盯着加藤。

加藤点点头："都是贵客，快快请坐？"

波兰克说："加藤，没想到你这么狡猾，竟然设计骗我们的钱。"

加藤平静地说："在下不懂您的话。"

波兰克说："别以为我们不知道你的阴谋。你们提前把丁方安排到天津，让他在赌坛里折腾，故意挑起事端，最后激化赵敬武与周大年进行赌战，然后趁机骗大家的钱。以前我们还感到奇怪，他丁方是哪儿来的？有什么背景？这么没有教养，谁都敢骂，谁都敢惹，现在我们想通了，原来他是你们日本的特工。"

加藤皱起眉头："你什么意思？"

波兰克说："马上把丁方交出来，公开承认你们是抽老千，把之前的赌局作废。否则，别怪我们联合起来制裁你们。"

加藤说："丁方是谁我们也在查，凭什么说他是我的人。"

波兰克问："你敢让我们搜吗？"

加藤想了想说："如果我不让你们搜，你们肯定认为丁方是我的人，如果让你们搜，我们大日本帝国的脸面何在？这样吧，你们可以搜，如果搜不出来，请你们在明天的报纸上登出你们的道歉声明来，否则别怪我翻脸不认人。"

波兰克说："好，开始。"

袁诚印把自己带来的一个连的兵叫进来，让他们在租界里细致地搜。100多名当兵的在租界搜了整整一天，始终都没有看到丁方的影子。加藤对波兰克与袁诚印说："这下你们满意了吧。我说过，我们跟丁方没任何关系，你们就是不信。好了，如果你们搜完了请便，我还有些事要做。还有，明天我会把所有的报纸买来，如果看不到你们的道歉，我们就提出抗诉……"

波兰克领着大家走出日租界，叹口气说："道歉的事，袁诚印你就代劳吧，我回医院了，我现在头疼，头疼得就像裂开了，我要死了。"袁诚印回到家里，想去看看儿子，进门发现靓靓与孩子都不见了，不由吓了一跳。当他听门口站岗的说，他们去医院看望周大年了，不由照着卫兵就抽了两巴掌，骂道："现在世道这么乱，她带着我儿子乱跑，被人家绑了票怎么办。"卫兵委屈地捂着脸小声说："夫人的事，小的哪敢管啊。"

当独锤查到周大年住在租界外的华仁堂医院，便开始策划前去谋杀他。他们买了些礼品，装着前去探望周大年，顺便把他的头割了。谁想到，他们刚到医院门口，发现周靓带着几个卫兵进了医院大门，便知道她是看望周大年的。

独锤说："我们等周靓走了再动手。"

这当儿，周大年正躺在床上，手上牵着吊瓶的管子，闭着眼睛一动也不动。周靓带着孩子进门，来到床前，盯着父亲那张蜡黄的脸说："想想你以前做的那些事，现在也是报应。如果你能醒过来，找家寺院潜心修佛也许会得到善终的。"正说着，门嗵地被撞开，袁诚印气势汹汹地进来："谁让你来的？"

"他是我父亲，我来看看他不行吗？"

袁诚印马上换了副脸孔，赔笑说："靓靓，不是不能来，现在的世道这么乱，你不声不吭地就往外跑，要是出了事怎么办？你马上回家吧。"

周靓说："床上躺着的这个人虽然做了很多坏事，但他是我父亲。现在他变成这种样子，我不能不管，如果我看着他要死都不管，那就是我的罪过，如果你真在乎我，就必须帮他渡过难关。"

袁诚印说："你就放心吧，你的事就是我的事，你先回去吧，这里的事我来处理。"

周靓叹口气说："那就麻烦你了。"

袁诚印摸摸她的脸蛋说："瞧你说的，这么见外。"

当卫兵把周靓送走后，袁诚印脸上的笑容顿时消失殆尽，他绷着脸坐到床边，盯着周大年那张苍白的脸咬牙切齿地说："周大年啊周大年，你就是一头驴，你身为赌王，不自己上场，非要用那个丁方，结果怎么样？你不只害了自己，还把大家给害了，你说你还活着干嘛，直接死了得了。"说着说着，见周大年猛地把眼睁开，吓了他一跳，"你他妈的装睡？"

"我早就醒了，就是不想睁开眼睛面对一切。"

"一切都成为事实，你现在变得一无所有了。"

"丁方抓住没有？只要把他抓住就等于抓了老千。"

"用你说，要能抓早抓了！"袁诚印气愤道。

周大年睁开红肿的眼睛，恶狠狠地说："我要报仇。"

袁诚印不耐烦地说："你拿什么报仇？你现在什么都没有了你还报仇，你老婆跟三秃子跑了，你家里的下人把东西抢了跑了，你现在变得分文没有，就是你住院的钱还是靓靓出的，你用什么来报仇？用你的血把人家滑倒跌一大跤？"

周大年说："督军大人，我们可以东山再起的。"

袁诚印说："周大年，你就不要起了，找个地方自杀得了。还有，你最好马上离开医院，我相信他赵敬武已经派人来杀你了。你找地方把自己吊起来，还能落个全尸，否则赵敬武把你的头割了去，摆在你烧死的人坟前，说不定哪条狗过来，把你的头给啃了。"

周大年的泪水蓄满眼窝，他猛地闭上，泪水顺着眼角流下，蓄在耳际映着窗光。他的喉咙剧烈地蠕动着，浑身抖得就像被电击了，用悲怆的声音说："袁诚印，我把女儿嫁给你，你就这么对我？"袁诚印冷笑说："我实话跟你说吧，要不是她为我生了儿子，我他妈的早把她给轰出去了，什么东西，每天修佛念经的，动都不让动，我他妈的都快变成光棍了。"

"你这么对我，就不怕你儿子会出事吗？"

袁诚印听到这里，照着周大年的脸就抢了一巴掌："你敢咒我的儿子。"周大年脸上泛出冷笑，不再说话了，把眼睛用力闭住。袁诚印对着周大年的脸呸了口，然后气呼呼出门。他来到住院处，把钱给退了。护士拿着干净床单来病房换，见周大年还躺在病床上，便说："周先生，您什么时候动身啊？"

"什么，你们赶我走？"

"督军说您出院了，把账都结了。"

周大年没想到他袁诚印这么狠心，竟然把靓靓交的住院费给退了，现在他终于灵醒到，自己变得一无所有了，变得连身换洗的衣裳都没有。他是穿着病号服出院的，当他来到大街上，突然感到这个城市很陌生，他不知道去哪里，又将干什么。

周大年前脚离开，独锤就带人提着水果与鲜花来到病房，他们见护士正在整理床单，才知道周大年已经出院了。独锤叹口气说："我们来晚了，周大年肯定被督军给接走了。"

回到府上，独锤说了说情况，赵敬武平静地说："不必懊恼，这说明周大年的气数未尽。不过，以后我们还是要提防他。周大年这个人是极会钻空子的，当他再次出面的时候，就是咱们最难受的时候。我相信，他阴魂不散，还会闹点事的。"

身无分文、穿着病号服的周大年蹲在胡同里的墙角边，感到没法活了。现在的他开始想个问题，怎么把自己杀死。就在他想用什么办法死掉时，脸上慢慢地竟然泛出笑容，因为他突然感到自己并不是穷光蛋，还有份丰厚的财产。这些财产就是玩具厂烧毁前运走的机器与材料，如果按现在的市值，这些东西足以值50万大洋，如果把这些东西卖掉，仍旧可以过好的生活。

让周大年感到为难的是，怎么把这些东西卖掉。他想来想去，感到对这些东西有兴趣的只有商会会长。玩具厂未烧之前，商会会长一直代理着厂里的所有产品，他见这个行当如此赚钱，曾跟周大年要求注资分红，但莫德始终都没有同意。周大年明白，在天津卫，怕是只有会长能够接手这些东西。

他找个巷子蹲候到天黑，然后偷偷地摸到会长的公馆前。看门的对他喝道："哎，那个要饭的，马上离开这里。"周大年走过去，说："麻烦您跟会长通报一下，就说有个大买卖。"

看门的看他穿得怪摸怪样的，说："就你还大买卖，滚。"

周大年说："兄弟，我是周大年，跟会长是有约的。"

看门的凑到跟前仔细看了看，见果然是周大年，对他说："你稍等。"他跑进院里没多大会儿，出来说："跟我来。"门卫把周大年带到客厅，会长顿时目瞪口呆，说："你……你这是什么打扮?"

周大年说："能不能先让我吃点饭?"

会长吃惊道："什么，这么晚了你还没吃饭？"

周大年明白，现在会长所以见他是因为他还是袁诚印的岳父，自然不能说袁诚印对他的态度，只能说："是这样的，袁诚印怕我的身体太弱，不让出门，我又有急事来找您，就偷着跑出来了。"

会长给他弄了饭，看着他狼吞虎咽的样子，叹口气说："大年啊，我们都知道你跟赵敬武的恩怨，我劝你还是不要乱跑，待在督军府才是啊。"

周大年吃过饭后，问："我还有些货你要不要？"

会长吃惊道："什么货？"

周大年说："玩具厂在烧毁前，我把几台新机器还有原材料都偷着运到别处了，烧的只是些废材料与旧机器。我运走的那些东西现在市值 50 多万大洋，如果你要我就便宜卖给你。不过，你不能对外界说是从我手里买的。机器与材料都是现成的，你买过来就可以直接生产，你也知道这个行当是很赚钱的。"

会长想了想说："是吗，这些东西在哪儿？"

周大年说："我已经找地方存起来了，如果您要，我就带你过去看。"

会长说："那我们就去看看再说吧。"随后，周大年领着会长来到郊区的一个大院里，让会长看了看那些东西，会长心里甭提有多高兴了，便说："大年啊，你也知道这些东西是租界与督军合资买的，如果让他们知道就麻烦了。我现在出钱买这些东西，是抱有风险的啊，如果你同意呢，我给你 10 万大洋，如果不同意，你去找别人吧。"

十七、不得不失

　　小田七郎帮助赵敬武赢得赌战之后，所有的资产正在结算，加藤知道他该收网了，于是给卫皇大赌场的周经理打电话，问周大年与租界输给赵敬武的资产何时过户。周经理解释说："我们筹委会正在对周大年以及租界输掉的资产与固定资产进行查缴，还需要算出这次投注分成的比例，然后才可以与赵会长交接，由于工作量大，可能需要两个礼拜的时间。"

　　加藤放下电话，对小田七郎说："通知各部门，我们要开个会。"

　　没多大会儿，租界各部门的头头都来到会议室，加藤对他们说："在座的有人可能不理解，我们为什么不惜得罪西方各租界，帮助小刀会的赵敬武，其实道理很简单，他赵敬武是小刀会的会长，而小刀会又是天津实力最强的民间组织，他们有着非常强的凝聚力，并有着我们日本的武士道精神，是为了信念不怕牺牲自我的组织。如果我们把他拉到咱们的队伍里，对于将来控制天津、掌控整个中国是有利的。所以，我们必须想尽办法，把小刀会变成我们的组织，为我们的天皇效力。"

　　大家都纷纷鼓掌，赞扬加藤的高瞻远瞩。加藤继续说："小田君，你现在去接赵敬武，我们为他举行庆祝宴会，并顺便谈谈合作的事情，记住，一定要把他给请来，我说的是请，不是绑架，这个你的明白？好了，现在你可以走了。"

　　小田七郎说："将军请放心，在下一定把他请过来。"

　　小田带着两辆车来到赵敬武的府上，说明了来意，赵敬武点头说："太感谢加藤了，请小田君稍等，我换身衣裳。"他来到二楼，跟独锤与高明商量说："日租界现在请我赴宴，看来他们是想跟我谈回报的事情了。"

　　"会长，他们不会狮子大开口吧？"独锤担心地说。

　　"如果他们仅是要钱倒是简单了，我怕他要的，我给不了。"

　　"那他们想要什么？"高明问。

　　"我有种不祥的预感。"赵敬武叹口气说。

----213----

"那我们还是别去了，去了准没好事。"

"不，我还是要去听听他们的意思，然后再想对策。"

赵敬武带着独锤、高明，坐小田七郎的车来到日租界。加藤已经与租界的几个重要的成员在租界门口等候了，他们见到赵敬武后，脸上都堆出笑容，弯腰对他们："嗨。"随后，众星捧月般拥着赵敬武等人一路向领事馆走去。这时，餐厅里已经摆上酒菜，十多名歌伎都拿着扇子在墙根站着，准备表演。

加藤领着大家来到餐厅，对赵敬武说："赵先生，边吃边聊。"大家入座后，几位美丽的日本女人到桌前给大家斟满酒。她们穿着和服，头发挽得就像块乌云，脸上白得像从面缸里刚掏出来，嘴唇红得就像撮着枚熟透的樱桃，那样子就像画了殡妆的女尸。

加藤端起酒来："为赵先生的胜利，共同举杯。"

等大家放下酒杯，加藤说："赵会长白手起家，创建小刀会，你们和我们大日本帝国崇尚的精神是一致的，主张正义、扶持弱者，所以我对小刀会是非常尊敬的。他们西方国家多次侵扰我们东土，我们要跟小刀会精诚团结，共同打击西方的霸权主义。为了我们与小刀会方便交流，共同合作，我决定从今以后，特邀赵会长来我们租界办公，大家欢迎。"

大家顿时响起了热烈的掌声。

赵敬武担心的事情终于发生了，看来日本人真的想把小刀会变成他们的组织，帮他们做事。他站起来对大家说："首先谢谢加藤君的美意，小刀会是个穷人的组织，当初我创建小刀会的目的，只是想着把穷人给凝聚起来，跟那些官僚们要口饭吃，这跟你们日本的武士道精神没有任何关系。"

加藤的脸上闪过一丝不快的表情："赵会长太客气了，只要跟我们日本合作，我们将给你们提供更好的住房、更好的工作，让他们过上更好的生活。"

赵敬武叹气说："加藤君，您能够看得起小刀会，让敝人十分感动，至于合作的事情，不是我一个人就说了算的，我得回去把小刀会的几个分会的会长叫到一起，跟他们协商。如果大家都同意，那就容易了，如果大家反对，这件事可能有些麻烦。"

加藤笑道："我们相信赵会长的影响力与号召力，我相信你肯定会成功的，来，大家举杯，从今以后赵君就是我的兄弟，大家应该像尊重我那样，尊重赵会长。"

日本人全部站起来，弯腰道："嗨！"

赵敬武的心情比较沉重，他明白加藤今天提出这个问题是预谋好的，自然不会轻易罢休。他感到如坐针毡，盼着这个宴会早点结束。加藤的兴致很高，招招手，10多名歌伎扭动着腰肢，跳起了日本的樱花舞。加藤凑到赵敬武耳旁，轻声问："赵君，你感到哪个佳丽比较优秀，你的说。"

赵敬武说："都挺不错的。"

加藤拍拍他的肩说："赵君，你看中哪个，我的送给你了。人生苦短，有些美好的东西，还是应该体验的嘛。"

赵敬武点点头说："加藤君说得极是，我本意也想与异域的美人来曲高山流水，只是我这个人有个毛病，惧内，说白了就是怕老婆，要是让夫人知道，她肯定挠我的脸皮。有个秘密我告诉你，我夫人的手指甲从来都不剪。"

加藤哈哈大笑起来："没想到赵君也有怕的人，哈哈。"

大家开了会儿玩笑，紧张的气氛舒缓了，赵敬武以会上的事情多为由，提出告辞。加藤点头说："可以理解，现在赵君成为东土最富有的人了，事情肯定是多的嘛。小田君，把赵会长他们送回去。对了，我从帝国来时，不是带了些特产吗，给赵会长带上，让夫人尝尝我们的特产。"

赵敬武他们回到府上，来到书房商量对策。

赵敬武说："加藤终于把狼的獠牙露出来了，他们果然是想算计小刀会，想把小刀会变成他们的组织，为他们卖命。这件事情我们是决不能从命的，一旦做了他们的走狗，我们不只失去自由，还会变成中国人的耻辱，会留下千古骂名。"

"他们想得倒美。"独锤说。

赵敬武想了想又说："他们认为帮我赢了周大年，我就必须得跟他们合作，那他们打错算盘了。八斤啊，你马上给各分会负责人下通知，让他们前来开会，我要在会议上宣布辞去会长一职，推荐你担任小刀会会长，让加藤的计划泡汤。"

"会长，千万别，我挑不起这担子。"

"不，你必须要挑起这副担子来，这是迟早的事情。"

"会长，咱们何必怕他们日本租界呢？他们才几个人？再说了，他在我们的地盘上，我们想对付他就像掐死只蚂蚁，我们值得为这点事换会长吗。"

高明说："赵先生，如果他们想图谋小刀会，就算换了会长，他们依旧不会罢手，以小弟看，换不换没有多大的区别。"

赵敬武叹口气说："其实，我这时候把会长让给八斤，是有两个原因的，一个是我确实年龄大了，有些力不从心，再就是这些日本人做事狠毒，我们没有必要直接得罪他们。如果我公开拒绝，那么他们有可能向外界说，我之所以赢得比赛，是让小田七郎抽了老千，到时候小田出去一爆料，西方几个租界与袁诚印肯定借着这件事反扑过来，我们就被动了。"

当小刀会四大分会会长来到会所，赵敬武向大家宣布，辞去会长职务，由独锤担任会长，并专门强调说："无论什么时候，我们小刀会都不要忘了我们的宗旨，要齐心协力，扶弱惩强，共同生存。无论遇到什么样的困难，我们都要精诚团结，共同面对，决不能出卖我们的灵魂与尊严。请大家记住，我们无论在什么情况下、在任何时候，都不能和租界里的洋人狼狈为奸，谁要是敢违背这个原则，我们就把他驱逐出小刀会。"

大家纷纷表示，血可流，头可掉，绝不做别人的走狗。

会议结束后，赵敬武单独对独锤交代说："现在加藤怕我跑了，肯定派人在门口把着。你联系记者，明天就把我让位的启事登出来，然后对他们说，我现在已经不是小刀会的会长了，让他们不要再在门口站着，有什么事让他们找我解决。"

"不就是几个日本人吗，我让兄弟把他们赶走。"

"今天就没有必要了，明天启事见报，你可以赶他们。"

"会长，我们有必要这么怕他们吗？"

"这不是怕，这是策略，有些事情并不是光拼就能解决的。你来，我有个秘密要告诉你。"

他来到书柜前，用手里的烟斗敲敲柜角："有件事呢，我谁都没有告诉。这个书柜后面是个暗道，有个台阶可以通到地下，穿过马路，到对面的院子。对面的院子也是预先购置的，是属于我们小刀会的。记住，这个秘密你自己知道就行了，日后如果发生什么突发事件，是可以救你命的。"

他说着伸手把书柜腰部中间的抽屉拉开，又伸手从架上抠出《康熙字典》第四册，放进抽屉里，再把抽屉合上，整个书柜缓缓地打开，墙上出现了个黑乎乎的门。赵敬武说："这是专门计机的动力机关，只有把这本书放进抽屉才能打开这个门，这些你要记好了。"随后，赵敬武领着独锤进洞，点上蜡烛，告诉他怎么恢复书柜的位置，然后他们顺着长长的台阶下去，面前是个平行的洞。

当他们走了一段后，又是个向上的台阶，顺着台阶来到地面，独锤抬头看去，发现小刀会的办公楼已经在马路对面了。这是个四合院，正房 5 间，有左右厢房，还有偏房，院子是个深深的天井。在偏房里，停着小汽车。

赵敬武说："好了，你顺着密道回去吧。"

独锤问："会长，有事我怎么找您？"

赵敬武笑道："放心吧，有事我会找你的。"

随后，赵敬武开车出了门，并故意经过卫皇大赌场门口。由于最近卫皇忙着清算赌资，进行资产过户，一直没有开业，门口堆着小商小贩，叫卖声格外悠扬。赵敬武开车来到那个有假山的小院，对哑巴说："天冷了，一会儿我回房喝茶。"说完，顺着台阶攀到假山上。由于是深秋了，树的叶子几乎掉光，已经遮掩不住人了，赵敬武发现街上有人向他张望，忙从假山上下来。

赵敬武走进堂屋，见桌上已经摆好了茶具。堂屋的正方挂着松鹤延年的中堂画，下方是红木的八仙桌子，两侧各有雕花的太师椅，桌上放着部黑色的电话。赵敬武坐在太师椅上，摸起电话要通卫皇的周经理："我是赵敬武，你们清算得怎么样了……好的好的，你们清算完了，把所有的资产过到我名下，然后去国际银行租个保险箱，把所有的票据给我存起来，然后通知我。"

周经理说："加藤打过电话问过清算的情况。"

赵敬武说："你先推说数额较大，还没有清算完，等你把所有的资产办利落了，我就会安排你出境，让你跟家人团圆。"

周经理说："会长，我们一起走吧。"

赵敬武说："我还有些事情需要处理，不能走。"

放下电话，赵敬武来到卧室，把门插上，躺在床上闭上眼睛，脸上泛出了欣慰的表情。平时，赵敬武临睡前，总会梳理一天的事情，想想有什么疏漏没有，然后才睡。但这几天他真的累了，什么也不想了，就想好好地睡觉。但是，他还是被噩梦给惊醒了。在梦里，他梦到美国领事拿来1000万大洋找他下注……

早晨起来，加藤没来得及吃早点，叫着小田七郎去找赵敬武，想趁热打铁把事情谈妥，还没有出发，秘书拿着份当天的报纸过来："将军，赵敬武已经辞去会长的职务。"加藤听到了不由大惊，夺过报纸，见头版头条上赫然写着："赵敬武辞去小刀会会长的职务。"顿时气得嘴唇抽动起来，脸色变成猪肝色，他把手里的报纸撕了，用力扔到地上："巴格，狡猾狡猾的。"

小田七郎说："将军，就算他辞掉会长，不是有新会长吗？"

加藤叫道："你懂什么，如果我们再去对付新的会长，之前的努力不就白费了吗？马上出发，一定要找到赵敬武。"

他们开车来到小刀会会所，听说赵敬武已经离开会所了，加藤当然不相信，因为他以保护赵敬武的安全为由，安排了几个武士在门口守着，他们从没有看到赵敬武出门。小田七郎对独锤说："我们的人就在门口守着，从未见他离开，你却说他离开小刀会了。你马上把赵敬武叫出来，我们好好地谈谈。"

独锤叹口气说："老会长说，这段时间太累了，想找个地方清静清静，我也不知道他去了哪里。对了，赵会长临走时还对我说，如果见到您，让我告诉您，等卫皇把账目理清，至于你们代赌的报酬，他会让你们满意的。"

加藤说："我们的要见新会长。"

独锤笑道："本人就是新会长，你有什么事？"

加藤站起来对他大哈腰："嗨，首先祝贺您担任会长。之前，我们跟赵先生商谈过要跟小刀会合作的事情，那天您也在现场，您知道赵会长是没有拒绝的。我们的合作，是互惠互利的，我能保证让小刀会的兄弟得到最

长篇小说
赌神

好的保护，过最好的生活。"

独锤小声说："有个秘密我得告诉你，虽然报纸上说会长辞职，那只是照顾他的面子罢了，事情是这样的，自从租界回来，他召集兄弟们开会，商量跟你们租界合作的事情，结果所有的人都不同意，最后逼迫他下台了，也就是说，是小刀会的兄弟把他赶出了小刀会。所以呢，请您不要再提合作的事情了，其实合不合作也不妨碍做朋友嘛，有什么忙，我们可以相互帮。"

加藤的脸色很难看："我们帮助赵会长赢了那么多钱，我们表达了我们的诚意，可他却不告而别，他的很不够意思。"

独锤说："加藤君放心好了，老会长不会让你们白帮忙的，他给你们的报酬肯定是丰厚的，会让你们满意的。"

加藤说："我们需要合作。"

独锤问："你所谓的合作到底是什么？难道就是去你们租界办公？听从你的安排？那么你想让小刀会的兄弟干什么？如果你真有诚意，那么你们为什么不加入我们小刀会？如果你肯加入，那么我可以让你当分会的会长。"

加藤气愤道："你的，不讲理的家伙。"

独锤冷笑道："加藤君，小刀会与你们租界向来相安无事，请您不要打破这种平静。还有，不要威胁我们赵会长，他虽然辞去了职务，但我们小刀会仍有义务保护他的安全，如果他有什么事，我们会不惜付出生命保护他的。还有，别看我们小刀会是穷人的组织，谁要敢跟我们作对，我们也不会让他在天津安宁的。"

加藤说："你们小刀会大大的不友好。"

独锤笑道："是你们帮助别人的目的不纯，这跟小刀会好坏没有关系。好了，让你们的人不要再站在门口了，一是影响不好，再是妨碍我们进出，要是不小心碰着他们，那就更不友好了。"

加藤气得脸色都红了，甩袖而去。他来到门口对小田七郎说："你们的大街上的等着，就不信他赵敬武的不出来。"

连着几天，赵敬武都没出入小刀会，加藤越想越气愤，便在报纸上发表声明："赵敬武，我们帮你赢了赌赛，你至今没有付我们任何报酬就躲起来，这是不仁不义之举，我希望你能够前来，咱们心平气和地交流，否则别怪我们不客气……"

拥有 10 万大洋的周大年在郊区购置了一个小院，本打算深居浅出，再找个女人安度晚年，过平凡的生活。可是，当他看到加藤发的寻找赵敬武的声明后，那颗躁动的心又按捺不住了，他想，日租界帮助赵敬武赢钱，赵敬武不付报酬就躲起来了，现在日租界肯定相当气愤，我应该来个一箭双雕。

周大年租了个黄包车，直奔日租界，要求拜见加藤。当见到加藤后，周大年给他出主意说："加藤先生，他赵敬武本来就是个不讲信用的人，你们为他赢得巨款，他不但不付报酬，还躲起来了，这真是太不仁义了。不过，在下有个办法，可以让您获得更多的回报，还能让赵敬武的阴谋彻底失败。"

"你的说说，什么的办法？"加藤问。

"您就公开说明，这次赌博是赵敬武让小田七郎抽了老千，这样之前的赌局就作废了。到时候，我可以把我的财产全部给您，这总比赵敬武给您的要多吧。"

加藤照着周大年的脸就一巴掌："你的办法我们的早就想到了，这样的大大的不好，一是毁坏我们大日本帝国的信誉，二是他们的西方租界都不会有什么损失，我们想要的东西，你的给不了。你的帮我们找到赵敬武，否则，我对你不客气。"

周大年说："我之所以来给您献计，就是因为咱们找不到他嘛。"

加藤怒道："什么，你的来浪费我的时间的，死啦死啦的。"

周大年自然不会想到，他加藤并不是想要钱，而是想要收服整个小刀会，如今，他见加藤要他去找赵敬武，便后悔自己这次的冲动，不但没治了赵敬武，还给自己引来了麻烦。

加藤吼道："你的听到没有，带我们去找赵敬武。"

周大年的鼻尖上冒出细密的汗珠来，那心嗵嗵地撞着胸腔，他说："我想想，我想想。"突然，他想到赵敬武可能藏在他岳父家，于是说："我认为，他赵敬武肯定藏在他的岳父兰老板家，我知道路，我带你们过去。不过，我有个要求。"

加藤问："什么的要求？你的说说。"

周大年说："你们在租界给我提供住房与保护，以后我就跟你们干了，为您跑前跑后。再怎么说，我对天津卫的情况比你们要熟，再说我又是督军的岳父，对您的帮助肯定是大大的。"

加藤点头说："你的放心，找到赵敬武，通通的有。"

周大年带着小田七郎他们奔向赵敬武的夫人兰芝雅的娘家，路上，周大年非常好奇地问："小田君，有个事情我一直感到纳闷，请问他丁方到底是什么人？现在我们是自己人了，您告诉我也无妨。他是不是你们日本的特工？"

小田七郎想了想，摇头说："他的底细我们的没有查到。"

周大年问："那他为什么主动输给你，这说不通啊？"

小田七郎说："我们感到肯定跟赵敬武有关系。"

周大年摇头："这不可能，你想过没有，他丁方亲手杀了赵敬武的儿子，他们是有深仇大恨的，他们不可能达成合作。"

小田七郎问："我的也有个事情想问你，请你告诉我，丁方是如何把所有的牌变成白板的？"

周大年苦着脸说："我要知道，我就不会是现在这种样子了。"

赵敬武的夫人兰芝雅是赵敬武的二太太，父亲是个盐商，家境非常富裕。他们住的院子是祖上传下来的，据说他们的祖上曾当过大学士。当小田七郎他们来到这个古色古香的小院前，周大年对看门的家丁说："你去跟兰老板汇报，就说我们是小刀会的。"家丁进了院子没多大会儿，出来说："你们跟我来。"家丁把周大年与小田七郎他们领进家里，兰老板看到来人是周大年，不由吃惊道："周大年，你还活着？"

"您不死，我哪敢死在您前头呢。"

"送客，我从不跟禽兽打交道。"

小田七郎叫道："废话的少说，赵敬武的哪去了？"

兰老爷子说："你们找他来我这里干嘛？"

正吵闹着，兰芝雅从内房里出来，叫道："父亲，什么事这么吵？"扭头看到周大年，顿时目瞪口呆，结巴道："周，周大年，你，你怎么？"周大年对小田七郎说："小田君，这个臭娘们就是赵敬武的二太太，别看现在皱巴巴像苦瓜，年轻那会儿可水灵了。"小田七郎掏出手枪，顶到兰老板的脑袋上："夫人，你的告诉我，赵敬武的哪去了？你的不说，你的父亲的死啦死啦的。"

"你们找赵敬武啊，我哪知道啊。"

"你的不知道，你的父亲的死啦死啦的。"

"我真不知道。"兰芝雅说，"他把我送到这里，就再也没有来过，我们还在找他呢。这样吧，你们也没必要动我父亲，干脆把我给带回去，如果他在乎我呢，肯定想办法来救我，如果他不在乎我呢，那就说明我们没有联系，你就把我给放了。"

当小田七郎把兰芝雅带到租界，加藤吼道："我要的是赵敬武，你们带个娘们来干嘛？"当听说是赵敬武的夫人，便说："马上给小刀会送信，就说他的夫人遭到强人追杀，是我们租界把她救了，让他赵敬武亲自前来领人，别人的不行。"

周大年说："加藤先生，小的还有点用吧，那之前您的许诺？"

加藤点点头："来人，给周君安排住房，再给他配两个武士。"

当独锤听说夫人兰芝雅被抓，马上给赵敬武通电话，要求带人打进租界把人救出来，赵敬武并没有同意，说："八斤啊，千万不要冲动，这会给小刀会招来灭顶之灾的。事情闹起来，我们的政府肯定为了讨好租界，把咱们给牺牲掉。"

"会长，那我们也不能眼看着夫人被抓不管啊。"

"这件事我去处理好了。"

赵敬武独自来到日租界，要求拜见加藤。当加藤听说赵敬武来了，脸上顿时泛出了得意的表情，拍拍周大年的肩说："哟唏，你的功劳大大的。"他绷着脸来到客厅，对赵敬武冷笑说："赵会长，我们帮你变成最富有的人了，你却躲起来，你的大大的不够意思。"

赵敬武托着烟斗，平静地说："加藤君，你又是登报，又是抓我的夫人的，这到底是什么意思？是怕我不给你们报酬吗？我赵敬武在天津卫是个有头有脸的人，我能那么做吗？如果我是个吃独食的人，就不会建立小刀会，也不会有成千上万的兄弟跟我出生入死。就算我现在不是会长了，但我做人的原则没变，诚信还是有的。这几天我身体不好，去医院里做了检查，他们说需要住几天院，我怕大家知道后，都去看望我，让我休息不好，就谁都没有告诉。我想等到资产过到我的户上，我就过来给您送上酬金。"

加藤说："赵会长，你的夫人不是我们的抓来的，是她遇到危险，我们把她救了。你应该感谢我们，我们现在仍然把你当朋友。"

赵敬武问："是谁想加害我的夫人？"

加藤说："是周大年，现在他已经被我们抓起来了，如果你能够劝说小刀会跟我们合作，周大年的送给你了。我早就知道，周大年是你的死对头，你是为了杀他才来到天津的，你做梦都想要他的人头，他的人头就在我的手里，只要你劝说小刀会跟我们合作。"

赵敬武摇头说："现在周大年身无分文，生不如死，我才不杀他呢，杀掉他便宜他了。至于跟小刀会合作的事情，加藤君，不是我不想这么做，是因为大家都不同意。你应该听说过，我是怎么失去会长职务的吧？不是我主动辞职的，是大家认为，我违背了自己原先立下的规矩，因此把我给赶下台的。"

加藤问："你的什么的规矩？说来听听。"

赵敬武叹口气说："在成立小刀会之时，我曾对大家说，我们绝不投靠任何组织，不赌不抢，把平民百姓凝聚起来，在天津卫争口饭吃，现在我不只涉赌，还想跟你们租界合作，大家对我很失望，所以让我下台了。"

加藤冷笑说："既然这样，那我们就要收回我们的劳动所得。为了公平公正，这次赢得的所有资产都归我们租界所有。如果你不同意，我就在报纸上公布，是你让小田七郎抽了老千，所以赢了这局，这样你不但得不到赢得的财产，你自己的家业也得搭上，还会有更多的麻烦等着你，你自己的选择。"

赵敬武叹口气说："钱财本是身外之物，要多了也没有用处。既然加藤君如此爱财，那好吧，等卫皇把资产转到我的名下，我就再转交给你们租界。"

加藤说："你的现在的就写个东西。"

赵敬武说："加藤君你想过没有，我突然把如此之大的财产转给你，如果没有合适的理由，你感到你会安心吗？你不怕别的租界认为我们是抽老千，联合起来对付你吗？这样吧，你跟卫皇的周经理打电话，问他们什么时候清算完，在过户的那天，我跟小田七郎赌一局，让小田把所有的资产赢过去，并由周经理做证，这样你们就可以名正言顺地接收了。不过，我有个要求。"

加藤点头："请讲。"

赵敬武说："不要做对小刀会不利的事情。"

加藤说："赵会长您这就多虑了，我一直想跟你们成为朋友的，并没有加害你们的意思。还有，您说的把所有的财产输给我们，这个办法我很满意，好啦，您跟您的夫人就住在租界，我们会好好地照顾你们，等把资产交给我们，你们的就可以走了。"

赵敬武说："在你们租界我当然放心，不过有点事我感到不妥。这样容易招来误会，如果小刀会的兄弟以为我被你们给抓起来了，他们冲动了，这就非常不好。毕竟，你们租界的实力跟小刀会是没法比的，如果他们把租界砸了，把你们的人杀了，天皇肯定会认为你是失败的，是不能原谅的。那么，我担心加藤君会剖腹自尽，据说很疼的，我不想看到加藤君有这样的下场。"

加藤的嘴颤动了几下："放走你们，我们怎么联系你？"

赵敬武说："这样吧，你们把我送到我的住址，派人帮我看着门，我想去哪里呢，你们就给我当保镖，这样你放心了吧？"

加藤感到把赵敬武留在这里，确实有潜在的危险，如果小刀会的人冲进租界救人，事情就变得不可收拾了，于是说："那好吧，小田君你带着几个人负责赵会长的安全。"

小田七郎大弯腰："嗨。"

赵敬武转身走了几步，又慢慢地转过头来："加藤君，事情已经过去，不过敌人有一事未明，深感疑惑。之前你多次对我说，你有绝对赢的把握，通过结果来看，你确实做到了。那么我想问的是，他丁方是不是你们日本派来的特务？"

加藤摇头说："这件事，恕我不能说。"

赵敬武笑道："这么说，就等于你承认，丁方是你们早就安插的人了，

长篇小说

赌神

怪不得你如此有把握，唉，真没有想到，你加藤有此心机，真的佩服
佩服。"

赵敬武让小田七郎把他送到小刀会对面的院里，小田抬头看看小刀会
的办公楼，他没想到赵敬武竟然住得这么近。小田把整个院子与房子检查
了，然后带着十多名武士出去守着。

夜里，赵敬武对兰芝雅说："你回去对父亲说，不要再在原来的宅子里
住了，以防日租界再找到你们。等我找到安全的地方，就去接你们。还有，
这段时间，你不要出来走动，以防不测。"

兰芝雅叹口气说："他们日本人究竟想干什么？"

赵敬武说："他们想把小刀会变成他们的组织，替他们卖命。我辞去会
长的职务后，他们又逼着我把所有的钱转到他们的名下，我只好答应了。"

兰芝雅吃惊："他们也太贪了吧。"

赵敬武冷笑："放心吧，我不会让他们得逞的。"

随后，赵敬武与兰芝雅顺着地下通道，来到小刀会二楼，让独锤打发
人把兰芝雅送走了。赵敬武给周经理打电话说："你秘密通知天津几个大商
人，就说我赵敬武怕财多压身，寝食不安，想用低于原价50％的价格转让
自己的固定资产，如果他们感兴趣，就带着相应价值的钻石来做这笔交
易……"

十八、妙手乾坤

当周经理给天津卫的几个财团打了电话后，他们都表示很感兴趣。如果平时，赵敬武说半价转让资产，他们会怀疑有什么目的，可现在提出来就不同了，他赵敬武赢了这么多钱，导致英领事莫德疯得见着老婆喊老妈；法领事波兰克在医院里治疗；周大年失去下落，让谁，拿着这么多资产也睡不着觉。

他们面对这么大的优惠，岂能错过，于是暗里购置钻石，这可把卖钻石的老板高兴坏了。钻石这种东西，在和平年代里也没有多少人问津，何况现在局势动荡不安，他们很久都没发生过交易了，如今都拥上门来购买，他只能感谢是菩萨显灵，暗中相助。

在卫皇的地下室里，赵敬武接见了几家财团的代表，对他们说："也许有人问，我为什么用这么低的价格出手，说实话，我真舍不得，可我有什么办法呢，赢了那么多，成了民国最富有的人了，袁诚印与几家租界都眼红得厉害，我怕他们想办法对付我，所以，我想把资产转给大家，这样我就轻松多了。"

大家纷纷说："可以理解，可以理解。"

接下来，周经理根据大家带来的钻石，把赵敬武的所有固定资产以及这个秘密购置的卫皇大赌场全部兑换出去。当双方签订合同后，几家代表都很高兴，纷纷要请赵敬武吃饭。赵敬武摇头说："大家都很忙，饭就不吃了，以后有的是机会嘛。不过，有件事我想跟大家商量，你们先不要声张，我会专门在报纸上发表声明已经把固定资产转给你们，这样整个天津卫都会知道哪些资产属于你们了，对你们接下来的经营是有好处的，请大家配合。"

大家纷纷点头："会长说的是，我们听您的。"

把大家送走之后，赵敬武把装宝贝的箱子打开，里面的钻石与宝石顿时影射出满箱的光芒，显得很耀眼。他从箱里挑出两颗钻石放到桌上，把箱子摁上，转动几下密码，对周经理说："你明天早晨给加藤打电话，说后天我们进行交接，打完电话后你马上动身去美国，把这些东西交给我夫人……"

"会长，所有的事情都办妥了，您没有必要再留在这里了，咱们一块走吧……"

"我总感到还有些事情没处理好，你先走吧。"

"会长，您一定要注意安全，我们在美国等您。"

"放心，不会有事的。对了，路上注意安全。"

赵敬武回到小刀会时天已放亮，独锤正在书房里等他。独锤给赵敬武泡杯茶："会长，事情办妥了？"赵敬武点头说："已经办妥。不过，我离开天津后，小刀会肯定还要面对很多事情，你要受累了。不过你放心，我已经托人在美国给你买了住房，留着后路，所以，你放心大胆地去做就行了，如果发生战争，或者感到生命有了威胁，你直接到美国找我，咱们可以在那里喝点酒、聊聊经历，也是件不错的事情嘛。"

"会长，您总是为我们想得这么周到。"

"好了，我得回去了。"

赵敬武顺着暗道回到家里，从兜里掏出两颗钻石把玩了会儿，找来密码箱把两颗钻石放进去，又在上面塞些平时穿的衣裳，藏在密道之中。接下来，他坐在客厅里吸着烟，回想自己背井离乡，创建小刀会的历程，脸上泛出了意味深长的笑容。这个夜晚，赵敬武睡得非常香甜，脸上始终泛着孩子般的笑容，当他醒来时，窗外有束阳光钻进来，打在他的枕旁。他爬起来，坐在床上摁袋烟吸着，考虑今天需要做的事情。这时，院门被敲响了，传来小田七郎的声音："赵先生，加藤领事过来找您有要事相商。"

赵敬武喊道："这么大早的，有什么急事？"

加藤在门外说："赵先生，有重要的事跟您商量。"

赵敬武来到院里，伸伸懒腰，嘟哝道："唉，想睡个懒觉都睡不成。"说着把大门打开。

加藤对他弯腰道："赵君，早上好。"

赵敬武耷着眼皮说："进吧进吧，不必虚假了。"

加藤走进院子，眯着眼睛四处瞄瞄，然后走到院中那口石井前，伸头看了看。赵敬武说："加藤君小心，别一斗栽进去了，到时候说我谋害您。您还是说说这么大早的找我有什么事吧。"

加藤问："不介意我们去房里谈吧。"

赵敬武点点头："你们帮我赢了这么多钱，我们是朋友嘛，为什么介意呢。不过，加藤你想过没有，你口口声声说我们是朋友，可是你很不够朋友，很不仁义。请问，是你帮我赢钱还是我帮你赢钱？现在你把赢来的财物全部据为己有，如果算我帮你赢钱的话，那么你给我多少报酬？"

加藤说："是你的不义在前，我们在后。"

赵敬武哈哈笑了几声，领着加藤进了客厅，说："请坐。"

加藤转动着身子，犀利的目光扫着房子。房里摆着一水的明式黄花梨桌椅，简洁而大方，八仙桌上方挂着松鹤延年的中堂画。他坐在太师椅上："周经理打来电话，让我们明天 9 点前去交接。"

"好的，我们按预定的计划去做。"

"赵会长，其实我们真的不缺这点钱，也不太在乎钱，如果你现在改变主意，我们还是欢迎的。小刀会跟我们日本合作，只有好处，没有任何坏处。有些事情，赵会长可能并不知道，现在西方几个国家都有图谋天津卫与东土之意，如果我们合作，不只可以控制天津，对于稳定我们东土的局势也是有好处的。"

赵敬武叹口气："说实话，加藤君，我现在已经不是会长了，说话也不算话了。我还是去财免灾比较好。说实话，自从咱们赢了这局之后，我是吃不香、睡不宁，做个梦都是你们租界与袁诚印来杀我，我恨不得早点把财产转给你们，好过安稳的日子。"

"对了，怎么没有看到夫人？"

"这么早起来干嘛？又不是去抢钱。她昨天夜里还跟我发牢骚呢，说我现在变得很无能，混到被人家关押的地步，就是出去办点事还得被人给盯着。对了，要不要你去卧室跟她解释解释？"

"不不不，只是随便问问。"加藤摇头说。

"加藤君，现在没别人，你能不能告诉我，他丁方真实的来历，这件事情让我感到纳闷，你就告诉我吧。"

"赵会长，过去的事了，提它干嘛，没什么意义。"

赵敬武笑道："说到底还是你们日本人厉害，我没猜错的话，事情是这样的，你们把你们的特工人员伪装成丁方，涉足天津卫赌坛，引起大家的注意，然后策划终极赌局，最终不只把其他租界给套进去了，还把我跟周大年套进去了。说实话，最大的赢家是你们，我赵敬武白忙活半天，最终还是输了。"

加藤冷冷地说："无可奉告，告辞。"

送走加藤，赵敬武把院门插上，回到房里，从柜子里掏出几样小菜、一壶酒，慢慢地喝着，嘴里还哼着京剧的调子，显得悠闲自得。就在这时，传来小田七郎的喊声："赵会长，我们渴了，能不能讨碗水喝。"赵敬武喊道："渴了自己想办法。"他明白，小田七郎肯定是听到自己唱京调，不能理解，想着进来看看情况，于是他又放大声音唱起了京剧……

一天的时间，小田七郎找理由进来 3 次，这让赵敬武很烦。在晚饭后，赵敬武把院门打开，对小田七郎说："明天有事，我今天晚上要早点休息，如果你们再敢叫嚷，明天我起不来误了事你们负责。还有，你们再在墙头上扒头露脸的，我就用枪伺候。妈的，你们是来保护我的还是来禁闭我的，想从我手里掏钱还不让人安宁，你们也太霸道了吧。"

小田七郎哈腰说："赵会长好好休息，我绝不让他们打扰。"

赵敬武把院门关闭，回到房里，把房门给关得山响。然后，他倒了杯滚烫的开水，再把自己平时吃的辣椒油倒进去，悄悄地来到院墙根候着，这时，有个头从墙头上冒出来，他猛地泼到那头上，顿时传来哇哇大叫声。赵敬武叫道："小田七郎，我跟你说过不要扒墙头，你们这么做，吓得我夫人都不敢脱衣睡觉。如果我再发现有人扒墙头，我就取消明天去卫皇交接财产，让你们跟加藤负责解释去。妈的，天下就没有你们这样的。"

院外再没有动静了，赵敬武这才回到房里，摸起电话，要通了袁诚印："老袁，知道我是谁吗？"袁诚印吃惊："赵会长，现在到哪儿发财去了？昨天我到会所找你聊天，听说你辞职了，是不是想过清闲的生活？也难怪，你现在是我们民国最富有的人，是得拼命地去花钱，要不是花不完的。"

赵敬武说："说实话，真花不了，所以想请您帮忙。"

袁诚印问："你跟我开玩笑吧？"

赵敬武说："不是开玩笑，我想送给你些东西。"

袁诚印说："是吗，那太好了，我去见你。"

赵敬武说："我还是去你那里吧。"

随后，赵敬武通过密道来到小刀会大院，开车去了督军府。这时，袁诚印正在客厅里来回踱着步子，回味着赵敬武说的东西。当赵敬武来了，袁诚印迎上去握住他的手："老赵，可想死我了。"

两人坐下后，赵敬武把烟斗里摁上烟吱吱拉拉吸着："日本人太不是东西了，他们帮我赢了赌局，却逼着我把所有的资产转到他们名下，因此把我的家属扣在小刀会马路对面的小院，等我把资产转给他们才放人。你说他们这是人做的事吗？现在，大家都认为我赵敬武富得吃肉都不香，可他们哪知道我现在的苦处。老袁啊，钱多了并不是件好事，招人算计呢。今天我来呢，是想跟您谈个合作，让您也睡不着觉。"

袁诚印的心嗵嗵直跳："你……你说什么合作？"

赵敬武叹口气说："如果你能把我的家属救出来，我就把我这次赢的周大年的资产全部转到您的名下。"

袁诚印吃惊道："什么什么，转到我名下，你开玩笑吧？"

赵敬武摇头说："我不是开玩笑，我所以这么做并不是没有条件的。第一，你必须把我的家属从小院里救出来，第二，你必须帮我安全离开天津，否则，我们无亲无故的，我凭什么给你这么多的财产？如果你拥有了这些财产，你督军将会如鱼得水，无论以后的局势发生什么变化，都能保证你们全家过优越的生活。特别是你的儿子，现在还小，如果没有一笔可观的资金，你无法保证他的将来，那么你会终身遗憾。"

袁诚印用力点头："赵兄说得极是，没问题，那你现在说说，我该如何帮你吧？"

赵敬武说："我的计划是这样的，您今天晚上半夜行动，派人去会所马路对面的小院把我的家人接到您这儿，明天我直接去卫皇，在周经理的证明下跟您赌一场，然后故意输给您，这样您就可以名正言顺地接手这笔资产，赌完之后，你把我与我的家人送到港口，保护我们安全离开，咱们的合作就算圆满了。"

袁诚印听到这里心花怒放，如果得到这笔钱，困扰他的所有问题都能解决，于是说："那我们说好了，我保证把你的家人接到这里，你明天 9 点准时到卫皇。你放心，你的家人在我的府上，他日本人不敢怎么样。我他妈的是个督军，如果不能保证你们的安全，我他妈的不如找根面条吊死。"

赵敬武说："你最好多派人去。之前，他们只有 6 个人守门，据说今天晚上增加到 20 人了。"

袁诚印点点头："这个就不用你操心了，我拥有一个旅的军力，日本租界无法跟我匹敌。对了老赵，有件事让我感到百思不得其解，都成了我的心病了。事情已经到了这种地步，你能不能告诉我，他丁方到底是什么人？"

赵敬武叹口气说："说实话，这件事我也不知道，不过，他日本人当初找我时就跟我表态，他们有必胜的把握。后来，我结合这局的输赢曾怀疑丁方是日本人安插进来的特务，是他们策划了这个赌局，把咱们全部套进去了。我曾问过加藤，丁方到底是不是他们的人，加藤并没说不是，只是说现在提这个没有意义了。"

袁诚印恨道："妈的，他小日本太可恨了。"

赵敬武告辞后，袁诚印马上派副官带人去侦察小院，回来的人说有 20 几个日本武士守着院子，袁诚印这才放心。因为，这证明了赵敬武并非欺骗他，之所以舍财，是出于人身安全受到了威胁。不过，现在他应该考虑的是怎么从这些日本人手中把人质救出来。他们日本人想图谋赵敬武的财产，肯定不会轻易放手，前去救人，必然会发生争斗，自然会死人。

袁诚印虽然知道杀了日本人很麻烦，但那些钱的诱惑力太大了，他必须去杀。随后想到，我他妈的把他们杀光救出赵敬武的家属，加藤极有可能怀疑是小刀会的人干的，再说了，就算他们看到是我杀的，我也不会承认，他们还能把我怎么样。

"副官，你带着一个加强连的兵力，穿上便装，把他们全部解决掉，不要留活口。然后，把赵敬武的家属给我带来。你放心，少不了你的好处。将来我活动活动离开天津卫，督军就是你的。"

副官点头说："请长官放心，他们不就是 20 个人吗，再说他们并没什么防备，我们一顿烂枪就把他们解决了，然后把人救回来就得了。日本人肯定不会怀疑是咱们干的，他们只能怀疑小刀会。"

夜已经深了，小田七郎见有个武士坐在墙根打盹，撕住他的领子提起来，照他的脸就抽了两巴掌："巴格，今天晚上通通的不能睡。"那个武士弯腰大声道："嗨！"小田七郎照他的脸又抽了一巴掌："混账，这么大声干嘛。"那武士又弯腰："嗨！"声音还是不小，小田七郎把手扬起来又放下了："去通知大家，谁要是敢睡，杀！"

小田七郎转到房后看看，见后面的几个人也在那里打盹，便扇耳光让他们清醒了。他转回到大门口，坐在上马石上，抱着刀盯着如洞的胡同。就在这时，他听到有些异常的动静，猛地掏出枪来，喊道："隐蔽。"话没说完，暗处蹿出无数火蛇，枪声大作。小田七郎在地上滚动几下，来到墙根，乌龙蛟柱起来，抓住院墙翻身进了院子。外面的枪声停息，随后传来撞门声，小田扭头见院中有口井，奔过去纵身跳进去，两脚撑着井壁。

副官带手下冲进院子，冲进房里，发现空无一人，便骂道："娘的，这小日本真是太狡猾了，玩了个空城计。"

有个大兵说："长官，我发现有个人跳墙进来了。"

副官惊道："什么什么，有人跳进来了？督军说了，这事不能留下活口，马上把他搜出来解决掉。"

他们重新搜了房子与院子，依旧没见着人影。副官对那个大兵叫道："人呢？"那大兵忙说："长官，可能我看花眼了。"副官照着他的脸抽了几巴掌："娘的，浪费我们这么长时间。收队。"

这时候，袁诚印正在书房里来回踱步，他的心情是复杂的，因为既惊喜于明天那笔可观的收入，又担心副官他们办事不利，救不出赵敬武的家属来。当他听警卫员说副官回来，拔腿就往门外跑。副官左手托着帽子，右手挠着头皮说："报告，房里根本没有人，可能日本人把他们藏到别处了。"

袁诚印恨道："真他妈的没用，你们就没有抓个活口问问吗？"

副官说："谁想到小日本这么狡猾，设了个空局，当我们把他们全部消灭掉后，才发现房里空着。要不这样，我现在带人冲进租界把人给找出来。"

袁诚印摇头："不行不行，冲进租界这事情就大发了。妈的，到嘴的肉还让他飞了。我们找不到赵敬武的家属，他肯定不会把财产转到我的名下。

这件事先不要声张，明天早晨我给小刀会打个电话，就说赵敬武的家属已经在咱们府上了。"

副官担心地说："要是被赵敬武知道他的家人没在我们手上，事情不就麻烦了？"

袁诚印焦躁不安地来回走动，最后他说："无论如何，我们也不能冲进租界抢人，事情一旦败露，我们就吃不着兜着走。唉，只能看运气了，如果明天赵敬武去卫皇，那就说明他并不知道今天晚上发生的事情，等把资产过到我的名下，他知道也无所谓了。"

小田七郎血头血脸地回到租界，加藤看到他这模样就知道事情不好了："小田君，发生什么事了？"小田七郎哭咧咧地说："将军，我们正在值班，没想到突然响起密集的枪声，我们还没明白是什么事，人就被他们打死了。"

加藤抬手就甩到他的脸上："巴格，你的为什么没死？"

小田七郎说："我跳到院里的井里，避过了他们的搜查。"

加藤的脸色变得通红："是不是小刀会的人把他救走了？"

小田七郎摇头说："是袁诚印的副官，他进院后还说，督军说了，决不能留活口。再说，就算他们不说话，我通过他们的装备与作战风格，也能猜到是督军的人干的。"

加藤叫道："赵敬武呢，是不是被他们带走了？"

小田七郎心想，如果说副官他们搜了房子并没有发现赵敬武，那么加藤肯定认定在他们看守期间就让赵敬武跑了，这样的话，他的责任就大了，于是说："肯定被他们给带走了。"

加藤气得哇哇大叫："他敢跟我作对，死啦死啦的。"

小田七郎说："我带人前去把袁诚印干掉？"

加藤叫道："混账，我从日本带过来 30 个武士，今天晚上就死了 19个，你还想带着其他人去送死吗？他袁诚印有一个旅的兵力，就你几个人能打得过他们吗，要能打过何至于你自己逃回来？小田，你是我们大日本国的耻辱，你应该自裁谢罪。"

小田听到这里愣了愣，唰地抽出战刀来，用手套抹抹刀，抵到肚子上：

"将军，请不要告诉我的母亲。"

加藤叫道："慢着，现在还不是自裁的时候。"

小田七郎把战刀送进刀鞘，低头站着。加藤就像踩着烧红的地板，不停地来往踱着步子，并不时大叫一声，每当他喊声"巴格"，旁边的小田七郎都会打个哆嗦。

加藤心想，看来自己之前的策略都是极不成功的，因为他没有预料到赵敬武会拒绝合作，更没想到袁诚印会来对付他，他认为赵敬武明天是不会去卫皇了。天亮之后，他还是对小田七郎说："你去卫皇把周经理抓来。"

小田七郎带着两个武士来到卫皇大赌场，发现卫皇的大门并没有打开，旁边写着"卫皇停业整顿"的字样，他刚要去砸门，见有辆绿色的吉普车停在门前，从车里跳下袁诚印与副官，还有几个卫兵。小田七郎猛地把手插进怀里，握住枪把，随后又慢慢地把空手抽出来。他感到就他们3个人，在这里交手，肯定会变成死人。袁诚印看到小田七郎后，问："你在这里干嘛？"

"那你告诉我，你在这里干嘛。"

"你吃枪药了，说话这么冲？"副官说。

"袁诚印，我们会把损失找回来的。"

"你什么意思？"副官梗着脖子叫道，"我们得罪你了？"

"你们的做了什么，你们心里知道！"小田七郎叫道。

袁诚印啧了下舌说："小田，中国有句古话，叫识时务者为俊杰，请你认清形势，不要太猖狂了。你们在租界里跳光腚子舞，老子管不着，但是在租界外面，你们就得服从我方的规定，否则，我们是有权干涉，或者逮捕你们的。"

小田七郎气得脸都红了，不停地用鼻子喷气。

袁诚印与副官走到旁边小声嘀咕说："看小田这意思，好像知道昨天夜里的事情跟我们有关，这样就不太好了。"副官说："他们又没证据，能拿我们怎么样。再说了，就算他们知道，咱们又不是闯进租界里面杀人，是在租界外面。到时候真捂不住了，就说有人举报，说有人在夜里强抢民宅，咱们派人把他们解决了。"

袁诚印点点头说："不过还是要小心点，这些日本人不好惹。"

他们等到 10 点多，仍旧不见赵敬武前来，卫皇也没有开门的意思，便知道赵敬武不可能来了。小田七郎感到没有必要再等了，领着两个手下回去了。袁诚印看着小田的背影对副官说："看来，赵敬武已经知道，我们并没有把他的家属救出来，所以他们不会来了。妈的，这到嘴的肉还飞了，你说我他妈的怎么这么倒霉。"

副官说："赵敬武的家属极有可能在日本人手里，只要咱们把他们救出来，赵敬武肯定还会找咱们，这样，我们还有机会把钱给弄过来。"袁诚印想了想说："这件事最好让警察厅去办。"副官点头说："好的，我现在就去警厅。"

当加藤听小田七郎说，卫皇已经停业整顿，袁诚印他们也去了，他感到事情越来越复杂了。小田七郎说："是不是他们也是去找周经理？因为他是全权处理这起赌事的负责人，只有经过他才能把资产转移到赵敬武的名下。"话没说完，听到门外传来了吵嚷声，两人跑出客厅，见警厅厅长亲自带人闯了进来。

"大胆，谁让你们进来的？"加藤吼道。

"加藤先生，听说你们扣押了我们的人？"

"我们何时扣押过你们的人？"

厅长冷笑道："加藤你要放明白点，你们在天津建租界，在租界里杀你们的人我们不管，但是你们不能在租界外闹事。有人举报，你把赵敬武的家属抓来了，我劝你们马上把人给我交出来，否则，别怪我不客气。"

加藤吼道："你的胡说，我们根本就没见过他们的影。"

厅长摇摇头说："没有你激动什么，你敢让我们搜吗？"

小田七郎叫道："巴格，租界是你们说搜就搜的吗？"

厅长说："不搜也行，你们把人交出来。"

加藤喊道："让他们搜，让他们搜。"

厅长对带来的人说："搜，给我搜细点。"

加藤冷冷地站在旁边，气得浑身都哆嗦了。自从建租界以来，换了两个领事，还没有发生过类似的事情，这真是奇耻大辱，这是他加藤最大的失败，这要传到帝国，整个家族都没有颜面。

厅长带人把租界搜了个遍，并没有找到赵敬武的家属，他对加藤说："加藤，你肯定把他们藏到别处了，我劝你还是把他们交给我，否则后果你自己负吧。将来，他们小刀会冲进租界杀你们的人，你们可别去找我。"说完，朝地上呸口唾沫，倒背着手走了。

加藤恶狠狠地说："小田君，我们要把面子挽回来。"

小田七郎问："将军，您吩咐。"

加藤恶狠狠地说："我们要冒充小刀会的人，把袁诚印的夫人与孩子给抓来。听说袁诚印非常疼爱他的儿子，他为了孩子，肯定不会放过小刀会，自然，小刀会是交不出人来的，双方可能会发生争斗，这时候我们跟小刀会谈判，他们为了自保可能会投顺我们。这时候，我们就可以对袁诚印说，只要他放了小刀会，我们会帮他找到孩子，这样我们就成功了，以前的任何牺牲都变得有了意义。"

小田七郎点头说："将军，这计谋太好了，在下这就去办。"

加藤说："他们都在府里，我们怎么才能把他们弄来？"

小田七郎说："是啊，这确实是个问题。"

这时候加藤感到应该让周大年发挥作用了，让他把女儿与外孙骗出来，趁机把他们给绑架了，然后让周大年去跟袁诚印说，人被小刀会给劫持了，这样事情就等于成功了一半。随后，他把周大年叫来，对他说："我们知道你与小刀会势不两立，现在我想帮你复仇，你可愿意配合？"

"我一定配合。"周大年用力点头。

"把你的女儿靓靓，还有你的外孙骗出来，我们装成小刀会的人把他们绑架了，嫁祸小刀会，袁诚印肯定会用武力对付小刀会，这样的话，你的仇就报了。"

"办法挺好，可靓靓她不听我的啊？"

"那我们只能把你杀掉，让她来为你收尸。"

"别别别，您让我想想，我会想出办法来的。"

周大年左想右想，站着想，坐着想，最后终于想到办法了。他想：以前，靓靓曾劝过我信奉佛教，进行忏悔，以求平安，我可以给她打个电话，就说自己要皈依佛门，让她给介绍寺庙，这样就可以把她给骗出来了。于是，他给周靓打电话，装出哭声："靓靓啊，我现在是身无分文，走投无路，摆在我面前的只有两条路，一条是自杀，一条是皈依佛门。我想过了，我想进寺院为僧，为我所犯的错误忏悔，可我，我去了人家不收我，你能不能给我介绍介绍。"

周靓说："你真的想皈依佛门吗?"

周大年说："是的，我现在看破红尘了。"

周靓说："如果你真的这样想的话，初一那天你到南庙等我，我会跟住持说让他收留你。周大年，如果你仅是为了避一时之难，就没有必要去了，如果你真的想潜心理佛，那你还有得救。"

周大年说："靓靓，我是真心的，我现在终于感悟到人生万事皆是空，什么钱啊，什么权啊，生不带来，死不带去。我决心遁入佛门，为佛祖添灯拭身，从此吃斋念经，面壁思过，至死不出庙院。不过，我还有个小小的要求，你能不能带着孩子来让我看他一眼? 这是最后一眼，以后我就再也不管俗事了。"

周靓说："这件事袁诚印肯定不同意。"

周大年说："靓靓，你可多带几个卫兵，把孩子带过来让我见最后一面，这是我皈依之前最后的念想，我就想见见我的外孙。"

周靓说："那好吧，我会带过去。"

周大年抹了把脸上的汗，心想你袁诚印在我住院时，不只不关心我的死活，还把靓靓给我交的住院费退了，让医院的人把我给赶出来，你是存心想让我死，今天，我也让你知道知道厉害。想到这里，他的脸上泛出了凶狠的表情……

十九、神出鬼没

　　吃过早饭，袁诚印把副官叫到办公室，跟他商量怎么从加藤手中把赵敬武的家属弄出来，好完成交易，获得财产。副官为难地说："这个有点难度，厅长亲自带人去租界搜，没发现任何踪迹。"袁诚印瞪眼道："你想过没有，像加藤这么狡猾的人，他会把人放在眼皮子底下吗？极有可能把人藏在租界外面了。"

　　"问题是，我们不知道他们把人藏在哪里。"

　　"混账，如果知道用得着你去找吗？直接去抓回来不就行了，你就不会想办法抓个日本武士问问情况？不过，据说日本武士的嘴特别硬，他们为了守住秘密极有可能会自杀。所以，你们要提前做好准备，首先把他给打昏，把衣裳脱光，并检查他们的口腔里有没有假牙，据说他们会在假牙里装毒药，被捕后会咬碎假牙自尽而死。"

　　"他们的嘴这么紧，抓过来有用吗？"

　　袁诚印冷笑道："我还就不信他日本人的牙关这么紧，只要把他抓过来，我就有办法让他开口，娘的，我还就不信这邪了。"

　　副官刚离开不久，警卫员拿着当天的报纸进来，放在袁诚印的桌上。袁诚印摸起电话想给小刀会打个电话，让他们通知赵敬武，一定会把他的家属营救出来，让他耐心等两天。电话通了，他的余光看到报纸上有赵敬武的报道，忙把电话挂了，摸起报纸来，报纸上赫然写着："小刀会原会长赵敬武声明：由于本人年事已高，产业又多，根本无力经营，现在已经转让给……"袁诚印的脸色开始泛红，然后暗成猪肝色，他把报纸扔到地上，吼道："赵敬武我日你祖宗。"

　　警卫员回过头来，惊异地看着袁诚印："长官，怎么了？"

　　袁诚印叫道："你马上把副官给我找回来。"

　　警卫员小跑着去了，袁诚印焦躁不安地踱着步子，用鼻子不停地喷气：妈的，这个赵敬武太狡猾了，原来他就没有打算跟我有什么交易，是策划

长篇小说
赌神

我与日本租界火拼赢得时间擦自己的屁股。他摸起电话通知几个团长，让他们火速控制车站、码头，以及任何进出天津的关口，一定要把赵敬武抓回来。

当副官回来后，袁诚印叹口气说："抓日本武士的事先放放吧，现在已经没必要了，他赵敬武的家属根本就不在日本人手中。"

副官吃惊道："那在哪里？"

袁诚印踢踢地上的报纸："你自己看。"

副官拾起地上印了几个脚印的报纸，舒展开，咋舌道："他妈的，这个赵敬武太狡猾了，把咱们都给玩了。"

袁诚印拍拍脑袋："我已经派人到各码头、车站搜查去了，你带着人沿街搜搜，争取把他给我抓回来，只要把他抓回来，我们就还有希望。他把所有的企业都转给别人，手里还握着个金山呢。"

袁诚印调动了所有的力量折腾了一整天，结果连赵敬武的影子都没有见着，他拍着桌子叫道："妈的，我就纳闷了，当初我们捉拿丁方一家三口，跟着屁股追都没有见着人，现在他赵敬武又玩消失，连个影子也不见了。"

副官说："您说会不会有这种情况，赵敬武与租界有什么联系，现在他就躲在租界里？"

袁诚印恍然大悟，叫道："对啊对啊，我他妈的怎么没想到这茬呢！以前我们只是在租界外折腾，从没去租界搜过，所以每次搜人都失败了。他赵敬武赢了这么多钱，让哪个领事提供保护，哪个领事还不高兴得屁颠屁颠的。"叹了口气，"可问题是就算他赵敬武在租界，我们并不知道他在哪个租界，也不能挨着搜吧。"

"其实，您就说有几个国际杀手潜入到租界，对各租界构成了极大的威胁，咱们想去缉拿，又怕违犯国际租界条约。"

袁诚印给各租界通了电话，租界听说有杀手潜入，他们都要求去他们的租界里搜捕。袁诚印亲自带着两个连的精兵来到德租界，副官带人去搜，自己躲在使馆里跟领事聊天。

德领事说："袁督军，自莫德被送回国治疗后，英租界又来了位名叫格西的领事，据说他正在调查莫德精神分裂的原因，这件事情让我们深感不安。"

袁诚印惊道："你应该早告诉我，如果他查出什么，咱们大家都得受到牵连。您想过没有，毕竟是因为咱们涉赌而导致的后果。"

领事耸耸肩说："我们几个领事商量过了，涉赌的事情我们是不会承认的，他格西也拿我们没办法，可是督军你就危险了，一旦他知道是你跟莫德涉赌，肯定会向民国政府反映，你就危险了。"

袁诚印问："这件事闹大了对谁都不利，您看咱们怎么办？"

领事说："办法不是没有，让他不要开口就行了。"

听德国领事这么说，袁诚印心里咯噔一下。不让他开口只有两种办法，用刀拉他的脖子，或用钱把他的嘴堵上，现在的问题是拉脖子，他没有勇气，用钱堵嘴又没钱。上次的赌局输掉之后，他现在欠了一屁股债，别说给高议员写的欠条，自己的军费还挪用了几十万大洋，这个窟窿还张着口等他呢，否则，他也不会听赵敬武说给他钱，就铤而走险杀日本人，也不会上紧地找他。就在袁诚印与德领事商量怎么对付这个新来的格西时，副官跑进来了，喊道："长官长官，出大事了。"

袁诚印惊喜道："人找到啦？"

副官说："不是赵敬武的事，是夫人与少爷在南庙出事了。"

袁诚印腾地站起来："什么什么？"

副官说："夫人的卫士血头血脸地回来说，夫人带着公子去南庙进香，在那里碰到周大年了，他们正在说话，谁想到蹿出十多个不明身份的人，举枪就向侍卫射击，然后把夫人与公子给抢走了。"

袁诚印叫道："他们是什么人？周大年去干嘛？"

副官说："周大年说那些人是小刀会的。"

领事耸耸肩说："袁督军，真是祸不单行啊。"

袁诚印顾不得再去搜赵敬武了，马上召集人马回府，召开营级以上的军官会议，商量营救靓靓与公子。大家七嘴八舌，都要求把小刀会清剿了，永绝后患。刘子轩站起来说："依下官看，我们不能被表面现象蒙蔽了，请大家想想，如果真是小刀会的人干的，周大年为什么没事？大家都知道赵敬武与周大年的恩怨，他们为什么不动周大年？再者，夫人从来都不带公子出去，为什么这次就带出去了？而且现场又出现了周大年？这件事，我们应该重点去找周大年，而不是去对付小刀会。"

袁诚印点头说："刘营长分析得极是，我们不能因为事情紧急就乱了方寸。这样吧，大家分头去查找夫人与孩子的下落，副官，你亲自去趟小刀会，对他们说，周大年咬定是他们的人把我老婆与儿子抓去了，让他们把人给送回来，否则就剿灭他们小刀会。"

副官双腿并住："是，下官马上就去。"

袁诚印说："记住，不能跟他们闹僵了，我让你这么说，只是给他们些压力，让他们为了自己的清白，帮着咱们去找人。小刀会的人分布广、眼线多，他们找人比咱们有优势。"

副官点头："督军说的是，这确实是个好办法。"

当副官带着人马来到小刀会，让独锤把靓靓与公子交出来，独锤恼了："哎，你什么意思？靓靓与少爷在督军府，我们又跟她没有交情，他们来小刀会干嘛？"

"老弟，夫人与公子被绑架了，有人指证是你们的人干的。"

"哎哎哎，你们不能把什么事都扣到小刀会头上，他们说是我们干的就是我们干的？真是笑话，要是我们指证你副官强奸民女，你就强奸啦？这肯定是有人栽赃陷害，这点事都分析不出来，怪不得你至今才是个副官。"

"老弟，你们帮着把人找到不就行了吗？"

"我们傻啊，我们把人找到你又怨我们抓的。"

"你脑子进水啦，如果督军认定是你们小刀会干的，我还用来跟你商量吗？直接就带兵把你们抓起来了，直接就对你们小刀会动武了。过来找你，不是想着你们小刀会人多、眼线多，给帮着找找吗？跟你讲话真是费劲。"

等副官带人走了，独锤回味着副官刚才的话，感到还是应该帮着找人，以防再被栽赃，于是马上通知各分会全力查找靓靓母子的下落，发现行踪不要盲目行动，要及时汇报。之所以这么交代，主要是怕真把周靓母子给救出来，到时候袁诚印咬定是小刀会先劫后放，那就说不清了，无论什么时候，做好事也得讲策略，否则就坏事。

独锤正准备出门，守门的进来说："会长，有位老先生来找您。"随后有位白发白须的老人进房，老人问："遇到难题了？"

独锤惊喜道："会长，您怎么来了？"

坐下来，独锤忙着泡茶，赵敬武说："八斤啊，遇到事情不要急，要多动脑子。我听说靓靓被劫这件事，就知道不是你做的。这件事情极有可能是日本人干的，问题是，日本人为什么要抓靓靓与孩子？他们难道是想明刀明枪跟袁诚印干，报复那天夜里的火拼吗？其实，他们是有更深的目的，是想嫁祸小刀会，等督军对付咱们时，加藤就会跟你谈判，比如说，你肯跟我们合作，我们就帮袁诚印找到老婆孩子，证明你们的清白。这才是他们真实的目的。"

独锤不解地问："听副官的口气，好像袁诚印并没有制裁咱们的意思，更像是拿此事要挟咱们去帮他们找人。"

赵敬武点头："是的，对于袁诚印来说，还没有傻到直接就对咱们小刀会动武，他之所以派副官前来要挟，只是想让咱们帮着找人，毕竟咱们的会员人脉广。袁诚印之所以不怀疑是我们做的，还有个重要的原因，就是加藤忽略了个细节，他让周大年指证是小刀会的人劫持了靓靓母子，这件事让袁诚印他们产生了怀疑。"

独锤点头说："会长分析得极是。"

赵敬武说："你主动跟袁诚印接触，帮助他们寻找人质，并对袁诚印说，现在周大年跟着日本人做事，这件事情可能跟周大年有关。还有，告诉他，日本人不可能把靓靓他们关在租界，极有可能是在外面的某个地方。"

随后，独锤带着高明来到督军府，把赵敬武教的话说了。袁诚印点头说："我能混到现在的位置，足以说明我还是有点头脑的，如果我认为是你们干的，早就对你们不客气了，之所以让副官过去，是希望给你们点压力，有压力才有寻找的动力嘛。看来，已经收到效果了，你们不是亲自来了吗？"

独锤说："我已经跟所有的弟兄们都说了，让他们帮着寻找。"

袁诚印恨道："该死的周大年真是没人性，靓靓是他的亲生女儿他都对付，我真后悔没有在医院把他给掐死。这样吧独锤老弟，你帮我把老婆孩子找回来，以后我就罩着你们，没人敢动你们。"

独锤点头："到时候把周大年交给我们就行了。"

袁诚印说："你们最好把他给煮了，咱们下酒。"

随后，袁诚印跟独锤商量，分别派人对日租界进行监视，争取早日找到夫人与公子。独锤回到小刀会，找出几十个得力的下属，给他们开会说："24小时盯着日本租界的人，争取尽快把周靓母子找到，这不仅是帮助袁诚印，而是为了破坏日本人借刀杀人的阴谋，这是对我们自己的保护。"

本来加藤认为，袁诚印丢了老婆孩子肯定会失去理智，立马前去制裁小刀会，现在不只没有产生那样的效果，他们反倒联合起来找人，这让他感到非常失望。他知道，再拖下去，藏人的地点肯定会被发现，这样就前功尽弃了。他决定，直接跟袁诚印面谈，让他前去制裁小刀会。他带着小田七郎来到督军府，直接就对袁诚印说："你们不用找了，人是我们绑架的。"他们本来以为袁诚印肯定会蹦高，没想到他表现得异常的平静，只是说："谈谈条件吧。"

"哈哈？"加藤笑道，"我知道督军是聪明人。"

"少废话，直接说条件。"

"我们的条件很简单"，加藤笑嘻嘻地说，"你帮我把小刀会的几个头头抓到租界，我跟他们交流点事情。还有，你再抓几十名小刀会的人把他们关进大牢，就说他们制造恐怖事件，择日公开处斩。当我与小刀会的头头交流完之后，你美丽的夫人与英俊的公子自然会回到你的怀抱里。"

"是不是因为赵敬武并没有付你们代赌费？"

"这只是其一，其二就没必要跟你说了，现在我想告诉你的是，我给周靓母子安排了最好的房子，让他们吃的是日本美食，等你把他们接回去，他们肯定比以前胖了。"

袁诚印说："那我得知道他们现在是否安全。"

加藤从袖子里掏出一只鞋扔到桌上："这是公子的鞋，我感到这鞋有些挤脚，就给他换了双鞋，希望贵公子穿上我们的鞋后，有好的前程，而不是夭折。"

袁诚印没有别的选择，只得带人来到小刀会，对独锤说："老弟啊，现在我终于知道我老婆孩子在哪了，跟小刀会没有任何关系。不过，你们得帮我个忙，因为加藤说了，只有你们小刀会的几个头目去租界做客，他们才把老婆孩子还给我。说实话，我知道这么做不太像话，可是人都是有私心的，我没办法大义灭亲。"

"你既然知道是日本人干的，直接派兵闯进租界，把夫人与公子接回去不就得了，为何还要牵涉上我们小刀会？"

"老弟啊，我不能拿着我的家人的小命开玩笑啊，要是我把他们逼急了，他们撕了票我不亏大了？"

独锤气愤道："你这么做是不对的，你想过没有，如果我们抓了你夫人与孩子让你对付日本人，难道你也去对付他们吗？如果这样的话，以后肯定还有人这么做。"

袁诚印站起来，向独锤鞠躬说："对不起了，我以后会小心点的，我会把他们送到安全的地方，尽量不让这种事情发生。现在，还请老弟跟我们走一趟吧。"

独锤并没有想到事情发会展到现在的程度，这时候，他多么期望老会长在这里，他相信老会长在的话肯定会有好的办法。这么多年以来，曾发生过多少惊心动魄的事，老会长都能逢凶化吉、扭转败局。现在，独锤能够做到的就是不让会员们受到伤害，他只得通知分会的会长前来，跟着袁诚印走了。袁诚印把独锤他们送到日租界，加藤把人接过去就关进密室，然后对袁诚印说："不能不说我们的合作非常顺利，不过现在还不能把夫人与公子交给你，因为在我们的合作协议里还有一条，你必须抓几十个小刀会的人给关押起来。"

袁诚印急了，吼道："加藤，你到底想干什么？"

加藤笑道："你要有点耐心，当初你派人把我 20 个武士都给杀掉，我当天晚上还喝了点小酒，还看了半宿的歌舞，还跟个美丽的歌女做了点事情，因为我感到我并没有失败。"

袁诚印说："好吧，我现在就回去抓人，如果你再敢玩什么花样，那就别怪我不客气，我现在已经到了忍耐的极限了。"

当把袁诚印送走后，加藤把周大年叫来，拍着他的肩说："大年君，跟我去见见几个老朋友，帮我劝劝他们，让他们懂得识时务者为俊杰这句中国话。"周大年跟随加藤来到走廊，加藤停在墙前。墙上镶着一面巨大的油画，画上画的是个日本女人的裸体，他把双手摆到女人的乳头上，巨大的画框闪开，出现了个暗道。

这个设计又流氓又巧妙，把周大年看得目瞪口呆。

他们顺着台阶来到地下室，周大年发现下面设了几个房间，其中有个房间隔着钢条，里面关着独锤、高明，还有小刀会4个分会的会长。让他感到遗憾的是，里面没有赵敬武，要是有的话，隔着牢房跟他聊聊天，那将是多么伟大的时刻啊。

加藤倒背着手说："独锤君，今天请你们来，是想跟你们谈谈合作的，只要你们同意，你们的人身安全将会得到保障，还会有丰厚的奖赏，如果你们不识时务，小刀会将会消失。别怪我不告诉你们，现在袁诚印已经开始抓你们的会员了。"说完见大家都没有开口的，他就急了，"独锤，你身为小刀会的会长，怎么可以不关心手下的死活呢？你的义气哪去了？你的良心哪去了？"

独锤冷笑道："我们小刀会的人宁死也不做别人的狗。"

加藤把枪掏出来递给周大年："大年君，看着哪个不顺眼给我打了。"周大年接过枪来，上来就瞄准独锤，加藤伸手把枪挡开，吼道："巴格，独锤的最后，别人的开始。"

周大年用力点头："我，我知道了。"

加藤对独锤说："我再问你一声，同意不同意跟我们合作？"

独锤骂道："有种的你先把我给杀了。"

加藤对周大年点头，周大年瞄准分会会长扣了扳机，一声响亮，那人的胸脯跳了跳，忙用手捂住，鲜血从指缝里喷出来，他叫道："会长，报仇……报……"话没说完就死了，周大年得意地吹了吹枪筒，又开枪打了个人。独锤叫道："不要打了，我同意，我同意，你们先把我们给放了。"加藤点点头说："独锤君啊，你早这么痛快，也不至于葬送两个兄弟的性命。好吧，你下通知，明天把小刀会的各级头目叫到租界，我们将盛情款待，到时候你对他们说，从今以后你把会长的职位让给我了，如果谁不听指挥，枪毙。当然，之前你还要对他们说跟着我加藤干的种种好处。"随后，加藤把他们挪到地上的房间里，逼着独锤写通知书，并把高明放出去，让他前去通知小刀会的各头目……

当赵敬武听到小刀会被抓的消息后，他坐不住了。他本以为只要主动帮助袁诚印寻找人质，把目标锁定在日租界，袁诚印将会给租界加压，没想到最终还是小刀会遭殃。他相信，独锤为了保护会员的性命，肯定被迫与租界合作，那么小刀会的性质就变了。因为，日本之所以急着与小刀会合作，肯定会有更深的阴谋，想用小刀会的力量来完成。当夜色来临时，赵敬武走出家门，回头看看院里的假山，在夜里就像个巨大的窝窝头扣着，天空阴沉沉的，风里已经夹杂了冬的寒意。

赵敬武坐着黄包车来到小刀会的古董店里，进门后，见几个客人正在那里看手镯子，他走上前去问："有景泰蓝的鼻烟壶吗？"

老板说："有，您想要什么颜色的？"

赵敬武说："掐丝法郎的有吗？"

老板点点头："有，请先生到后面看货。"

两人来到后堂，老板说："会长，不好了，小刀会马上就要遭大秧了，独锤下通知让大家去日本租界开会。"赵敬武点点头："事情的经过我已知道了，唉，真没想到会是这样的结果。看来，我们必须要采取行动了，你马上下通知，号召两百个会员，带上最好的装备，我们凌晨3点准时到达日租界大门口，冲进去把八斤他们给救出来，然后向外界宣布解散小刀会。"

"会长，难道您真舍得解散小刀会吗？"

"除了这么做还有什么办法？我们只能走一步看一步了。"

"如果我们现在找到袁诚印的夫人与孩子，就有办法了。"

"日本人想用此来要挟袁诚印，我们哪容易找到。"

"会长您先在这里休息，我马上去。"

老板来到店里，对店员说："打烊了。"员工刚要去关门，有个烟童跑进来说："我找老板。"老板走到他面前："我不吸烟。"

烟童说："有人说，这包烟会带来好运的。"

老板心里一动："好好好，多少钱？"

烟童说："那位先生已经把钱付了。"

老板把烟打开，从里面抽出张纸来，见上面歪歪扭扭地写着："老会长不要轻举妄动以防事态恶化，明天独锤等人可安全回来。"老板拿着这个纸条跑到内房，见赵敬武正用布在擦手枪，烟斗滚在地上。他把烟斗拾起来放到茶几上，把手里的纸条递给他。

赵敬武看了看："什么人送的？"

老板说："有个烟童送来的，说是位先生。"

赵敬武说："到底是什么人？"

老板摇头："不知道，不过好像是咱们的人。"

赵敬武深深地叹了口气："既然这样，我们就等明天再说吧，毕竟血洗租界容易，其后果不容易处理。现在政府软弱，一旦跟租界发生争斗，政府都是杀自己人讨好洋鬼子。如果这位兄弟真的能有办法帮助我们度过此劫，那真是我们的贵人。"

老板点头："我相信上天会帮助咱们小刀会的。"

赵敬武苦笑道："咱们不能指望上天，咱们的事情还得咱们解决。这样吧，你去跟大家说，明天到租界后，无论八斤说什么大家都要点头同意，无论加藤讲什么话都要用力鼓掌。大家从租界回来之后咱们开个会再想办法。当然，如果那位匿名兄弟能够把事情解决了，那是最好，但是我们有必要做两手准备。"

这是个没有窗子的房间，门是铁板焊成的，只留有巴掌大的窥孔。周靓与儿子坐在房角的床上，她微微闭着眼睛，脸上的表情显得很是平静，嘴唇轻轻地动着，在默念经文。

床对面的两个椅子上分别坐着两个武士，一个留小胡子，一个是大胖子。他们抱着战刀，盯着周靓那张粉嘟嘟的脸蛋儿瞅个没完。靓靓怀里的孩子已经睡了，脸上还泛着淡淡的笑容。小胡子舔了舔嘴唇说："木村君，你先去休息，过两个小时来换我。"

胖子点头："关系重大，要好好看着。"

小胡子说："放心吧，不会出问题的。"

等胖子出了门，小胡子把铁门从里面插上，点支烟吸着，眼睛不停地在靓靓的身上扫着，突然把烟蒂吐掉，用皮鞋粘了，悄悄地来到靓靓面前，伸手去摸她的胸，靓靓猛地睁开眼睛，喝道："拿开你的脏手。"小胡子掏出匕首来抵到孩子的身上："你再叫我捅死他。"靓靓看看睡梦中的孩子，把眼睛闭上，嘴唇颤动着，泪水顺着腮流下来，小胡子的手顺着靓靓的领口探下去，这时传来敲门声，小胡子忙把手抽出来，跑到门前望去，见门外站着小田七郎，便把门打开了。

"小田君，你放心休息，这里交给我了。"

"你刚才做什么了？"小田冷冷地盯他。

"我过去帮着哄哄孩子。"小胡子笑着说。

小田七郎掏出枪来对着小胡子的手搂响，一声响亮，伴随着孩子的尖叫声，小胡子握着自己的手哇哇大叫着蹲下，靓靓把孩子的头紧紧地搂在怀里，轻轻地拍着。小田七郎从牢房里走出来，在院子里来回踱着步子，他抬头看看天空，天阴得很厚，有风，摇着树上的枯叶沙沙作响。这时，他不由想到茶馆里卖唱的那位姑娘，那含情脉脉的眼神、那美妙的声音。他从兜里掏出手帕来嗅了嗅，仿佛闻到股淡淡的香气，便深深地叹了口气。小田来到大门口，见两个守卫坐在门前犯迷糊，便掏出枪来用枪管照他们的头敲，恶狠狠地说："你们还敢睡，吃了冷枪你们就不用醒了。"

两个人立马站起来，大弯腰道："嗨，在下不敢了。"

小田七郎回到院里，两个门卫开始谈论靓靓，一个说："那娘们真他娘的漂亮，要不是小田看得紧，我就玩玩她。"另一个说："那是督军的夫人，肯定有味道。"两人正谈得兴致，一个武士突然感到胸口震了震，忙用手去摸，摸到的却是冷冷的刀柄，刚要喊叫，无限的黑暗侵进大脑，扑通趴在地上。那位正想着靓靓的美貌的武士发现同伴趴下了，说："有胆量的趴到那娘们身上。"话刚说完，感到脖子冰凉，耳边传来低沉的日本话："马上喊小田君出来。"

武士只得喊："小田君，请……请出来。"当院里传来脚步声，武士感到脖子剧疼，大脑晕了，身子软软地倒在地上。

小田把门打开："什么的情况？"话刚说完，一道白线奔自己来了，猛地侧身躲过，听到铁器撞到墙上的叮叮声。他刚伸手掏枪，被黑衣人用脚踢飞了。小田拔出战刀来，发现门口的两人不是他的武士，而是两个蒙面人。

一个蒙面人站在那里抱着膀子，另一个扑上来。

小田把刀举起来以劈山之势砍下，蒙面人用手里的匕首顶住刀刃刷地滑到手柄，手腕猛地翻转就把小田的手切了，疼得小田把战刀扔了。小田明白，这个蒙面人的功夫远远超过他，自己根本就不能赢，便拔腿就逃，却感到背后嗵嗵被击了几下，扑倒在地。

蒙面人来到他的面前低声说："小田，你输了。"

小田断断续续地说："你……你是谁？"

蒙面人笑道："丁方！"

小田的眼睛越瞪越大，断断续续地说："丁方？"

蒙面人说："夫人过来证明一下，省得他死不瞑目。"

一个蒙面人过来，把头套撸下："小田，我是丁方的夫人水萍。"

小田深深呼口气："白……白……"话没说完，嘴里喷出口鲜血，瞪着眼睛就死去了。许久以来，小田想问丁方，是怎么把 5 张牌变成白板的，如果他问的话，丁方肯定会告诉他，只是他没有时间听了。水萍笑了笑，打趣说："先生你听到没有，这大黑天里，他临死都说我皮肤白，嘻嘻。"

丁方说："别取笑啦，进院。"

丁方与水萍跟另一位蒙面人进了院子，正好看守靓靓的胖子与小胡子出来，丁方与水萍同时扬手，两支匕首划着天光，消失在胖子与小胡子身上，他们晃动几下，倒在地上。丁方与水萍把头套蒙到脸上，跟另一位蒙面人蹿进牢房。

靓靓吃惊道："你是什么人？"

蒙面人把头套撕下，靓靓发现是刘子轩，不由哭着扑了上去，刘子轩轻轻地拍着她："靓靓，没事了。"丁方说，"子轩，赶紧抱着孩子走，回家再拥抱也不迟啊。"刘子旋点点头，去床上抱起孩子，拉着周靓，跟随丁方与水萍匆匆地离开院子，他们来到胡同的小车前，子轩把孩子放进车，把周靓扶进车里，走到旁边对丁方与水萍说了几句，然后开车走了。

回到家里，子轩给周靓做了饭，端到桌上。她只顾着哭，并不动筷，子轩忍不住也哭了，哭着去收拾了卧室，把周靓与孩子安排进去，自己就在客厅里坐着。整个夜晚，子轩都坐在那里，手里握着与靓靓学生时期的合影静静地看着。自靓靓为救同学被迫嫁给袁诚印后，他虽然与她近在咫尺，却始终不能亲近，只能拼命地去表现，想提升自己的官职，好离靓靓更近些，现在他们同住一个屋，但是他们中间却隔着无法跨越的障碍，这怎么不让他心痛呢。

早晨，刘子轩来到督军府，对袁诚印说："下官已经得到确切的消息，有人把夫人与孩子从日本人手里救出来了。"

袁诚印惊喜道："在哪里，在哪里？"

刘子轩说："对方有个条件，让您把抓进日租界的小刀会的人给救回来，否则您有可能永远都见不到他们了。"

袁诚印气愤道："这算什么找到，我哪知道是真是假。"

刘子轩说："这消息是真的，我确定！"

袁诚印叫道："你确定个屁，要是他们还在日本人手里，我去抢人不是送他们的命吗？这个险我不能冒。"

正在袁诚印发火时，电话响了，是靓靓打来的："我们已经安全了，是小刀会的人冒着生命危险把我们救出来的，听说你还抓了他们的人，你说你还有良心吗？抓人的你不敢动，却把帮着他们找人的给抓起来。如果你不把他们的人放了，把租界里的人救出来，别说他们不放我们，就是放我们走，我们也不回去见你。"

袁诚印叫道："靓靓你在哪里？我这就去接你。"

靓靓说："你把事办好，我自然会回去。"

放下电话，袁诚印叫道："刘营长，你马上把抓来的人放掉，通知副官去租界救人，如果他们敢反抗，格杀勿论。对了，把他们带到府上，等靓靓回来再放他们回去。"

日本在天津建立租界是具有战略性目的，由于天津历来是个重要的港口，如果把这个港口控制了，将来对于吞并中国，利用中国的资源实现世界统一大业是极为有利的，所以，加藤急于想把小刀会变成他们的工具，完全控制天津卫。

愿望总是美好的，但现实却是残酷的，早晨的时候，他的梦就醒了。那时，加藤正在大厅里练刀，突然听到院外传来密集的脚步声，便皱起眉头对其他武士说："出去看看什么人。"武士刚把门打开，副官带人冲进来，加藤吃惊道："你们这是？"

"我们奉督军大人的命令，把昨天抓来的人带回去。"

"我不相信这是督军的决定。"

副官倒背着手围着加藤转圈，最后站在他的对面，两脚张扬地叉开，梗着脖子说："如果夫人与公子找到了，你认为督军大人会不会下这个命令？"加藤的眼皮急剧地跳了几下，随后冷静下来，摇头说："我感到你们的督军应该叫赌军，不过，我可以明确地告诉你们，赌是有风险的，输了可能就会失去老婆孩子。"

副官不耐烦了："少废话，没把握我们也不会来找你。"

加藤意识到事情不好了，是啊，如果他们没有把握会变得这么硬气吗？但他还是不肯相信人质被救，他派去的可是日本最优秀的几个武士，曾经立过赫赫战功，善于格斗，具有百步穿杨的枪法，还有时刻为天皇牺牲自我的精神，想从他们手里救走人质太难了。可是看副官这么硬气，他感到有必要去看看人质的安全，于是跟身旁边的武士低声说了说，那武士收起刀匆匆地走了。

副官知道他们想去干什么："不用去看了。"

加藤气愤道："袁诚印素质大大的没有，信用的大大没有。"

副官笑了："加藤，听了你这话我都忍俊不禁，真是天大的笑话，你拿女孩子当人质，你们的素质好到哪里去了？"

"我们为天皇的效命，生命都在所不惜。"

"对了，听说你们会剖腹自尽，一会儿表演给我看。"

"我们最大的失败会跟敌人同归于尽。"

"好啊，你不想变成马蜂窝，就尽管放马过来。"

不多大会儿，之前探信的武士回来了，对加藤耳语几句，加藤的脸色顿时变得苍白，大汗淋淋，浑身哆嗦得厉害，沙哑着嗓子说："放，放人！"武士点点头，去密室里放人。正躲在大厅墙角听动静的周大年问："前面什么情况？"

武士叫道："计划的失败，必须的放人。"

周大年听到这里，脸色寒了寒："我们的人质呢？"

武士说："人质的被找到，计划的失败。"

周大年感到事情不好了，如果加藤与独锤谈好合作，独锤想要他周大年的人头，加藤肯定会给。如果加藤与袁诚印谈成合作，袁诚印也不会饶了自己，他感到自己不能再留在这里，于是溜出房子，从后门逃走了……

当副官见到独锤后，笑道："没事了，跟我回去吧。"

独锤说："我要把我们兄弟的尸体带走。"

副官对加藤叫道："被你们杀的人呢？把尸体交出来。"

武士说："被周大年拉去喂狼狗了。"

副官说："狼狗在哪里？"

武士领着他们来到后院，副官看到在树上拴着两条狼狗，他掏出枪来对着狼狗射击，对手下说："把狗抬上，带着回府。"临走时，副官笑嘻嘻地对加藤说："你很可能感到好奇，心里在想，我们怎么找到夫人孩子的，那我告诉你吧，是周大年给我们通风报信的。"副官知道，这么说就等于宣判了周大年的死刑了，省得他以后再害人。副官带人走后，加藤咆哮道："周大年，死啦死啦的。"

几个武士开始去寻找周大年，可找遍了整个院子也没见到。加藤叹口气说："我愧对天皇的信任，唯有自刎才可谢罪啊。"说着把战刀抽出来，用雪白的手套抹抹，把刀尖抵到肚子上。几个武士看到这里吓得脖子都缩了。加藤闭了会儿眼，慢慢地把刀挪开："我的还有机会，现在的不能死。"说完站起来，红眼睛瞪得老大，把头昂起来哇哇大叫几声……

袁诚印已经备好丰盛的酒席，等着为独锤他们接风洗尘，并向他们诉说歉意，当然，他真实的目的是想耗点时间，等周靓与儿子安全回来再放人。当副官带着独锤4人来到大厅，袁诚印跑上去拍拍独锤的肩说："让你们受委屈了。"独锤眼里流着泪水，并没有吱声。袁诚印有些尴尬，扭头见士兵还抬着两条狗，问："你们从哪里弄来的两条狗？"

"周大年杀了他们两个兄弟，喂狼狗了。"

"没有人性，我绝不轻挠他们。对了，周大年呢？"

"我跟加藤说是他给咱们报的信，相信他这次死定了。"

袁诚印用手抠抠干巴巴的眼睛对独锤说："兄弟啊，放心就是，我是不会轻饶加藤的，一定让他们血债血偿。对了，你们饿了吧，来来来，我们现在用餐。"

独锤说："我们回去。"

袁诚印说："别介别介啊，已经做好了，必须在这里吃了再走。"说着硬把独锤按到座上，亲自给他倒满酒。独锤提起酒杯来泼到地上："兄弟们你们放心吧，我会为你们报仇的。"袁诚印的脸色寒了寒，重新给独锤倒上酒："你们放心，从今以后谁敢对付你们小刀会，我对他不客气，你们小刀会的事就是我的事。"

没多大会儿，刘子轩营长带着靓靓与孩子走进大厅。袁诚印上去抱着儿子在脸上亲得吱吱响，还想去亲靓靓，靓靓用眼扫了子轩，把袁诚印的脸挡开："袁诚印，做人要学会感恩。要不是小刀会的两个兄弟与刘营长不顾自己的生死前去搭救，我们早被日本鬼子整死了。我听看守我们的日本人说，等他们达到目的就把我们给处死，你说你怎么感谢他们吧。"

袁诚印对刘子轩说："刘营长，这次感谢你了。"

靓靓生气说："难道你老婆孩子就值一句感谢吗?"

袁诚印想了想说："我决定对刘营长进行提拔。"

独锤与兄弟们抬着两条狼狗默默地走出院子，院外停着几辆小刀会的车，他们把狗放进车里，开车走了。回到小刀会，独锤对高明说："师弟你负责给两位兄弟办后事，另外给他们的家人多送些钱，跟他们说，从今以后我们小刀会的人都是他们的亲人，有什么事尽管来找咱们。"说完，无精打采地走进书房，抬头见赵敬武坐在沙发上，不由泪如雨下："会长，对不起，我没保护好兄弟，会长你赶紧回来吧，我没能力挑起大梁啊。"

"这件事情并不能怨您，就算是我，也把事情想简单了。"

"会长，我真的感到自己无法胜任，您还是另找个人选吧。"

"现在没有人能够代替你，再说我也不能选择这时候回来，现在各租界都在找我，我回来了，小刀会又会成为大家的靶子了。我之所以没有马上离开，是因为还有件事必须要做。"

"会长，我明白，我们现在还没有杀掉周大年。不过您放心，副官临走时对加藤说，是周大年透露了靓靓的藏身处，想必加藤肯定会杀掉他的。"

"周大年是个非常敏感的人，我感到他现在应该逃出租界了。"

"那我马上派人去找到，一定把他碎尸万段，否则我这口气就出不来。您不知道，他向咱们兄弟开枪的时候那种得意的样子，我现在想想心里都在流血，我必须把他杀掉，要不我吃不香、睡不宁。"

赵敬武点点头："八斤啊，我从老家一路追他到天津，他周大年总能够找到避难所，总能够临危脱险，这就说明他并不简单。放心吧，恶有恶报，我相信周大年肯定不得好死。从今以后，让兄弟们留心点，不用刻意去找，刻意更不容易找到，要忽视他的存在，让他敢于露面，才是抓住他的最好办法。不过，我留在天津，并不是因为周大年，这件事比周大年的命更重要。"

周大年头上戴着草帽，无精打采地走在街上。回想自己这次出山，本以为靠着加藤做点事情，没想到日本人会逼着他去绑架自己的女儿与外孙，结果事情还失败了。周大年感到有些累了，想回到小房里待着，弄几本佛教的书打发时间。

当他拐进巷子，有个小孩把黑碗举到他面前："先生，可怜可怜我，给口吃的吧。先生您发发善心，神明会赐福给您的。"周大年皱皱眉头，正想把他一脚踢开，突然发现捧碗的那双手是那么修长，不由心里一动。这个是七八岁的男孩有一双大而黑亮的眼睛，眼睛里充满了强烈的欲望。

"孩子，你家里还有谁？"

"我娘死了，我爹病在床上。"

"这样吧，领我回家看看，我给他出钱抓药。"

孩子欢天喜地地领着周大年，东拐西拐来到一个破院里。房子已经塌了多半，还有半间耷在那儿。周大年随着孩子钻进破房里，见床上躺着个人，面黄枯瘦，喉咙里就像装了把二胡。周大年从兜里掏出两块大洋，扔到桌上："找个医生看看吧。"

病人说："快给好人磕头。"

小孩马上跪倒在地，给周大年磕响头。

周大年把他拉起来："去找郎中吧，过几天我再过来。"

周大年回到自己家里，坐在客厅里抽了支烟，看着自己那只受伤的手在发呆。这时，他的脑海里顿时浮现出那孩子的双手是那么的修长，这可不是一般的手，是做赌手、当扒手最好的材料。他心里突然冒出个想法，我自己不能赌了，为什么不培养后人代我去赌呢？把他变成丁方那样的赌手，将来利用他翻身。这么想过，周大年脸上泛出狰狞的笑容，他用力点点头说："就这么办了。"早晨，周大年来到孩子家，低头钻进半间房里，对床上的人说："孩子呢？"

"恩人来了，快坐下。孩子出去讨饭了。"

"您的病好点了吗？"

"郎中来了，抓了药，我喝了药好多了。太感谢您了，您是我们的大恩人呢，我们来世做牛做马报答您。"

"那您好好养病吧，我先回去了。"

周大年从小房里出来，站在院里四处看看，见院墙处有些烂柴，再看看半塌的房上露出的檩条与苇箔，不由泛出意味深长的笑容，他把墙根的烂柴抱了些堆在小房的窗前，房里的病人问："是谁啊？"周大年伸手摸块砖，跑进了房里，冷笑说："你活着对孩子是种拖累，你死后，我把他当做我的儿子，教他日进千金的办法。"

"恩人，别，我还不想死。"

"不，你必须死。"

他用手里的砖头对着那蓬乱的头拍几下，病人瞪着眼睛就死去了。周大年把砖头扔掉，然后放把火走了。他倒背着手走在巷里，不时回头看看自己的成果，那火越来越旺，冒着狼烟。他来到街上，找到正在巷口要饭的小孩，对他说："你家里出事了，快回去看看。"

孩子说："恩人，你来了？"

周大年说："我看到你家里着火了。"说完领着孩子回到院里，见房子已经被烧得完全塌了，热烘烘地熏人。小孩子抹着眼泪喊："爹，爹。"周大年抚着他的头说："孩子，你爹被烧死了，你有去处吗？"小孩子哭着摇摇头。周大年说："跟着我吧。"

小孩跪倒在地上就磕头说："我做牛做马也报答您的恩情。"

周大年把孩子领进家里，给他洗了身子，换了衣裳，并给他起名周克武，让他从今以后喊自己爸爸。这孩子也乖，有好吃的有好穿的就把亲爸给放下了，每天围着周大年讨他的好。

周大年买口大锅，在里面注进油，抓把骰子扔进去，让孩子用手指夹出来，并对他说，如果夹不完就不准吃饭。一次，周大年顺着窗子看去，见小孩子双手伸进锅里捞，他提着棍子出去，把小孩摁到院里在屁股上打了十多下，从此，小孩子再也不敢取巧了……

二十、钻石解密

　　赵敬武是个追求完美的人，他成功地把周大年的家产赢过来，又成功地进行了资产转让，应该说获得了巨大的成功。但是，他认为自己还有两个问题没有解决，一是美国领事奥查理为什么每次押注都那么准确？难道他真的开了天眼，能预知未来吗？赵敬武不是个迷信的人，他不相信天眼。最重要的问题是，他想把袁诚印给压下去，换上自己的人当督军。

　　他袁诚印身为中国官员，勾结租界领事欺压中国人，并且策划假赌圈钱，这本来可恶，何况他为了自己的利益，从不把别人的生命放在眼里，这样的人留着，不只对小刀会有危险，对天津卫的老百姓来说也是个不小的祸害。不过赵敬武明白，想除掉督军，远比除掉周大年要难，毕竟他是地方行政长官，拥有一个旅的军队。

　　有些事情，只要你上心了，总会有机会的。赵敬武得知，英国新调来的领事格西正在调查前领事的问题，便明白这是除掉袁诚印最好的时机。他经过周密的考虑，终于想到了可行的办法，于是来到小刀会，跟独锤与高明商量说："上次我对你们卖了个关子，说有件事比杀掉周大年还有意义，其实这件事就是，我想把袁诚印给搞下去。留着他，不只是咱们小刀会的祸害，对天津的百姓来说，也没有任何益处。"

　　独锤恨道："他还欠咱们两条人命呢，我早就想杀掉他了。这样吧，我派人暗杀他，一次不行两次，我就不信取不了他的狗命。"

　　赵敬武摇头说："八斤啊，亲自动手杀人是最次的办法了，借刀杀人稍微好点，可是真正的智者，一句话就可以把对方置于死地，还让他不知道是谁下手。我们当然不能亲自去杀他。"

　　独锤看到赵敬武托着烟斗，眯着眼睛盯着前方，两个嘴角绷得很紧，便知道他已经有好办法了。以前，每当有重大的决策时，他都会有这样的表情与习惯性的动作。

　　赵敬武接着说："高明老弟，你代笔写封信。"

高明点点头，来到案前，提起钢笔："会长您说。"

赵敬武站起来，踱着步子说："尊敬的格西领事，得知您正调查前领事莫德先生的问题，我特给您提供些内幕以供参考。前领事本是位正直、爱国、有责任心的好领事，可是督军袁诚印不停地诱惑他、要挟他，怂恿他参与赌博，以至于让他不只押上自己的财物，还把租界里的公有资产输掉，并导致精神失常。那么，英租界蒙受的损失由谁负责，当然要由袁诚印督军来负责，在这种时候，您跟他表明，如果他不赔偿损失就向总统举报他的恶行，袁诚印必然心虚，会同意赔偿租界的损失，那么您可以得到百万大洋……"

当格西收到这封信后，他思考了很久，然后露出会心的微笑。首相让他前来调查莫德的问题，只是对内阁们表个态，如果真查出问题，首相也没面子，因为莫德是他委任的领事。至于袁诚印，虽然这个人坏透了，但他没主心骨，是崇洋媚外的人，有他当督军总比找个六亲不认的人要强得多。格西给袁诚印打个电话，让他过来有事商量。

袁诚印带着很多礼品来到使馆，对格西说："早就听说您来了，由于这段时间琐事太多，没来得及前来拜访，实在抱歉。"

格西笑道："我知道督军阁下在忙什么，其实我也很忙，之前就算你来了，我也没有时间接待你。"

袁诚印问："不知您正忙什么，需要我帮忙就说。"

格西把脸上的笑容抹下："袁督军，有件事情确实需要您帮忙定夺。事情是这样的，最近我奉首相阁下的命令，前来调查有关前领事莫德的问题，结果发现，莫德的问题跟您有着密切的关系。"

袁诚印心里咚咚直跳，忙说："不知道您说的是哪方面?"

格西皱着眉头说："督军阁下，我们就不要在这里绕了，在我的调查中，你督军阁下与莫德策划赌博，以至于让我们蒙受了巨大损失，并且导致莫德精神分裂，至今未愈，影响极坏。其他涉赌的领事都出面做证，是你袁诚印怂恿莫德所为。我已经形成材料，准备近日报到你们总统府，让他们赔偿我百万大洋的损失。"

袁诚印脸色变得通红，鼻尖上冒出汗来："格西先生，这件事我冤死了，真不是我挑头，是莫德领事策划的。"

格西说："袁诚印，现在莫德领事已经不知道自己是谁了，你把责任推到他身上有意义吗？现在我有两个解决方案，一是把报告呈到你们总统府，让他们来落实你的问题，二是你赔偿我们的损失，这件事我就不再提起，表明是莫德所为，解脱你的嫌疑，那么你来告诉我，应该选择哪个方案？"

袁诚印小声问："那，需要多少钱？"

格西说："100万大洋对你督军来说不会成为问题吧？"

袁诚印那头摇得像货郎鼓似的："我，我真的拿不出来这么多钱，实话跟您说吧，这次的赌局我输的不比莫德少。"

格西说："既然没有钱，那就公事公办。"

袁诚印想了想说："这样吧，这件事咱们私了，我想办法给您筹50万大洋，这些钱您留着，没必要充公。"

格西说："这样不太好吧，不过既然督军大人提出来了，我再不同意就好像不给你面子了，好吧，我给你半个月的时间，你把钱送来，那么我的调查报告由你来帮我写。"

在回去的路上，袁诚印眼里蓄着泪水，心疼如割，他感到自己真没活路了，前几天高议员还问自己的赌资，如今格西张口就要这么多大洋，自己挪用的军费还张着大口。他没有办法，只得给天津的商贸界名流下通知，让他们每人必须出10万大洋，就是砸锅卖铁也要把这些钱拿出来，否则抄家没收财产……

早晨，赵敬武正在院子里打太极拳，听到传来敲门声，便马上收式回到房里。整个天津卫只有他与哑巴知道这个院子的归属，谁会这么早前来敲门？赵敬武对哑巴说，你出去看看是谁，如果有人问起我，想办法让他们明白这房子不是我的。哑巴点点头，来到院子，把大门敞开，见门外站着个穿便装的青年，便哇哇叫几声。

年轻人说："我是奉朋友之托，前来拜访赵先生的。"

哑巴摇了摇头，指指自己的眼睛，然后摆摆手，表示自己不认识什么赵先生。年轻人回头看了看街道，又看看门上的牌号，自言自语道："没错啊，就是这里啊。"

房里的赵敬武顺着窗户看去，发现来人是刚刚被提拔成团长的刘子轩，从房里走出来向他招手道："子轩进来，我正想找你呢。"刘子轩进了院子，哑巴走出大门四处张望一番，把门给插上，自己到假山上放哨去了。

刘子轩进门说："赵先生，找您有急事。"

赵敬武问："告诉我你怎么知道我住在这里？"

刘子轩挠挠头，笑道："赵会长，您放心吧，不会有问题的。至于谁告诉我的，您以后会知道的。我听说您需要这个，给您送来了。"说着掏出个纸条递上去。赵敬武把那张纸接过来，发现上面列出 15 个名字，都是天津厂矿、公司、港口、银号的老板，便问："这些名字是？"刘子轩说："督军自从英租界回来便唉声叹气，说军费越来越少，必须让天津卫的富商们捐钱，否则没法渡过难关。他让我们给这些人下通知，限 10 天内出 10 万大洋，还让我们口头警告他们，谁要是不按时上缴就抄家问斩……"

"太好了，真是太好了。"赵敬武激动地说。

"会长，我得马上告辞了，不能在这里待太久。"

赵敬武把刘子轩送到门口，严肃地问："子轩，现在你可以告诉我，是谁跟你说我住在这里了吧，否则，我会睡不着觉的。"

刘子轩摇摇头："会长，您放心就是，至于谁告诉我的并不重要，重要的是我们都尊重您，都会保护您的安全。"

送走刘子轩，赵敬武盯着那张纸许久，然后对自己进行了化装，坐黄包车去小刀会了。当他见到独锤与高明后，对他们说："事情正按我们设想的在发展，马上就大功告成了。高明老弟，你今天必须加班给这张名单上的每个人写封信，并且都以这位娱乐大亨张宗富的口吻写。据说，张宗富与总统有亲戚关系，以他的名义写，大家肯定会追随他，效果会更好。"

高明说："会长您说，我来写。"

赵敬武摁上袋烟点着，慢慢吸着："张兄，自袁诚印担任督军以来，每年多次强行集资，稍有迟缓，便要挟我们，让我等痛恨不已。他卖国求荣，联合租界欺诈百姓，并参与赌博，再这样下去，我等没有活路。今已与同人协商，即日便给政府写信举报，推举正直爱民的刘子轩团长担任督军，从此将国泰民安矣……时间紧迫，望明天务必把信发走……"

高明问："我们还给张宗福写信吗？"

赵敬武摇头："名单里没有的都不要给他们发信。"

独锤说："会长您真有办法，就算打死我都想不出来。"

赵敬武说："现在马上写，今天晚上就把这些信通过可靠的人送到各府。再有，联系几家可靠的报社记者，给他们塞点钱，让他们发表'英租界找督军赔偿损失，督军非法集资'相关的报道，争取最近几天发出来，只有这样，才能扳倒袁诚印。"

袁诚印为集资的事情奔忙，突然看到报纸上登出他的相关内幕，便立马让副官去把报馆砸了，把写这篇文的记者与编辑抓起来，把市面上所有的报纸销毁。副官带人来到报馆，报馆的老板说："是位匿名人写的报道，因为编辑没经过我的同意就刊登了，我已经把编辑辞退，这件事我会登刊声明，是我们调查不周。"

副官说："马上把记者与编辑给我找来。"

老板苦着脸说："现在我也不知道他们在哪儿。"

副官叫道："我看你是存心包庇他们，来人啦，给我砸了。"

他们把报馆砸了个稀八烂，扬长而去。这件事情引起报业的愤怒，都围绕着报馆被砸这件事，说到督军做的违法事情，并评论说，如果督军没有报道里说的行为，为何把报馆给砸了？为什么不给大家说话的权利？英国领事格西见事情败露，马上登出声明，向外界表示从未向袁诚印要过赔偿，并表明已经掌握了袁诚印与原领事莫德贪污受贿暗箱操作赌博的事，即日已经把相关报告发到民国政府，请他们严惩袁诚印。

事情闹到这种程度，袁诚印感到自己是过不去这关了，他联系各租界领事，想让他们出面帮自己说话，前去拜访，没有人肯见他，电话也不接了。袁诚印明白，自己大势已去，还是走为上策，于是去提仅有的军费，想逃离天津。当他来到财务室提款时，才知道副官打着他的名义，把剩余的钱全部提走了，再去找副官，人已经消失。袁诚印没别的办法，只能等着上面来对他审查。没过几天，政府派来了个女特派员，也没听袁诚印解释，下令把他给逮起来了。

特派员打发人去叫刘子轩来办公室听令。她独自坐在督军的办公桌前，看到桌上还摆有袁诚印与靓靓与儿子的合影，拾起来扔到身后听了响。当刘子轩进来后，特派员的眼睛亮了亮，说："坐。"刘子轩坐在办公桌前侧

长篇小说 赌神

的椅子上，上身挺直，两手扶膝。特派员扑闪着丹凤眼，照量着刘子轩："嗯，不错，怪不得天津名流联合推荐你，长得嘛，还是挺正派的。"

刘子轩立马起来，双腿一并："请长官指示。"

女特派员从文件夹里抽出张文件，慢吞吞地说："即日起，你就是天津市的督军了，这是你的委任状。至于袁诚印的问题，你落实后形成报告给我，我带回去向上级汇报。"

在用餐时，女特派员不停地瞄着刘子轩，显得非常开心。酒到正酣，她凑到刘子轩跟前凑到他的耳际说："袁诚印的事情嘛，上面的意思是不要涉及面太广，这样会影响政府的形象，你只要这样就行了。"说着用手在他的脖子上轻轻地划了划。

刘子轩心里一惊，他知道特派员说的是杀掉袁诚印，这件事让他感到为难，因为袁诚印毕竟是靓靓的丈夫，就算他们没有爱情，但他是靓靓儿子的父亲。特派员见他有些犹豫，拍拍他的肩说："刘子轩，这些事情本来是需要你去办的，我呢，看着你挺正派的，所以跟你透露实底。我知道你是个正直的人，无论他袁诚印有多么坏，但他毕竟提拔了你，亲自动手，这个还是有些心理障碍的，不过，你可以找个人去做嘛。"

刘子轩说："谢谢特派员指点。"

女特派员说："我的任务已经基本完成了，应该顺便到天津转转，唉，只是来得匆忙了些，没有带钱。按说，我好不容易来趟天津，是应该带点特产回去的，要不这样吧，刘督军先借我10万大洋。"

刘子轩心中暗惊，心想这臭娘们上来就要10万大洋，自己这么多年存了也没两千大洋，去哪里弄这么多钱去？女特派员见他犹豫，有些不高兴："子轩啊，就当我开玩笑吧。瞧你长得这个正派样，怪让人心疼的，要是别人我早跟他翻脸了。这样吧，你如果能哄我开心呢，我就不跟你借钱了。"就在这时，门口的警卫敲门道："刘督军，有人给您送来了个箱子。"

刘子轩把门打开，见警卫手里抱着个牛皮箱，便问："是谁送来的？"警卫说："听门卫说是个老头送的，说里面有您需要的东西。"刘子轩刚想伸手去接，特派员猛地把他搂住："子轩，你怎么连常识性的问题都不懂呢，要是里面装着炸弹怎么办？"

抱箱子的警卫吓得一哆嗦，差点把箱子扔下。

特派员说："警卫，把箱子拿远点打，如果你不敢打开这个箱子，就说明你没有牺牲精神，在长官遇到危险时你会首先顾全自己的生命，这样就没必要留着你。"说着掏了小手枪来对准了他。警卫感到这箱子越来越重，脸上的汗水直流，看看特派员手中黑洞洞的枪，说："我……我开。"他抱着箱子就像抱着父亲的骨灰盒似的，走得那么沉重、那么慢。当他走到十多米外，把箱子轻轻放到地上，双手哆嗦着去开。

特派员把头紧紧地靠在刘子轩身上："子轩，以后遇到事要冷静，可不能这么鲁莽，你年轻有为，有我的关照，你会升得很快。"

警卫猛地把箱子打开，整个人坐在地上，然后慢慢地把箱盖掀开，发现里面有个纸袋子，他深呼了口气，用袖子抹了把脸上的汗，结巴着说："长……长官……是个纸袋子。"

特派员说："把纸袋子打开看看里面是什么。"

警卫小心地把纸袋子打开，惊喜道："长官，是银票。"

特派员说："抱进来。"

警卫员把箱子抱到房里，放到桌上，用袖子抹抹脸上的汗水。特派员点点头说："这个警卫素质非常高，我决定奖你 10 块大洋，好啦，你先出去吧。"

刘子轩见里面有封信，刚捡起来，特派员一把夺过去，眯着眼睛看了看，见上面写道："刘贤弟，昨天你对我说，特派员不远万里来到天津，如不表示敬意，实在过意不去，要跟我借钱。兄弟知道你一向清廉，并无积蓄，就帮你筹了 15 万大洋，算借给你的。落款是真兄弟。"特派员看到这里点头说："子轩，通过这封信我就知道你是个有情有义的人，正因为如此，在你有困难的时候大家都会帮助你。你放心，你对我有情，我就对你有意，以后遇到什么难处直接跟我说就成啦，我会罩着你。"

当天夜里，刘子轩气呼呼地找到赵敬武，上来就瞪着眼质问他："赵先生，您为什么给我那么多钱？您策划让我当上督军，难道不想让我当个正派的督军吗？而是像袁诚印那样，收贿受贿、贪污腐败、丧失良知的人吗？"

"什么钱？我并不知道此事。"

刘子轩想了想说："噢，我明白是谁送的了。"

长篇小说
赌神

赵敬武说:"子轩,到底是怎么回事儿?"

刘子轩叹口气说:"天下乌鸦一般黑,我算领教了。今天特派员说,来得匆忙没有带钱,想给上级买些特产,张口跟我借 10 万大洋,我正想跟她解释拿不出这么多钱,巧的是,有人就在这时候给我送来了 15 万大洋的银票,没等我过手,就让特派员拿去了。"

赵敬武点头说:"不管是谁送去的,这钱倒是挺及时。子轩,你要记住,真正的战场不在前方,真正的赌场不在桌上。如果你为了造福一方而去保官或谋取更大的权力,是对的。虽然你给了特派员这么多钱,但性质不同,因为你想用你的权力去为民做事,所以这些钱不是贿赂,只能算作一种策略。"

刘子轩没听懂:"我回去好好想想您的教诲。"

赵敬武说:"子轩,以后你会懂的。"

刘子轩问:"赵先生,我还有个问题想请教您,特派员的意思是,让我把袁诚印杀掉灭口,我感到这件事我做不出来。"

赵敬武想了想说:"这就是为官者的难处,也是为官者最难处理的事情。特派员让你杀掉袁诚印,这是命令,服从命令是军人的天职,是你必须要执行的,但是,袁诚印是靓靓孩子的父亲,你又下不了手。"

刘子轩点点头:"是的,赵先生。"

赵敬武叹口气说:"这件事不用你动手,袁诚印是活不成的。你想想,他在来到天津的时候就已经死了,因为从来都没有给自己留活路,每天都在为自己掘坟墓。"

刘子轩回到督军府的休息室,见靓靓领着孩子站在门口,他把门打开,让他们母子进去。刘子轩给靓靓倒杯水:"靓靓,有件事情我必须跟你说明,我之所以参军只是想离你近些,想得到提升,只是想每天能看到你,但是有件事我必须说明,袁诚印今天的结果跟我没有任何关系,再说,我从来都没有在乎过督军这个职务,你知道在我的心里最在乎的是什么!"

"子轩,他所以有今天的结果,我心里明白,跟你没有任何关系。我今天来想问问你怎么处置他。你放心,我不会阻碍你做违背你原则的事情,你也不必从我的角度去考虑问题。你作为军人,服从命令是你的天职,特派员指示你怎么做你就怎么做。"

刘子轩想了想说："靓靓，特派员的意思是让我杀人灭口，但我不能这么做，因为我杀掉他之后，永远都得不到你了。特派员走后，你们找僻静的地方住下，尽量不要跟外界接触，省得仇人找上门。"说完从自己的抽屉里拿出张银票，"靓靓，这是我这几年所有的存储，你拿着，以后有什么难处尽管给我打电话。"

靓靓并没有去拿钱，抱起孩子说："子轩，不要再等我了，凭着你的条件，什么样的姑娘找不到？听我的，就等于爱我了。"

刘子轩说："靓靓你回去吧，明天我派车送你们。"

事情都近乎完美地结束了，赵敬武感到没必要再留在天津，他从暗道里把箱子提出来，摆到桌上打开，里面是把精致的钥匙。他伸手钩起钥匙，叮当叮当地晃晃，脸上泛出欣慰的笑容。这么多年来，他精心策划，步步为营，努力落实，最终都达了预期的目的，可以说结果是完美的，他没有什么遗憾了。

早晨，他换了身衣裳，坐黄包车来到港口，一辆小型的豪华客艇静静地泊在岸边，被海浪轻轻地拍打着，像在安慰它似的。赵敬武提着箱子踏上客艇，刚走进船舱，发现美国领事奥查理坐在桌前正看报，身后站着两个高大的侍卫。奥查理把报纸放下，站起来说："赵会长，听说今天起程，我专门来为您送行。"

赵敬武点头说："那谢谢您了。"

奥查理耸耸肩："我们坐下来谈好吗？"

两人坐在小桌前，奥查理的侍卫拿来酒与杯子给他们倒上。奥查理挥挥手，侍卫退出舱外。他笑着说："赵会长，我最近比较着迷你们中国的周易预测，我想让赵先生听听是否准确。当然，如果您有耐心听的话。"

"当然！"赵敬武也学着奥查理耸耸肩。

奥查理笑道："赵会长您懂得幽默。这个，是这样的，有个人为了追杀仇人来到天津，发现仇人被别人保护，没办法动他，于是把结发之妻与两个女儿送到美国，专门聘请世界各国的赌王教她们赌术，还专门聘请美国陆海队员教她们枪械、搏击、生存之术。按你们中国话说，叫虎父无犬子，她们越来越优秀。"

赵敬武点头："我知道下面的故事很长，这样吧，我们不能浪费时间。"说着，把箱子打开，推到奥查理的面前。

奥查理见里面有把很奇怪的钥匙，还有封信，信上写着："奥查理先生，在船上见面后，你先派人按下面的地址与密码提取属于你个人的东西，在等待的时间里，让我听听你的预测。"奥查理盯着这张纸条愣了会儿，慢慢地抬起头来。

赵敬武耸耸肩，双手摊开。

奥查理摸摸头说："奥麦噶。来人，把东西去给我提来。"两个侍卫进来，接过他手里的纸条转身就走。奥查理啧啧舌："赵先生，我说到哪里了？"

赵敬武说："她们越来越优秀。"

奥查理点点头："我还有必要再说吗？"

赵敬武点头说："我很有兴趣听。"

奥查理耸耸肩："这对姐妹名叫赵芳与赵萍，后来赵芳女扮男妆化名丁方，妹妹化名水萍并当做夫人，双双来到天津。丁方到父亲秘密投资的卫皇大赌场赢了很多钱，引起了天津赌坛的轰动，并借机向周大年提出挑战……那个丫环小凤，其实就是当年周大年强暴过的夫人的女儿，说不定就是周大年的女儿……后来丁方姐妹与父亲经过密道联系，进行了周密的策划，直到最后促成终极之赌，丁方故意输掉赌局，恢复女人之身逃离，跟妹妹来到港口。记得那天，父亲对她们说，我还有未了之事，等事情完成，就去美国与你们团聚。记住，把以前的事忘掉，再也不要回天津了，找所大学好好念书。丁方说，父亲，一块走吧。可她的父亲是个追求完美的人，于是留下来把督军换成了自己认可的人……"

赵敬武平静地说："所以，你知道押谁会赢？"

奥查理哈哈笑了几声："我们，彼此彼此。"

待卫把东西提来，放在奥查理面前。他伸手把箱盖打开，两颗钻石顿时吸着天光灿烂起来，灿烂化成奥查理的笑容，那笑容变得红彤彤的。他猛地把盖子摁上，双手紧紧地压着，激动地说："赵先生，你需要什么帮助，尽管提，我尽力。"

赵敬武笑着问："我可以起程了吗？"

奥查理用力点头："当然当然。"

赵敬武站起来："那好，我们再见。"

奥查理说："我回去找你喝酒。"

赵敬武点点头："记住，别变成莫德回来找我，我就欢迎。"

一声气笛声，船缓缓地开动，赵敬武对岸上提着箱子的奥查理摆摆手，走进船舱，把桌上的报纸抄起来进了包间。他把报纸打开，见上面赫然写着："日租界举办赌王大赛，冠军奖励豪华别墅、高级轿车……"赵敬武摇摇头，把报纸盖在脸上睡着了。

他从没有睡得这么踏实过，当他醒来时，船已经停泊在美国洛杉矶港的港口。他从舱里出来，见夫人与周经理在岸上等着。赵敬武上岸后，摸了把夫人满头的白发，眼里蓄满泪水："你辛苦了。"周经理问："会长，您怎么一个人回来了，赵芳与赵萍呢？"

赵敬武吃惊道："什么，她们又回天津了？"

周经理点头说："她们回来没几天，担心您的安危，就回去了。"

赵敬武叹口气说："给我准备后天去天津的船票！"